BEN KRYST
TOMASSON

SYLTER
INT[illegible]

KRIMI[illegible]OMAN

atb aufbau taschenbuch

MIX
Papier aus verantwortungsvollen Quellen
FSC® C083411
www.fsc.org

ISBN 978-3-7466-3313-8

Aufbau Taschenbuch ist eine Marke
der Aufbau Verlag GmbH & Co. KG

2. Auflage 2018

Umschlaggestaltung www.buerosued.de, München
unter Verwendung eines Bildes von © Masterfile
Gesetzt in der Garamond Premier Pro durch Greiner & Reichel, Köln
Druck und Binden CPI books GmbH, Leck, Germany
Printed in Germany

www.aufbau-verlag.de

1. Die Schlange zog sich zwischen den Regalreihen hindurch bis fast zur Frischtheke.

Elmar Bruns, Marktleiter bei »Delikatessen-Freund«, blickte missgelaunt auf die versammelte Sylter High Society. Was sich gegenwärtig an goldenen Armbändern und Perlenketten im Laden befand, hätte vermutlich gereicht, um ihm für den Rest seiner Tage ein Leben in Saus und Braus zu ermöglichen. Aber Elmar Bruns spürte in diesem Moment keinen Neid. Ihn quälte der Umstand, dass in seinem Einflussbereich Unordnung herrschte.

Er drehte sich zu Alexander Freund, der neben ihm stand und durch das kleine Fenster des Marktleiterbüros zu den Kassen blickte.

»Das geht so nicht«, quengelte Bruns. »Wir sind ein Nobelladen. Da kann es nicht sein, dass die Leute stundenlang an der Kasse stehen müssen.«

Wie aufs Stichwort setzte in der Reihe der Wartenden genervtes Murren ein, weil die Kreditkarte einer beleibten älteren Dame nicht gelesen werden konnte und der Prozess des Kassierens zum Stillstand kam.

»Kann man nicht vielleicht eine zweite Kasse aufmachen?«, rief jemand.

»Seit Frau Pröll weg ist, bricht hier alles zusammen«, klagte Bruns. »Ohne eine zweite Kassiererin funktioniert das hier nicht. Wir brauchen dringend neues Personal. Ich kann nicht ständig an der Kasse sitzen. Wer soll dann die Bestellungen machen? Die Logistik? Und die Buchführung?«

Alexander Freund, der Inhaber des Ladens, lächelte gequält.

»Nun ja. Wie ich gehört habe, sind Sie an dieser misslichen Lage ja nicht ganz unschuldig«, bemerkte er und betrachtete die Pyramide aus Marmeladengläsern, die im Eingangsbereich auf den glänzend weißen Fliesen aufgebaut worden war. Der Inhalt der Gläser schimmerte im Sonnenlicht, das durch das große Schaufenster hereinfiel.

Der Marktleiter wurde puterrot.

»Was soll denn das heißen?«, polterte er.

Freund öffnete die Bürotür und winkte Elmar Bruns, ihm zu folgen. Hinter den Kassen blieb er stehen.

Bruns verschränkte die Arme.

»Herr Freund?«, flüsterte er drängend. »Würden Sie mir das bitte erklären?«

Der Besitzer des Delikatessenmarkts seufzte.

»Frau Pröll sagte, der Grund für ihre Kündigung sei fortgesetztes Mobbing«, erläuterte er gedämpft. Er sah seinen Marktleiter an und legte den Kopf schief. »Durch Sie.«

»Das ist doch eine Unverschämtheit!«, empörte sich Bruns, ohne daran zu denken, seine Stimme gesenkt zu halten.

»Allerdings«, grollte ein Mann, der in seinem Metallkorb eine Flasche Champagner und ein Glas Kaviar trug. »Ich habe weiß Gott nicht den ganzen Tag Zeit. Und ich kann mir etwas Besseres vorstellen, als bei der Affenhitze hier anzustehen wie früher im Osten.«

Alexander Freund lächelte zuvorkommend.

»Wir öffnen sofort eine zweite Kasse«, erklärte er und forderte Bruns mit einer unmissverständlichen Geste auf, sich dorthin zu begeben. Der fügte sich grummelnd.

»Kommen Sie bitte auch hier herüber«, rief er. Sofort entstand in der Schlange der Wartenden ein Tumult. Die Schönen und Reichen waren in dieser Hinsicht nicht besser als das ihrer

Meinung nach gewöhnliche Volk. Jeder drängelte, um einen möglichst guten Platz an der neueröffneten Kasse zu bekommen. Dabei fiel ein Einkaufskorb zu Boden und eine Flasche Jahrgangssekt zerplatzte auf den Fliesen.

Freund legte dem Kunden leicht eine Hand auf die Schulter.

»Keine Sorge. Wir beseitigen das. Besorgen Sie sich einfach eine neue Flasche.«

Der Kunde nickte, als sei das das mindeste, was man erwarten konnte. Der Marktleiter begann zu kassieren. Freund war genervt von der arroganten Attitüde seiner Kundschaft und ging zurück ins Lager.

Er bedeutete dem Lageristen, mit Schaufel und Wischer zu kommen, um die Scherben der Sektflasche zu beseitigen und sah zu, wie die Schlangen vor den Kassen langsam kürzer wurden. Als nur noch drei Kunden anstanden, stellte Bruns das *Geschlossen*-Schild aufs Band, klemmte sich die Geldschublade der Kasse unter den Arm und marschierte zurück in sein Büro.

Wütend knallte er die Geldkassette auf den Tisch.

»So«, polterte er. »Aber eine Dauerlösung ist das nicht.«

Alexander Freund machte eine ungeduldige Handbewegung.

»Ich weiß nicht, was zwischen Ihnen und Frau Pröll vorgefallen ist«, erklärte er. »Ich will es auch gar nicht wissen.« Er lächelte versöhnlich. »Aber ich kann Ihnen die erfreuliche Mitteilung machen, dass ich das Problem gelöst habe. Ab morgen haben wir eine neue Kassiererin.«

Elmar Bruns grinste.

»Hoffentlich eine, die schneller ist als unsere Saskia.« Er warf einen Blick zu der Blondine, die ihren Scanner mit nervenzerrender Langsamkeit bediente. »Und die besser aussieht als die fette Kuh an der Frischtheke.«

Freund hob indigniert die Augenbrauen.

»Sie sollten Ihre Einstellung zu unseren Mitarbeitern bei Gelegenheit überdenken«, bemerkte er. »Aber ich kann Sie beruhigen. Die neue Kassiererin ist bildhübsch. Und sie macht einen ausgesprochen aufgeweckten Eindruck.«

■ ■ ■

Karolina Dahl schüttelte den Kopf. »Schon wieder Sylt?«, fragte sie.

Ole Lund wippte in seinem bequemen Schreibtischsessel und lächelte. »Es wird dir gefallen«, sagte er. »Du magst doch gutes Essen?«

Karolina musterte Lund von ihrem Besucherstuhl aus. »Was, bitte, hat gutes Essen damit zu tun?«

Lunds Lächeln wurde noch breiter. »Du arbeitest in einem Delikatessenmarkt. Als Kassiererin.«

Karolina hielt es wie immer nicht auf ihrem Stuhl. Sie sprang auf und trat ans Fenster, das einen Blick auf den Olof-Palme-Damm gewährte. Leider, denn das Landeskriminalamt Schleswig-Holstein befand sich im Gegensatz zu vielen anderen Behörden nicht in der Nähe der Förde, sondern im Mühlenweg, direkt neben der Kieler Stadtautobahn. Und von den Fenstern der Abteilung 5 für operativen Einsatz und Ermittlungsunterstützung aus sah man eben den Olof-Palme-Damm. Allerdings brausten in diesem Moment nicht wie gewöhnlich Autos vorbei. Stattdessen sah Karolina Blaulichter. Ein Abschleppwagen zog einen verbeulten Pkw von der Fahrbahn. Der Verkehr war zum Erliegen gekommen.

»Das funktioniert nicht, Ole«, erklärte sie. »Diese Geldwäschegeschichte ist gerade erst ein knappes Jahr her. Eine Menge Leute kennen mich auf Sylt. Und jeder von denen wird sich fragen, warum die Schriftstellerin Kari Blom jetzt plötzlich an der Supermarktkasse sitzt.«

Ole Lund schmunzelte. »Dabei ist die Antwort doch so einfach.«

Karolina drehte sich zu ihm um. »Ach ja?«

Lund nickte. »Du recherchierst undercover.«

Karolina kniff die Augen zusammen. »Ja. Natürlich. Das tue ich immer.«

Lund grinste. »Nein. Dieses Mal ist es anders. Besser. Du bist nicht nur die Kriminalkommissarin, die undercover als Schriftstellerin ermittelt. Du bist auch die Schriftstellerin, die undercover an der Supermarktkasse sitzt und für ihr nächstes Buch recherchiert.«

Karolina stöhnte. »Ist das nicht ein bisschen kompliziert?«

»Im Gegenteil«, entgegnete Lund. »Es ist genial.« Er zog eine Schreibtischschublade auf und nahm ein Blatt Papier heraus. »Hier, du schreibst ein Buch mit dem Titel ›Hinter den Delikatessen-Kulissen‹.«

Karolina nahm ihm die Seite ab. »Toll«, sagte sie. »Das heißt, ich bin wieder Kari Blom? Die Schriftstellerin mit der Schreibblockade?«

Lund zwinkerte ihr zu. »Deine Mutter meint, es würde dir guttun. Damit du dein Problem in den Griff bekommst. Du weißt schon. Dass du lernst, deine Gefühle rauszulassen.«

Karolina schnaubte. »Lass es einfach sein, Ole. Es reicht, dass meine Mutter ständig versucht, mir etwas einzureden.«

Lund breitete vielsagend die Arme aus. »Sie ist Psychotherapeutin. Sie versteht etwas davon.«

Karolina holte tief Luft. »Also gut«, sagte sie. »Ich bin die Schriftstellerin Kari Blom. Und ich recherchiere undercover an der Supermarktkasse. Sagst du mir vielleicht auch noch, warum?«

Lund holte einen weiteren Zettel aus seiner Schreibtischschublade. »Erstens: Es ist kein Supermarkt, sondern ein Feinkostladen. Er heißt Delikatessen-Freund.«

Karolina verdrehte die Augen. »Wie originell.«

»Könnte man denken, ja. Aber der Inhaber heißt tatsächlich so. Alexander Freund.«

»Aha.« Karolina schaute aus dem Fenster. Ein Krankenwagen, der offenbar nicht benötigt wurde, fuhr davon. Der verbeulte Pkw war so weit von der Straße gezogen worden, dass zumindest die linke Fahrspur wieder frei war. Ein uniformierter Polizist winkte die Autofahrer vorbei, damit sie das Hindernis schneller passierten. Aber die Neugier war zu groß. Mehrere Fahrzeuge bremsten auf Höhe der Unfallstelle ab, und der Verkehr geriet wieder ins Stocken. »Und was tut unser Freund, was er nicht tun sollte?«

»Das wissen wir nicht«, erklärte Lund und zerrte an seinem Krawattenknoten. Er liebte Schlipse, aber dieser hier würgte ihn entschieden zu fest. »Wir wissen nur, dass seit einiger Zeit in Schleswig-Holstein vermehrt Fälle von Kreditkartenbetrug angezeigt wurden. Und allen Betrogenen ist eines gemeinsam: Sie haben irgendwann in den Wochen zuvor bei Delikatessen-Freund eingekauft.«

»Dann sollte vielleicht jemand die Kartenterminals überprüfen«, schlug Karolina vor.

Lund löste den Knoten und steckte die Krawatte in eine Schreibtischschublade. Manchmal war einfach nicht der richtige Tag für einen Schlips.

»Das könnten wir natürlich tun«, erklärte er geduldig. »Aber das würde den Täter aufscheuchen. Und die Frage ist ja nicht, ob die Terminals manipuliert sind – da sind wir uns ziemlich sicher. Die Frage ist: Wer hat sie manipuliert – und was ist mit dem Geld passiert?«

Karolina seufzte. Die Vorstellung, den ganzen Tag an einer Supermarktkasse zu sitzen und Waren über den Scanner zu ziehen, in der Hoffnung, dabei die eine oder andere nützliche Information zu erhalten, war nicht besonders verlockend.

Aber Lund war nicht nur ihr Freund, er war auch ihr Vorgesetzter. Wenn er einen Auftrag für sie hatte, war es ihr Job, ihn auszuführen. Und bisher war jeder seiner Pläne aufgegangen. Warum sollte es dieses Mal anders sein?

»Gut«, sagte sie. »Und wie komme ich da rein?«

Lund zog eine Mappe aus seinem Schreibtisch.

»Du bist schon drin.« Er wedelte mit einem Zettel. »Ich habe in deinem Namen eine Onlinebewerbung ausgefüllt.« Er grinste. »Ich habe auch mit Alexander Freund telefoniert und behauptet, ich sei dein Bruder. Ich habe alle deine Vorzüge gelobt.« Er hielt ihr den Zettel hin. »Freund sagt, der Marktleiter erwartet dich morgen früh um neun, damit du dich mit deinem neuen Arbeitsplatz vertraut machen kannst.«

Karolina nahm ihm das Blatt aus der Hand. Es war ein Arbeitsvertrag. Sie las ihn durch und schnaubte.

»Was soll das sein?«, fragte sie. »Das Taschengeld für eine Zehnjährige?«

Lund machte eine entschuldigende Geste.

»Das sind die üblichen Löhne im Einzelhandel«, erklärte er. »Die Branche kämpft ums Überleben.« Er zog einen dünnen Schnellhefter hervor. »Aber du hast Glück. Du darfst trotzdem erster Klasse reisen. Auch wenn sich eine einfache Kassiererin das eigentlich nicht leisten kann.« Er reichte Karolina ihr Bahnticket. »Mit freundlicher Unterstützung vom Landeskriminalamt Schleswig-Holstein.«

Karolina schnappte sich das Ticket. »Toll, Ole. Ganz toll.« Sie stopfte die Unterlagen in ihre Handtasche und wandte sich zum Gehen.

»Und, Kari?«, sagte Ole. Karolina drehte sich zu ihm um. »Sei pünktlich. Freund sagt, sein Marktleiter Elmar Bruns sei in diesen Dingen sehr genau.«

Karolina nickte knapp. »Ja, Ole«, entgegnete sie. »Ich wünsche dir auch noch einen schönen Tag.«

Damit schlüpfte sie aus dem Raum und ließ die Tür hinter sich ins Schloss fallen. Ole Lund lachte leise.

2.

Elmar Bruns starrte auf den Überwachungsmonitor in seinem Büro.

Der Junge auf dem Bildschirm drückte sich auffällig unauffällig vor dem Spirituosenregal herum. Er zog den Schirm seines Basecaps tiefer ins Gesicht und wandte den Kopf mehrfach nach rechts und links. Langsam schlenderte er am Regal entlang.

Eine Hand schoss hervor. Der Junge griff nach einer Flasche Bacardi Dry und stopfte sie in den Hosenbund. Hastig zog er sein T-Shirt über die Hose und ließ die Flasche verschwinden. Dann lief er betont lässig in Richtung Kasse.

Bruns drückte die Taste der Sprechanlage.

»Frau Eggerstedt bitte zum Ausgang«, rief er. »Taschenkontrolle.«

Der Junge tauchte im Sichtfeld der Kamera auf, die den Kassenbereich abdeckte. Er drückte sich eilig an den Wartenden vorbei. Von Tanja Eggerstedt war nichts zu sehen.

Bruns fluchte. Er sprang auf und rannte durch das Lager in den Laden. Eine alte Dame mit Gehwagen, die er beim Laufen anrempelte, geriet ins Straucheln und schimpfte empört hinter ihm her. Bruns rief ihr eine Entschuldigung zu, blieb aber nicht stehen.

Tanja Eggerstedt kam hinter der Frischtheke hervor. Sie warf ihre weiße Schürze beiseite und eilte keuchend zum Ausgang – natürlich viel zu spät. Der Junge hatte die Tür längst erreicht.

»Geht das vielleicht auch ein bisschen schneller?«, fauchte Bruns, während er an ihr vorbeihetzte. Tanja Eggerstedt japste hinter ihm her.

Auf dem Gehsteig vor dem Delikatessenmarkt hielt ein Taxi. Eine schlanke Frau mit kurzen blonden Haaren stieg aus.

Der Junge stürzte aus dem Laden.

Die Frau machte einen Schritt nach vorn. Der Junge stolperte über ihr ausgestrecktes Bein und fiel auf die Knie. Die Frau beugte sich zu ihm herunter und half ihm wieder auf die Beine, wobei sie ihm fast beiläufig einen Arm auf den Rücken drehte.

Elmar Bruns kam schnaufend neben ihr zum Stehen.

»Respekt«, sagte er. »Das war eine gute Reaktion.«

Er bedachte den Jungen mit einem gehässigen Blick. Anschließend musterte er die attraktive Frau.

»Ich glaube, wir kennen uns noch nicht«, sagte er schmeichelnd. »Aber ich hoffe, wir können das ändern.«

Die Frau nickte.

»Sicher«, sagte sie. »Ich bin die neue Kassiererin.«

Bruns hob die Augenbrauen. Dann blickte er auf seine Armbanduhr.

»Sie sind zu spät«, stellte er fest.

■ ■ ■

Kriminalkommissarin Hannah Behrends lenkte den Dienstwagen schwungvoll auf den Hof von Delikatessen-Freund.

Kriminalhauptkommissar Jonas Voss verzog das Gesicht, weil ihm der Gurt schmerzhaft in die Seite schnitt.

»Das ist keine Verfolgungsjagd«, bemerkte er. »Der Täter ist bereits festgenommen.«

Hannah lächelte und schaltete den Motor ab.

»Aber wir werden erwartet«, erwiderte sie und stieg leichtfüßig aus dem Wagen. Voss folgte ihr, und sie traten gemeinsam durch die Hintertür in den Laden.

Der Junge saß auf einem Stuhl im Büro des Marktleiters. Bruns stand neben ihm und hielt seine Schulter mit eisernem Griff fest, so als wäre der Junge ein Schwerverbrecher, der nur auf die Gelegenheit zur Flucht wartete. Bruns' Gesicht, das entfernt an das einer Bulldogge erinnerte, passte perfekt dazu.

Jonas Voss seufzte.

»Sascha.«

Der Junge hob den Kopf und zeigte ein schiefes Grinsen. Die Haare hingen ihm ins Gesicht, das mit Pickeln übersät war.

»Herr Voss.«

»Ich dachte, wir hätten uns verstanden beim letzten Mal«, sagte Voss.

Der Junge zuckte mit den Schultern.

»Ich kann nichts dafür«, erklärte er. »Die anderen zwingen mich. Wenn ich nichts mitbringe, bin ich raus. Und kaufen kann ich das Zeug ja nicht.« Er deutete auf die Bacardi-Flasche.

»Du kannst es nicht kaufen, weil du es nicht trinken sollst«, stellte Hannah Behrends mit strenger Miene klar. »Du bist sechzehn.«

Der Junge senkte den Blick.

»Eben«, maulte er. »Da ist man doch kein kleines Kind mehr.«

»Aber du benimmst dich wie eines«, versetzte Bruns. Hannah griff nach dem Arm des Jungen und zog ihn vom Stuhl.

»Wir nehmen ihn mit«, erklärte sie. »Und wir reden noch mal mit seinen Eltern.«

Bruns runzelte die Stirn.

»Na gut«, sagte er. »Aber wenn das noch ein einziges Mal vorkommt ...«

»Es kommt nicht wieder vor«, unterbrach ihn Jonas Voss. »Dafür sorgen wir.«

»Von mir aus.« Bruns wirkte unzufrieden. Vermutlich hätte er den Jungen am liebsten übers Knie gelegt.

Jonas Voss machte Hannah ein Zeichen, und sie führte den Jungen nach draußen.

»Wie kommt es, dass Sie ihn dieses Mal erwischt haben?«, erkundigte sich Voss. »Ich dachte, er trainiert für den Marathon und kann laufen wie ein Hase.«

Bruns spitzte den Mund.

»Kann er auch. Aber unsere neue Kassiererin hat ihm ein Bein gestellt. Die Frau ist auf Zack.«

Er deutete auf den Monitor, der den Kassenbereich zeigte.

Jonas Voss spürte, wie sich sein Herzschlag beschleunigte.

Das Bild auf dem Monitor war nur schwarzweiß und nicht besonders scharf. Aber trotzdem war jeder Zweifel ausgeschlossen. Die Frau dort an der Kasse war Kari Blom. Die Frau, in die er sich vor knapp einem Jahr Hals über Kopf verliebt hatte. Und die, wie er geglaubt hatte, seine Gefühle erwiderte. Aber dann war sie plötzlich bei Nacht und Nebel verschwunden, und er hatte nichts mehr von ihr gehört. Und nun saß sie plötzlich hier an der Kasse von Delikatessen-Freund.

»Ein hübsches Ding, nicht wahr?«, sagte Elmar Bruns und leckte sich die Lippen.

Jonas Voss nickte. Er bemerkte, wie sich Bruns' Augen

an Kari festsaugten. Aber das war auch das Einzige, was der Marktleiter und er gemeinsam hatten.

■ ■ ■

Er überließ erneut Hannah das Steuer und starrte aus dem Fenster auf die Schaufenster der Friedrichstraße, die langsam an ihm vorbeiglitten. Es war ein herrlicher Tag mit strahlend blauem Himmel und einer leichten Brise, die weiße Federwolken vorübertreiben ließ wie Boote auf einem See. Die Fußgängerzone war von spärlich bekleideten Touristen bevölkert, die zum Strandaufgang strebten. Die Tische vor den Straßencafés waren allesamt besetzt. Bei Gosch stand eine lange Schlange.

Aber Jonas Voss bekam von alldem nichts mit. In seinem Kopf wirbelten die Gedanken.

Weshalb war Kari zurückgekommen? Warum war sie überhaupt weggegangen? Weil ihre Behauptung, dass sie Schriftstellerin war und an einem Buch arbeitete, gelogen war? Voss hatte recherchiert und kein Druckwerk finden können, das sie verfasst hatte. Und wieso arbeitete sie jetzt als Kassiererin, wenn sie in Wirklichkeit Autorin war?

Vielleicht war es ihr peinlich gewesen, zuzugeben, dass sie keine feste Anstellung hatte. Aber ihm wäre das völlig egal gewesen. Er brauchte keine Frau, die einen glamourösen Beruf hatte oder viel Geld verdiente. Er hatte bereits eine Exfrau, die eine berühmte Konzertpianistin war. Ihre Ehe war daran gescheitert.

Was er brauchte, war eine Frau, die ihn und seine beiden Kinder so liebte, wie sie waren. Und er hatte gehofft, dass Kari diese Frau sein könnte. Sehr zum Missvergnügen seiner Kollegin Hannah, die seit langem vergeblich um ihn warb. Voss zog es allerdings vor, so zu tun, als würde er das nicht bemerken.

Nicht, weil er sie nicht mochte. Hannah Behrends war eine tolle Frau. Eine, mit der er lachen konnte und die mit ihm Pferde stehlen würde. Aber sie war eben nicht die Frau, bei der er Herzklopfen bekam.

»Jonas?«

Hannahs drängende Stimme riss ihn aus seinen Gedanken. Offenbar versuchte sie nicht zum ersten Mal, ihn in die Realität zurückzuholen.

»Hm?«

»Aufs Polizeirevier oder nach Hause?«

Jonas Voss betrachtete im Rückspiegel das ängstliche Gesicht des Bacardi-Räubers.

»Nach Hause«, entschied er. »Es reicht, wenn ihm seine Eltern die Ohren langziehen. Ich habe keine Lust dazu.«

Hannah setzte den Blinker und änderte rasant die Fahrtrichtung.

»Gut«, sagte sie. »Ein langweiliger Bericht weniger, den wir schreiben müssen.«

Sie bremste, weil vor ihnen auf der Straße eine Möwe mit einer Plastiktüte kämpfte, in der sich offenbar ein Stück Fisch befand. Sie schlug ärgerlich mit den weißgrauen Flügeln und zerrte die Tüte ein Stück weit mit sich. Dann glitt sie ihr aus dem Schnabel.

Die Möwe gab das Duell mit dem Dienstwagen der Polizei auf und entfernte sich mit wütendem Kreischen. Hannah trat aufs Gas.

»Immer nur Ladendiebstahl und Handtaschenraub, Fahrraddiebstahl und betrunkene Touristen«, beklagte sie sich, während sie die Straße nach Wenningstedt entlangbrauste. »Auf die Dauer ist das verdammt eintönig.«

Jonas Voss lächelte. »Wenn du Schwerverbrecher jagen willst, musst du nach Flensburg oder Kiel wechseln. Oder besser noch nach Hamburg.« Er lehnte sich entspannt in seinem Sitz zurück. »Hier auf Sylt sind Kapitaldelikte eher die Ausnahme als die Regel.«

Hätte er auch nur ein Stück weit in die Zukunft sehen können, er wäre vermutlich weniger optimistisch gewesen.

3. Kari Blom zog die Waren über den Scanner. Die Schlange rückte langsam vor. Kari sortierte die Scheine in die Kasse und gab dem Mann, der an der Reihe war, das Wechselgeld und den Bon.

Als Nächstes kam ein junges Mädchen mit blasiertem Gesichtsausdruck und einem viel zu kurzen Rock. Und dahinter ...

Kari schob die blau-weiß gestreifte Mütze tiefer in die Stirn und versuchte, ihre blonden Haare darunterzustopfen.

Das Mädchen hatte nur zwei Joghurts aus fettarmer Sojamilch. Sie verlangte nach einer Tüte, legte das Geld aufs Band und verschwand schließlich. Kari senkte den Kopf, aber es nützte nichts.

Die kleine Frau mit den grauen Locken und dem gehäkelten Poncho, die als Nächste an der Reihe war, kniff die Augen zusammen. »Kari?« Sie kramte eine Brille hervor und setzte sie auf. Dann strahlte sie. »Kari Blom!«

Im nächsten Moment verdüsterte sich ihre Miene wieder, als hätte sich plötzlich eine dunkle Wolke vor die Sonne geschoben. »Was, um alles in der Welt, machen Sie hier? Ich dachte, Sie schreiben ein neues ...«

Kari legte einen Finger an die Lippen.

»Oh!« Marijke Meenken verstummte. »Es läuft wohl

nicht so gut bei Ihnen?« Sie tätschelte Kari die Hand. »Geben Sie nur nicht auf. Das wird schon wieder.«

»Ja. Sicher, Frau Meenken.« Kari zog die Waren über den Scanner. »Das macht achtzehn Euro vierundachtzig.«

Die alte Dame nestelte ihr Portemonnaie aus der Handtasche und reichte Kari einen Zwanzig-Euro-Schein.

»Wo wohnen Sie denn jetzt?«

Kari gab Marijke Meenken das Wechselgeld und den Bon.

»In einer kleinen Pension am Bahnhof.«

Die alte Frau machte ein empörtes Gesicht.

»Weshalb sind Sie nicht zu mir gekommen? Hat es Ihnen bei mir nicht gefallen?«

»Doch, Frau Meenken. Es hat mir sehr gut gefallen.«

»Warum haben Sie sich dann nicht gemeldet?« Die alte Dame steckte ihr Portemonnaie wieder ein. Mitten in der Bewegung hielt sie inne. »Ach so. Sie können sich das nicht leisten.«

Kari machte eine Geste, die die Kasse und den Delikatessenmarkt umfasste. »Na ja.«

»Ach, Kindchen. Das ist doch kein Beinbruch«, tröstete Marijke Meenken.

»Geht das bald mal weiter da vorne?«, rief ein Mann, der weiter hinten in der Schlange stand.

Marijke Meenken drehte sich zu ihm um und hob das Kinn.

»Junger Mann«, sagte sie streng. »Wir haben hier etwas Wichtiges zu klären. Und Sie«, sie deutete mit dem Finger auf den Mann, »haben sicher noch mehr Lebenszeit übrig als ich. Also reißen Sie sich ein bisschen zusammen.«

Der Mann schwieg verblüfft. Eine Frau hinter ihm kicherte. Marijke Meenken wandte sich wieder zu Kari.

»Kommen Sie zu mir, wenn Sie Feierabend haben«, sagte sie in einem Ton, der keinen Widerspruch duldete. »Und bringen Sie Ihre Sachen mit. Selbstverständlich wohnen Sie wieder im Gartenhaus.« Sie hob den Finger, um Kari, die etwas einwenden wollte, zuvorzukommen. »Sie brauchen keine Miete zu zahlen, wenn Sie es sich nicht leisten können. Solche Phasen gibt es im Leben. Die hat jeder mal.«

»Aber ...«

»Ja?«

»Ist denn Ihr Häuschen überhaupt frei? Jetzt? In der Hochsaison?«

Die alte Dame lächelte. »Ach, wissen Sie, Kindchen ... Seit Sie letzten Sommer hier waren, wollte ich keine anderen Gäste mehr. Das Gartenhaus steht jetzt leer.« Sie hob entschuldigend die Hände. »Ich hatte immer gehofft, dass Sie wiederkommen.«

Kari schluckte. Sie hatte weiß Gott nicht nah am Wasser gebaut. Aber jetzt war sie gerührt.

»Danke«, sagte sie leise.

■ ■ ■

Auf Karis Gesicht lag noch immer ein Lächeln, als sie am Abend die Tür zum Pausenraum öffnete und den blau-weiß gestreiften Kittel auszog. Dann hielt sie inne.

Vor dem Waschbecken stand ein schlanker Mann mit einer engen schwarzen Hose und einem weiten weißen Hemd mit Rüschen an den Armabschlüssen. Als er Kari bemerkte, drehte er sich zu ihr um. Er lächelte und entblößte dabei eine Reihe ebenmäßiger weißer Zähne.

Kari hätte beinahe anerkennend gepfiffen. Der Mann sah verdammt gut aus, wenn auch auf eine etwas ölige Weise: Das schwarze gelockte Haar war mit Gel nach hinten gekämmt und reichte ihm bis auf die Schultern. Sein Teint hatte genau den richtigen Bronzeton, und seine Augen waren beinahe so schwarz wie sein Haar. Sein strahlendes Lächeln ließ vermutlich reihenweise Frauenherzen schmelzen.

Der Mann streckte die Hand aus.

»*Buenos días*«, sagte er und musterte Kari. Offenbar passte sie in sein Beuteschema. »Ich bin Diego Valdez.«

»Kari Blom«, erwiderte sie und nahm seine Hand. »Ich bin die neue Kassiererin.«

»Freut mich.« Valdez' Lächeln wirkte aufrichtig. »Ich bin Koch. Ich arbeite im Catering von Delikatessen-Freund.«

»Ach.« Dass der Feinkostladen auch ein Catering betrieb, war ihr neu. Ihr Chef Ole Lund hatte nichts davon erwähnt. Dabei war er doch sonst immer perfekt informiert. Aber selbst Ole Lund hatte wohl manchmal andere Dinge im Kopf.

Im selben Moment betrat ein junger Mann den Pausenraum, den Kari im Laufe des Tages schon einige Male gesehen hatte. Er hatte ein freundliches, breites Gesicht. Sein Kittel saß zu eng, er spannte über den runden Schultern und dem vorgewölbten Bauch.

»Wir machen das zusammen«, sagte er. »Diego und ich. Und Tanja.«

Valdez verwuschelte seine dünnen blonden Haare.

»Ja, Marvin. Das stimmt.«

Wieder öffnete sich die Tür, und Saskia Lübbers und Tanja Eggerstedt traten ein. Tanja ließ sich auf den nächstbesten Stuhl fallen. Saskia ging zu ihrem Spind und angelte eine Schachtel Zigaretten aus ihrer Handtasche.

»Ich mache auch das Lager«, erklärte der blonde Junge, an Kari gewandt.

»Ja, Marvin«, sagte Saskia und schob sich eine Zigarette zwischen die Lippen. »Du bist ein richtiges Multitalent.«

Marvin legte den Kopf schief. »Ein ... Multi ... Was ist das?«

»Das heißt, dass du ein prima Typ bist«, erklärte Valdez und blickte kopfschüttelnd zu Saskia. »Dass du ganz viele verschiedene Sachen kannst.«

»Oh!« Marvin strahlte Saskia an. Die verdrehte genervt die Augen.

Eine flotte Tangomelodie ertönte. Valdez zog sein Smartphone hervor.

»Ja? ... Ja, selbstverständlich, Frau Freund. Ich komme gleich rüber.«

Er beendete das Gespräch und schob das Smartphone zurück in die Hosentasche.

»*Perdón, amigos*«, sagte er. »Aber ich muss los.«

Saskia verzog das Gesicht. »Und wer räumt hier auf?«

Marvin straffte die Schultern. »Ich mach das.«

Saskia schnaubte.

»Ja. Super.« Sie blickte zu Valdez. »Schön, wenn man jemanden hat, der dumm genug ist, sich herumschubsen zu lassen und für andere den Dreck wegzumachen.« Sie musterte Marvin mit zusammengekniffenen Augen. »Bist du dumm, Marvin?«

Diego Valdez schob sich dazwischen. »Lass ihn in Ruhe, Saskia.«

Marvin blickte Saskia ernst an und deutete auf Diego. »Er ist mein Freund.«

Saskia Lübbers lachte. »Ja. Klar.«

Tanja Eggerstedt stemmte die Hände in die breiten Hüften. »Hör doch auf, Saskia.«

Diego winkte ihr demonstrativ zu. »Ich bin dann mal weg.«

Saskia zündete ihre Zigarette an. »Ja. Geh du nur und lass uns mit dem ganzen Scheiß hier allein.«

Valdez zwinkerte ihr grinsend zu. Dann verschwand er.

»Wo geht er denn hin?«, fragte Kari.

Saskia warf ihre langen blonden Haare nach hinten und stellte sich neben dem Fenster in Pose, die Augen zur Decke gerichtet, eine Hand flach an die Wand gelegt, die andere mit der Zigarette affektiert neben ihrem Kopf haltend.

»Er modelt«, näselte sie. »Für Viktoria Freund.« Sie gab ihre Pose wieder auf. »Ihr gehört die Luxusboutique auf der anderen Straßenseite.«

Kari nickte. Als Model konnte sie sich Diego Valdez gut vorstellen. Als Koch weniger.

Der Lautsprecher über ihrem Kopf knackte.

»Herrschaften«, dröhnte die ungehaltene Stimme von Elmar Bruns. »Bitte in den Laden. Oder glaubt ihr, die Arbeit macht sich von allein?«

Kari schaute auf die Uhr. »Ich dachte, wir haben jetzt Feierabend.«

Tanja Eggerstedt lachte bitter.

»Nee. Jetzt müssen wir noch aufräumen. Regale auffüllen. Bestandslisten aktualisieren. Die Waren ordentlich hinrücken. Und natürlich putzen.«

Kari runzelte die Stirn. »Gibt es keine Reinigungsfirma, die das macht?«

»Nee.«

»Wozu?«, grummelte Marvin und imitierte Elmar Bruns' abfälligen Tonfall so gut, dass sogar Saskia grinsen musste. »Das kann doch wohl nicht so schwer sein, einen Schrubber in die Hand zu nehmen und die Böden zu wischen.«

Elmar Bruns stand plötzlich in der Tür, das Bulldoggengesicht hochrot.

»Ganz genau«, grollte er. »Also. Frau Eggerstedt kümmert sich um die Frischtheke. Marvin füllt die Regale auf. Frau Lübbers macht die neue Deko fürs Schaufenster. Und Frau Blom putzt.«

Saskia drückte ihre Zigarette im Aschenbecher aus.

»Und Sie?«, fragte sie frech. »Machen Sie auch irgendwas?«

Bruns grinste sie an und ließ seinen Blick über ihren Körper wandern.

»Aber ja«, sagte er. »Ich kontrolliere die Bestände.«

▪ ▪ ▪

Jonas Voss trat auf die Stufen vor dem Polizeirevier Sylt und blinzelte in die Sonne, die auch jetzt, am frühen Abend, noch hoch am Himmel stand. Es hätte ein schöner Tag sein können, doch die Begegnung mit Saschas Vater hatte Voss fassungslos gemacht. Der Mann hatte keinen Zweifel daran gelassen, dass seinem Sohn eine ordentliche Abreibung winkte.

»Der fasst keine Flasche Schnaps mehr an, das verspreche ich Ihnen«, hatte er gedröhnt und seinen Sohn dabei angesehen wie einen räudigen Köter, der eine Pfütze mitten auf das blankpolierte Wohnzimmerparkett gesetzt hatte.

Jonas Voss war anschließend so aufgebracht gewesen, dass er gegen einen der weißgetünchten Begrenzungssteine auf dem Grundstück im Bundiswung getreten hatte, der daraufhin über den kurzgemähten Rasen gekullert war. Zum Glück hatte ihn Hannah von weiteren Attacken gegen fremdes Eigentum abgehalten.

Er wandte den Kopf, als sich jemand neben ihm räusperte, und blickte in Hannahs leuchtend blaue Augen. Er hatte nicht bemerkt, dass sie ihm gefolgt war.

»Immer noch Sascha?«, erkundigte sie sich, und Voss nickte grimmig. Vermutlich war es nicht schwer, ihm seine Empörung vom Gesicht abzulesen. Er registrierte, dass seine Nerven immer noch vibrierten.

»Du hast getan, was du konntest«, erklärte Hannah und berührte ihn leicht am Arm.

»Aber es hat nichts genützt.« Jonas Voss spürte, wie seine Wut wieder hochkochte. Er hätte am liebsten wieder gegen irgendetwas getreten. »Ich bin sicher, er hat ihn trotzdem verprügelt.«

»Wir sind nicht das Jugendamt«, sagte Hannah und strich ihm sacht über den Arm, ehe sie ihre Hand wieder sinken ließ. »Und vielleicht zieht er ja eine Lehre daraus.«

Jonas Voss schnaubte. Er war nicht der Ansicht, dass es Sascha war, der etwas lernen musste. Sollte – was hoffentlich nie geschehen würde – eines Tages ein Polizist vor seiner Tür stehen, weil Finja oder Jasper irgendwo etwas gestohlen hatten, würde er sich fragen, was *er* falsch gemacht hatte. Er war davon überzeugt, dass Kinder nicht einfach so kriminell wurden. Sie reagierten nur auf ihre Umwelt.

Hannah schaute nach oben. Von Westen her waren dunkle Wolken aufgezogen, aber noch überwog der blaue Himmel.

»Wir könnten noch einen Kaffee trinken«, schlug sie vor und deutete hinüber zum Bahnhofscafé, vor dem ein paar Tische einladend in der Sonne standen.

Voss machte eine abwehrende Geste. Auf keinen Fall wollte er irgendetwas tun, das in Hannah falsche Hoffnungen weckte.

»Ich fahre lieber nach Hause«, erklärte er. »Ich habe ohnehin immer zu wenig Zeit für Finja und Jasper. Und Olivia …«

Er sprach nicht weiter, aber Hannah verstand auch so, dass Voss' spanisches Kindermädchen noch immer keine große Hilfe war. Sie war vor einem Jahr als Au-pair nach Sylt gekommen und hatte mittlerweile die Schule geschmissen, um in Deutschland zu bleiben. Sie liebte Finja und Jasper, und die Kinder vergötterten sie. Aber Jonas Voss war sich bis heute nicht sicher, ob die Kinder alleine nicht weniger Chaos anrichten würden.

Hannah hatte vollkommen recht. Ihm fehlte eine Frau. Aber sie war es nicht, auch wenn sie sich das noch so sehr wünschen mochte.

Zum Glück kaufte Hannah nicht bei Delikatessen-Freund ein. Jonas Voss wollte sich lieber nicht ausmalen, wie ihre Stimmung umschlagen würde, wenn sie herausfand, dass Kari Blom wieder auf Sylt war.

4.

»Wer hat denn da den Wildfond ausgezeichnet?«, brüllte Elmar Bruns. Seine Stimme hallte in den leeren Gängen des Delikatessenmarkts wider.

Kari, die zwischen den Regalen den Boden wischte, blickte auf. Saskia Lübbers steckte grinsend ihren Kopf um die Ecke.

»Das war Frau Eggerstedt«, informierte sie den Marktleiter.

Bruns nickte, als hätte er nichts anderes erwartet. Er lief zur Frischtheke, wo Tanja Eggerstedt gerade dabei war, die angeschnittenen Wurstwaren mit Frischhaltefolie einzuwickeln. Bruns hielt ihr ein Glas mit Wildfond unter die Nase.

»Neunundsechzig Cent?«, tobte er. »Sie zeichnen den Fond mit neunundsechzig Cent aus? Das Glas kostet sechs Euro neunundneunzig!«

Tanja Eggerstedt lief rot an.

»Oh Gott«, nuschelte sie. »Das tut mir leid. Ich habe das gar nicht gemerkt.«

»Nein. Natürlich nicht«, wütete Bruns. »Sie merken ja nie was. Sie haben ja auch ein dickes Fell. Aber«, ein diabolisches Lächeln stahl sich auf seine Lippen, »ich bin sicher, Sie werden es merken, wenn ich Ihnen den Schaden vom Gehalt abziehe.«

Tanjas rotes Gesicht wurde mit einem Schlag blass.

»Nein, bitte, Herr Bruns, das sind ja …«

»Sechs Euro dreißig pro Glas, ganz genau.«

Tanja Eggerstedt schluckte. Saskia Lübbers stapelte unmotiviert die Kaviargläser im Kühlregal zu einem schiefen Turm, um möglichst nah am Geschehen zu sein. Kari stellte ihren Feudel beiseite und ging zu Tanja. Sie legte ihr eine Hand auf den Arm.

»Vielleicht hat ja überhaupt niemand den Fond gekauft«, tröstete sie die Kollegin.

Elmar Bruns richtete seinen Finger auf Kari, als wollte er sie durchbohren.

»Ein sehr guter Punkt, Frau Blom.« Er lächelte. »Wie viele von den Wildfondgläsern haben wir denn heute verkauft, Frau Eggerstedt?«

Tanja Eggerstedt starrte ihn hilflos an. »Ich weiß nicht«, stammelte sie.

»Dann gehen Sie los und zählen Sie!«, brüllte Bruns. »Und vergleichen Sie das Ergebnis mit der Bestandsliste. Das kann doch nicht so schwierig sein.«

Saskia Lübbers kicherte. Ihr Kaviarturm geriet ins Wanken und kippte zur Seite. Sie konnte ihn gerade noch auffangen, ehe die Gläser zu Boden fielen.

Tanja Eggerstedt schluchzte auf. Dann riss sie ihre weiße Schürze herunter und rannte aus dem Laden.

■ ■ ■

Kari war Tanja gefolgt und fand ihre neue Kollegin auf einer Bank auf der Strandpromenade. Der Delikatessenmarkt war nur wenige Meter vom Strandaufgang neben der »Sylter Welle« in der Strandstraße entfernt.

Tanja Eggerstedt tupfte sich die Tränen ab und schaute auf das aufgewühlte graue Meer. Das Wetter war ausgesprochen wechselhaft in diesem Sommer. Am Morgen hatte die Sonne noch von einem strahlend blauen Himmel geschienen, und das Thermometer war auf über fünfundzwanzig Grad geklettert. Jetzt, am Abend, hingen dunkle Wolken über der Nordsee, und ein scharfer, kalter Wind pfiff über die Insel. Aber auf Sylt war das nicht ungewöhnlich.

Kari setzte sich neben Tanja auf die Bank.

»Mach dir nichts draus«, sagte sie. »Der beruhigt sich auch wieder.«

Tanja schniefte. »Aber ich brauche das Geld.« Sie hob die Schultern und ließ sie wieder fallen. Dann sah sie Kari an.

»Mein Mann ist arbeitslos«, gestand sie. »Und wir haben drei Kinder. Wir müssen ohnehin jeden Cent dreimal umdrehen.«

Kari nickte. »Wenn du willst, rede ich mit Bruns. Vielleicht kann er den Schaden irgendwie anders verbuchen. Er könnte behaupten, dass etwas zu Bruch gegangen ist. Oder gestohlen wurde.«

Tanja schnaubte leise. »Warum sollte er das tun? Er kann mich nicht ausstehen. Er beleidigt mich, wo er kann. Am liebsten wäre ihm, wenn ich kündige.« Sie schluchzte auf. »Weil ich zu dick bin.«

Sie starrte unglücklich auf ihre kräftigen Beine, die unter dem Supermarktkittel hervorragten.

Kari lachte leise. »Wäre es dir lieber, wenn er dir ständig auf den Busen glotzt?«, fragte sie.

Tanja verzog angewidert den Mund. »Nee«, sagte sie. Dann blickte sie auf. »Das macht er bei dir, stimmt's?«

Kari machte eine wegwerfende Handbewegung. »Und wenn schon. Ich kenne solche Typen. Es macht mir nichts aus.« Sie zwinkerte Tanja zu. »Und vielleicht kann ich es ja gewinnbringend einsetzen. Für dich.« Sie stand auf und ging zum Strandaufgang, zurück in Richtung Delikatessen-Freund.

Tanja sah ihr nach. Sie mochte Kari. Aber ihren Optimismus teilte sie nicht. Zu Recht, wie sich wenig später herausstellen sollte.

▪ ▪ ▪

Elmar Bruns stemmte seine Hände auf die Tischplatte und beugte sich zu Kari, die auf einem unbequemen Plastikstuhl vor seinem Schreibtisch saß.

»Was bilden Sie sich ein, Frau Blom? Sie sind noch keine vierundzwanzig Stunden in diesem Geschäft angestellt und glauben, Sie könnten mir Vorschriften machen?«

Kari hob abwehrend die Hände. »Es war nur ein Vorschlag.«

Bruns machte ein abfälliges Geräusch.

»Ihr *Vorschlag*«, sagte er scharf und rümpfte die Nase, als hätte Kari ihm einen stinkenden Fisch auf den Tisch gelegt, »impliziert, dass Sie meine Autorität nicht akzeptieren. Sie versuchen, sich über meine Anordnungen hinwegzusetzen. Und Sie haben sich für die falsche Seite entschieden.« Er ließ sich umständlich auf seinem Stuhl nieder und hob das Kinn. »Warum legen Sie sich überhaupt für Frau Eggerstedt ins Zeug? Sie kennen sie doch gar nicht.«

Kari zog den Kopf ein. »Sie ist eine nette Frau.«

Bruns grinste böse.

»Eine fette«, korrigierte er. »Sie meinten, sie ist eine *fette* Frau.« Er kicherte über sein Wortspiel. Dann kniff er die Augen zusammen. »Sie sollten sich gut überlegen, wie Sie sich Ihre Zukunft bei Delikatessen-Freund vorstellen. Ich bin hier der Marktleiter. Ich mache die Regeln. Und wer sich nicht daran hält, fliegt.« Bruns verschränkte die Arme vor der Brust. »Haben wir uns verstanden, Frau Blom?«

Kari nickte.

»Gut.« Auf Bruns' Bulldoggengesicht breitete sich ein zufriedenes Lächeln aus. Er strich sich mit der Hand durch die grauen Locken und musterte Karis Körper.

»Es liegt an Ihnen, wie sich Ihr Leben in diesem Betrieb gestaltet«, erklärte er. »Bei Frau Eggerstedt sind Sie in der Verlierermannschaft. Bei mir«, er senkte den Kopf und sah Kari tief in die Augen, »sind Sie im Siegerteam. Wenn Sie verstehen, was ich meine.«

Kari stand auf.

»Ich verstehe Sie sehr gut«, versetzte sie kühl. »Aber ich lasse mich nicht erpressen. Und wenn ich den Eindruck habe, dass Sie Ihre Kompetenzen überschreiten, werde ich mich bei Herrn Freund über Sie beschweren.«

Bruns sprang mit einer Behändigkeit von seinem Stuhl auf, die sie ihm nicht zugetraut hätte.

»Das ist eine unverschämte Unterstellung«, brüllte er und fuchtelte mit dem Zeigefinger vor Karis Nase herum. »Das wird Ihnen noch leidtun, das verspreche ich Ihnen. Und jetzt raus hier!«

Er wies auf die Tür, und Kari fand, dass es keinen Grund gab, sich Elmar Bruns' Tobsuchtsanfall auch nur eine Sekunde länger auszusetzen. Sie drehte sich eilig um und schlüpfte aus der Tür. Sie hatte sie kaum hinter sich zugezogen, als von der anderen Seite etwas Schweres dagegenprallte und zerschellte.

■ ■ ■

Kari zitterte immer noch, als sie die Einnahmen in ihrer Kasse zählte und die Beträge auf einem Zettel notierte. Dann bemerkte sie, dass sie beobachtet wurde. Sie blickte auf und entdeckte einen Mann, der an der anderen Kasse lehnte und ihr zusah. Er trug eine schmal geschnittene graue Hose und ein rosafarbenes Hemd. Irgendetwas an ihm kam Kari bekannt vor.

»Sie machen das gut«, sagte er lächelnd.

Kari zwang sich, das Lächeln zu erwidern.

»Es tut mir leid«, sagte sie. »Aber wir haben schon geschlossen.«

Der Mann streckte die Hand aus und trat auf sie zu.

»Verzeihen Sie. Ich habe mich nicht vorgestellt. Alexander Freund.«

»Ah.« Kari erhob sich. Jetzt wusste sie, weshalb er ihr bekannt vorkam. Sein gemaltes Konterfei prangte auf den auf altmodisch getrimmten Plakaten von Delikatessen-Freund. Kari schüttelte Freunds Hand und stellte fest, dass sein Händedruck angenehm war, warm und kräftig, aber nicht zu fest.

Freund musterte sie neugierig. Der Blick aus seinen blauen Augen war so intensiv, dass er Kari wie magnetisch anzog.

»Ich hoffe, Sie fühlen sich wohl bei uns?«

»Ja.« Kari wandte den Blick ab und ließ ihn durch den Laden schweifen. »Das ist ein schönes Geschäft.« Sie zögerte.

»Aber?«

Kari seufzte. Vermutlich sollte sie lieber den Mund halten. Aber sie war immer noch dermaßen empört darüber, wie Elmar Bruns mit ihr umgesprungen war, dass sie nicht anders konnte. Sie erzählte Freund von den falsch ausgezeichneten Wildfondgläsern und Bruns' Reaktion.

Freund verzog den Mund. »Das ist doch …« Er winkte ab. »Nehmen Sie das nicht so ernst. Bruns schießt manchmal ein wenig übers Ziel hinaus. Aber er ist ein guter Marktleiter.« Er strich sich eine Strähne seiner dunkelblonden Haare aus der Stirn, die, wie Kari jetzt bemerkte, auffallend gut geschnitten waren.

»Sagen Sie Ihrer Kollegin, sie soll sich keine Sorgen machen. So etwas kommt vor. Sie muss den Schaden natürlich nicht aus eigener Tasche bezahlen.« Er hob entschuldigend die Hände. »Ich weiß, dass Herr Bruns das anders sieht. Aber ich bin überzeugt davon, dass Frau Eggerstedt eine sehr zuverlässige Kraft ist.«

Kari fühlte sich erleichtert.

»Danke«, sagte sie.

Alexander Freund lächelte.

»Das ist doch selbstverständlich«, erklärte er und ging weiter in den Laden hinein. Neben der Pyramide mit den Marmeladengläsern blieb er stehen und schaute zu ihr zurück.

»Sie sind selbstverständlich nicht dazu verpflichtet«, sagte er. »Aber ich würde mich freuen, wenn ich Sie bei Gelegenheit zum Essen einladen dürfte.«

Damit wandte er sich ab und verschwand zwischen den Regalreihen.

Kari sah ihm nach. Verblüfft stellte sie fest, dass ihr Herz flatterte.

5.

»Kari? Was ist los mit dir?«

Die Stimme von Ole Lund klang besorgt.

Kari presste das Smartphone ans Ohr und sah sich in Marijke Meenkens Gartenhäuschen um. Es war alles noch so wie beim letzten Mal. Das Bett mit der frisch gestärkten Bettwäsche.

Das gerahmte Schwarzweißfoto an der Wand, das die Hörnum-Odde zeigte, ehe sich das Meer einen großen Teil davon zurückgeholt hatte. Und der Blick aus dem Fenster auf Marijke Meenkens blühenden Garten und ein kleines Stück Nordsee.

Sie atmete tief durch.

»Das war ein turbulenter Tag«, sagte sie ins Telefon. »Ich wusste nicht, dass in einem schlichten Supermarkt so die Post abgeht.«

Lund erwiderte nichts. Er wartete nur.

»Dieser Marktleiter, Elmar Bruns, ist ein Widerling«, fuhr sie fort. »Er führt sich auf wie ein kleiner König. Er scheucht die Mitarbeiter herum und macht sie zur Schnecke, wenn jemand einen Fehler macht. Und er gafft jeder hübschen Frau auf den Busen.«

»Dir auch?«

Kari legte den Kopf in den Nacken und schloss die Augen. »*Jeder* hübschen Frau, Ole.«

»Hm.« Ole Lund machte eine kleine Pause, und Kari stellte sich vor, wie er seine Krawatte zurechtrückte, während er nach Worten suchte.

»Aber das ist es nicht, was dich so aufwühlt«, sagte er schließlich.

»Nein.« Kari öffnete die Augen wieder. Sie sah sich nach etwas um, das sie gegen die Wand werfen konnte, fand aber nichts. Sie würde später eine Runde am Strand laufen gehen. Vielleicht würde das helfen, ihre innere Anspannung abzubauen.

»Was Bruns da macht, ist Mobbing«, erklärte sie und berichtete Lund von dem Vorfall mit den Wildfondgläsern.

»Hm.« Kari hörte ein schabendes Geräusch. Lund öffnete anscheinend eine Schreibtischschublade, vermutlich, um einen seiner unvermeidlichen Zettel hervorzuholen.

»Tanja Eggerstedt«, sagte er und bestätigte damit Karis Verdacht. »Die Familie wohnt in Niebüll auf dem Festland. Drei minderjährige Kinder. Der Ehemann ist Schreiner, kann aber seinen Beruf nicht mehr ausüben, weil er sich mit einer Kreissäge einen Nerv an der Hand durchtrennt hat. Leider nicht bei der Arbeit. Jedenfalls nicht bei der legalen.«

»Scheiße«, sagte Kari.

»Ja«, erwiderte Lund. »Das beschreibt es ganz gut.«

Kari hörte, wie die Schublade wieder geschlossen wurde.

»Was ist mit den anderen?«, fragte Lund. »Hast du den Besitzer des Ladens schon kennengelernt?«

»Alexander Freund?« Kari räusperte sich. »Ja. Kurz. Er ist nett.«

»Nett?« So wie Lund das sagte, hatte der Satz mindestens drei Fragezeichen.

»Ja. Nett. Er will diese Sache mit dem Wildfond für Tanja regeln. Und er hat mich zum Essen eingeladen.«

»Aha.«

»Da ist nichts«, fauchte Kari. »Er will mich einfach nur kennenlernen. Immerhin arbeite ich für ihn.«

»Natürlich«, sagte Lund, und Kari konnte deutlich hören, dass er ihr nicht glaubte. Darüber, ob sie es selbst glaubte, wollte sie lieber gar nicht erst nachdenken.

Lund richtete seinen Fokus wieder auf die Arbeit.

»Wie auch immer«, sagte er. »Du bist nicht zum Vergnügen da. Hast du schon einen Verdacht in Sachen Kreditkartenbetrug?«

»Ja. Elmar Bruns.«

Lund lachte auf. »Weil du ihn nicht magst?«

»Nein. Bruns leistet sich neuerdings einen verdammt kostspieligen Lebensstil. Er fährt seit ein paar Wochen einen nagelneuen BMW Z4. Das hat mir der Lagerist erzählt, Marvin

Drewes. Ein liebenswerter Kerl, aber geistig ein bisschen zurückgeblieben.« Kari nahm ihr Smartphone vom Ohr und öffnete den Ordner mit dem Foto, das sie heimlich von Bruns geschossen hatte. »Bruns trägt auch eine ziemlich teure Uhr, die ebenfalls neu ist.« Sie blickte auf das feiste Gesicht des Marktleiters und schickte das Bild dann an Lund. »Und er ist der Einzige, der neben den Leuten von der Sicherheitsfirma Zugriff auf die Technik des Markts und damit auf die Kreditkartenterminals hat.«

Kari hörte, wie Lund am anderen Ende mit einem Stift auf die Tischplatte klopfte.

»Und was ist mit Alexander Freund? Er hat auch Zugriff auf die Terminals.«

»Freund ist ein kluger und gebildeter Mann«, sagte Kari. »Ich glaube kaum, dass er so dumm wäre, seinem eigenen Laden zu schaden.«

»Soso.« Lund lachte leise. »Kann es sein, dass dir unser Freund den Kopf verdreht hat?«

»Nein, Ole«, entgegnete Kari gereizt. »Mit meinem Kopf ist alles in Ordnung. Und ich bin mir sicher, dass Elmar Bruns der Mann ist, den wir suchen.«

»Also gut.« Lund wurde wieder ernst. »Dann schnapp dir diesen Bruns. Und sieh zu, dass du den Fall wasserdicht machst.«

Kari nickte grimmig. »Das werde ich, Ole. Verlass dich drauf.«

Sie warf das Smartphone auf den Tisch und stemmte die Hände in die Hüften. Dann blickte sie aus dem Fenster auf den blassblauen Himmel, an dem dunkle Wolken vorbeizogen.

Sie holte ihre Tasche unter dem Bett hervor und nahm ihre Laufschuhe heraus. Sie musste dringend etwas tun, um ihre Aggressionen abzubauen.

6. Roswitha Jensen stemmte sich gegen den Wind, der ihr den Sand ins Gesicht trieb. Hinter ihr schlurften acht alte Frauen, die mit bunten Regenmänteln bekleidet waren. Vor ihnen ragte ein imposanter Sandhügel auf. Der Strandhafer neigte sich unter den Sturmböen.

Der Wanderweg zwischen List und Weststrand lag noch im Dunkeln, aber im Osten zeichnete sich bereits ein Lichtstreifen in zartem Orange ab. Dann stieg die Sonne am Horizont auf, ein roter Ball, der durch den Morgennebel zu glühen schien. Wenig später tauchte er die Wanderdüne in ein goldgelbes Licht.

Roswitha blieb stehen, und die alten Damen hinter ihr taten es ihr gleich. Sooft sie diesen Anblick schon gesehen hatten, so sehr verzauberte er sie doch immer wieder. Und tatsächlich war er ja jedes Mal ein klein wenig anders. Immerhin bewegte sich Deutschlands einzige Wanderdüne alljährlich bis zu sieben Meter in Richtung Osten.

Eine der Frauen berührte Roswitha am Arm.

»Danke, dass du dir die Zeit genommen hast!«, brüllte sie gegen den Wind an. »Es ist einfach immer wieder wunderschön, hierherzukommen.«

Roswitha Jensen nickte. Sie liebte die Spaziergänge mit den alten Damen, die sich so wohltuend von den Touristenführungen abhoben, mit denen sie ihren Lebensunterhalt verdiente. Die meisten Feriengäste schnatterten in einer Tour und fotografierten sich die Finger wund. Die alten Damen dagegen wussten die Stille der Insel zu schätzen und zu genießen.

Eine von ihnen streckte die Hand aus. »Was ist denn das da?«

Roswitha kniff die Augen zusammen. Am Fuß der Düne flatterte ein blaues Stück Stoff im Wind.

Roswitha seufzte. Die Leute konnten es nicht lassen. Selbst hier im Naturschutzgebiet mussten sie ihren Müll wegwerfen.

Sie ging zu dem blauen Stofffetzen und riss daran. Es war die Kapuze einer Windjacke. Roswitha zog kräftiger, aber der Stoff hing fest. Offenbar hatte er sich an irgendetwas verhakt.

Sie zerrte noch stärker. Ein Stück der Windjacke tauchte aus dem Sand auf. Und dazu ein bleiches Gesicht mit weit aufgerissenen Augen.

Roswitha ließ die Kapuze los und begann zu schreien.

Die Damen hinter ihr taten dasselbe. Es klang wie ein schauriges Echo, das vom Wind über das Meer davongetragen wurde.

▪ ▪ ▪

Kari Blom wachte auf, weil jemand von draußen gegen ihre Tür hämmerte.

Im ersten Moment wusste sie nicht, wo sie war. Dann fiel ihr Blick auf das Schwarzweißfoto der Hörnum-Odde über ihrem Bett. Natürlich. Sylt. Sie war im Gästehaus von Marijke Meenken. Kari befreite sich von der geblümten Bettwäsche und eilte zur Tür.

Draußen standen Marijke Meenken und einige weitere Damen aus dem Sylter Häkelclub, alle mit roten Wangen und aufgeregt leuchtenden Augen unter den festgezurrten Kapuzen ihrer bunten Regenjacken. Bei ihrem Anblick bemerkte Kari die dunklen Wolken am Himmel und den scharfen Wind, der über die Insel fegte. Sie fröstelte in ihrem dünnen Pyjama.

Marijke Meenken griff nach ihrem Arm. »Kari! Frau Blom!«

»Ja?«

»Wir haben eine furchtbare Entdeckung gemacht.«

Kari runzelte die Stirn. Was konnte das sein? Und warum waren ihre Vermieterin und deren Freundinnen überhaupt so früh am Morgen auf den Beinen?

Dann fiel es ihr wieder ein. Die »Häkelmafia«, wie sie die alten Damen mit ihrem über die ganze Insel verzweigten Informationsnetzwerk heimlich getauft hatte, frönte neben der Handarbeit noch einem zweiten Hobby: der Ornithologie. Vermutlich hatten sie irgendwo am Strand einen verletzten Vogel aufgelesen und brauchten jetzt Hilfe, um ... ja – um was?

»Wir haben einen Toten gefunden!«, berichtete die Bäckerwitwe Alma Grieger aufgeregt.

»Ach. Das tut mir leid«, sagte Kari, die noch immer glaubte, dass von Seevögeln die Rede war.

»Stellen Sie sich das vor! Im Sand am Fuß der Wanderdüne! Womöglich hat man ihn lebendig begraben.«

»Sie meinen – ein toter *Mann*?«

Die Häkeldamen nickten.

Kari tat dasselbe. Dann hielt sie inne. Sie war es gewohnt, in ihrer Eigenschaft als Polizistin über ungeklärte Todesfälle informiert zu werden. Aber die alten Damen wussten nicht, dass sie Kriminalbeamtin war. Oder doch?

»Warum erzählen Sie mir das?«, fragte sie misstrauisch.

Marijke Meenken tätschelte Karis Arm. »Ach, Kindchen. Weil Sie den Mann kennen. Es ist Elmar Bruns. Der Marktleiter von Delikatessen-Freund.«

7. Ein grässlicher Schrei zerriss die Stille.

Jonas Voss fuhr in seinem Bett hoch und sah sich verwirrt um. Er lauschte, aber der Schrei war verstummt. Dann hörte er ihn erneut: verzweifelt, herzzerreißend und laut.

Voss sprang aus dem Bett. Er riss die Schlafzimmertür auf und stürzte in den Flur.

Die Tür zu Finjas Kinderzimmer war geschlossen. Die zu Jaspers Zimmer stand offen. Voss ging hinein.

Das Bett war zerwühlt; ein Stoffhund, eine Robbe und ein überdimensionaler Hase lagen auf der Matratze, aber sein Sohn war nicht da. Wieder hörte er den Schrei. Er kam eindeutig von unten aus dem Erdgeschoss.

Jonas Voss eilte die Treppe hinunter. Auf der letzten Stufe blieb er stehen und lauschte.

Da! Der Schrei kam aus dem Wohnzimmer.

Voss stieß die Tür auf und blickte sich um.

Jasper stand neben der Anrichte. Er steckte in einem Pyjama, der mit kleinen blauen Bären bedruckt war. Die Bären trugen gestreifte T-Shirts und Matrosenmützen auf dem Kopf. Jaspers blonde Haare waren verwuschelt, sein Gesicht noch zerknautscht vom Schlafen.

Wieder ertönte der Schrei, der Jonas Voss durch Mark und Bein ging. Jasper grinste und deutete auf das Telefon, das auf der Anrichte stand.

»Cool, oder?«, sagte er. »Haben wir gestern runtergeladen. Olivia hat gesagt, das ist genau der richtige Klingelton für jemanden von der *policía*.«

Voss blickte auf das Telefon, das erneut sein schauriges Geheul erklingen ließ. Dann nahm er eilig das Mobilteil in die Hand, um dem Schrecken ein Ende zu machen.

■ ■ ■

Eine halbe Stunde später fuhr er mit seinem Fahrrad den Wanderweg von List nach Weststrand entlang. Den Wagen hatte er auf dem Parkplatz am Eingang des Naturschutzgebiets stehenlassen. Er brauchte dringend ein paar Minuten Zeit, um einen klaren Kopf zu bekommen.

Seit gestern war Kari Blom zurück auf Sylt. Und heute gab es wieder einen Toten. Genau wie vor einem Jahr.

Natürlich war es lächerlich, da einen Zusammenhang zu konstruieren. Aber Gewaltverbrechen waren auf Sylt ebenso selten wie die Besuche der geheimnisvollen Schriftstellerin. Wenn sie also nichts damit zu tun hatte, dann hatte sie zumindest ein ausgesprochen unglückliches Timing.

Auf dem Weg vor der Wanderdüne, den man weiträumig mit rot-weißem Flatterband abgesperrt hatte, parkten neben einem Streifen- und einem Rettungswagen der schwarze Kombi eines Bestattungsunternehmens und das dunkelblaue Zivilfahrzeug des Polizeireviers Sylt, mit dem vermutlich Hannah Behrends gekommen war. Die zugehörigen Personen standen im Windschatten des Rettungswagens im Halbkreis und wärmten sich wegen der Kälte die Hände an Kaffeebechern aus Plastik. Bis zum Eintreffen der Spurensicherung aus Flensburg und der Rechtsmedizinerin aus Kiel würde es eine Weile dauern. Im Moment konnten sie nicht mehr tun, als über den eigens abgesteckten Trampelpfad den Fundort der Leiche in Augenschein zu nehmen und sich einen ersten Eindruck zu verschaffen.

Hannah Behrends kam mit leuchtenden Augen auf ihn zu. Ihre Wangen waren gerötet – und das vermutlich nicht nur vom scharfen Wind, der noch immer in unverminderter Stärke über die Insel fegte. Da hatte sie nun also den aufregenden Fall, den sie sich gewünscht hatte.

»Was ist passiert?«, fragte Jonas Voss.

»Ein Toter«, berichtete Hannah. »Er liegt am Fuß der Wanderdüne begraben. Seine Nase und sein Mund sind voller Sand.« Hannah schüttelte sich. »Das sieht aus, als hätte man ihn lebendig begraben.«

Voss hob unbehaglich die Schultern. »Das können wir noch nicht mit Sicherheit sagen. Vielleicht war er auch bereits tot, als man ihn da verbuddelt hat«, sagte er abwehrend. »Das muss die Rechtsmedizin klären.«

Hannah zog die blaue Windjacke mit dem Abzeichen der Polizei Schleswig-Holstein enger um ihren Körper. »Ja. Sicher.«

Voss blickte zur Düne hinüber. »Wer hat den Toten gefunden?«, fragte er.

»Der Sylter Häkelclub«, erwiderte Hannah. »Roswitha Jensen vom Tourismusverband hat sie heute Morgen mit ihrem VW-Bus abgeholt. Sie wollten einen Spaziergang machen. Die Wanderdüne bei Sonnenaufgang. Aber dann haben sie die Leiche entdeckt.«

Jonas Voss spürte, wie sich sein Magen zu einem Klumpen zusammenzog. Der Sylter Häkelclub? Hatte nicht Kari Blom im letzten Jahr bei einer der Häkeldamen im Gartenhaus gewohnt? Aber vermutlich war das einfach nur ein dummer Zufall.

»Wissen wir schon, wer der Tote ist?«

Hannah Behrends nickte. »Wir haben gestern noch mit ihm gesprochen. Es ist Elmar Bruns.«

Der Marktleiter von Delikatessen-Freund. Dem Laden, in dem Kari Blom seit gestern an der Kasse saß.

Der Klumpen in Voss' Magen wurde zu einer glühenden Kugel.

▪ ▪ ▪

Die Zeit verrann kläglich langsam. Jonas Voss nippte an dem Kaffee, den ihm ein Kollege von der Streife gebracht hatte. Seine Hände waren kalt von dem scharfen Wind, der ihm durch die Kleider fuhr. Voss wärmte sie am heißen Becher.

Am Himmel zogen schwarze Wolken vorbei. Es sah nicht so aus, als ob es heute noch aufreißen würde. Vielmehr schien sich eine neue Regenfront aufzubauen.

Voss blickte hinüber zur Wanderdüne, wo die Kollegen ein Schutzzelt über dem Toten errichtet hatten. Es erinnerte an die Pavillons, die man bei Gartenpartys aufstellte.

Unter dem Dach kniete Prof. Dr. Susanne Lorenz, die Leiterin der Kieler Rechtsmedizin, neben dem Leichnam und unterzog ihn einer ersten Untersuchung. Auch die Beamten der Spurensicherung waren mittlerweile eingetroffen. Sie stapften in ihren weißen Plastikanzügen um den Fundort der Leiche herum und stocherten mit Stangen im Sand der Wanderdüne. Sie sahen aus wie Aliens bei der Erkundung eines neuen Planeten.

Die Rechtsmedizinerin kam auf Jonas Voss und Hannah zu und zog beim Laufen die Latexhandschuhe von den Fingern. Überall an ihrem weißen Anzug klebte Sand.

»Ich kann noch nicht viel sagen«, erklärte sie und streifte die weiße Kapuze ab. Darunter kamen ihre kurzen blonden Locken zum Vorschein. »Nur so viel: Der Leichnam weist keine äußeren Verletzungen auf. Möglicherweise ist der Mann vergiftet worden, allerdings habe ich keinen charakteristischen Geruch feststellen können. Aber das muss nichts heißen.« Sie deutete auf die Düne, die hinter ihr aufragte. »Trotzdem würde ich momentan eher davon ausgehen, dass er noch gelebt hat, als er hier vergraben wurde. Seine Augen sind gerötet. Das könnten Petechien sein, Einblutungen, die beim Ersticken entstehen. Es kann aber auch einfach der Sand gewesen sein. Genau wissen wir das erst nach der Obduktion.«

Jonas Voss bedankte sich und reichte der Rechtsmedizinerin die Hand.

Susanne Lorenz legte den Kopf schief. »Sie wissen, dass ich mich nicht gern aus dem Fenster lehne«, erklärte sie. »Aber an Ihrer Stelle würde ich nach starken Sedativa Ausschau halten. Chloroform. K.-o.-Tropfen. Vielleicht auch Kokain.«

Voss verstand sofort, was sie meinte. Es war mehr als unwahrscheinlich, dass sich jemand, der wach und bei klarem Verstand war, freiwillig im Sand vergraben ließ. Ganz sicher nicht jemand wie Elmar Bruns.

8.

In Karis Kopf wirbelten die Gedanken durcheinander. Hatte sie sich getäuscht? War Elmar Bruns nicht derjenige, der die Kreditkartenterminals manipuliert hatte, obwohl doch alles dafür sprach? Hatte er im Gegenteil entdeckt, wer sich hier im Markt auf ungesetzliche Weise bereicherte?

Vielleicht erklärte ja auch das seinen plötzlichen Reichtum: Bruns hatte herausgefunden, dass einer seiner Kollegen die Kreditkartendaten der Kunden für seine eigenen Zwecke nutzte und denjenigen erpresst. Und jetzt hatte der Täter den unliebsamen Mitwisser aus dem Weg geräumt.

Oder hatte der Mord an Bruns gar nichts mit dem Kreditkartenbetrug zu tun?

Kari betrachtete ihre neuen Kollegen, die sich im Pausenraum versammelt hatten. Traute sie einem von ihnen den Kreditkartenbetrug zu? Traute sie einem von ihnen einen *Mord* zu?

Kari schüttelte den Kopf. Wer sollte es denn gewesen sein? Tanja Eggerstedt, die wie ein Mehlsack auf ihrem Stuhl hing und ihre Finger knetete? Saskia Lübbers, die neben dem Fenster an der Wand lehnte und hektisch an ihrer Zigarette zog? Der Lagerarbeiter Marvin Drewes, der mit großen Augen mitten im Raum stand und sich immer wieder mit der Hand durch die dünnen blonden Haare fuhr, als hätte er Mühe, überhaupt zu begreifen, was geschehen war? Oder Diego Valdez, der mit unbewegter Miene auf dem Tisch saß, die Beine übereinandergeschlagen, den Rücken an die Wand gelehnt, die Arme vor der Brust verschränkt, während seine Augen die anderen im Raum eindringlich abtasteten? Trotz der lässigen Sitzposition strahlte er die Körperspannung eines geübten Tänzers aus.

Die Tür öffnete sich, und Alexander Freund trat ein. Er hatte sich bereits dem Anlass entsprechend in einen anthrazitfarbenen Anzug und ein graues Hemd gekleidet. Dazu trug er eine schwarze Krawatte. Seinem Gesicht war die Betroffenheit deutlich anzusehen.

»Die Polizei wird gleich hier sein«, erklärte er und schaute seine Angestellten der Reihe nach an. Bei Kari verweilte sein Blick einen Moment lang, und ein trauriges Lächeln umspielte seine Lippen.

»Ich möchte Sie bitten, rückhaltlos bei der Aufklärung dieses furchtbaren Verbrechens mitzuwirken«, sagte er. Entschuldigend hob er die Hände. »Trotzdem muss der gewöhnliche Ablauf natürlich weitergehen.« Er deutete in Richtung der Verkaufsräume. »Die Beamten werden Sie einzeln befragen. Diejenigen, die gerade frei sind, kümmern sich bitte um die Kasse und die Frischtheke.« Er lächelte knapp. »Ich selbst werde natürlich mit anfassen, wo ich kann.«

Freund machte eine hilflose Geste.

»Außerdem muss ich Sie bitten, das Büro des Marktleiters und den Pausenraum bis auf weiteres nicht zu benutzen. Die Polizei will sich in Ruhe umsehen und ihre Befragungen durchführen.«

Tanja Eggerstedt nickte. Sie erhob sich schwerfällig von ihrem Stuhl und verließ den Raum. Valdez glitt mit einer eleganten Bewegung vom Tisch und folgte ihr. Marvin ging ihnen nach.

Saskia öffnete die Tür ihres Spinds.

»Bitte, Frau Lübbers«, stoppte Freund sie. »Wir sollen hier nichts mehr anfassen.«

Saskia warf die Spindtür wieder zu. »Ich wollte nur meine Zigaretten herausholen«, schimpfte sie.

»Nehmen Sie sich eine Packung aus dem Regal an der Kasse«, schlug Freund vor. »Auf Kosten des Hauses.«

»Oh!« Saskia Lübbers wandte sich zur Tür und wedelte mit der Hand. »Da sage ich natürlich nicht nein.«

Alexander Freund atmete tief durch.

»Mein Gott«, stieß er hervor und blickte zu Kari. »Was für ein Alptraum.«

■ ■ ■

Hannah Behrends klappte der Mund auf, als sie den Pausenraum im Delikatessenmarkt betrat und die erste Zeugin im Mordfall Elmar Bruns erblickte.

Es war Kari Blom. Die Frau, die schon im letzten Jahr in

einer verzwickten Mordermittlung eine höchst undurchsichtige Rolle gespielt hatte. Und die, was noch schlimmer war, Jonas den Kopf verdreht hatte.

Angeblich war diese Kari Blom Schriftstellerin. Aber ein Buch von ihr hatte Hannah noch in keinem Laden gesehen. Und jetzt arbeitete sie also als Kassiererin bei Delikatessen-Freund. Vielleicht würde das ja ihren Chef auf den Boden der Realität zurückholen.

»Guten Morgen, Frau Blom«, sagte Hannah und machte aus ihrer Feindseligkeit keinen Hehl. »Das ist ja eine Überraschung.«

Kari nickte. Sie hätte es ebenfalls vorgezogen, Jonas Voss und seiner Kollegin nicht so bald wiederzubegegnen. Aber das Schicksal hatte ganz offensichtlich andere Pläne.

Die Tür zum Pausenraum öffnete sich erneut, und Voss trat ein. Einen Moment lang blieb er stehen und sah Kari an.

Sie betrachtete sein freundliches Gesicht. Die braunen Haare waren vom Wind zerzaust. In seinen Augen spiegelte sich eine Mischung aus Wiedersehensfreude und Enttäuschung.

»Kari«, sagte er und setzte sich ihr gegenüber. »Frau Blom«, korrigierte er sich dann.

Sie waren sich nahegekommen im letzten Jahr. Aber ehe es zu eng geworden war, ehe aus dem Sie das Du geworden war, hatte Kari schweren Herzens ihren Auftrag beendet. Kari war eine Phantasiefigur. Und Phantasiefiguren konnten keine Beziehung mit einem echten Menschen eingehen.

»Herr Voss«, erwiderte sie. »Ich würde gern sagen, dass ich mich freue, Sie wiederzusehen. Aber angesichts der Umstände wäre das wohl ein wenig pietätlos.«

Hannah Behrends, die hinter Voss' Stuhl stehen geblieben war, schnaubte leise.

»Kaum sind Sie zurück auf Sylt, wird hier wieder gemordet«, warf sie in den Raum. »Finden Sie das nicht seltsam?«

Jonas Voss hob die Hand, um seiner Kollegin Einhalt zu gebieten, aber Kari nickte.

»Doch«, erwiderte sie. »Sie können sich gar nicht vorstellen, wie sehr.«

Jonas Voss konnte nicht anders, er musste schmunzeln. Dann wurde er wieder ernst. »Was tun Sie hier? Ich dachte, Sie schreiben Bücher. Und jetzt sitzen Sie bei Freund an der Supermarktkasse.«

Kari lachte verlegen. »Ich schreibe. Aber die Verlagswelt ist nicht gerade eine Wachstumsbranche. Der Markt wird mit E-Books von No-Name-Autoren überschwemmt. Es ist schwer, überhaupt einen Fuß in die Tür zu bekommen.«

Voss runzelte die Stirn. »Im letzten Jahr«, hakte er nach, »hatte ich nicht den Eindruck, dass Sie von Ihrem Beruf nicht leben können.«

Kari verzog den Mund. »Letztes Jahr hatte ich ein Stipendium«, erklärte sie. »Jetzt bin ich finanziell auf mich selbst gestellt. Und als Magistra der Literatur und Philosophie findet sich nicht so leicht ein Broterwerb. Da ist es eben die Supermarktkasse geworden.«

»Und warum Sylt?«, fragte Hannah Behrends scharf. Es klang, als hätte sie vor allem ein persönliches Interesse an der Antwort auf die Frage.

Kari machte eine vage Handbewegung. »Ich mag die Insel«, erwiderte sie. »Und wenn man schon einen Job machen muss, der einem nicht gefällt, kann man das doch zumindest an einem schönen Ort tun, finden Sie nicht?«

Jonas Voss verschränkte die Arme vor der Brust, ein hilfloser Versuch, so etwas wie professionelle Distanz herzustellen.

»Kommen wir zur Sache«, forderte er. »Wie war Ihr Verhältnis zu Elmar Bruns?«

Kari lächelte. »Was für ein Verhältnis sollte ich zu ihm haben?«, fragte sie so gelassen, wie sie nur konnte. »Ich habe den Mann gestern erst kennengelernt. Das reicht vielleicht für eine erste Meinung. Aber nicht für weitreichende Beziehungen.«

Voss legte den Kopf schief. »Und Ihr erster Eindruck? Wie war der?«

Kari seufzte. »Ich sage das nicht gern über einen Toten«, entgegnete sie. Sie fuhr sich durch die kurzen blonden Haare. »Aber ich denke, Elmar Bruns war ein Pascha. Er hat gern Leute herumkommandiert. Ich glaube nicht, dass er hier viele Freunde hatte.«

Jonas Voss nickte. Das entsprach dem Bild, das er selbst von Bruns hatte.

»Und Sie?«, fragte er. »Wie sind Sie mit ihm zurechtgekommen?«

Kari hob die Arme und ließ sie wieder fallen. Sie versuchte, sich unbeteiligt zu geben. Sie wollte Voss nicht von ihrem Zusammenstoß mit Bruns wegen der Sache mit den Wildfondgläsern erzählen. Und auch nicht davon, wie er ihr ständig auf den Busen gestarrt hatte. Zumindest von Ersterem wusste zwar auch Alexander Freund, aber aus irgendeinem Grund war sie sich sicher, dass er der Polizei nichts davon sagen würde.

»Ich denke, er war zufrieden«, erwiderte sie. »Ich habe mich schnell eingearbeitet und die Kasse übernommen. Wir hatten den ganzen Tag über keinen Kundenstau.«

Hannah Behrends beugte sich neugierig vor. »Sie sind eine attraktive Frau«, sagte sie. »Und Herrn Bruns ist das sicher nicht entgangen. Wie hat er darauf reagiert?«

Kari machte eine wegwerfende Handbewegung. »Kann

sein, dass er mich ein paarmal länger angestarrt hat, als nötig war. Aber ich ignoriere solche Männer.«

Hannah zwinkerte ihr zu. »Das hat ihm doch bestimmt nicht gefallen.«

Kari musterte die Kriminalkommissarin. Sie wurde das Gefühl nicht los, dass Hannah versuchte, sie vor Jonas Voss vorzuführen.

»Dazu kann ich nichts sagen«, entgegnete sie. »Aber ich war sicher nicht die einzige Frau, die er angestarrt hat. Und ich war wahrscheinlich auch nicht die Einzige, die ihn ignoriert hat.«

Hannah wollte das Thema offenbar noch vertiefen, doch Voss schnitt ihr das Wort ab. »Danke«, sagte er. »Das war's fürs Erste. Aber wir kommen sicher noch auf Sie zurück.«

Kari erhob sich. Sie setzte eine undurchdringliche Miene auf und verließ den Pausenraum. Sie wollte gern so tun, als ließe die erneute Begegnung mit dem Sylter Kriminalkommissar sie kalt. Doch der Blick, den Jonas Voss ihr zuwarf, ehe die Tür hinter ihr ins Schloss fiel, traf sie mitten ins Herz.

9.

Vor dem Schaufenster des Delikatessenmarkts hatte sich eine Menschentraube versammelt. Ihr Interesse galt allerdings nicht der neugestalteten Dekoration, sondern den Vorgängen im Inneren des Geschäfts. Dort bewegte sich gerade eine Gruppe in weiße Plastikanzüge gekleideter Männer und Frauen in Richtung Lager.

Sie waren kaum aus dem Sichtfeld der Zuschauer verschwunden, als der Ansturm auf den Laden einsetzte. Die

Schaulustigen drängten sich zwischen den Regalen, betrachteten scheinbar abwägend die angebotenen Waren und versuchten zugleich, heimlich einen Blick durch die Tür ins Lager zu werfen. Einige blieben sogar vor dem kleinen Fenster des Marktleiterbüros stehen, legten die Hände an die Scheibe und spähten hinein.

Jonas Voss und Hannah Behrends drängten sich gemeinsam mit Alexander Freund, dem Inhaber des Ladens, in die entgegengesetzte Richtung. Sie atmeten auf, als sie endlich auf der Strandstraße standen. Über ihnen türmten sich unheilvoll schwarze Wolken auf.

»Tut mir leid«, sagte Voss, an den Besitzer des Delikatessenmarkts gewandt. »Aber wir müssen die Befragung Ihrer Angestellten auf dem Polizeirevier fortsetzen. Die Kollegen von der Kriminaltechnik befürchten, dass wir in den Räumlichkeiten hinter dem Verkaufsraum Spuren vernichten könnten.«

Freund nickte, aber seine Miene zeigte, dass er von der Aussicht alles andere als begeistert war.

»Sie sehen ja, was hier los ist«, erklärte er. »Solch einen Andrang hatten wir noch nie. Wenn wir nicht durchgängig beide Kassen besetzen, schaffen wir das nicht. Und wer weiß, was dann noch passiert.«

Voss zögerte. Natürlich wollte er verhindern, dass sich die Situation vor Ort weiter verschärfte. Sie hätten den Markt einfach schließen können, aber das hätte die Neugier der Schaulustigen vermutlich nur noch weiter angeheizt. Der Betrieb musste also weitergehen. Doch es war auch wichtig, so schnell wie möglich mit der Vernehmung der Personen im unmittelbaren Umfeld des Mordopfers zu beginnen. Bei einer Mordermittlung wurden die Spuren mit jeder Stunde um ein Vielfaches kälter.

»Tut mir leid«, wiederholte er. »Aber ich sehe keine andere

Lösung. Wir müssen mit Ihren Mitarbeitern sprechen. Dringend.«

Alexander Freund strich sich die dunkelblonden Haare aus der Stirn. Sein Gesichtsausdruck hatte etwas zutiefst Gequältes. Er sah die Straße hinauf und hinunter, wo von beiden Seiten immer neue, mit Wind- und Seglerjacken präparierte Touristen auf den Laden zustrebten. Dann fiel sein Blick auf die Boutique Liberté auf der gegenüberliegenden Straßenseite.

»Wir könnten zu meiner Frau gehen«, schlug er vor und deutete hinüber. »Sie betreibt die Boutique gegenüber. Hinter dem Laden gibt es ein paar Räume, in denen Änderungsarbeiten durchgeführt und Anproben für die Modenschauen gemacht werden. Ich bin sicher, wir finden dort einen Platz, wo Sie meine Mitarbeiter befragen können.«

Jonas Voss betrachtete das Geschäft. Das Schaufenster war mit Leuchttürmen und Möwen aus Pappmaché dekoriert. Dazwischen lehnten schlanke Schaufensterpuppen, die ausgefallene Kleider und seidig schimmernde Hemden präsentierten. Es war die Sorte von Laden, die seine Exfrau Friederike geliebt und die er selbst stets mit Unbehagen betreten hatte. Er bevorzugte schlichte Kleidung und trug meist einfache Baumwollhemden und -hosen, die für den Dienst ebenso taugten wie für eine spontane Rangelei mit den Kindern. Wenn er ehrlich war, musste er allerdings zugeben, dass es noch einen anderen Grund gab, weshalb er nicht gern in Boutiquen einkaufte. Es war dieser Blick, mit dem ihn die Verkäuferinnen musterten. Ein Blick, der ihn als Außenseiter in der Welt der Haute Couture entlarvte und unter dem er jedes Mal das Gefühl hatte, zu schrumpfen. Obwohl er noch nie das Bedürfnis gehabt hatte, dazuzugehören, zu den Schönen und Reichen, die, ohne mit der Wimper zu zucken, jeden Phantasiebetrag zahlten, den diese Luxusboutiquen für einen Hauch Stoff verlangten.

Aber dieses Mal war es anders. In seiner Funktion als Leiter einer Mordermittlung konnte er den Laden betreten, ohne dass ihn jemand schief ansehen würde. Und diese Gelegenheit würde er nutzen.

»Einverstanden«, sagte er und ignorierte, dass Hannah missbilligend die Stirn runzelte.

■ ■ ■

Alexander Freund rückte seine schwarze Krawatte zurecht und betrat die Boutique Liberté. Ein leiser Glockenklang ertönte, als sie die Tür öffneten. Aus dem Inneren drang klassische Musik aus unsichtbaren Lautsprechern.

Die Frau, die hinter der Kasse stand, hob den Kopf. Sie trug eine schmal geschnittene graue Hose und ein roséfarbenes Top. Lange dunkle Locken fielen über ihre Schultern. Als sie ihren Mann erkannte, lächelte sie und kam mit ausgebreiteten Armen auf ihn zu.

»Alexander!«

Der Inhaber des Delikatessenmarkts ergriff ihre Hände und hauchte ihr rechts und links ein Küsschen auf die Wange. Dann deutete er auf Voss und Hannah.

»Das sind Hauptkommissar Jonas Voss und seine Kollegin, Frau Behrends. Sie untersuchen den Tod von Elmar Bruns.«

Eine dunkle Wolke huschte über das schmale Gesicht mit den hohen Wangenknochen und den leicht schräg stehenden Augen, über denen die akkurat gezupften Brauen einen perfekten Bogen bildeten.

»Ja, schrecklich«, sagte sie und trat auf die beiden Beamten zu.

»Ich bin Viktoria Freund«, stellte sie sich vor und reichte

erst Voss und danach Hannah die Hand. »Mir gehört dieses Geschäft.«

Voss bemerkte, dass Freund das Understatement seiner Frau mit einem verhaltenen Schmunzeln kommentierte. Aber Viktoria Freunds Bescheidenheit wirkte nicht wie Koketterie. Vielmehr schien sie bemüht, mehr Nähe herzustellen, als die Umstände zuließen.

»Wie kann ich Ihnen helfen?«, fragte sie.

»Die Herrschaften suchen einen Ort, an dem sie meine Mitarbeiter befragen können«, erklärte Alexander Freund. Seine Frau lächelte.

»Selbstverständlich«, erwiderte sie und deutete auf den Vorhang, der das Geschäft von den dahinterliegenden Räumen trennte. »In unserer Werkstatt finden gerade die Proben für unsere nächste Modenschau statt. Aber das Nähzimmer und mein Büro sind frei. Sie können beides gern benutzen.«

Freund legte ihr dankbar eine Hand auf die Schulter und sah die Beamten an.

»Dann setze ich mich an die Kasse und schicke Ihnen Frau Lübbers. Oder möchten Sie lieber mit mir beginnen?«

Jonas Voss wechselte einen kurzen Blick mit Hannah. Was Querelen oder Konkurrenzkämpfe anging, waren die Kollegen von Bruns vermutlich die ergiebigere Quelle. Doch es konnte nicht schaden, sich zuvor von Alexander Freund einen Überblick geben zu lassen.

»Erzählen Sie uns doch ein wenig über Ihre Mitarbeiter«, bat er.

Freund hob die Hände, als wüsste er nicht recht, wo er beginnen sollte.

»Ich habe das Geschäft vor zwanzig Jahren gegründet«, erklärte er schließlich. »Am Anfang war es eher eine Art Tante-Emma-Laden. Ich hatte ein überschaubares Sortiment und habe selbst hinter der Theke gestanden. Doch je schicker es wurde, einen Zweitwohnsitz auf Sylt zu haben, desto mehr stieg auch die Nachfrage nach Delikatessen.« Er schaute kurz zu seiner Frau. »Als die Räumlichkeiten gegenüber von Viktorias Boutique frei wurden, habe ich zugegriffen und expandiert. Das war ein großer Schritt, vom schmalen Ladengeschäft in Wenningstedt in die teure Strandstraße in Westerland. Aber zwei Delikatessenmärkte in Wenningstedt wären auch zu viel. So groß sind die Unterschiede zwischen unserem Sortiment und dem von Feinkost Meyer nicht.«

Freund machte eine Handbewegung, die wohl andeuten sollte, dass er die Geschichte abkürzen würde, um zum Punkt zu kommen.

»Heute habe ich sechs feste Mitarbeiter«, erklärte er. »Zwei Kassiererinnen, eine Kraft für die Frischtheke, einen Koch fürs Catering, einen Lageristen und einen Marktleiter.« Freund geriet ins Stocken. »Also ... ich hatte einen Marktleiter. Elmar Bruns.« Er verstummte.

»Wir haben ihn gekannt«, sprang Hannah Behrends ein. »Er war – wie soll ich sagen? – kein besonders umgänglicher Mensch.«

Freund verzog gequält das Gesicht.

»Nein«, gab er zu. »Er hatte die Organisation gut im Griff, aber bei der Mitarbeiterführung ...« Er seufzte. »Eine meiner Kassiererinnen – Nicole Pröll – hat vor zwei Wochen gekündigt. Ihre Begründung war, dass Bruns sie gemobbt hat.«

»Ach so?« Hannah neigte Freund interessiert den Kopf zu. Der Besitzer des Delikatessenmarkts winkte ab.

»Sie hat ihn sicher nicht umgebracht«, erklärte er. »Ihre Krankenkasse hat ihr eine psychosomatische Kur bewilligt. Sie ist derzeit in Donaueschingen.« Er lächelte schwach. »Ich weiß das, weil sie mich von dort aus angerufen hat. Ihr Therapeut hat ihr geraten, mir zu erklären, weshalb sie uns verlassen hat. Sie hat auch gesagt, dass es ihr jetzt gutgeht.«

Hannah zog ihr iPad hervor und machte sich eine Notiz. Sie würden in der Klinik nachfragen und sich bestätigen lassen, dass Nicole Pröll nicht zwischenzeitlich nach Sylt gereist war, um sich endgültig von ihrem Peiniger zu befreien.

»Sie war auch nicht die Einzige, die gelegentlich Probleme mit Herrn Bruns hatte«, fuhr Freund fort. »Er konnte es einfach nicht lassen, seine Kollegen zu piesacken oder sich über sie lustig zu machen. Das haben auch Frau Lübbers, meine zweite Kassiererin, Frau Eggerstedt von der Fleischtheke und unser Lagerist Marvin Drewes zu spüren bekommen.«

»Weshalb haben Sie sich nicht von ihm getrennt?«, erkundigte sich Voss, der spürte, wie Ärger in ihm aufwallte. Er hatte Bruns nicht gut leiden können, weil er kleine Ladendiebe wie Sascha unnötig hart angefasst hatte. Dass er seinen Kollegen gegenüber offenbar ebenso unausstehlich gewesen war, verstärkte seine Abneigung noch.

Freund hob abwehrend die Hände.

»Wie gesagt: Davon abgesehen hat er einen guten Job gemacht. Ich konnte mich hundertprozentig auf ihn verlassen.«

Hannah sah von ihrem iPad auf.

»Das waren vier«, sagte sie. »Der Marktleiter, die Kassiererin, die Frau von der Frischtheke und der Lagerist.«

Freund wandte ihr den Blick zu. »Richtig. Außerdem gibt es noch den Koch. Diego Valdez. Und seit gestern habe ich eine neue Kassiererin.«

»Kari Blom«, sagte Jonas Voss und spürte, wie ihm die Kehle eng wurde.

»Hatten die beiden auch Schwierigkeiten mit Herrn Bruns?«, erkundigte sich Hannah.

»Nein.« Der Besitzer des Delikatessenmarkts sah wieder zu

seiner Frau hinüber, und Voss meinte plötzlich, unterschwelligen Groll wahrzunehmen. Freund schob seine Hände in die Hosentaschen.

»Herr Valdez hatte keine Probleme mit Herrn Bruns«, beschied er ihnen. »Und Frau Blom ist erst einen Tag da.«

»Zeit genug, um mit einem Choleriker wie Elmar Bruns aneinanderzugeraten«, stellte Hannah fest.

Voss sah, wie Freund die Augenbrauen zusammenzog, und merkte, dass er selbst dasselbe tat. Ihm gefiel nicht, dass Hannah nach einem Grund zu suchen schien, sich auf Kari einzuschießen. Noch viel weniger allerdings behagte ihm Freunds Blick, der zu besagen schien, dass er sich jederzeit ritterlich vor Kari stellen würde. Der Besitzer des Delikatessenmarkts hatte doch nicht etwa ein Auge auf Kari geworfen?

»Davon weiß ich nichts«, entgegnete Freund. Ein wenig zu barsch, verglichen mit seiner sonst so konzilianten Art, fand Voss. Aber vielleicht lag das auch nur daran, dass er selbst sich so angekratzt fühlte.

»Danke«, sagte er. »Dann machen wir jetzt mit Frau Lübbers weiter. Wenn wir noch Fragen haben, kommen wir später auf Sie zurück.«

Freund nickte und verließ die Boutique. Seine Frau bedeutete den Beamten, ihr nach hinten zu folgen.

Sie gingen an den Tischen mit den akkurat gefalteten Hemden und Blusen und den Kleiderständern mit den Anzügen und Hosen vorbei zum Durchgang in die hinteren Räume. Viktoria Freund zog den Vorhang beiseite und ließ die Beamten eintreten.

Der Raum, in den sie gelangten, war weitaus größer als Jonas Voss erwartet hatte. Die eine Hälfte war vollständig leer. Auf dem hellen Linoleumboden lag ein dunkelroter Läufer, der offenbar den Laufsteg simulieren sollte. Die andere Hälfte des Raums war vollgestellt mit Kleiderständern auf Rollen und zwei Schminktischen mit großen Spiegeln. Vor dem einen saß ein schlanker Mann mit einem bronzefarbenen Teint und schwarzen, gelockten Haaren, die mit Gel nach hinten gekämmt waren. Er trug eine engsitzende schwarze Hose und ein weißes Hemd mit weiten, gerüschten Ärmeln, das bis zum Bauchnabel aufgeknöpft war.

Als Jonas Voss und Hannah Behrends den Raum betraten, erhob er sich mit einer fließenden Bewegung von dem Hocker, auf dem er saß.

»Diego Valdez«, stellte er sich vor und reichte ihnen die Hand.

»Diego arbeitet für meinen Mann«, erklärte Viktoria Freund. »Aber er modelt auch für mich. Wie Alexander bereits sagte, ist er von Beruf Koch. Wenn Sie mich fragen«, fügte sie hinzu und lächelte flüchtig, »eine kolossale Verschwendung.«

Voss sah ein Leuchten in ihren grün schimmernden Augen und ahnte plötzlich, woher Alexander Freunds unterschwelliger Groll rührte, mit dem er über den Koch sprach. Er betrachtete Valdez' glattrasierte Brust unter dem weit aufklaffenden Hemd und bemerkte, dass auch Hannah Behrends den Mann fasziniert ansah. Offenbar war er genau der Typ, auf den Frauen flogen. Für Voss' Geschmack wirkte er allerdings ein wenig zu schmierig.

»Sie wissen, was passiert ist?«, erkundigte er sich.

Valdez nickte. »Ein paar Spaziergängerinnen haben heute Morgen unseren Marktleiter Elmar Bruns gefunden. Tot.« Er hob die Schultern. »Ganz ehrlich? Ich kann nicht behaupten, dass es mir leidtut.«

»Aha?« Jonas Voss sah den Mann neugierig an. Es kam nicht oft vor, dass Personen im Umfeld eines Mordopfers so klar Position bezogen. Zumindest nicht, wenn man sie auch für tatverdächtig halten konnte.

»Bruns war kein guter Mensch«, sagte Valdez knapp.

»Mhm.« Voss suchte die Taschen seiner Lederjacke nach seinem Notizbuch ab, fand es aber nicht. Vermutlich lag es dort, wo es immer lag: vergraben unter Bergen von Papier auf seinem Schreibtisch im Büro. Seit Jahren nahm er sich vor, ordentlicher zu werden. Aber es gelang ihm einfach nicht.

Hannah weckte ihr iPad aus dem Stand-by-Modus. »Was heißt, er war kein guter Mensch?«

Valdez strich sich durch die dunklen Locken, eine Geste, die einstudiert wirkte.

»Er hat nach Schwachstellen gesucht. Und wenn er sie gefunden hatte, hat er seinen Finger hineingebohrt. Er hat es genossen, andere zu quälen.« Valdez zog einen Mundwinkel nach oben. »Ich nehme an, er hat sich dann mächtiger gefühlt.«

Jonas Voss betrachtete den attraktiven Mann. »Was war Ihre Schwachstelle, auf die er sich eingeschossen hatte?«

Valdez lächelte und zeigte eine Reihe strahlend weißer Zähne. »Bei mir hat er es nie versucht.«

»Natürlich nicht«, erklang eine gehässige Stimme von der Durchgangstür. »Eine Krähe hackt der anderen ja kein Auge aus.«

Voss und Hannah wandten sich um und entdeckten eine schlanke Blondine, die Valdez mit zusammengekniffenen Augen anstarrte. Ein leichter Geruch nach Zigarettenrauch wehte von ihr herüber.

Voss betrachtete sie mit schiefgelegtem Kopf. »Frau …?«

»Lübbers«, sagte die Blondine. »Saskia Lübbers. Ich arbeite bei Delikatessen-Freund an der Kasse. Herr Freund sagt, Sie wollen mit mir sprechen.«

Jonas Voss nickte und blickte zu Viktoria Freund. Die Ladeninhaberin verstand ihn auch ohne Worte.

»Kommen Sie«, sagte sie. »Ich zeige Ihnen mein Büro.«

■ ■ ■

»Was haben Sie damit gemeint?«, fragte Jonas Voss, nachdem sie auf den Stühlen rund um den Schreibtisch von Viktoria Freund Platz genommen hatten. Das Büro war hell und funktional eingerichtet, mit einem Tisch und Regalen aus Ahornholz und beigefarbenen Schwingstühlen. Im Gegensatz zum Verkaufsraum mit den teuren Kleidern wirkte das Zimmer bescheiden. Voss fragte sich, welcher der beiden Räume die Persönlichkeit von Viktoria Freund besser widerspiegelte.

»Mit den Krähen?« Saskia Lübbers schnaubte. »Ich wollte sagen, dass sie beide fürchterliche Machos sind.«

Die Tür öffnete sich, und Viktoria Freund trat ein, in der Hand ein Tablett mit Tassen und Gläsern, die sie auf dem Tisch verteilte.

»Der Kaffee ist gleich durch«, erklärte sie. »Und eine Flasche Wasser bringe ich Ihnen auch noch.«

»Danke.« Voss wartete, bis die Geschäftsfrau wieder an der Tür war. Doch Viktoria Freund verließ den Raum nicht, sondern drehte sich noch einmal um.

»Verzeihen Sie, wenn ich mich einmische«, sagte sie. »Ich habe gehört, was Sie über Machos gesagt haben.« Sie zog eine kleine Grimasse. »Ich nehme an, es ist nicht falsch. Aber trotzdem waren die beiden grundverschieden. Herr Bruns war ein sehr unangenehmer Mensch. Wenn Sie so wollen, ein kaltherziger Macho. Ein Mann, der Frauen verachtet. Bei Herrn Valdez ist das anders. Es ist mehr ... eine Art kultureller Machismo. Diego ist Argentinier. Ein heißblütiger Mann. Er liebt

Frauen.« Viktoria Freund hielt plötzlich inne. »Verzeihen Sie. Das tut ja alles gar nichts zur Sache.« Sie lächelte verlegen und verließ eilig den Raum.

Doch Saskia Lübbers nickte. »Sie hat recht«, erklärte sie. »Elmar Bruns war so ein verbitterter Typ. Der hätte am liebsten jede Frau angegrapscht. Aber natürlich wollte den keine. Also hat er genommen, was er kriegen konnte.«

»Sie meinen, er war sexuell übergriffig?«, hakte Hannah nach.

Saskia schnaubte belustigt. »Wenn Sie es so geschraubt ausdrücken wollen.«

Jonas Voss legte den Kopf schief. »Wie würden Sie es denn formulieren?«

»Bruns hat uns ständig auf den Busen geglotzt«, erklärte die Kassiererin. »Und wenn er dachte, dass es wie ein Zufall wirken könnte, hat er uns auch angefasst.«

»Hat Sie das gestört?«

Saskia verdrehte die Augen. »Meinen Sie, es gibt Frauen, die das toll finden?«

Voss hüstelte verlegen. Hannah gluckste.

Saskia wedelte mit dem Zeigefinger. »Denken Sie jetzt bloß nicht, ich hätte ihn deshalb um die Ecke gebracht. Ich reg mich über so was nicht auf. Da steh ich drüber.« Sie machte eine Kunstpause, ehe sie die Arme vor der Brust verschränkte und sich vertraulich zu Voss vorbeugte. »Aber die Neue«, erklärte sie. »Die ist gleich in die Luft gegangen. Dabei hat er sie nicht mal angetatscht. Nur ein bisschen geglotzt. Aber ich hab gehört, wie sie zu Tanja gesagt hat, wenn er das noch einmal macht, scheuert sie ihm eine.«

Wieder öffnete sich die Tür, und Viktoria Freund trug eine Kaffeekanne und eine Flasche Wasser herein.

»Entschuldigung«, sagte sie und stellte die Sachen auf den

Tisch. »Jetzt störe ich Sie nicht mehr.« Sie huschte wieder hinaus und schloss die Tür leise hinter sich.

Hannah schenkte Kaffee ein. Jonas Voss nahm Milch dazu und rührte nachdenklich in seiner Tasse.

»Von einer Ohrfeige bis zu einem Mord ist es ein weiter Weg«, sagte er. »Und die Empörung darüber, von jemandem angestarrt oder unsittlich berührt zu werden, ist nicht unbedingt ein klassisches Motiv.«

Saskia Lübbers zog ein Päckchen Zigaretten hervor und sah sich im Büro um. »Kann ich hier rauchen?«, fragte sie.

Als hätte sie nur auf dieses Stichwort gewartet, platzte Viktoria Freund erneut in den Raum.

»Verzeihung«, sagte sie und zog einen Ordner aus einem der Regale. »Aber ich brauche den Plan für die Modenschau, sonst kommen wir mit der Probe nicht weiter.« Ihr Blick fiel auf die unangezündete Zigarette in Saskias Hand. Wortlos öffnete sie eine Schublade und holte einen Aschenbecher hervor, den sie vor der Kassiererin auf dem Schreibtisch platzierte. »Bitte«, sagte sie. »Rauchen Sie ruhig. Ich kann später lüften.« Damit klemmte sie sich den Ordner unter den Arm und verließ den Raum.

Saskia Lübbers steckte sich ihre Zigarette an. »Hätte nicht gedacht, dass die so cool ist«, murmelte sie.

»Ach so?« Jonas Voss betrachtete die Kassiererin neugierig. »Ist denn Herr Freund nicht locker?«

Saskia wiegte bedenklich den Kopf.

»Er ist nett. Und total korrekt. Aber eben auch ein bisschen langweilig.« Sie stieß eine Rauchwolke aus. »Steif«, erklärte sie, als ließe sich in diesem einen Wort Freunds gesamte Persönlichkeit bündeln.

Der Rauch ihrer Zigarette zog zu Voss hinüber, und Saskia wedelte ihn eilig mit der Hand beiseite.

»Sie und Frau Blom«, fragte Voss. »Waren Sie die Einzigen, die mit Bruns Probleme hatten?«

»Nee.« Die Kassiererin zog an ihrer Zigarette. »Bei uns hat er ja nur geglotzt. Aber Tanja und Marvin, die hat er richtig fertiggemacht. Tanja Eggerstedt. Und Marvin Drewes.«

»Was heißt das genau?«

»Er hat sie gemobbt. Hat ständig hinter ihnen her geschnüffelt und darauf gewartet, dass sie irgendwelche Fehler machen. Und dann ist er endlos darauf herumgeritten. Wenn Sie mich fragen: Die zwei hatten allen Grund, Bruns das Licht auszupusten.«

»Mhm«, machte Jonas Voss, während Hannah Behrends die Namen der beiden Kollegen, die Saskia Lübbers so massiv beschuldigte, notierte.

»Wissen Sie auch, aus welchem Grund Elmar Bruns das getan hat?«, erkundigte er sich. »Weshalb er Herrn Drewes und Frau Eggerstedt derart tyrannisiert hat?«

»Aber sicher.« Saskia lächelte. »Weil sie ihm ein Dorn im Auge waren.«

Sie blickte in die verständnislosen Mienen von Voss und Hannah.

»Tanja ist fett«, erklärte sie schadenfroh. »Und Marvin ist dumm.«

10.

Kari Blom lehnte sich im Hof hinter dem Delikatessenmarkt Freund gegen die weißverputzte Wand. Von den Mülltonnen wehte der süßliche Geruch verdorbener Lebensmittel herüber.

Kari presste ihr Smartphone ans Ohr. »Wir haben ein Problem, Ole.«

»Du hast dich in Alexander Freund verliebt.«

»Nein, Ole.« Kari stieß geräuschvoll die Luft aus. »Und es ist auch nicht der richtige Moment für Scherze. Irgendjemand hat Elmar Bruns ermordet.«

Lund wurde sofort ernst. »Den Marktleiter?«

»Hm. Und Kriminalhauptkommissar Jonas Voss leitet die Ermittlungen.«

Sie konnte förmlich hören, wie es in Lunds Kopf ratterte. »Sag nicht, man verdächtigt dich.«

»Nein.« Kari nahm das Smartphone in die andere Hand und wechselte den Standort, um dem Verwesungsgestank auszuweichen. »Bisher nicht.«

Natürlich entgingen Lund die feinen Zwischentöne nicht. »Aber man könnte es?«

Kari verzog den Mund. »Ich hatte gestern eine Auseinandersetzung mit Bruns. Er wollte einer Kollegin falsch ausgezeichnete Waren vom Gehalt abziehen. Und er hat mir zu verstehen gegeben, dass ich mit Konsequenzen zu rechnen habe, wenn ich mich nicht heraushalte.«

»Gibt es dafür Zeugen?«

»Nein.« Kari seufzte. »Aber ich habe Alexander Freund davon erzählt.«

Lund stöhnte leise.

»Ich glaube nicht, dass er die Polizei darüber informiert«, beschwichtigte ihn Kari.

»Hm.« Sie hörte, wie Lund mit einem Stift rhythmisch auf seinem Schreibtisch herumtrommelte. »Und was bedeutet das jetzt für deine Ermittlungen in Sachen Kreditkartenbetrug?«

Ein leichter Nieselregen setzte ein, und eine Windbö fegte

Kari Tropfen ins Gesicht. Sie strich sich die kurzen blonden Haare aus der Stirn.

»Es macht die Sache schwierig«, bekannte sie. »Der Betrüger wird auf der Hut sein, solange die Polizei im Markt ermittelt. Und wenn ich Spuren finde, weiß ich nicht, wohin sie führen. Zum Kreditkartenbetrüger. Oder zum Mörder.«

»Falls es nicht ein und dieselbe Person ist«, warf Lund ein.

»Mhm. Das ist die Frage. War Bruns der Betrüger, und der Mord hat überhaupt nichts damit zu tun? Oder verdankt Bruns seinen plötzlichen Reichtum gar nicht dem Kreditkartenbetrug, sondern der Tatsache, dass er dem Betrüger auf die Schliche gekommen war?«

»Du meinst, Bruns hat den Kreditkartenbetrüger erpresst? Und der hat lieber kurzen Prozess gemacht, anstatt zu teilen?«

Die Hintertür des Delikatessenmarkts öffnete sich, und Saskia Lübbers trat in den Hof. Sie runzelte die Stirn, als sie den Regen bemerkte, zog aber trotzdem ihre Zigaretten aus der Tasche ihres Kittels und zündete sich eine an. Dann fiel ihr Blick auf Kari.

»Ich muss Schluss machen, Ole«, sagte Kari. »Ich melde mich später.«

»Hm. Pass auf dich auf, Kari.«

»Ja, Ole«, erwiderte Kari und drückte das Gespräch weg. Saskia kam auf sie zu.

»Ich wusste gar nicht, dass du auch rauchst«, sagte sie und zog die blau-weiß gestreifte Schirmmütze von Delikatessen-Freund tiefer ins Gesicht, um sich vor dem Nieselregen zu schützen.

Kari ließ ihr Smartphone in die Kitteltasche gleiten. »Ich rauche nicht. Ich wollte nur ein bisschen frische Luft schnappen.«

Saskia schnupperte und rümpfte die Nase. »Ausgerechnet hier? Warum gehst du nicht auf die Promenade?«

Kari hob den Korb mit abgelaufenen Lebensmitteln auf, den sie neben den Mülltonnen abgestellt hatte. Sie öffnete eine der Tonnen und kippte den Inhalt hinein. »Ich dachte, es kommt nicht gut an, wenn ich ausgerechnet jetzt eine Pause mache«, erklärte sie.

Saskia zog an ihrer Zigarette. »Du meinst, weil gerade jeder gebraucht wird. Jetzt, wo die Polizei mit uns allen sprechen will.«

Kari schlug den Deckel der Mülltonne eilig wieder zu. Der Gestank war wirklich überwältigend.

»Was meinst du?«, fragte sie ihre Kollegin. »Hat der Mord an Bruns etwas mit dem Markt zu tun?«

Saskia schnippte die Asche von ihrer Zigarette. »Womit denn sonst?«, fragte sie abfällig. »Bruns hatte doch nichts anderes. Das Geschäft war seine Welt. Da war er der König. Alles andere hat ihn nicht gekümmert.«

»Ich dachte, er interessiert sich für schöne Frauen.«

Die Kassiererin schnaubte. »Ja. Aber die sich nicht für ihn.« Sie schüttelte den Kopf. »Im Ernst. Wer will denn etwas mit so einem hässlichen alten Sack zu tun haben, der einem ständig auf den Busen glotzt und sabbert wie ein räudiger Köter?«

»Du meinst, er hat sich hier im Markt schadlos gehalten, weil er sonst keine Chance hatte?«

Saskia schnitt eine Grimasse, die wohl besagen sollte, dass alles andere unvorstellbar war.

»Und was glaubst du, wer ihn ermordet hat?«, erkundigte sich Kari.

Die Kassiererin beugte sich vertraulich zu ihr herüber. »Wenn du mich fragst«, entgegnete sie, »kommen dafür nur zwei Leute in Frage.« Sie sah Kari vielsagend an. »Die dicke Tanja. Oder der dumme Marvin.«

Kari nickte nachdenklich. Obwohl sie erst einen Tag hier war, hatte sie schon hautnah miterleben dürfen, wie Bruns seine Giftpfeile auf Tanja und Marvin abgeschossen und insbesondere Tanja an den Rand der Verzweiflung getrieben hatte. Der Verdacht gegen die beiden war also durchaus plausibel. Aber Kari wusste aus Erfahrung, dass die naheliegendste Erklärung nicht immer die richtige war.

▪ ▪ ▪

Tanja Eggerstedt ließ sich schwer auf den Stuhl vor dem Schreibtisch von Viktoria Freund fallen. Das Möbelstück ächzte unter ihrem Gewicht. Jonas Voss betrachtete die korpulente Frau mit den glanzlosen braunen Haaren und den rotfleckigen Wangen, und versuchte, sich vorzustellen, wie sie in den Augen von Elmar Bruns ausgesehen hatte.

Voss hatte bei seinen gelegentlichen Begegnungen mit Bruns erlebt, dass der Marktleiter, selbst nicht gerade eine Schönheit, an andere hohe Ansprüche stellte. Insbesondere an Frauen. Und jemand wie Tanja Eggerstedt war bei ihm sicherlich durchgefallen.

Jonas Voss schraubte mit einer heftigen Bewegung den Deckel von der Wasserflasche. Er hatte noch nie begriffen, woher manche Männer ihr überbordendes Selbstbewusstsein bezogen. Die Fähigkeit zur Selbstkritik war anscheinend überhaupt nicht vorhanden, die zur Kritik an anderen dafür umso ausgeprägter.

Und Elmar Bruns war ein besonders scharfzüngiges Exemplar dieser Gattung gewesen. Ein Mensch, dem Voss nur ungern begegnet war. Leider hatte er öfter mit Bruns zu tun gehabt, als ihm lieb war, denn der Marktleiter hatte häufig die Polizei gerufen – selbst wenn nur ein Kind einen Kaugummi gestohlen hatte. Aber nun war ihm dieser Charakterzug offenbar zum Verhängnis geworden.

»Frau Eggerstedt«, begann der Kriminalhauptkommissar und füllte drei Gläser mit Wasser. »Sie wissen, dass man Ihren Marktleiter Elmar Bruns ermordet hat?«

Tanja Eggerstedt nickte.

»Wir haben gehört, Sie hatten Probleme mit ihm«, sagte Hannah Behrends.

Die Mitarbeiterin des Delikatessenmarkts seufzte. »Na ja. Wie das eben so ist. Er war mein Vorgesetzter. Da gibt es schon mal Reibereien«, erklärte sie.

»Hm.« Hannah tippte etwas auf ihrem iPad.

»Schildern Sie uns doch bitte, wie Ihre Tätigkeit im Markt aussieht«, bat Voss.

»Ich bin für die Frischtheke zuständig«, erwiderte Tanja. »Und ich arbeite für das Catering. Sie wissen schon: Wurst- und Käseplatten dekorieren, Schnittchen schmieren, Fingerfood zubereiten ...« Tanjas Stimme wurde leiser und verlor sich. Ihre Augen schimmerten feucht. Sie zog ein Taschentuch hervor und wischte sich damit über die Augen. So, wie es nur Frauen taten, die kein Make-up benutzten.

»Natürlich muss ich auch bei allen anderen Aufgaben im Markt mit anpacken«, fügte sie hinzu. »Regale einräumen. Kassieren. Waren auszeichnen.« Auf ihren Wangen erschienen rote Flecken, und sie hustete. »Gelegentlich auch die Kasse machen«, fuhr sie eilig fort.

Hannah tippte noch ein paar Worte. Dann hob sie den Kopf. »Herr Bruns hat die Aufgaben verteilt und die Ausführung überwacht?«

Die Mitarbeiterin des Delikatessenmarkts nickte.

»Und er war mit Ihrer Arbeit zufrieden?«

Tanja griff nach ihrem Glas und nippte daran.

»Nein«, gestand sie. »Das war er eigentlich nie. Er hatte immer irgendetwas auszusetzen.« Sie holte tief Luft. »Er konnte mich nicht leiden.«

»Ach so? Und weshalb?«

»Weil ...«, sie sah auf ihre stämmigen Beine, »... weil ich ... weil er mich zu dick fand.«

»Ich nehme an, das hat Sie gekränkt?«, erkundigte sich Voss.

Tanja stellte ihr Glas mit einem Knall zurück auf den Tisch. »Er hat überhaupt nicht versucht, mich als Menschen wahrzunehmen. Er wollte mich einfach nur loswerden. Jahrelang habe ich mich allein um das Catering bei Delikatessen-Freund gekümmert. Und dann hat er plötzlich diesen Diego Valdez angeschleppt. Einen *richtigen* Koch, hat er gesagt. Als ob ich nicht kochen könnte.« Sie schniefte leise. »Am liebsten hätte ich ihm den Gefallen getan und gekündigt. Aber wer nimmt mich denn dann?«

»Also sind Sie geblieben und haben sich das alles gefallen lassen. Weil Sie auf das Einkommen angewiesen sind«, sagte Hannah.

Tanja Eggerstedt schluckte. »Mein Mann ist arbeitsunfähig. Und wir haben Kinder. Wir kommen gerade mal so über die Runden.«

Hannah Behrends beugte sich zu ihr vor. »Ich an Ihrer Stelle wäre furchtbar wütend gewesen.«

Die Mitarbeiterin des Delikatessenmarkts hob hilflos die Schultern. »Ja. Nein. Eigentlich war ich nicht wütend. Eher ... verzweifelt.«

»So sehr, dass Sie Elmar Bruns getötet haben?«

Tanja schnitt eine traurige Grimasse.

»Nein. Das könnte ich gar nicht«, erklärte sie und fügte dann ganz leise, fast unhörbar hinzu: »Ich habe nie gelernt, mich zu wehren.«

■ ■ ■

Marvin Drewes schlurfte mit hängenden Schultern durch die Tür, die Tanja Eggerstedt für ihn aufhielt. Er hatte seinen Kittel falsch geknöpft, so dass sein runder Bauch unvorteilhaft betont wurde. Drewes blinzelte Voss an und wandte dann schnell das Gesicht ab. Seine Augen wanderten weiter zu Hannah, die seinen Blick freundlich erwiderte. Drewes hob den Kopf. Ein sonniges Lächeln erschien auf seinem Gesicht.

»Hallo, Herr Drewes«, sagte Hannah. »Kennen Sie mich noch?«

Der Lagerist nickte. »Sie sind von der Polizei.«

»Ganz genau«, bestätigte Hannah. »Ich bin Kriminalkommissarin Hannah Behrends. Und das ist mein Kollege, Kriminalhauptkommissar Jonas Voss.«

Drewes wiegte den Kopf, als müsse er diese Information sorgsam bedenken. Hinter ihm schob sich Diego Valdez in den Raum.

»Verzeihung«, sagte er. »Wenn es Sie nicht stört, wäre ich gern dabei, wenn Sie mit Marvin sprechen. Er kann nicht immer so gut ausdrücken, was er meint. Ich kenne ihn ganz gut, vielleicht kann ich ein bisschen helfen.«

Voss wies einladend auf die Stühle vor dem Schreibtisch von Viktoria Freund.

»Komm, Marvin.« Valdez schob den Lageristen zu einem davon und drückte ihn mit sanfter Gewalt auf die Sitzfläche, ehe er selbst Platz nahm. »Du musst der Polizei ein paar Fragen beantworten.«

Drewes wandte sich dem Argentinier zu. »Warum?«

»Weil irgendjemand Elmar Bruns ermordet hat.«

»Bruns war ein böser Mensch«, sagte Drewes.

Valdez nickte ernst. »Ja, Marvin. Das stimmt.«

»Sie hatten Probleme mit ihm?«, erkundigte sich Hannah.

»Bruns hat ihn behandelt wie einen Schwachsinnigen«, erklärte Valdez und deutete auf Drewes. »Aber er ist kein Idiot. Er denkt einfach nur ein bisschen langsamer als andere.«

»Er hat sich über mich lustig gemacht«, verkündete Drewes. Dann hob er den Zeigefinger und setzte eine gespielt grimmige Miene auf. »›Wenn es nach mir ginge, würden Deppen wie du hier nicht arbeiten‹«, imitierte er Bruns' knarrenden Bariton. So gekonnt, dass Jonas Voss unwillkürlich lachen musste.

Drewes zog den Kopf ein. Valdez legte ihm eine Hand auf die Schulter.

»Der Kommissar lacht dich nicht aus, Marvin«, sagte er. »Er lacht, weil er das witzig findet, wie du Bruns nachmachst.«

Drewes tauchte wieder aus seinem Schneckenhaus auf. Ein vorsichtiges Lächeln erschien auf seinen Lippen.

»Echt?«

»Ja, echt«, sagte Voss und fragte sich, ob Marvin überhaupt ein nützlicher Zeuge war. Offensichtlich fiel es ihm schwer, seine Umwelt richtig einzuschätzen. Er wirkte sensibel und verletzlich. Jemand, der leicht zum Spielball bösartigen Spotts werden konnte. Was ihn allerdings auch für überschießende Reaktionen prädestinierte. Hatte Bruns den gutmütigen, naiven Mann so gereizt, dass er die Kontrolle verloren und seinen Vorgesetzten getötet hatte?

Voss wollte das nicht glauben. Aber nach allem, was sie bisher wussten, war Drewes neben Tanja Eggerstedt der plausibelste Verdächtige.

»Marvin.« Hannah lächelte den Lageristen an und versuchte, ihrer Stimme einen möglichst sanften Klang zu verleihen. »Hat dich das wütend gemacht? Hast du Bruns deshalb getötet?«

Drewes schüttelte heftig den Kopf. »Nein. Ich könnte nie jemandem weh tun. Das darf man doch nicht.«

Valdez legte ihm wieder eine Hand auf die Schulter. »Bruns hat ständig versucht, Marvin zu provozieren. Aber ich habe das nicht zugelassen.«

Drewes nickte. »Diego passt auf mich auf.« Er strahlte den Argentinier an. »Diego ist mein Freund.«

Valdez lächelte. »Ja, Marvin«, sagte er. »Das stimmt.«

■ ■ ■

Hannah blies frustriert die Backen auf, nachdem Marvin Drewes und Diego Valdez den Raum verlassen hatten.

»Wir sind keinen Schritt weiter, oder?«, fragte sie.

Jonas Voss nahm einen Kugelschreiber vom Schreibtisch und drehte ihn nachdenklich zwischen den Fingern. Sie hatten zwei mögliche Motive für den Mord an Elmar Bruns gefunden. Die sexuellen Übergriffe auf Saskia Lübbers und Kari Blom. Und das Mobbing gegen Tanja Eggerstedt und Marvin Drewes. Attacken, die die Betroffenen wütend gemacht hatten. Aber reichte diese Wut, um einen Mord zu begehen? Eine Tat, die nicht einfach im Affekt verübt, sondern sorgfältig geplant worden war? Schließlich hatten sie den toten Marktleiter nicht in seinem Büro oder im Hof hinter dem Delikatessenmarkt gefunden, sondern am Fuß der Wanderdüne. Irgendjemand hatte ihn – tot oder lebendig – dorthin transportiert. Und ein solches planvolles Vorgehen passte nicht zu einem Totschlag aus einem Impuls heraus.

Es klopfte, und die Bürotür wurde vorsichtig aufgeschoben. Viktoria Freund steckte den Kopf herein.

»Verzeihen Sie«, lächelte sie. »Brauchen Sie mein Büro noch? Wir erwarten gleich ein Fotografenteam, das die Aufnahmen für unseren neuen Katalog macht, und ich müsste dazu ein paar Vorbereitungen treffen.«

Voss erhob sich eilig vom Stuhl. »Nein. Wir möchten lediglich noch einmal kurz mit Herrn Valdez sprechen.«

»Der ist nebenan in der Maske«, sagte Viktoria Freund und zwinkerte dem Kommissar zu. »Wenn Sie ihn dabei nicht stören, können Sie gern mit ihm reden.«

Voss nickte. Er wollte bereits das Büro verlassen, hielt dann jedoch inne. »Sie haben Elmar Bruns vermutlich auch gekannt?«, fragte er.

Die Frau des Delikatessenmarktbesitzers verzog den Mund. »Besser, als mir lieb war. Wir hatten ständig Streit.«

»Weshalb?«

»Wegen Herrn Valdez. Ich habe mit meinem Mann vereinbart, dass er im Markt freigestellt wird, wenn ich ihn für Aufnahmen oder eine Modenschau brauche. Aber Bruns konnte keine Entscheidungen akzeptieren, die er nicht selbst getroffen hatte. Er hat ständig versucht, Diego im Markt zu binden und mir damit meine Zeitpläne durcheinandergebracht. Ich musste mehrfach meinen Mann einschalten, damit Bruns mir nicht alles auf den Kopf stellt. Doch wir sind auch oft persönlich aneinandergeraten.« Sie lächelte kokett. »Wenn ich wütend bin, gehen schon mal die Pferde mit mir durch.« Sie zwinkerte Voss zu, und ihre grünen Augen funkelten. »Ich hoffe, Sie denken jetzt nicht, dass ich ihn ermordet habe.«

Jonas Voss musste grinsen. Viktoria Freund war eine sehr attraktive Frau. Und wenn ihn nicht alles täuschte, flirtete sie gerade mit ihm. Aber sie war verheiratet. Und dann war da ja auch noch Kari.

»Nein«, erwiderte er lächelnd. »Das glaube ich nicht. Zumindest vorerst nicht.«

»Oh.« Viktoria Freund hob in gespielter Furcht die Hände. »Dann sollte ich mich wohl besser vor Ihnen in Acht nehmen.«

Hannah räusperte sich geräuschvoll und holte Voss damit auf den Boden der Tatsachen zurück. Dies hier war eine Todesermittlung, die neben sorgfältiger Arbeit auch Respekt und Mitgefühl verlangte. Auch wenn das Mordopfer ein höchst unangenehmer Zeitgenosse gewesen war.

»Danke, Frau Freund«, sagte er. »Wir gehen dann nach nebenan.«

Voss sah zu, wie sich die Geschäftsfrau mit einer eleganten Bewegung hinter ihrem Schreibtisch niederließ und ihre langen dunklen Locken zurückwarf. Dann schloss er die Bürotür und ging mit Hannah in den Probenraum. Dort wurde Valdez gerade von einer jungen Visagistin mit zahlreichen Piercings in Nase und Augenbrauen geschminkt. Sie hatte einen beinahe weißen Puder aufgetragen und Valdez' Augen mit schwarzen Schatten ummalt, die sein Gesicht düster und geheimnisvoll wirken ließen. In dem weiten weißen Hemd mit den gerüschten Ärmeln und der schmalen schwarzen Hose sah er aus wie der Inbegriff eines tragischen Dichters.

»Können Sie sprechen, während Sie geschminkt werden?«, erkundigte sich Hannah.

»Hm«, nuschelte Valdez und versuchte dabei, so wenige Gesichtsmuskeln wie möglich zu bewegen. »Geht schon.«

Die Visagistin funkelte Hannah ärgerlich an. »Besonders hilfreich ist das nicht.«

»Tut mir wirklich leid, dass wir Ihre Arbeit stören«, entgegnete Hannah scharf. »Aber wir machen auch nur unseren Job. Und der besteht darin, einen Mörder zu finden.«

Die Gesichtszüge der Visagistin entgleisten. »Entschuldigung«, stammelte sie. »Das konnte ich ja nicht wissen.«

Voss und Hannah tauschten einen kurzen Blick. Vor dem Delikatessenmarkt herrschte der Ausnahmezustand. Wie schaffte es jemand, davon nichts mitzubekommen?

Die junge Frau schien ihre Gedanken zu erraten.

»Mein Freund hat heute Morgen mit mir Schluss gemacht«, erklärte sie. »Er hat mir einen *Zettel* auf den Küchentisch gelegt. Ich hab die ganze Zeit auf dem Weg hierher versucht, ihn auf dem Handy zu erreichen, um noch mal mit ihm zu reden. Ich hab überhaupt nicht darauf geachtet, was um mich herum passiert.«

»Mhm.« Voss wandte sich wieder an den Argentinier. »Herr Valdez. Nach allem, was wir gehört haben, hat Elmar Bruns nicht nur Marvin, sondern jeden seiner Kollegen tyrannisiert.«

Valdez grunzte zustimmend.

»Aber Sie nicht?«

Valdez gab einen Laut von sich, der wohl ein Nein bedeuten sollte. Mehr konnte er nicht tun, weil die Visagistin gerade grellrote Farbe mit einem Pinsel auf seinen Lippen auftrug.

»Tut mir leid«, sagte sie. »Aber wenn die Maske nicht fertig ist, bis die Fotografen kommen, reißt mir Frau Freund den Kopf ab.«

»Warum?«, fragte Voss. »Warum hat Bruns Sie in Ruhe gelassen?«

»Weil er ihn bewundert hat«, sagte jemand hinter ihm. Jonas Voss drehte sich um und blickte in die grün schimmernden Augen von Viktoria Freund. Sie strich sich eine Strähne ihrer dunklen Locken aus der Stirn.

»Diego ist alles, was Bruns immer sein wollte. Er sieht gut aus. Er hat die perfekte Körperbeherrschung. Er ist ein großartiger Tänzer. Und die Frauen fliegen auf ihn.« Sie lachte verächtlich. »Bruns hat ständig seine Nähe gesucht. Als könnte etwas von Diegos Glanz auf ihn abfärben, wenn er sich nur lange genug an ihm reibt.«

»Hm.« Voss wollte etwas erwidern, aber das Klingeln seines Handys unterbrach ihn. Er zog das Gerät aus der Hosentasche. Als er hörte, was der Anrufer zu sagen hatte, breitete sich ein Kribbeln in ihm aus.

»Wir kommen sofort«, sagte er und steckte das Telefon zurück in die Tasche. Dann sah er Hannah an.

»Die Kollegen von der Spurensicherung«, erklärte er. »Sie haben etwas gefunden.«

11.

Alexander Freund hatte seinen Delikatessenmarkt vorübergehend geschlossen und auf Wunsch der Polizei sämtliche Mitarbeiter im Pausenraum versammelt. Dort standen sie nun nebeneinander an der Wand und schauten auf die Reihe der Spinde, in denen sie ihre privaten Habseligkeiten verwahrten.

Einer der weißgekleideten Beamten von der Spurensicherung reichte Jonas Voss eine Handtasche. Sie war klein und schlicht, aus einem robusten, dunkelblau gefärbten Leder.

Voss hielt sie hoch. »Darf ich fragen, wem diese Tasche gehört?«

Kari hob die Hand. »Das ist meine.«

Sie sah, wie sich Voss' Züge verfinsterten, konnte sich aber keinen Reim darauf machen. In der Tasche war nichts Besonderes. Nur ihr Portemonnaie mit etwas Geld, der Ausweis auf den Namen Kari Blom, eine Packung Taschentücher, ein Feuchtigkeitslippenstift, ein kleines Etui mit Tampons für den Notfall und eine schmale schwarze Stabtaschenlampe. Sie konnte sich nicht vorstellen, dass irgendetwas davon Voss' Bild von ihr nachhaltig erschüttert haben könnte.

Der Kriminaltechniker reichte Jonas Voss einen Plastikbeutel, in dem sich eine kleine Flasche befand.

»Wir haben das hier in Ihrer Handtasche gefunden«, erklärte er, an Kari gewandt.

Kari kniff die Augen zusammen. Sie spürte, wie ihr Herz schneller schlug.

»Was ist das?«, fragte sie.

»GHB. Gamma-Hydroxybuttersäure«, erwiderte der Mann von der Spurensicherung. »Auch bekannt als Liquid Ecstasy. In geringer Menge stimmungsaufhellend bis aufputschend und daher als Partydroge im Umlauf, in hoher Dosierung einschläfernd bis narkotisierend. Es zählt deshalb auch zu den sogenannten K.-o.-Tropfen.«

Karis Gedanken begannen zu rasen. Die Häkeldamen hatten ihr berichtet, dass Bruns' Leichnam am Fuß der Wanderdüne gefunden worden war. Der Marktleiter war erstickt, vermutlich, weil man ihn lebendig begraben hatte. Dazu musste man ihn vorher betäubt haben. Zum Beispiel mit K.-o.-Tropfen. Und der Täter hatte das Beweisstück, anstatt es verschwinden zu lassen, in ihrer Handtasche versteckt. Der Einzige, dem sie so etwas zugetraut hätte, war Elmar Bruns. Aber der war definitiv nicht der Täter.

Kari schaute Jonas Voss an und sah die Enttäuschung in seinen Augen. »Das gehört mir nicht«, sagte sie.

Voss schluckte, und sein Adamsapfel hüpfte auf und ab.

»Ich muss Sie trotzdem bitten, uns aufs Polizeirevier zu begleiten.«

Alexander Freund trat plötzlich vor und strich sich erregt die dunkelblonden Haare aus der Stirn.

»Ich bitte Sie«, sagte er. »Sie glauben doch nicht wirklich, dass Frau Blom etwas mit dem Tod von Herrn Bruns zu tun hat? Sie hat ihn gestern erst kennengelernt. Da geht man doch nicht hin und verübt wenige Stunden später einen kaltblütigen Mord. Und unsere Spinde sind nicht abgeschlossen. Da hätte jeder diese Flasche in der Handtasche von Frau Blom platzieren können. Wenn sie selbst es gewesen wäre, hätte sie die Flasche doch sicher entsorgt.«

Hannah Behrends stellte sich dem Inhaber des Delikatessenmarkts entgegen.

»Alle Verbrecher machen Fehler«, erklärte sie. »Sonst würde man sie nie erwischen.«

Voss trat neben seine Kollegin. »Und auch, wenn Ihre Erklärung stimmt«, unterstützte er sie, »ändert es nichts daran, dass wir noch einmal mit Frau Blom sprechen müssen.«

Alexander Freund starrte Voss einen Moment lang an. Dann presste er die Lippen aufeinander und nickte. Er wandte sich zu Kari und ergriff ihre Hände.

»Ich bin überzeugt, dass Sie unschuldig sind«, erklärte er. »Wenn Sie irgendetwas brauchen – einen Anwalt zum Beispiel –, lassen Sie es mich wissen. Ich werde Sie in jeder Hinsicht unterstützen.«

Kari rang sich ein tapferes Lächeln ab. »Danke«, sagte sie. »Das ist sehr freundlich von Ihnen.«

Aus dem Augenwinkel sah sie, wie Jonas Voss mit den Zähnen knirschte.

▪ ▪ ▪

Vor dem Delikatessenmarkt herrschte immer noch Hochbetrieb, obwohl der Regen zugenommen hatte. Zu den Schaulustigen hatten sich mittlerweile Zeitungsreporter und die Übertragungswagen mehrerer Radiosender gesellt, und auch das Fernsehen in Gestalt zweier Journalistenteams vom NDR und vom »Offenen Kanal Westküste« war soeben eingetroffen.

Jonas Voss hob die Hand, um sein Gesicht abzuschirmen, und versuchte, Kari möglichst zügig zu seinem Dienstwagen zu bugsieren. Doch vier alte Damen in bunten Regenmänteln, die plötzlich, wie aus dem Boden gewachsen, vor ihnen standen, machten ihm einen Strich durch die Rechnung.

»Kari!«, rief eine der Frauen, unter deren Kapuze kurze graue Locken hervorschauten. »Was wirft man Ihnen vor?«

Sofort wandten sich sämtliche Reporter der kleinen Gruppe zu. Die Kameras begannen zu surren.

»Wir werfen ihr gar nichts vor«, versuchte Jonas Voss, die alte Dame zu besänftigen. »Wir haben lediglich ein paar Fragen an Frau Blom.«

Kari wünschte, die Erde würde sich auftun und sie verschlingen. Das Letzte, was eine Undercover-Ermittlerin brauchte, war öffentliche Aufmerksamkeit. Ole Lund würde an die Decke gehen, wenn er sie in den Abendnachrichten entdeckte.

»Es ist alles in Ordnung, Frau Meenken«, erklärte sie ihrer Vermieterin. »Ich helfe der Polizei nur bei ihren Ermittlungen.«

»Pah!« Eine der anderen alten Damen trat vor. Es war Grethe Aldag, Witwe eines Keitumer Klempnermeisters, eine Frau mit klaren Ansichten und einem eisernen Willen. Die Kapuze ihrer Windjacke war ihr vom Kopf gerutscht, und der Nieselregen, der durch die Straßen fegte, durchnässte ihre eisgrauen Haare, aber Grethe kümmerte sich nicht darum.

»Das kennt man doch«, behauptete sie. »Diese angebliche Hilfe. Aber in Wirklichkeit geht es nur darum, möglichst schnell einen Tatverdächtigen zu präsentieren.«

»Grethe!« Witta Claaßen, die neben der Klempnerwitwe stand, zog ein tadelndes Gesicht. Sie hielt ihre flatternde Kapuze mit beiden Händen fest, um ihre von einem teuren Friseur gelegte Marlene-Dietrich-Frisur zu schützen. »So spricht man doch nicht mit Vertretern der Staatsgewalt.«

»Ach nee?« Grethe musterte ihre Häkelfreundin abschätzig. »Was würdest du denn sagen?«

»Ich würde höflichst darum ersuchen, über den Stand der Ermittlungen in Kenntnis gesetzt zu werden.«

Grethe schaute Jonas Voss an. »Und? Würden Sie das tun? Sie in Kenntnis setzen?«

Voss schüttelte den Kopf, während er erfolglos versuchte, Kari an den Häkeldamen vorbei zu seinem Wagen zu schieben. »Das dürfen wir gar nicht.«

»Siehste?« Grethe lächelte triumphierend.

»Mädels«, mischte sich Alma Grieger ein, Witwe eines Westerländer Bäckers. Ihre leuchtend orange gefärbten Haare bissen sich mit dem Rot ihrer Windjacke. »Glaubt ihr wirklich, es hilft Frau Blom, wenn ihr euch aufführt wie die Golden Girls persönlich?«

Witta Claaßen schnaubte. »Wie kommst du jetzt auf Golden Girls?«

Alma deutete auf die Kameras, die noch immer auf die Mitglieder der von Kari so genannten Häkelmafia gerichtet waren.

»Oh.« Witta Claaßen wandte peinlich berührt das Gesicht ab.

Grethe Aldag reckte eine Faust in die Luft. »Kampf den Unterdrückern!«, rief sie. »Wir lassen uns nicht kleinkriegen!«

In der Menge der Schaulustigen brandete Applaus auf. Kari fragte sich, ob den Leuten bewusst war, dass sie sich am Schauplatz eines echten Verbrechens befanden. Oder ob sie glaubten, den Dreharbeiten für eine Filmproduktion beizuwohnen. Den heiteren Mienen nach zu urteilen, war vermutlich eher Letzteres der Fall.

»Frau Meenken«, bat sie ihre Vermieterin, die von den Häkeldamen die vernünftigste war. »Bitte. Lassen Sie die Polizei ihre Arbeit tun.«

Marijke Meenken sah Kari einen Moment lang nachdenklich an. Dann nickte sie.

»In Ordnung«, sagte sie zu Voss. »Stellen Sie Ihre Fragen. Aber in einer Stunde stehen wir vor dem Polizeirevier. Und wenn Frau Blom dann nicht auf freiem Fuß ist, werden wir bei Ihnen einmarschieren.«

Jonas Voss hob beim resoluten Ton der alten Dame wie automatisch die Hand und salutierte. Kari hätte beinahe gekichert.

»In Ordnung, Frau Meenken«, sagte Voss. »In einer Stunde können Sie Frau Blom abholen.« Er hob drohend den Zeigefinger. »Aber die Presse wird nicht informiert.«

Marijke Meenken tätschelte Kari die Wange. »Ehrensache«, sagte sie. »Wir wollen doch nichts tun, was Frau Blom schadet.«

Damit traten die vier alten Damen beiseite und gaben den Weg frei, und Voss und Hannah konnten endlich mit Kari in den Wagen steigen. Die Fernsehreporter filmten die Abfahrt der Polizei, bis der dunkelblaue Audi von der Strandstraße in die Bomhoffstraße eingebogen war. Dann stürzten sie sich wie ein Schwarm Heuschrecken auf die alten Damen.

▪ ▪ ▪

Kari war heilfroh, als der Delikatessenmarkt Freund hinter ihnen zurückblieb. Gewöhnlich liefen ihre Einsätze in aller Stille ab. Einen Fall, der einen solchen Medienrummel verursachte, hatte sie noch nie bearbeitet. Dabei war eine der wichtigsten Grundregeln einer Undercoverermittlung, möglichst unauffällig zu agieren. Wozu auch gehörte, niemanden einzuweihen, der nicht unmittelbar an der Ermittlung beteiligt war. Was in diesem Fall auch für ihre Sylter Kollegen galt. Sie konnte nur hoffen, dass Voss und Behrends bald andere Verdächtige fanden, damit sie aus der Schusslinie kam.

Als der Wagen in den Kirchenweg einbog, sah sie, dass das eine allzu fromme Hoffnung war. Auch vor dem Polizeirevier standen bereits mehrere Sendewagen und etliche Reporter mit fellüberzogenen Außenmikrofonen.

»Fahr weiter«, wies Jonas Voss seine Kollegin an. »Das ist zwar nicht das korrekte Procedere, aber lieber nehme ich einen Rüffel von der Staatsanwaltschaft in Kauf, als mich noch einmal durch dieses Journalistenrudel zu kämpfen.«

Hannah Behrends nickte. Sie beschleunigte und folgte der Straße in Richtung Tinnum. Die Reporter, die den Wagen offenbar nicht als Zivilfahrzeug der Polizei erkannt hatten, beachteten sie nicht.

Als sei das ein gutes Omen, hörte auch der Regen auf. Die Wolken zerfaserten und trieben auseinander, und die Sonne spiegelte sich auf der nassen Frontscheibe.

Sie erreichten einen Kreisverkehr und Voss deutete nach links, wo der Keitumer Kirchturm auftragte.

»Lass uns nach Munkmarsch fahren«, schlug er vor. »Wir setzen uns beim Segelclub auf die Terrasse. Da haben wir unsere Ruhe.«

Hannah warf ihrem Chef einen zweifelnden Blick zu, erwiderte aber nichts. Stattdessen lenkte sie den Wagen nach links und bog vor Keitum auf die Landstraße, die zum gewünschten Ziel führte.

Wenig später parkte sie den Wagen vor dem alten Fährhaus, das mittlerweile zu einem Luxushotel umgestaltet worden war. Direkt gegenüber lag der Yachthafen des Sylter Segelclubs. Im Becken dümpelten kleine und große Segelboote und ein paar Motorboote. Neben dem Hafenbecken befand sich das Clubhaus, zu dem auch ein Restaurant mit Außenterrasse gehörte. Voss wusste, dass man dort selbstgebackenen Kuchen anbot.

Er wischte ein paar Stühle am Rand der Terrasse trocken und bat seine Kollegin, den Kaffee zu ordern.

Kari setzte sich ihm gegenüber an den Tisch und sah auf ihre Hände. Sie war nicht darauf vorbereitet gewesen, mit Jonas Voss allein zu sein. Aber sie wusste, dass sie ihm eine Erklärung schuldig war.

»Es tut mir leid«, sagte sie. »Dass ich letztes Jahr einfach gegangen bin. Aber ich konnte nicht anders.« Sie sah Jonas Voss in die Augen und entdeckte einen so unverhüllten Schmerz darin, dass es ihr fast das Herz brach. Wenn sie ihm doch nur die Wahrheit sagen könnte …

»Milchkaffee und Käsekuchen«, verkündete Hannah Behrends und ließ sich neben Voss nieder. Sie schien nicht zu bemerken, dass sie soeben einen höchst intimen Moment gesprengt hatte. Oder vielleicht tat sie auch nur so. Die Zuneigung, die Hannah für ihren Chef empfand, war kaum zu übersehen. Und Kari war eine unliebsame Konkurrentin. Wahrscheinlich sah Hannah sie deshalb so finster an – und nicht etwa, weil sie glaubte, dass Kari tatsächlich etwas mit dem Tod von Elmar Bruns zu tun hatte.

Ein kräftiger Mann in Jeans und einem grünen T-Shirt erschien auf der Terrasse und stellte Kaffeetassen und Kuchenteller vor seinen Gästen ab.

»Moin«, sagte er freundlich. »Lasst es euch schmecken.«

»Danke«, erwiderte Jonas Voss und schob sich eilig ein Stück Kuchen in den Mund – ein paar Sekunden Gnadenfrist, um sein inneres Gleichgewicht wiederzufinden.

Auch Kari, die sich eigentlich nichts aus süßem Gebäck machte, probierte den Kuchen. Er war ausgesprochen lecker.

Hannah zog ihr iPad hervor. »Also, Frau Blom«, forderte sie. »Dann erklären Sie uns doch mal, wie die Flasche mit den K.-o.-Tropfen in Ihre Handtasche gekommen ist.«

Kari legte die Kuchengabel beiseite. »Ich weiß es nicht«, entgegnete sie ruhig. »Ich weiß nur, dass mir dieses Fläschchen nicht gehört. Irgendjemand muss es mir untergeschoben haben.«

»Hm.« Hannah wischte auf ihrem iPad herum. »Zum Glück ist Glas ein spurenfreundliches Material. Ich bin sicher, wir finden ein paar Fingerabdrücke.« Sie lächelte Kari scheinheilig an. »Ihre Vergleichsabdrücke haben wir ja noch vom letzten Mal.«

Jonas Voss hustete. Anscheinend hatte er sich an einem Krümel verschluckt. Aber womöglich wollte er auch nur den Hahnenkampf zwischen den beiden Frauen beenden. Wobei es, wie Kari in einem unpassenden Anflug von Heiterkeit dachte, in diesem Fall eigentlich Hennenkampf heißen müsste.

Hannah klopfte Voss auf den Rücken.

»Danke«, keuchte der und trank einen Schluck Kaffee. Im selben Moment klingelte sein Handy. Er hielt es ans Ohr und lauschte. Dann drückte er das Gespräch weg.

»Die Kollegen von der Schutzpolizei haben mehrere Zeugen gefunden, die in der letzten Nacht einen Lieferwagen von Delikatessen-Freund an der Wanderdüne gesehen haben«, erklärte er. »Die Spurensicherung untersucht gerade die Fahrzeuge.«

Hannah Behrends nickte zufrieden. »Dann werden wir ja sehen, ob wir weitere Hinweise darauf finden, dass Sie den Marktleiter getötet haben«, sagte sie zu Kari.

Kari seufzte. »Warum?«, fragte sie. »Warum hätte ich das tun sollen?«

Hannah tippte auf ihr iPad.

»Auch das werden wir herausfinden«, erklärte sie zuversichtlich.

12.

»Musste das sein?« Grethe Aldag schüttelte den Kopf. »Es interessiert doch niemanden, dass du letztes Jahr mit deinen Deckchen beim Sylter Häkelfest einen Preis gewonnen hast.«

Witta Claaßen reckte das Kinn. »Die Reporter schon«, widersprach sie. »Sie haben alle eifrig mitgeschrieben.«

»Ja. Und in der Zeitung steht dann, dass die alten Schrippen auf Sylt selbst im Angesicht eines brutalen Mordes nichts anderes im Kopf haben als ihre Häkelarbeiten.«

»Hört doch mal auf«, forderte Alma Grieger. »Lasst uns lieber überlegen, wie wir Frau Blom helfen können.«

»Warum arbeitet sie überhaupt bei Delikatessen-Freund?«, erkundigte sich Grethe. »Ich hab gedacht, sie schreibt Bücher.«

Marijke Meenken nickte. »Das tut sie auch. Aber davon kann man eben nicht leben.«

Für einen Moment schwiegen ihre Häkelschwestern betroffen. Dann schnatterten sie wieder los.

»Vielleicht recherchiert sie ja auch«, schlug Witta vor. »So wie letztes Jahr bei dieser Immobiliensache. Da hat sie auch so getan, als ob sie sich ein Haus auf Sylt kaufen will.«

Grethes Augen leuchteten. »Du meinst, sie schreibt über die ausbeuterischen Methoden in der Lebensmittelbranche?«

»Dann ist sie hier aber falsch«, erklärte Marijke bestimmt. »Alexander Freund ist ein anständiger Arbeitgeber. Keiner, der seine Angestellten schlecht behandelt.«

»Und dieser Elmar Bruns?«, erkundigte sich Alma. »Ich habe gehört, der war ein fürchterlicher Tyrann. Meine ehemalige Nachbarin, Gesche Knutzen, hat mir erzählt, dass er die Frau von der Frischtheke terrorisiert hat, damit sie kündigt.«

»Ach so? Warum denn das?«

»Weil sie ihm nicht gefiel«, erklärte Alma empört. »Er fand sie zu dick.«

»Sie *ist* zu dick«, korrigierte Witta Claaßen, die selbst dünn wie eine Bohnenstange war.

Alma Grieger, rundlich vom jahrzehntelangen Probieren ihrer Konditoreiwaren, schnaubte. »Na und? Das ist doch kein Grund, sie aus dem Betrieb zu mobben.«

Witta hob vielsagend die Augenbrauen. Offensichtlich sah sie die Sache anders.

»Aber ihr glaubt doch nicht, dass Tanja Eggerstedt den Marktleiter umgebracht hat«, protestierte Marijke.

»Wenn Sie es nicht war«, sagte Grethe. »Und Frau Blom auch nicht – wer war es denn dann?«

Die Häkeldamen sahen sich ratlos an. Dann deutete Witta Claaßen auf die Luxusboutique auf der gegenüberliegenden Straßenseite.

»Warum unterhalten wir uns nicht mal mit Viktoria Freund? Vielleicht weiß sie etwas.«

Die drei anderen Frauen schauten mit gerunzelter Stirn auf die Fassade der Boutique Liberté. Keine von ihnen hatte jemals dort eingekauft. Aber Witta Claaßen, Witwe eines Kampener Landarztes, schritt bereits auf die Eingangstür zu. Sie stieß sie entschlossen auf und betrat das Geschäft.

Marijke Meenken, Grethe Aldag und Alma Grieger wechselten einen kurzen Blick. Dann folgten sie ihrer Freundin.

▪ ▪ ▪

Die Wolken hatten sich komplett verzogen, und die Sonne, die jetzt im Sommer auch in den späten Nachmittagsstunden noch hoch am Himmel stand, fiel genau auf die Mülltonnen im Hof hinter dem Delikatessenmarkt Freund. Jonas Voss und Hannah Behrends versuchten, flach zu atmen, während sie zusahen, wie die Kollegen von der Spurensicherung die beiden Lieferfahrzeuge des Feinkostladens untersuchten. Der Gestank nach vergorenen Milchprodukten war überwältigend. Zum Glück dauerte es nicht lange, bis der richtige Wagen gefunden war.

»Hier!«, rief einer der in weißes Tyvek gekleideten Männer und winkte seine Kollegen heran. Voss sah zu, wie er etwas angetrocknetes Braunes von der Ladefläche des Lieferwagens in ein Reagenzglas kratzte. Aus einer Flasche seines Analysekoffers gab er eine Flüssigkeit hinzu und schüttelte das Reagenzglas. Dann steckte er einen Teststreifen hinein.

»Null Rhesus positiv«, erklärte er. »Dieselbe Blutgruppe wie bei Elmar Bruns.«

Hannah zog ihr iPad hervor. »Das heißt, man hat den Marktleiter hier betäubt und ihn dann mit diesem Lieferwagen zur Wanderdüne gebracht?«, erkundigte sie sich.

Der Kriminaltechniker hob abwehrend die Hände. »Das wissen wir nicht. Wir wissen nur, dass irgendjemand mit der Blutgruppe Null positiv Blutspuren auf der Ladefläche hinterlassen hat«, dozierte er. »Wir haben auch noch Haare und Hautpartikel, die von derselben Person stammen könnten, aber keinesfalls müssen. Ob diese Person tot oder lebendig, bei Sinnen oder bewusstlos war, können wir aufgrund der Spurenlage nicht sagen. Ebenso wenig, ob es sich bei dieser Person um Elmar Bruns gehandelt hat. Das Einzige, was wir mit Sicherheit festhalten können, ist, dass die Spuren das von Ihnen geschilderte Szenario nicht ausschließen.«

Hannah stöhnte leise, und Voss gab ihr im Stillen recht. Die Haarspalterei der Kollegen von der Spurensicherung konnte einen manchmal wirklich auf die Palme bringen. Aber andererseits hatte die Vorsicht auch ihre Berechtigung. Die Spurenanalyse war eine komplexe Wissenschaft. Ihren Ergebnissen wurde hohes Gewicht beigemessen. Was bedeutete, dass die Kriminaltechniker sehr präzise arbeiten mussten.

Aber im Moment benötigte er keine gerichtsverwertbare Dokumentation. Er brauchte eine Spur. Und er wollte Gewissheit darüber, ob Bruns tatsächlich mit den K.-o.-Tropfen betäubt worden war, die man in Karis Handtasche gefunden hatte.

»Danke, Kollege«, sagte er deshalb und zog sein Handy hervor. »Das hilft uns weiter.«

Er wählte eine Nummer in Kiel und hörte ungeduldig zu, wie das Klingelzeichen ertönte. Als er schon dachte, dass sich niemand melden würde, hob Susanne Lorenz den Hörer ab.

»Universitätsklinikum Schleswig-Holstein, Campus Kiel, Institut für Rechtsmedizin, Prof. Dr. Lorenz am Apparat«, keuchte sie.

»Kriminalhauptkommissar Jonas Voss vom Polizeirevier Sylt«, sagte Voss. »Tut mir leid, wenn ich Sie störe. Aber es wäre hilfreich, wenn wir schon ein paar erste Ergebnisse hätten.«

Die Rechtsmedizinerin lachte. »Sie wissen doch. So schnell schießen die Preußen nicht. Sie haben mich gerade vom Obduktionstisch weggeholt.«

Voss stellte sich vor, wie der Marktleiter Elmar Bruns dort lag, bleich und starr. Bei dem Gedanken, wie die Rechtsmedizinerin den halbmondförmigen Schnitt am Hinterkopf ansetzte und die Kopfhaut über das Gesicht zog, um den Schädel freizulegen, wurde ihm beinahe schlecht. Er schaute zum Lieferwagen von Delikatessen-Freund hinüber und versuchte, das Bild zu verscheuchen.

»Ich dachte, Sie hätten vielleicht schon sein Blut untersucht.«

»Warten Sie.« Er hörte, wie die Rechtsmedizinerin einen Gang entlanglief. Ihre Schritte hallten von den Wänden wider, und er sah den weißgekachelten Flur des Instituts vor sich, mit seinem penetranten Geruch nach Desinfektionsmittel, der die anderen, weitaus unangenehmeren Gerüche überdecken sollte.

»Ich habe die Proben ins Labor gegeben«, erklärte Susanne Lorenz und öffnete eine Tür – vermutlich jene, die zu ihrem Büro gehörte. »Ich sehe gerade nach, ob sie schon einen Bericht geschickt haben.« Die Stimme der Rechtsmedizinerin entfernte sich. Wahrscheinlich hatte sie ihr Telefon kurz auf den Tisch gelegt. Voss vernahm das charakteristische Klicken einer Computermaus und das leise Gemurmel der Rechtsmedizinerin. Dann hob sie das Telefon wieder ans Ohr. »Herr Voss? Hören Sie?«

»Ja.«

»Das Labor hat im Blut von Elmar Bruns Liquid Ecstasy nachgewiesen. Die wissenschaftliche Bezeichnung ist GHB, Gamma-Hydroxybuttersäure. Die Menge hätte ausgereicht, um zwei Männer von seiner Statur auszuknocken. Sie war aber vermutlich trotzdem nicht tödlich.«

»Das heißt, jemand hat Bruns mit K.-o.-Tropfen betäubt. Dann hat er ihn bei der Wanderdüne vergraben, und Bruns ist erstickt.«

Susanne Lorenz lachte leise.

»Kein Kommentar«, sagte sie. »Schon gar nicht, solange wir mit der Obduktion noch nicht durch sind. Und Sie wissen doch: Ich liefere Ihnen nur die Fakten. Die Schlüsse daraus müssen Sie schon selbst ziehen.«

■ ■ ■

Viktoria Freund kam mit ausgebreiteten Armen auf die vier alten Damen zu.

»Frau Claaßen!«, rief sie lächelnd. »Wie schön, Sie wieder einmal hier zu sehen. Und Sie haben tatsächlich Ihre Freundinnen mitgebracht.«

»Wir wollen nichts kaufen«, erklärte Grethe Aldag barsch.

Viktoria Freund legte den Kopf schief. Sie zupfte Grethes Häkeljacke zurecht und ließ zugleich den Blick über die Regale schweifen.

»Ich hätte da etwas, das gut zu Ihrem Jäckchen passen würde«, erklärte sie und zog eine hellgraue Bluse mit einem dezenten Blumenmuster in Grün und Blau aus dem Regal.

»Danke. Ich hab genug anzuziehen«, grummelte Grethe.

»Ach, bitte.« Viktoria Freund hielt ihr die Bluse hin. »Probieren Sie sie wenigstens an. Ich würde gerne sehen, ob sie Ihnen wirklich so gut steht, wie ich glaube.«

Grethe verschränkte die Arme vor der Brust. »Nein.«

»Warum denn nicht?«, mischte sich Witta Claaßen ein. »Traust du dich nicht?«

»Pah!« Grethe funkelte ihre Häkelfreundin an. »Sag mir einen Grund, warum ich Angst haben sollte, eine Bluse anzuprobieren. Aber wir sind nicht zum Einkaufen gekommen. Wir sind wegen Frau Blom hier.«

»Frau Blom?«, erkundigte sich die Ladeninhaberin.

»Die junge Frau, die seit gestern als Kassiererin für Ihren Mann arbeitet«, erläuterte Marijke Meenken. »Die Polizei glaubt, dass sie Elmar Bruns ermordet hat.«

»Ach, Gott.« Viktoria Freund ließ die Hand mit der Bluse sinken. »Das ist so eine furchtbare Geschichte. Aber welchen Grund sollte diese Frau Blom haben, Herrn Bruns zu töten? Sie kannte ihn doch kaum, wenn sie erst einen Tag für Alexander arbeitet.«

Die Häkeldamen gestikulierten heftig. »Eben. Wir sind uns sicher, dass sie nichts damit zu tun hat. Und wir wollen ihr helfen.«

»Indem Sie herausfinden, wer es tatsächlich war?« Viktoria Freund lachte. »Sie meinen ... so wie Miss Marple?«

»Kein Grund, sich lustig zu machen«, murrte Grethe. »Wir haben Frau Blom schon einmal geholfen, einen Mörder zu fangen.«

Viktoria Freund hob skeptisch die Augenbrauen, aber die anderen drei Frauen nickten.

»Nun gut«, sagte sie. »Wenn ich Sie irgendwie unterstützen kann ... Aber ich denke, wir können das Angenehme mit dem Nützlichen verbinden.« Sie hob den Bügel wieder hoch. »Sie probieren die Bluse an. Und ich sage Ihren Freundinnen, was sie wissen wollen.«

Grethe verzog das Gesicht, aber Marijke, Witta und Alma sahen sie so erwartungsvoll an, dass sie nicht anders konnte.

»Also gut. Geben Sie her«, knurrte sie. Sie riss das Kleidungsstück an sich und verschwand in der Umkleidekabine. Ihre Häkelfreundinnen und Viktoria Freund tauschten verschwörerische Blicke.

»Was denken Sie?«, fragte Marijke. »Sie kannten doch Elmar Bruns.«

Die Frau des Delikatessenmarktinhabers strich die Ärmel ihres roséfarbenen Tops glatt. »Ja, leider. Das habe ich auch der Polizei schon gesagt. Herr Bruns war ein unangenehmer Mensch. Herrschsüchtig. Cholerisch. Es hat ihm Spaß gemacht, andere zu peinigen.«

Marijke Meenken nickte. Das entsprach dem Eindruck, den sie selbst bei ihren gelegentlichen Einkäufen im Feinkostladen gewonnen hatte.

»Auf wen würden Sie tippen?«, fragte Alma. »Wenn Sie raten müssten, wer ihn ermordet hat?«

Viktoria Freund hob die Schultern. »Eigentlich traue ich keinem von den Mitarbeitern meines Mannes eine solche Tat zu«, erklärte sie. »Aber wenn ich mich festlegen sollte ... Ich fürchte, mein Verdacht würde auf Marvin Drewes fallen.«

»Den Lageristen?«

Die Geschäftsfrau neigte ihren Kopf zu den hinteren Räumen, in denen das Fotoshooting für den neuen Katalog stattfand.

»Sie wissen vielleicht, dass Diego für mich modelt? Diego Valdez? Er arbeitet eigentlich für meinen Mann im Catering. Er ist Koch.« Sie rieb sich die dünnen Arme, als würde sie frieren. »Diego hat mir erzählt, wie der Marktleiter Marvin behandelt hat.«

»Marvin ist ein bisschen langsam, nicht wahr?«, fragte Marijke.

Viktoria Freund nickte. »Ein Geburtsdefekt, soweit ich weiß. Zu wenig Sauerstoff. Seine geistigen Kapazitäten sind etwas eingeschränkt. Aber er ist ein herzensguter Mensch.«

»Warum glauben Sie dann, dass ausgerechnet er Elmar Bruns ermordet hat?«

Die Ladeninhaberin machte eine ungeduldige Handbewegung. »Bruns hat ihn gequält. Diego hat versucht, ihn zu beschützen. Aber er konnte nicht immer aufpassen. Vielleicht hat Bruns eine Grenze überschritten.« Sie funkelte die Frauen an. »Was weiß ich? Sie wollten doch, dass ich Ihnen einen Verdächtigen nenne!«

Die drei Häkeldamen sahen beschämt zu Boden. So einfach war es offenbar nicht, das Motiv für einen Mord zu ermitteln.

Der Vorhang der Umkleidekabine wurde beiseitegeschoben, und Grethe Aldag trat heraus. Viktoria Freund entspannte sich wieder. Auf ihrem Gesicht entfaltete sich ein breites Lächeln. Marijke schnippte mit den Fingern.

»Menschenskinners, Grethe«, sagte sie. »Du siehst toll aus.«

Grethe Aldag winkte unwirsch ab, doch ihre Freundinnen sahen trotz der gedämpften Beleuchtung im Laden die feine Röte auf ihren Wangen. Die verriet Grethe auch, als sie sich mit gespielter Gleichgültigkeit nach dem Preis für die Bluse erkundigte. Als Viktoria Freund ihn nannte, verschwand der rote Hauch allerdings sofort, und Grethes Gesicht wurde noch grauer als gewöhnlich.

»Wie bitte?«, schnaubte sie. »Für eine einzelne Bluse?« Sie schüttelte den Kopf und stapfte zurück in die Umkleidekabine. Die anderen Frauen konnten hören, wie sie unablässig Verwünschungen murmelte.

Viktoria Freund nahm die Bluse entgegen, die ihr Grethe mit größtmöglicher Verachtung aus der Kabine reichte. Sie trug sie zur Theke und wickelte sie in Seidenpapier ein. Dann steckte sie das gute Stück in eine buntbedruckte Papiertragetasche. Als Grethe die Umkleidekabine verließ, hielt sie ihr die Tüte hin.

»Tun Sie mir den Gefallen«, bat sie. »Tragen Sie die Bluse. Sie sehen so hübsch darin aus.«

Grethe hob abwehrend die Hände. »Ich sach doch, das ist mir zu teuer.«

Die Geschäftsfrau lächelte. »Sie müssen sie nicht bezahlen. Es ist ein Geschenk. Machen Sie einfach ein bisschen Werbung für meine Boutique.« Damit drückte sie Grethe die Tüte in die Hand. Die war so verblüfft, dass sie nicht protestierte.

Viktoria Freund schob die alten Damen zur Tür. »Es tut mir leid«, sagte sie. »Aber ich muss den Laden jetzt schließen und mich um die Fotoserie für den neuen Katalog kümmern.«

Die Häkelfrauen verließen das Geschäft, und die Besitzerin schloss die Tür hinter ihnen ab. Grethe Aldag schaute auf die Tüte in ihrer Hand.

Sehr viel schlauer gemacht hatte sie der Besuch im Modegeschäft nicht. Aber dafür durfte sie jetzt das hübscheste Kleidungsstück ihr Eigen nennen, das sie jemals besessen hatte.

■ ■ ■

Kari Blom lief in ihrem winzigen Zimmer im Gartenhaus von Marijke Meenken auf und ab wie ein Tiger im Käfig. Jonas Voss und Hannah Behrends hatten sie auf dem Weg von Munkmarsch zurück zum Feinkostladen hier abgesetzt und sie gebeten, sich zur Verfügung zu halten.

Kari wäre es lieber gewesen, wenn man sie mit zum Delikatessenmarkt genommen hätte, damit sie vor Ort den Fortgang der Ermittlungen im Auge behalten konnte. Aber vermutlich hatten Voss und seine Kollegin genau das verhindern wollen. Die Frage war nur, wie sie jetzt weiter vorgehen sollte.

Sie zerrte die engen Jeans von den Beinen und tauschte sie gegen ihre Jogginghose. Dann nahm sie die Laufschuhe aus dem Koffer und schlüpfte hinein. Das Wichtigste war jetzt, wieder einen klaren Kopf zu bekommen. Und dazu gab es nichts Besseres als eine Runde durch die Braderuper Heide.

Nachdem Kari den Entschluss gefasst hatte, fühlte sie sich bereits besser. Sie verließ das Gartenhaus und ging die Straße entlang bis zu dem kleinen Parkplatz, von dem die Wege durch die Heide abzweigten.

Der Wechsel aus Sonne und Regen hatte den Erikagewächsen gutgetan. Im weichen Licht der Abendsonne leuchteten sie saftig grün, und die kleinen violetten Blüten schienen von innen zu strahlen.

Kari lief über die Holzbohlenwege zur Kliffkante und genoss das Federn der Bretter unter ihren Füßen. Kurz erwog sie, hinunter an den Strand zu gehen, aber dann joggte sie doch lieber die Wege zwischen den Heideblumen entlang und ließ ihren Blick über das Wattenmeer schweifen. Das Wasser hatte sich weit zurückgezogen, und auf dem feucht glänzenden Schlick tummelten sich zahllose Vögel. Eine Weile pickten sie im Watt herum und suchten nach Würmern. Dann flogen sie plötzlich wie auf ein geheimes Kommando hin auf, eine riesige Wolke schwarzweißer Leiber, die federleicht aufstiegen und mit dem Wind über die Insel glitten.

Kari genoss die steife Brise, die ihr durch die Haare fuhr, und wollte gerade ihr Tempo steigern, als das Telefon in ihrer Hosentasche zu klingeln begann. Statt in den Endspurt überzugehen, nahm Kari das Gespräch an und machte währenddessen einige Dehnübungen.

Es war Ole Lund.

»Du hattest recht«, sagte er, ohne Zeit auf eine Begrüßung zu verschwenden. »Sylt ist nicht das richtige Pflaster für dich.«

Kari knirschte mit den Zähnen.

»Schade, dass dir das nicht früher aufgefallen ist«, gab sie bissig zurück.

»Ja, allerdings.« Lund, sonst immer zu lockeren Sprüchen aufgelegt, war heute offenbar überhaupt nicht nach Scherzen zumute. Was dafür sprach, dass er ungewöhnlich angespannt war. Er atmete tief durch.

»Ich habe dich im Fernsehen gesehen«, erklärte er. »In den Abendnachrichten. ›Die ermittelnden Beamten führen Kari B. ab, die Tatverdächtige im Mordfall Elmar Bruns‹.«

»Ich kann nichts dafür, Ole.« Kari streckte sich. »Irgendjemand hat mir eine Flasche mit K.-o.-Tropfen untergejubelt. Und mit ebenjenen ist Elmar Bruns offenbar betäubt worden.«

»Wo waren diese Tropfen?«, fragte Lund.

»In meiner Handtasche.«

»Und die war?«

»In meinem Spind im Supermarkt.«

»In einem abschließbaren Spind?«

»Nein. Das sind einfach nur normale Schränke ohne Schloss.«

»Nicht gerade professionell«, monierte Lund.

Kari lächelte flüchtig. »Ich nehme an, das gehört zum Konzept des Ladens. Da ist alles ein bisschen auf alt getrimmt. Es soll wohl die Botschaft vermitteln, dass man sich noch vertrauen kann.«

»Hm.« Lund trommelte auf seinem Schreibtisch herum. Dann knarzte es, weil er sich offenbar auf seinem Schreibtischstuhl zurücklehnte. »Nun ja. Zwei Vorteile hat die Sache immerhin.«

»Zwei?«

»Ja.« Kari hörte, wie das Schmunzeln auf Lunds Lippen zurückkehrte. »Erstens: Damit ist der Verdacht gegen dich alles andere als stichhaltig, wenn nicht sogar hinfällig. Jeder könnte diese K.-o.-Tropfen in deine Tasche getan haben.«

»Mhm. Und zweitens?«

»Zweitens hilft es dir vielleicht, dein Problem in den Griff zu bekommen. Du weißt schon. Vertrauen heißt loslassen.« Er kicherte. »Ich bin sicher, deiner Mutter würde das gefallen.«

»Du kannst es ihr ja erzählen, wenn ihr euch mal wieder trefft, um über mich zu tratschen«, entgegnete Kari giftig und drückte das Gespräch weg. Dann stopfte sie das Smartphone zurück in die Hosentasche und begann zu rennen.

Warum musste Ole sie ständig foppen? Als ob sie im Moment nicht schon genug Probleme hätte. Aber vielleicht bewies es auch nur, dass er ein echter Freund war. Er tat sein Bestes, um sie auf andere Gedanken zu bringen, auch wenn er sich selbst damit unbeliebt machte. Und wenn sie ehrlich war, musste sie zugeben, dass es ihm gelang.

Der Vogelschwarm kehrte zurück, und die Knuttstrandläufer landeten auf dem feuchten Watt und begannen wieder zu picken.

Kari sprang die Stufen zum Strand hinunter und fühlte sich mit jedem Schritt leichter.

13.

Der fürchterliche Schrei ging ihm durch Mark und Bein.

Jonas Voss riss die Decke beiseite und sprang aus dem Bett. Dann erst fiel ihm ein, dass es das Telefon war, das Jasper und Finja mit Hilfe ihres spanischen Kindermädchens aufgepeppt hatten.

Außer ihm selbst war offenbar jeder im Haus gegen das Gebrüll immun. Zumindest waren die Türen zu den Schlafzimmern von Jasper, Finja und Olivia Fernandez geschlossen.

Voss hastete die Treppe hinunter und bemerkte dabei eine Spur aus dunklen Flecken, die größer wurden, je weiter er nach unten kam. Vorsichtshalber machte er einen Bogen darum. Eilig schob er die Tür zum Wohnzimmer auf.

Er fand das Telefon, ehe es erneut seinen markerschütternden Schrei ausstoßen konnte, und meldete sich brummig.

Im Gegensatz zu ihm war Hannah Behrends bester Laune. Sie teilte ihm mit, dass die Kollegen von der Kriminaltechnischen Untersuchungsstelle in Kiel einen ersten vorläufigen Bericht nach Westerland gemailt hatten. Woraus zu schließen war, dass seine Kollegin bereits an ihrem Schreibtisch saß.

Voss schaute auf die Uhr. Es war gerade mal halb sieben. Um diese Zeit stand er gewöhnlich auf, wenn die Kinder in die Schule mussten. Doch jetzt waren Sommerferien, und er hatte sich darauf gefreut, morgens ein wenig länger im Bett liegen zu können. Auch wenn der Mord an Elmar Bruns natürlich ein hohes Engagement als Ermittler erforderte. Aber wenn er unausgeschlafen war, konnte er nicht denken. Und damit war niemandem geholfen.

Jetzt allerdings war es ohnehin zu spät. Wenn er einmal wach war, war er wach.

»Ich bin in einer halben Stunde im Büro«, teilte er Hannah deshalb mit und steckte das Mobilteil zurück in die Station. Dann ging er zur Treppe und nahm die dunklen Flecken in Augenschein. Er tauchte einen Finger in einen der Kleckse. Die Flüssigkeit fühlte sich ölig an. Jonas Voss führte seine Hand zur Nase und nahm einen leichten Fischgeruch wahr.

Der Hauptkommissar grinste. Wann bekam man schon einen Fall, den man bereits vor dem Frühstück gelöst hatte?

Dieser hier jedenfalls war klar: Jemand hatte ein Stück fettigen Räucherfisch ohne geeignete Verpackung aus der Küche in sein Zimmer getragen. Die Richtung ergab sich aus der Größe der Flecken: Je weiter der Fisch getragen wurde, desto weniger Öl war noch vorhanden, weshalb die Kleckse am oberen Ende der Stufen kleiner wurden. Und als Täter kam nach Lage der Dinge nur einer in Frage: sein Sohn Jasper. Zum einen, weil Jasper Fisch über alles liebte. Und zum anderen, weil sowohl seine Tochter Finja als auch das Kindermädchen Olivia so vernünftig gewesen wären, den Fisch auf einen Teller zu legen.

▪ ▪ ▪

Kari Blom erwachte, weil die Sonnenstrahlen, die zwischen den bunten Vorhängen hindurchfielen, sie blendeten. Sie streckte sich und strich mit beiden Händen über die geblümte Bettwäsche. Erst dann fiel ihr wieder ein, was am Tag zuvor passiert war.

Der Mord an Elmar Bruns. Das Wiedersehen mit Jonas Voss, das von den dramatischen Ereignissen überschattet worden war. Die K.-o.-Tropfen in ihrer Handtasche. Und die Erkenntnis, dass sie schon wieder im Mittelpunkt einer Mordermittlung stand. Nicht in ihrer Eigenschaft als Polizistin, sondern als Verdächtige.

Wenn sie ungestört weiter in Sachen Kreditkartenbetrug aktiv werden wollte, musste sie so schnell wie möglich dafür sorgen, dass die Sylter Kollegen in eine andere Richtung ermittelten. Am besten in eine, die nichts mit dem Feinkostgeschäft zu tun hatte. Solange die Polizisten dort ein und aus gingen, würde der Kreditkartenbetrüger sein Werk wohl kaum fortsetzen.

Aber vielleicht hingen die beiden Fälle ja auch zusammen. Vielleicht war Bruns dem Kreditkartenbetrüger auf die Spur gekommen und hatte ihn erpresst. Und der Betrüger hatte dem Erpresser lieber den Garaus gemacht, als zu teilen.

Kari warf die Decke beiseite und sprang aus dem Bett. Sie zwängte sich in die winzige Dusche, die Marijke Meenken in dem nachträglich eingebauten Bad ihres Gartenhauses hatte installieren lassen, und ließ sich das warme Wasser über den Kopf laufen. Während sie sich einseifte, gingen ihre Gedanken weiter auf Wanderschaft.

Wenn ihre Theorie stimmte, konnte der Täter nur einer ihrer Kollegen aus dem Laden sein. Aber das passte hinten und vorne nicht. Der Kreditkartenbetrüger musste über ein gewisses technisches Know-how verfügen. Und der Mörder von Bruns über ein erhebliches Maß an Skrupellosigkeit und Brutalität. Zwei Eigenschaften, die weder zu Marvin noch zu Tanja passten. Saskia Lübbers besaß vielleicht die nötige Kaltschnäuzigkeit für den Mord, aber die Manipulation von Kreditkartenterminals traute Kari ihr nicht zu.

Blieb noch der argentinische Koch Valdez. Vielleicht hatte der ja neben seiner Begabung als Model auch noch ein technisches Talent. Wirklich daran glauben konnte sie allerdings nicht.

Kari spülte den Seifenschaum ab und rubbelte sich mit einem der flauschigen Handtücher trocken, die ihre Vermieterin bereitgelegt hatte.

Vielleicht, dachte sie, war der Kreditkartenbetrüger ja auch gar kein Mitarbeiter des Delikatessenmarkts, sondern hatte nur einen Komplizen dort. Jemanden, der ihm sozusagen die Tür öffnete – und dafür eine entsprechende Provision kassierte. In diesem Fall war es vermutlich jemand, der in finanziellen Schwierigkeiten steckte. Über Diego, Marvin und Saskia hatte sie diesbezüglich noch nichts herausgefunden. Aber eines wusste sie sicher: dass die dicke Tanja Eggerstedt, die einen arbeitslosen Mann und drei Kinder zu versorgen hatte, seit der Einstellung von Valdez um ihre Einkünfte fürchtete.

Kari öffnete seufzend ihren Koffer, um ein passendes Outfit für den Tag zu suchen. Von allen Kollegen im Markt mochte sie Tanja am liebsten. Unter anderen Umständen hätte die Frau vielleicht eine Freundin werden können. Doch nun musste sie sich Tanjas Vertrauen erschleichen, um herauszufinden, ob die Kollegin womöglich ein dunkles Geheimnis hatte.

Das war nicht schön. Aber daraus bestand nun mal die Arbeit einer Undercover-Ermittlerin.

▪ ▪ ▪

Alexander Freund hatte sich an diesem Morgen, den dramatischen Umständen angemessen, für einen schwarzen Anzug und ein blasses fliederfarbenes Hemd entschieden und dazu eine ebenfalls schwarze Krawatte gewählt. Er hatte gehofft, dass auch die Mitarbeiter seines Feinkostgeschäfts, die sich auf seine Bitte hin im Pausenraum versammelt hatten, ein entsprechendes Signal setzen würden. Tatsächlich hatten alle auf grelle Farben verzichtet, aber nur Kari trug zu ihren Jeans und ihrer Bluse in Schiefergrau ein schwarzes Tuch, das sie sich locker um den Hals geschlungen hatte. Eine außerordentlich geschmackvolle Kombination, wie Freund fand.

»Ich danke Ihnen, dass Sie alle meinem Wunsch gefolgt sind, heute eine halbe Stunde früher hier zu sein«, sagte er und wies auf die Sitzgelegenheiten, die er aufgestellt hatte. Seine Mitarbeiter nahmen Platz, Diego Valdez mit lässiger Eleganz auf einem der Stühle am Rand, Tanja Eggerstedt schnaufend auf jenem, der unmittelbar hinter ihr stand. Marvin Drewes ergatterte eilig den Platz zwischen Tanja und Valdez und schaute Freund erwartungsvoll an. Saskia Lübbers ließ sich mit sichtlich gelangweilter Attitüde am anderen Ende der Stuhlreihe nieder.

Kari setzte sich als Letzte auf den freien Platz zwischen Saskia und Tanja. Sie ahnte, was Freund vorhatte, bezweifelte allerdings, dass seine Initiative gut ankommen würde. Zu Recht, wie sich gleich darauf zeigte.

»Wir alle wissen, dass Elmar Bruns kein einfacher Mensch war«, begann Freund.

»Nee. Weiß Gott nicht«, murmelte Saskia. Freund sah sie irritiert an.

»Trotzdem erschüttert uns sein tragischer Tod«, fuhr er fort.

»Mich nicht«, stellte Tanja Eggerstedt klar.

Freund runzelte die Stirn.

»Ein Mensch ist gewaltsam ums Leben gekommen«, insistierte er. »Ein Mensch, mit dem wir tagtäglich zu tun hatten.«

»Hat Ihnen das vielleicht Spaß gemacht?«, erkundigte sich Saskia und nestelte ihre Zigaretten aus der Kitteltasche. Kari sah ihr an, dass sie lieber vor die Tür gegangen wäre, um zu rauchen, anstatt hier Freunds improvisierter Trauerfeier beizuwohnen.

Der Inhaber des Delikatessenmarkts seufzte.

»Bitte«, appellierte er an seine Mitarbeiter. »Auch wenn Herr Bruns im Umgang nicht ganz einfach war. Er hat hier gute Arbeit geleistet. Er wird uns fehlen.«

Saskia schnaubte.

»Ihnen vielleicht. Aber da sind Sie dann auch der Einzige.«

Freund fuhr sich frustriert mit beiden Händen durch die dunkelblonden Haare.

»Herrschaften. Ich erwarte ja keine Tränen. Aber könnten Sie nicht ein wenig Menschlichkeit demonstrieren?«

Marvin hob den Zeigefinger.

»›Der Einzelhandel ist ein hartes Geschäft‹«, imitierte er den markigen Bariton von Elmar Bruns. »›Da ist kein Platz für Gefühle‹.«

Saskia, Tanja und Diego Valdez brachen in lautes Gelächter aus. Freund schüttelte den Kopf und tauschte einen traurigen Blick mit Kari.

»Also gut«, sagte er, nachdem sich die Heiterkeit wieder gelegt hatte. »Offenbar ist Ihnen nicht daran gelegen, Ihres toten Kollegen zu gedenken.« Seine Lippen wurden zu einem schmalen Strich. »Machen wir also Business as usual. Frau Eggerstedt die Frischtheke. Frau Lübbers die Kasse. Herr Valdez bereitet die Schnittchen für das Buffet bei Frau Claaßen heute Abend vor. Marvin bringt die Lieferungen ins Lager. Und Frau Blom ... Sie räumen bitte die Regale ein.«

Saskia sprang von ihrem Stuhl und eilte nach draußen, vermutlich, um schnell noch ihre Zigarette zu rauchen, ehe sie sich an die Kasse begab. Tanja erhob sich umständlich von ihrem Platz.

»Ich könnte auch die Schnittchen ...«, begann sie, aber Freund winkte ab.

»Wir werden nicht anfangen, alles neu zu diskutieren, nur weil Herr Bruns nicht mehr unter uns weilt. Wir machen weiter wie bisher. Etwaige Änderungen können Sie besprechen, wenn wir einen neuen Marktleiter gefunden haben.«

Tanja senkte den Kopf und verließ wortlos den Pausenraum. Diego schlug Marvin auf die Schulter.

»Komm, mein Freund«, sagte er. »Ich helfe dir mit der ersten Palette. Dann geht der Rest leichter von der Hand.«

Marvin strahlte den Argentinier an, und gemeinsam verließen die beiden Männer den Pausenraum. Ein seltsam ungleiches Paar, Valdez mit seiner tänzerischen Körperbeherrschung und Marvin wie ein schwankendes Schiff auf See, und dennoch strahlten sie eine Harmonie aus, die Kari als rührend empfand.

Als die beiden gegangen waren, schloss Alexander Freund die Tür. Kari, die den Männern hatte folgen wollen, blieb überrascht stehen. Viel zu dicht vor Freund, dessen herbes Rasierwasser sie plötzlich riechen konnte. Männlich, mit einem Hauch von Grapefruit. Eilig trat sie einen Schritt zurück.

Der Inhaber des Delikatessenmarkts hob die Hände.

»Entschuldigen Sie. Ich wollte Sie nicht aufhalten. Ich wollte nur … mein Entsetzen mit jemandem teilen.« Er deutete auf ihre schlichten Kleider. »Sie scheinen die Einzige zu sein, die angesichts dieses grausamen und gewaltsamen Todesfalls einen Moment innehält.«

Kari versteifte sich. Sie fand, dass Freund zu dick auftrug. Aber vielleicht war er auch einfach nur ein besonders empfindsamer Mann.

»Ich mochte Elmar Bruns nicht«, erklärte sie ehrlich. »Es fällt mir schwer, so etwas wie Betroffenheit zu empfinden. Aber ich denke, es ist einfach eine Frage der Pietät.«

Freunds blaue Augen schienen sie zu durchbohren.

»Was tut eine gebildete Frau wie Sie an einer Supermarktkasse?«, fragte er, und seine raue Stimme verursachte Kari eine Gänsehaut.

Sie lachte überspannt.

»Ach. Das ist nur eine Übergangslösung«, erklärte sie. »Eigentlich bin ich Schriftstellerin.«

Freunds Blick vertiefte sich noch.

»Das klingt interessant, Frau Blom«, sagte er weich. »Darüber würde ich gerne mehr erfahren. Vielleicht würden Sie heute Abend mit mir essen gehen? Ich möchte Sie einladen.«

Kari spürte, wie sich ihr Herzschlag beschleunigte. Natürlich war diese Einladung eine wunderbare Gelegenheit, einen tieferen Einblick in die Arbeitsprozesse des Feinkostladens zu gewinnen. Wenn nur nicht eine kleine Stimme in ihrem Ohr geflüstert hätte, dass das nicht der wahre Grund war, weshalb sie das Angebot nur zu gerne annehmen wollte.

»Warum nicht?«, sagte sie leichthin und war sich sicher, dass Freund sie komplett durchschaute. Aber er war Kavalier genug, sie nicht bloßzustellen.

»Ich erwarte Sie nach Feierabend vor dem Geschäft«, sagte er schlicht. »Ich freue mich.«

Damit hielt er ihr die Tür auf, und Kari beeilte sich, in den Laden zu kommen, ehe ihre Gefühle vollkommen verrücktspielten.

▪ ▪ ▪

Als Jonas Voss sein Büro betrat, stieg ihm der Duft von frisch gebrühtem Kaffee in die Nase. Dazu gesellte sich das Aroma ofenfrischer Croissants.

Hannah Behrends hatte den Tisch in der Mitte des Büros freigeräumt – was vermutlich kein einfaches Unterfangen gewesen war, denn Voss ließ dort alles fallen, was er im Moment nicht brauchte, um dann später in den riesigen Papierhaufen nach den Unterlagen zu wühlen, die er vielleicht doch zu früh aus der Hand gelegt hatte. Nun aber ruhten die Papiere zu säuberlichen Stapeln aufgereiht im Regal, und Hannah hatte sich sogar die Mühe gemacht, sie zu sortieren und zu beschriften. Ein Stapel war Einbruchsdelikten gewidmet, ein weiterer den Diebstählen von Fahrrädern und Handtaschen. Auf dem dritten Zettel stand *Mord*.

Hannah lud ihren Vorgesetzten ein, sich zu setzen, und stellte Kaffeetassen und Teller auf den Tisch. Dann servierte sie die vorbereiteten Köstlichkeiten. Jonas Voss, der zu Hause nichts gegessen hatte, griff hungrig zu.

»Hm«, machte er, als er von einem mit Schokoladencreme gefüllten Croissant abbiss. »Das ist lecker.«

»Delikatessen-Freund«, erwiderte Hannah und deutete auf eine blaulackierte Holztruhe, die auf ihrem Schreibtisch thronte. »Alexander Freund hat uns eine Kiste mit Leckereien zukommen lassen. Damit wir, wie er schreibt, unsere gesamte Energie auf die Ermittlungen im Todesfall Bruns lenken können.«

»Ach so.« Voss, der angenommen hatte, dass Hannah für das Frühstücksbuffet verantwortlich war, fühlte sich erleichtert. Allerdings nur für einen Moment. Dann fiel ihm ein, dass man die Geschenkbox des Feinkostladenbesitzers auch als Bestechungsversuch werten konnte.

»Wir dürfen das nicht annehmen«, sagte er und legte das angebissene Croissant zurück auf den Teller.

Hannah machte ein verschmitztes Gesicht. »Wir haben es nicht angenommen. Das hat der Beamte unten am Empfang getan. Wir essen es nur, damit die Sachen nicht schlecht werden.«

Jonas Voss lachte. Hannahs Logik bot zwar reichlich Raum für Kritik, aber in diesem Fall war er geneigt, sich ihrer Interpretation anzuschließen. Das Croissant war einfach zu lecker. Voss griff wieder zu und kaute.

»Also gut«, nuschelte er. »Du hast etwas von einem vorläufigen Bericht aus der Kriminaltechnischen Untersuchungsstelle im LKA gesagt. Was steht da drin?«

Hannah schluckte ihr Kuchenstück herunter und griff nach einer Mappe, die neben der Schatztruhe auf ihrem Schreibtisch lag.

»Die Kollegen von der KTU haben die sichergestellten

Spuren aus dem Lieferwagen von Delikatessen-Freund untersucht. Das Blut auf der Ladefläche stammt ohne Zweifel von Elmar Bruns. Ein Teil davon befand sich übrigens auch an der Oberkante der hinteren Wagentür. Die Jungs von der Kriminaltechnik gehen davon aus, dass Bruns bereits von den K.-o.-Tropfen benommen war, als ihn der Täter in den Wagen gedrängt hat. Dabei muss er sich den Kopf an der Türkante gestoßen haben, und das Blut aus dieser Wunde ist auf die Ladefläche getropft.«

Voss versuchte, sich den Ablauf vorzustellen. So, wie es aussah, war Bruns im Delikatessenmarkt betäubt und anschließend zur Wanderdüne gebracht worden. Dort hatte man ihn im Sand vergraben. Nach allem, was sie bisher wussten, hatte der Marktleiter zu diesem Zeitpunkt noch gelebt.

»Sonstige Erkenntnisse?«

Hannah blätterte weiter. »Die Kollegen von der Spurensicherung haben Fingerabdrücke gefunden. Von Elmar Bruns und von zwei weiteren Personen. Die eine kennen wir nicht. Aber die andere.« Sie machte eine kleine, dramatische Pause. »Das war der argentinische Koch. Diego Valdez.«

»Hm.« Voss runzelte die Stirn und nippte an seinem Kaffee. »Ich dachte, der Lieferwagen wird für das Catering von Delikatessen-Freund benutzt. Müssten dann nicht auch die Abdrücke von Marvin Drewes und Tanja Eggerstedt zu finden sein?«

Hannah lächelte. »Genau diese Frage habe ich mir auch gestellt. Das heißt«, sie nahm sich ein weiteres Stück Kuchen, »nicht nur mir, sondern auch Alexander Freund. Er sagt, die Lieferwagen werden jeden Abend von einer Firma komplett gereinigt. Beim Catering geht es schließlich auch um Hygiene.« Sie zog ihr iPad zu sich heran und wischte über den Bildschirm. »Die Wagen wurden am Abend vor dem Mord um einundzwanzig Uhr gereinigt übergeben, nachdem der letzte Cateringauftrag abgewickelt war.«

Jonas Voss stellte seine Kaffeetasse zurück auf den Tisch. »Valdez ist also vorgestern Abend gemeinsam mit einem Unbekannten irgendwann nach einundzwanzig Uhr mit dem Wagen gefahren.«

Hannah nickte. »Und wenn du mich fragst, dann weiß ich auch, wohin.«

Voss schob sich das letzte Stück seines Schokocroissants in den Mund. Er war bestimmt kein Pessimist. Aber sein Gefühl sagte ihm, dass die Lösung dieses Falls kaum so einfach sein konnte.

▪ ▪ ▪

Saskia Lübbers trat durch die Hintertür in den Laden und brachte eine Wolke aus Zigarettenrauch mit. Neben Kari, die gerade das Abteil mit den Joghurtbechern im Kühlregal auffüllte, blieb sie stehen.

»Na, Süße?«, flötete sie. »Du willst wohl ganz hoch hinaus.«

Kari richtete sich auf und streckte den Rücken. Das Hantieren mit dem Joghurtsortiment in Bodenhöhe war ausgesprochen unangenehm.

»Wie meinst du das?«, erkundigte sie sich.

Saskia grinste und nahm Kari einen Joghurt aus der Hand. Sie betrachtete das Verfallsdatum und spitzte die Lippen. Dann riss sie den Deckel ab und zog einen Löffel aus der Tasche ihres weiß-blau gestreiften Kittels.

»Denkst du, es sieht keiner, wie du dich an Freund ranschmeißt?«, fragte Saskia und schob sich einen Löffel Joghurt in den Mund. »Wahrscheinlich träumst du schon von einem

Leben in der Kampener Villa. Besser als lebenslang Supermarktkasse, nicht wahr?«

Kari verschränkte die Arme vor der Brust. »Quatsch. Ich will nichts von Freund«, entgegnete sie und deutete mit dem Kinn auf den Joghurtbecher. »Darf man das? Hier einfach Waren aus dem Regal nehmen?«

Saskia grinste. »Der war abgelaufen.« Sie studierte erneut das Haltbarkeitsdatum und schnalzte mit der Zunge. »Ach, nein. Ich hab mich vertan.« Sie zwinkerte Kari zu. »Aber du kannst *deinem* Alexander ja sicher erklären, weshalb einer fehlt.«

Kari kniff die Augen zusammen. »Wird man so, wenn man zu lange unter Elmar Bruns gearbeitet hat?«, fragte sie.

Saskia steckte den Löffel in den halbleeren Becher. »Entschuldige. Das war blöd von mir.« Ihre Hand wanderte zur Kitteltasche, in der sie ihre Zigaretten aufbewahrte. Als sie es bemerkte, zog sie die Hand zurück. »Es ist nur so, dass ich diesen Job hasse. Mit ein bisschen Sarkasmus lässt er sich leichter ertragen.«

Kari war überrascht über dieses Geständnis, ließ es sich aber nicht anmerken.

»Kann ich verstehen«, sagte sie stattdessen. »Ist ja auch ein Idiotenjob. Den ganzen Tag irgendwelches Zeug über den Scanner ziehen und Geld wechseln. Und die halbe Nacht hat man dieses verdammte Piepen im Ohr.«

Saskia strahlte sie an. Offenbar glaubte sie, endlich eine Gleichgesinnte gefunden zu haben. Was Kari vielleicht eine weitere Tür für ihre Ermittlungen öffnete.

»Ganz genau.« Saskia blickte sich um, ob ihnen jemand zuhörte, doch von den Kollegen war keiner in Sicht. »Aber das Schlimmste sind die Deppen, mit denen man zusammenarbeiten muss.«

Kari bückte sich und stellte eine neue Reihe Joghurtbecher ins Kühlregal. »Du meinst Marvin?«

Saskia löffelte weiter Joghurt. »Marvin ist dumm. Und Tanja ist wie eine Kuh. Lässt sich herumschubsen und sagt keinen Ton. Glotzt immer nur blöde und guckt verletzt. Die kapiert einfach nicht, dass man kämpfen muss, wenn man etwas erreichen will im Leben.«

»Und du?«, fragte Kari. »Was willst du erreichen?«

Saskia kratzte den restlichen Joghurt aus dem Becher und leckte den Löffel ab.

»St. Tropez«, erwiderte sie. »Eine Villa am Meer. Und eine schicke Yacht, auf der man nackt in der Sonne liegen kann.«

Kari lachte. »Das ist ein schöner Traum«, sagte sie und zwinkerte Saskia zu. »Und so bescheiden.«

Die Kassiererin rümpfte die Nase. »Ich muss nur den richtigen Mann dafür finden«, beschied sie Kari und warf ihre langen blonden Haare zurück. »Millionäre gibt es hier auf Sylt wie Sand am Meer. Früher oder später wird schon einer kommen, der nach einer attraktiven Frau an seiner Seite sucht.«

Kari verkniff sich ein verächtliches Schnauben, weil sie die gerade erst aufkeimende Freundschaft nicht gleich wieder untergraben wollte. Und vielleicht waren die Phantasien der Kassiererin ja auch gar nicht so lächerlich. Schließlich gab es immer wieder Männer, die nichts gegen eine naive Blondine an ihrer Seite einzuwenden hatten, wenn die Frau nur anziehend genug war. Und attraktiv, das konnte man nicht leugnen, war Saskia Lübbers.

Der Lautsprecher über ihren Köpfen knackte, und dann war Alexander Freunds sonore Stimme zu hören.

»Frau Lübbers«, forderte er. »Würden Sie bitte die Kasse besetzen? Ich öffne jetzt die Türen.«

Saskia stöhnte. Sie war schon halb auf dem Weg zu ihrem

Arbeitsplatz, drehte sich dann aber doch noch einmal zu Kari um und deutete mit dem Finger zum Lautsprecher.

»Den kannst du jedenfalls vergessen. Da ist nichts zu holen«, erklärte sie. »Auch wenn es mit seiner Frau anscheinend nicht mehr so richtig läuft. Aber Freund ist ein Moralapostel.«

Damit wandte sie sich ab und trabte durch den Gang zur Kasse.

Kari bückte sich und griff nach den nächsten Joghurtbechern. Und versuchte, sich einzureden, dass ihr Herzklopfen nur von der unbequemen Tätigkeit herrührte.

14.

Der Ansturm der Kunden, die vor dem Delikatessenmarkt Freund auf das Öffnen der Türen gewartet hatten, ergoss sich wie eine Flutwelle in die schmalen Gänge des Feinkostladens. Kari brachte eilig eine Palette mit Quarkspeisen in Sicherheit, während die Neugierigen in die Regale lugten, als glaubten sie, den Mörder von Elmar Bruns zwischen Gurkengläsern und frisch eingelegten Antipasti ausfindig machen zu können.

Kari trug die Waren zurück zum Lager. Tanja Eggerstedt kam dazu und öffnete ihr die Tür. Kari stellte die Palette ab und lehnte sich schnaufend gegen die Wand. »Du liebe Zeit«, ächzte sie. »Ist hier immer so viel Betrieb?«

Tanja schüttelte den Kopf. »Nur, wenn es Sonderangebote gibt. Aber normalerweise kommen die meisten Kunden erst später. Die haben ja Zeit und müssen nicht arbeiten.« Tanjas Stimme klang verbittert.

Kari dachte daran, dass sie die Kollegin am Morgen verdächtigt hatte, mit dem Kreditkartenbetrüger gemeinsame Sache zu machen. Jetzt, wo sie ihr gegenüberstand, erschien ihr der Gedanke absurd. Aber auf der anderen Seite: Tanja hatte definitiv finanzielle Probleme. Wer wusste schon, was ein Mensch aus Verzweiflung zu tun bereit war?

»Ein Glück, dass Bruns tot ist, was?«, fragte sie.

Tanja starrte sie an. »Wie meinst du das denn?«, keuchte sie. »Glaubst du vielleicht, ich habe etwas damit zu tun?«

Kari strich ihren weiß-blau gestreiften Kittel glatt. »Nein. Natürlich nicht«, erwiderte sie. »Ich meinte nur. Wegen der Sache mit dem Wildfond. Und weil er doch alles versucht hat, damit du den Job hinschmeißt.«

Tanja kniff die Augen zusammen. »Woher weißt du das?«

»Die Polizisten haben darüber gesprochen. Gestern, als sie mich mit aufs Revier genommen haben.«

Tanjas Gesichtszüge entspannten sich wieder. »Ach so. Ich dachte schon …«

»Ja?«

Statt einer Antwort stiefelte Tanja in den Pausenraum. Sie riss die Tür zu ihrem Spind auf, nahm ihre Handtasche heraus und zog eine Packung Schokolade mit Erdnüssen hervor. Kari, die ihr gefolgt war, sah zu, wie sie ungeduldig das Papier herunterriss, einen Riegel abbrach und ihn sich in den Mund schob.

Als Tanja ihren Blick bemerkte, stopfte sie die Schokolade eilig zurück in die Handtasche. Dann sah sie ein, dass sich das Unübersehbare kaum leugnen ließ.

»Entschuldige«, sagte sie. »Wenn ich im Stress bin, muss ich einfach essen.« Sie warf die Spindtür zu und sah Kari offen an. »Wahrscheinlich das schlechte Gewissen«, fügte sie hinzu. »Weil ich tatsächlich so etwas wie Erleichterung verspürt habe. Und das gehört sich doch nicht, oder? Bei einem Toten?«

Kari trat zu Tanja und nahm ihre Hände. »Ich verstehe dich, so wie er dich behandelt hat. Ich glaube, ich an deiner Stelle wäre auch froh, dass er weg ist.«

Tanja lächelte schwach. »Du bist wirklich nett, Kari, weißt du das?«

Kari erwiderte das Lächeln.

»Glaubst du, die Polizei verdächtigt mich?«, fragte Tanja. »Dabei hat doch Diego ...« Sie verstummte.

Kari legte den Kopf schief. »Was? Was war mit Diego?«

Tanja strich sich verlegen mit der Hand über die Wange. »Na ja. Er hatte einen Streit mit Bruns, letzte Woche. Er hätte beinahe einen Catering-Auftrag in den Sand gesetzt. Er ist viel zu spät gekommen, weil er bei Frau Freund gemodelt hat. Wir mussten schuften wie verrückt, um die Kanapees noch rechtzeitig fertig zu bekommen. Bruns ist dann mit Diego zum Lieferwagen, und ich hab gehört, wie sie sich auf dem Hof angeschrien haben. Bruns hat gesagt, wenn das noch einmal vorkommt, schmeißt er Diego raus.«

Kari nahm die blau-weiß gestreifte Schirmmütze vom Kopf und fuhr sich durch die Haare. »Und du glaubst, Diego könnte Bruns deshalb getötet haben? Braucht er den Job denn so dringend?«

Tanja zuckte mit den Schultern. »Ich weiß nicht. Er ist so oft bei Viktoria Freund drüben, dass er auch gleich ganz bei ihr arbeiten könnte. Aber sie zahlt wohl nicht viel. Diego hat mal gesagt, die Gage fürs Modeln reicht nicht mal für die Wurst auf dem Brot.«

Kari setzte ihre Mütze wieder auf. Vielleicht würde es sich lohnen, der Frau ihres Arbeitgebers auf den Zahn zu fühlen. Gewöhnlich war man in der Modebranche nicht geizig. Aber vielleicht lief die schicke Boutique von Viktoria Freund nicht so gut, wie es die luxuriöse Fassade glauben machen wollte.

»Du solltest der Polizei sagen, was du gehört hast«, riet sie ihrer Kollegin.

Tanja holte tief Luft und drängte sich an Kari vorbei aus dem Pausenraum.

»Nie im Leben«, sagte sie. »Ich schwärze doch keinen Kollegen an. Schon gar nicht einen, der so anständig ist wie Diego.«

■ ■ ■

Kari rückte den Schirm ihrer Mütze zurecht. Dann ging sie durch das Lager in die kleine Küche, in der Diego Valdez die Kanapees für das Abendbuffet zauberte.

Der Argentinier blickte von seiner Arbeit auf und entblößte seine strahlend weißen Zähne. »*Hola*, Kari«, sagte er. »Nichts mehr zu tun bei den Regalen?«

»Doch.« Kari setzte sich auf einen freien Tisch. »Aber im Laden ist der Teufel los. Ich weiß gar nicht, wie ich da mit den Paletten durchkommen soll.«

Valdez grinste. Er nahm ein Weißbrot mit Lachs und Meerrettichsoße von seinem Brett und hielt es Kari hin. »*Buen provecho.*«

Kari griff nach dem Schnittchen und schob es sich in den Mund. Fisch zum Frühstück war nicht unbedingt das, wonach ihr der Sinn stand. Aber da es als vertrauensbildende Maßnahme gedacht war, wollte sie nicht ablehnen. Sie kaute pflichtbewusst und sagte dann: »Hm. Gar nicht schlecht.«

Valdez hob die Augenbrauen. »Nur weil ich ein gutes Model bin, muss ich kein schlechter Koch sein«, versetzte er.

Kari hob abwehrend die Hände. »*Perdón*«, sagte sie. »Ich wollte dich nicht beleidigen. Ich mag nur keine fetten Sachen zum Frühstück.«

Der Argentinier rollte mit den Augen. Vermutlich hielt er sie für eine dieser Frauen, die ihre schlanke Linie höher bewerteten als den Genuss von Gaumenfreuden. Er bückte sich und holte ein Paket mit Reiswaffeln hervor.

»Hier«, sagte er und warf ihr die Waffeln zu. »Garantiert fettfrei.«

Kari nahm sich ein Reisgebäck und knabberte daran. »Was glaubst du?«, fragte sie. »Wer hat Elmar Bruns ermordet?«

Valdez wandte sich wieder seinen Kanapees zu. »Jemand, der die falsche Lebenseinstellung hat.« Er bestrich einen Stapel Weißbrotscheiben mit Butter. »Der seine Probleme statt mit Intelligenz mit Gewalt löst.«

Kari sah überrascht auf. Waren alle Mitarbeiter von Supermärkten so philosophisch veranlagt? Oder versammelte sich bei Delikatessen-Freund eine besondere Auswahl von Menschen, die eigentlich nicht hierher gehörten?

Valdez lachte. »Du bist doch auch nicht zufrieden mit der Arbeit hier«, konstatierte er, als hätte er ihre Gedanken gelesen. »Hier träumt jeder von einem besseren Leben.« Seine Miene verdüsterte sich. »Weil es uns jeden Tag tausendfach vor Augen geführt wird.« Er ließ sein Buttermesser sinken. »Das ist diese Insel. Diese vielen Leute, die im Geld schwimmen und keinen Finger krumm machen müssen. Das bringt einen auf seltsame Gedanken.«

Kari nickte nachdenklich. »Was ist dein Traum?«, erkundigte sie sich.

»Eine Tanzschule«, erklärte Valdez. »*Tango Argentino*.«

Er legte das Buttermesser beiseite und ergriff Karis Hände. Mit einem kurzen Ruck zog er sie vom Tisch und legte ihr einen Arm um die Taille. Mit der anderen Hand griff er nach der Fernbedienung der Stereoanlage, und plötzlich erfüllten melancholische Akkordeonklänge den Raum. Valdez presste

Kari an sich und führte sie. Es fühlte sich so selbstverständlich an, dass sie sich sofort seinen Schritten anpasste.

Für einen Moment verschwanden die sterilen blanken Arbeitsflächen, und aus den blassen Strahlen, die durch das Fenster hereinfielen, wurde die heiße argentinische Sonne, die den Platz für eine Fiesta erstrahlen ließ. Vor Karis geistigem Auge schwebten Bilder eines blauen Himmels und unendlicher Weite vorbei. Dann flog die Küchentür auf, und Kari und Valdez erstarrten mitten in der Bewegung.

Kriminalhauptkommissar Jonas Voss, der in der Tür stand, runzelte bei ihrem Anblick die Stirn. Kriminalkommissarin Hannah Behrends grinste spöttisch. Valdez schaltete die Musik aus.

»Eine seltsame Art, den Tod eines Kollegen zu verarbeiten«, bemerkte Voss.

Der Argentinier lachte ihn an. »*Vive la vida*. Der Tod macht uns bewusst, wie kurz das Leben ist. Zu schade, um es zu verschwenden.«

Jonas Voss wandte sich an Kari. »Würden Sie uns bitte allein lassen? Wir haben noch ein paar Fragen an Herrn Valdez.«

Kari schob sich eilig an Voss vorbei aus der Küche. Hannah Behrends schloss hinter ihr die Tür.

Kari zögerte nur einen Moment. Dann legte sie ihr Ohr an die Tür und lauschte.

■ ■ ■

Diego Valdez setzte sich mit einer fließenden Bewegung auf denselben Tisch, auf dem Kari kurz zuvor gesessen hatte. Er schlug lässig die Beine übereinander und stützte sich mit den Handflächen auf der Tischplatte ab. Er sah so entspannt aus, wie es eigentlich nur jemand konnte, der nichts zu verbergen hatte.

»*Sí*«, sagte er gelassen. »Ich habe an dem Abend den Lieferwagen benutzt.«

»Sie haben Elmar Bruns betäubt und mit dem Auto zur Wanderdüne geschafft?«

Valdez lachte. »*No*. Ich habe Frau Freund zu einer Kundin gefahren. Sie musste noch eine Bestellung ausliefern, und ihr Wagen sprang nicht an.«

Voss und Hannah wechselten einen enttäuschten Blick. Wenn Viktoria Freund Valdez' Aussage bestätigte, waren sie wieder bei null. Immerhin hatte er ihnen eine gute Erklärung geliefert, woher das zweite Paar Fingerabdrücke stammte, denn der Mörder von Bruns hatte vermutlich Handschuhe getragen. Was ihnen allerdings nicht dabei half, ihn zu finden.

Der Argentinier strich sich die schwarzen Locken zurück.

»Ich sollte das nicht sagen«, erklärte er. »Eigentlich ist es auch nicht meine Art, Kollegen anzuschwärzen. Aber bei Mord ...« Er ließ die Worte in der Luft hängen.

Hannah sah den Koch neugierig an. »Ja?«

»Die neue Kollegin«, berichtete Valdez. »Die hatte am Abend vor dem Mord eine heftige Auseinandersetzung mit Herrn Bruns.«

Hannah zog ihr iPad hervor. »Wissen Sie, worum es dabei ging?«, fragte sie.

»Um ein paar Gläser Wildfond«, erläuterte Valdez. »Tanja hatte sie falsch ausgezeichnet. Bruns wollte ihr den finanziellen Schaden vom Gehalt abziehen. Kari hat sich für Tanja eingesetzt. Bruns hat sie angebrüllt und ihr gedroht, dass er sie rausschmeißt, wenn sie sich nicht für die richtige Seite entscheidet.« Er schenkte Hannah ein breites Lächeln. »Das heißt, für *seine* Seite.«

»Wie hat Frau Blom reagiert?«

»Sie hat sein Büro verlassen und die Tür zugeknallt. Und Bruns hat mit irgendwas nach ihr geworfen. Es ist gegen die Wand gekracht und zersprungen.«

»Hm.« Hannah nickte zufrieden. »Man könnte also sagen, dass heftige Emotionen im Spiel waren?«

Der Argentinier breitete die Hände aus, als sei das offensichtlich.

»*Naturalmente*«, sagte er.

Jonas Voss seufzte.

■ ■ ■

Kari trat hastig von der Tür zurück, als sie Schritte hörte, die sich näherten. Sekunden später stand Alexander Freund vor ihr.

»Frau Blom?«, fragte er verwundert. »Was tun Sie hier?«

»Ich habe mir nur schnell die Hände gewaschen«, erwiderte Kari und bemerkte im selben Moment einen eingetrockneten Fleck Meerrettichsoße auf ihrem Handrücken. Schnell steckte sie die Hand in die Hosentasche. Aber Freunds Interesse galt etwas anderem.

»Was geht da drinnen vor?«, erkundigte er sich und deutete auf die Tür zur Küche.

»Die Polizei spricht mit Herrn Valdez. Man hat wohl seine Fingerabdrücke im Lieferwagen gefunden.«

Der Feinkostladenbesitzer fuhr sich mit der Hand durch die Haare.

»Aber ... wie kann das sein? Die Fahrzeuge werden jeden Abend komplett gereinigt«, sagte er.

»Valdez behauptet, er habe Ihre Frau zu einer Kundin gefahren.«

»Verdammt.« Alexander Freund ballte die Fäuste. »Was glaubt sie denn, was wir hier tun? Ein Lieferwagen für Lebensmittel ist doch kein Taxi. Immer wieder …« Er hielt inne und lächelte verlegen. »Verzeihung«, sagte er. »Das ist einer der wenigen Punkte, über die wir gelegentlich in Streit geraten, meine Frau und ich.«

Kari suchte verlegen nach einer passenden Erwiderung auf dieses Geständnis und fand keine. Zum Glück öffnete sich im selben Moment die Küchentür, und Jonas Voss und Hannah Behrends traten heraus.

»Ah. Frau Blom«, sagte die Kommissarin. »Mit Ihnen müssen wir auch noch einmal reden.« Sie wandte sich an Alexander Freund. »Und mit Ihrer Frau ebenfalls.«

Freund machte eine auffordernde Geste zur Straße hin. »Meiner Frau steht es frei, zu tun und zu lassen, was sie will. Sie müssen mich nicht um Erlaubnis fragen, wenn Sie mit ihr sprechen wollen.«

Kari musste kichern, hörte aber sofort wieder auf, als sie Jonas Voss' Blick auffing. Verlegen sah sie auf ihre Schuhspitzen. Er hatte ja recht. An dieser Situation war überhaupt nichts Lächerliches.

▪ ▪ ▪

Viktoria Freund betrachtete verblüfft den Aufmarsch in ihrer Boutique. An der Spitze bewegten sich Kriminalhauptkommissar Jonas Voss und Kriminalkommissarin Hannah Behrends. Zwischen ihnen lief Diego Valdez, direkt dahinter ihr Mann Alexander mit seiner neuen Verkäuferin, dieser hübschen jungen Frau mit den kurzen blonden Haaren. Hinter ihnen drängten ein paar Schaulustige in die Boutique.

Viktoria Freund zog eine Grimasse. »Gehen wir doch in

mein Büro«, schlug sie vor, als Hannah und Voss bei ihr ankamen, und winkte ihnen, ihr zu folgen.

»Sie müssen entschuldigen«, sagte Voss, als sich die Tür hinter ihnen geschlossen hatte. »Aber wir brauchen die Bestätigung eines Alibis.«

Viktoria Freund sah ihn neugierig an. »Ach so?«

»Herr Valdez hat ausgesagt, dass er Sie vorgestern Abend zu einer Kundin gefahren hat, der sie ein Kleid gebracht haben.«

»Ja, das stimmt«, erklärte Viktoria Freund und schaute zerknirscht. »Das ist natürlich nicht in Ordnung. Mein Mann lässt die Fahrzeuge extra reinigen, wegen der Lebensmittel. Aber mein Auto ist nicht angesprungen.«

»Wann genau hat Herr Valdez den Lieferwagen benutzt?«, erkundigte sich Hannah.

Die Inhaberin der Boutique Liberté schlug das Auftragsbuch auf, das auf ihrem Schreibtisch lag.

»Die Kundin hat um halb neun angerufen. Herr Valdez war noch hier, weil wir einiges für unsere nächste Modenschau zu besprechen hatten. Als mein Wagen nicht ansprang, habe ich ihn gebeten, mich zu fahren. Die Kundin wollte das Kleid am Abend auf einer Feier anziehen. Herr Valdez besitzt kein eigenes Auto, deshalb haben wir den Wagen vom Delikatessenmarkt genommen. Die Leute von der Reinigungsfirma waren gerade damit fertig geworden. Nachdem wir der Kundin das Kleid geliefert hatten, hat Diego den Wagen zurückgebracht. Danach haben wir noch die halbe Nacht die Modelle für die Modenschau anprobiert.«

Hannah tippte die Informationen in ihr iPad. Dann sah sie Jonas Voss an.

Voss schluckte. Er wusste, was das bedeutete. Wenn Diego Valdez ein Alibi hatte, konnte er Elmar Bruns nicht getötet haben. Womit eine andere Person – jene, in deren Handtasche man die K.-o.-Tropfen gefunden hatte – erneut an die Spitze der Verdächtigenliste katapultiert wurde. Und diese Person hieß – wieder einmal – Kari Blom.

■ ■ ■

Alexander Freund betrachtete unbehaglich die kleine Gruppe, die ihn und Kari von der anderen Seite des Ladens aus beobachtete. Wahrscheinlich Touristen, die zu Hause etwas anderes zu erzählen haben wollten als nur Geschichten von müßigen Strandspaziergängen und ereignislosen Einkaufsbummeln.

»Kommen Sie«, sagte er. »Wenn die Polizisten noch einmal mit uns sprechen wollen, wissen sie ja, wo sie uns finden.«

Er öffnete energisch die Tür der Boutique und eilte über die Straße zurück zum Feinkostmarkt. In der kleinen Gruppe der Zuschauer entstand Unruhe, weil plötzlich nicht mehr klar war, wo sich das Zentrum des Geschehens befand. Sollte man vor der Bürotür der Ladeninhaberin ausharren und darauf hoffen, dass die Beamten den südländisch aussehenden Mann, der lässig neben einer Kleiderpuppe an der Wand lehnte, in Handschellen abführten? Oder sollte man dem Inhaber des Delikatessenladens in sein Geschäft folgen, in der Hoffnung, dass es dort zum Showdown kam?

Die Entscheidung spaltete die Gruppe. Die eine Hälfte blieb, wo sie war. Die andere lief hinter Alexander Freund und Kari her in den Supermarkt – nur um dort ebenfalls vor einer verschlossenen Tür zu stehen, denn Freund zog Kari ohne Umschweife in das Büro des Marktleiters und knallte die Tür hinter sich zu. Entnervt ließ er sich auf Bruns' Drehstuhl fallen.

»Wenn das der Preis für hohe Umsätze ist, verzichte ich darauf«, verkündete er. Kari lächelte schwach.

»Das ist nur eine Phase«, erklärte sie. »Mit jedem Tag, der vergeht, flaut das Interesse ab. Spätestens, wenn eine neue Horrormeldung in die Schlagzeilen kommt, ist der Mord an Bruns vergessen.«

»Ach so?« Freund sah sie neugierig an. »Das klingt, als würden Sie sich auskennen.«

Kari biss sich auf die Lippen. Sie musste vorsichtiger sein. Sie fühlte sich in Freunds Gegenwart viel zu wohl. Und das führte dazu, dass sie aus der Rolle fiel. Wenn sie undercover als Kassiererin unterwegs war, musste sie sich auch wie eine solche benehmen. Selbst wenn ihr eigentliches Undercover-Ich eine Schriftstellerin war, die sich als Kassiererin ausgab.

»Ich lese nur Zeitung«, erwiderte sie gleichmütig.

Alexander Freund nickte, schien aber mit seinen Gedanken meilenweit weg zu sein. Er fuhr zusammen, als es an der Tür klopfte.

Kriminalhauptkommissar Jonas Voss und seine Kollegin Hannah Behrends traten ein. Diego Valdez hatten sie offenbar laufenlassen.

»Ihre Frau hat das Alibi von Herrn Valdez bestätigt«, erklärte Hannah. »Er hat Ihr Auto benutzt, um Ihre Frau zu einer Kundin zu fahren. Und anschließend haben die beiden noch an der Kollektion für die nächste Modenschau gearbeitet.«

Alexander Freund erhob sich und strich sein Jackett glatt.

»Sie ist spät in der Nacht nach Hause gekommen«, bestätigte er. »Ich war mit meinem Buch im Sessel vor dem Kamin eingeschlafen und bin aufgewacht, als ich die Haustür gehört habe. Das war um kurz vor eins.«

Jonas Voss nickte. Das deckte sich mit der Aussage von Freunds Frau. Er schaute zu Kari.

»Sie hatten am Tag des Mordes einen Streit mit Herrn

Bruns? Wegen Ihrer Kollegin Tanja Eggerstedt und ein paar falsch ausgezeichneten Wildfondgläsern?«

Kari seufzte. Sie fragte sich, wer etwas davon mitbekommen und geplaudert hatte. Sie schaute zu Alexander Freund, der beinahe unmerklich den Kopf schüttelte.

»Herr Bruns ist ausfallend geworden«, erläuterte sie. »Er hat mich beschimpft und bedroht. Und er hat seinen Briefbeschwerer nach mir geworfen.«

»Und das hat Sie kaltgelassen?«

Kari spürte, wie sie allein bei der Erinnerung an Bruns' Attacke wieder zu zittern begann. Sie schob ihre Hände in die Taschen ihres Kittels, damit die Beamten es nicht sahen. »Nein«, gab sie zu. »Ich war ziemlich aufgewühlt.«

Hannah Behrends musterte sie wie ein Raubtier die Beute, in die es seine Krallen zu schlagen gedachte. »Und ... wie sind Sie damit umgegangen?«

Kari funkelte sie an. »Was denken Sie denn? Dass ich in die Apotheke um die Ecke gegangen bin und mir ein Fläschchen K.-o.-Tropfen gekauft habe, mit denen ich Elmar Bruns dann betäubt habe, um ihn später am Fuß der Wanderdüne im Sand zu vergraben?«

»Wer weiß?« Hannah hob vielsagend die Augenbrauen. Alexander Freund ging dazwischen.

»Das ist Unsinn«, erklärte er. »Ich habe Frau Blom kurz nach ihrem Streit mit Bruns an der Kasse angetroffen. Ich habe sie angesprochen, weil sie so blass aussah, und sie hat mir von dem Vorfall berichtet.« Er lächelte Hannah Behrends an. »Das hätte sie wohl kaum getan, wenn sie die Absicht gehabt hätte, Herrn Bruns später zu ermorden – mir ihr Motiv auf dem Silbertablett zu präsentieren?«

Hannah tippte unzufrieden auf ihrem iPad. Voss spürte, wie ihm ein Stein vom Herzen fiel. Es war wirklich nicht sehr plausibel, dass Kari die Tat aufgrund eines heftigen Affekts verübt hatte – umso weniger, wenn sie schon bei Alexander Freund ein Ventil gefunden hatte. Das Einzige, was ihn störte, war, dass nicht er derjenige gewesen war, der ihr beigestanden hatte.

»Ich habe ihr versprochen, mich um die Angelegenheit zu kümmern«, erläuterte Freund. Er trat neben Kari und legte ihr leicht eine Hand auf die Schulter. »Und ich habe ihr signalisiert, dass sie jederzeit zu mir kommen kann, wenn es ein Problem mit Bruns gibt.«

Voss presste die Kiefer zusammen. »Wir nehmen das zur Kenntnis«, sagte er zu Kari. »Aber wir müssen Sie bitten, sich für die weiteren Ermittlungen zur Verfügung zu halten.«

Kari und Alexander Freund nickten synchron. Aber nur Kari bemerkte, wie sich Voss' Blick in Freunds Hand auf ihrer Schulter bohrte.

15.

Jonas Voss sah aus dem Fenster seines Büros auf den Kirchenweg. Die Autos stauten sich vor der Baustelle an der Abzweigung zur Kjeirstraße. Voss strich sich die braunen Locken aus der Stirn. Er fühlte sich frustriert. Sie fanden einfach keinen vernünftigen Ansatzpunkt in diesem Fall.

»Wir treten auf der Stelle«, sagte er laut. »Wir haben lauter lose Fäden. Aber nichts passt zusammen.«

Hannah Behrends, die ihre Notizen auf dem iPad sichtete, blickte auf.

»Das sehe ich nicht so. Wir haben ein paar gute Spuren. Das Blut von Bruns auf der Ladefläche des Lieferwagens. Und die

K.-o.-Tropfen in der Handtasche von Frau Blom.« Sie schaute ihren Vorgesetzten so lange an, bis dieser sich umdrehte. »Sie hatte einen heftigen Streit mit Bruns. Und sie hat kein Alibi.«

Voss rieb sich die Augen. Warum musste Kari jedes Mal, wenn sie auf Sylt war, in seine Ermittlungen verwickelt sein? Warum konnten sie sich nicht ganz unverfänglich am Strand treffen oder bei Sonnenuntergang am Leuchtturm an der Hörnumer Südspitze? Er könnte mit ihr die Odde entlangspazieren und sie fragen, weshalb sie im letzten Jahr einfach verschwunden war. Vielleicht gab es ja eine Erklärung, die er akzeptieren konnte.

»Aber sie hat sich Alexander Freund anvertraut«, widersprach er. »Und sie hätte die K.-o.-Tropfen schon dabeihaben müssen, als sie die Stelle im Supermarkt angetreten hat. Nach dem Streit hatte sie kaum die Gelegenheit, sie sich zu beschaffen.«

Hannah nahm die Gießkanne von der Fensterbank und goss Wasser in ihre Topfblumen.

»Wer sagt denn, dass nicht etwas ganz anderes dahintersteckt? Vielleicht hatte sie die Drogen ja tatsächlich schon dabei. Und sie hat den Job nur angenommen, weil sie von vornherein die Absicht hatte, Bruns zu töten.«

Voss ließ sich auf seinen Schreibtischstuhl fallen. »Und das Motiv?«

Hannah zuckte mit den Schultern. »Keine Ahnung.«

»Gut.« Jonas Voss trommelte auf der Tischplatte. »Es wäre eine Möglichkeit. Aber sehr plausibel finde ich sie nicht.« Er rieb sich über das stoppelige Kinn. Nachdem er von Hannah in aller Frühe aus dem Bett gerissen worden war, hatte er tatsächlich vergessen, sich zu rasieren. »Vielleicht sehen wir klarer, wenn wir endlich den Obduktionsbericht haben.«

Seine Kollegin blickte ihn mit einem seltsamen Gesichtsausdruck an. »Wir haben den Bericht«, korrigierte sie und deutete auf Voss' Schreibtisch, auf dem sich die Papiere türmten. »Ich habe ihn heute Morgen auf deinen Tisch gelegt. Ganz oben auf den Stapel.«

Jonas Voss betrachtete die aufgeschichteten Dokumente. Auf den ersten Blick konnte er nichts entdecken, das wie ein Bericht aus der Rechtsmedizin aussah. Er begann, die Stapel zu durchwühlen und die Papiere auf dem Tisch zu verteilen. Das Chaos gewann an Volumen. Den Bericht fand er nicht.

Hannah sah ihrem Vorgesetzten eine Weile lang kopfschüttelnd zu. Sie begriff nicht, wie man so arbeiten konnte. Wenn man schon so versessen auf Dokumente war, die man in den Händen halten konnte, musste man sie eben in Ordner sortieren. Genauso, wie sie das mit ihren digitalen Notizen auch tat.

»Das Obduktionsergebnis ist eindeutig«, sagte sie schließlich, während Voss zunehmend genervt mit seinen Blättern um sich warf. »Die Tatzeit liegt zwischen dreiundzwanzig und ein Uhr nachts. Bruns ist lebendig begraben worden. Aufgrund der Betäubungsmittelkonzentration in seinem Blut ist davon auszugehen, dass er während der gesamten Zeit bewusstlos war. Andernfalls hätte er sich vermutlich befreien können. Er war nicht gefesselt, und die Sandschicht, unter der er begraben lag, war nicht besonders dick. Bei den Drogen handelt es sich übrigens um dieselben K.-o.-Tropfen, die wir in der Handtasche von Frau Blom gefunden haben.«

Jonas Voss stellte das Wühlen in den Papieren auf seinem Schreibtisch ein. »Du hast den Obduktionsbericht *gelesen*?«, fragte er.

»Ja. Selbstverständlich.«

»Und warum sagst du dann nichts?«

Hannah schob die Hände in die Hosentaschen. »Ich dachte, du hättest dasselbe getan. Zumindest lag der Bericht heute Mittag nicht mehr dort, wo ich ihn hingelegt hatte.«

Jonas Voss seufzte. Er konnte Hannah kaum einen Vorwurf machen. Schließlich war er selbst es, der ständig Chaos produzierte und die Ordnung der Ermittlungen gefährdete.

»Also gut«, hielt er fest. »Wir wissen also sicher, dass Bruns im Delikatessenmarkt mit dem Liquid Ecstasy betäubt und mit dem Lieferwagen zur Wanderdüne gebracht wurde. Dort hat man ihn begraben und erstickt.«

Hannah nickte. »Das heißt, der Täter muss aus dem Umfeld des Supermarkts stammen. Sonst wäre er nicht an die Wagenschlüssel gekommen. Und er hätte die Flasche mit den K.-o.-Tropfen nicht in der Handtasche von Frau Blom deponieren können. Vorausgesetzt, sie hat es nicht selbst getan.«

Voss sprang ungeduldig von seinem Stuhl auf. »Sie war es nicht«, polterte er.

Hannah erwiderte nichts. Sie sah ihn nur an. Aber ebenso gut hätte sie ihm mit der flachen Hand ins Gesicht schlagen können. Der Schmerz in ihren Augen traf ihn tief.

»Entschuldige«, bat er. »Ich wollte dich nicht anfahren.«

Hannah schluckte. »Schon gut«, erwiderte sie, und eine feine Röte legte sich auf ihre Wangen. »Vielleicht bin ich ja auch nicht offen genug.«

Sie lächelten sich scheu an. Dann schaute Hannah wieder auf ihr iPad. Sie öffnete die Datei, die ihr die Kollegen von der Schutzpolizei geschickt hatten. Sie enthielt die personenbezogenen Daten der Supermarktangestellten und deren Angaben, wo sie sich in der Mordnacht aufgehalten hatten. Darin fand sich auch die Bestätigung, dass sich die ehemalige Kassiererin Nicole Pröll zum Zeitpunkt des Mordes an Elmar Bruns tatsächlich in der psychosomatischen Klinik in Donaueschingen befunden hatte und damit als Täterin nicht in Frage kam.

Hannah trat an die große Weißwandtafel, die hinter den Schreibtischen stand, und begann, eine Liste der Verdächtigen zu schreiben. Weil sie nicht klein beigeben wollte, begann sie mit Kari Blom. »Motiv: Ja. Der lautstarke Streit mit Bruns. Mittel: Ja. Die K.-o.-Tropfen in ihrer Handtasche. Gelegenheit: Ja«, murmelte sie und schaute zu Voss. »Zumindest hat sie kein Alibi. Sie hat den Kollegen gesagt, sie sei nach der Arbeit zu ihrem Ferienhaus gefahren und habe sich früh ins Bett gelegt, weil sie erschöpft von ihrem ersten Arbeitstag war. Zeugen gibt es dafür nicht. Sie hätte also auch zum Delikatessenmarkt zurückkehren und sich mit Bruns treffen können.«

Voss legte den Kopf in den Nacken. Alles in ihm sträubte sich dagegen, sich Kari als Täterin vorzustellen. Hannah, die sich nicht vorwerfen lassen wollte, zu eindimensional zu denken, schrieb bereits weiter.

»Diego Valdez«, sagte sie. »Fingerabdrücke im Tatfahrzeug. Aber kein Motiv. Bruns hat ihn im Gegensatz zu den anderen im Markt nicht gemobbt, sondern sich bei ihm angebiedert. Und Valdez hat ein Alibi. Viktoria Freund hat uns bestätigt, dass er die halbe Nacht mit ihr an den Vorbereitungen für die Modenschau gearbeitet hat.«

Jonas Voss nickte.

»Saskia Lübbers«, fuhr seine Kollegin fort und notierte den Namen an der Tafel. »Bruns hat sie sexuell belästigt. Was ihr natürlich nicht gefallen hat«, bemerkte sie, als sie sich an das Gespräch mit der Kassiererin erinnerte, »sie offenbar aber auch nicht übermäßig belastet hat. Kein sehr überzeugendes Motiv also. Allerdings hätte die Lübbers vermutlich Zugriff auf den Lieferwagen gehabt. Und sie hat kein Alibi.« Hannah blickte auf ihr iPad. »Angeblich ist sie direkt nach Feierabend mit dem Zug nach Klanxbüll gefahren und hat den Abend allein in ihrer Wohnung verbracht. Die Kollegen dort suchen noch nach Zeugen, die das bestätigen können.«

Voss begann, nach seinem Notizbuch zu kramen. Er wollte Hannahs Liste gern übertragen, um die offenen Fragen der Reihe nach klären zu können. Aber das Notizbuch blieb ebenso verschwunden wie der Obduktionsbericht.

»Marvin Drewes hätte ein klares Motiv«, setzte Hannah ihre Auflistung fort. »Er ist von Bruns massiv gemobbt worden. Aber ich kann mir nicht vorstellen, dass er für den Mord in Frage kommt. Der Täter ist organisiert vorgegangen. Für jemanden mit Drewes' geistigen Möglichkeiten erscheint mir das zu kompliziert. Allerdings hat auch er kein Alibi. Er wohnt in Wenningstedt in einer kirchlich betreuten Wohngruppe, doch dort hat ihn nach dem Abendessen keiner mehr gesehen.« Sie rümpfte die Nase. »Drewes hat ausgesagt, er hätte bis halb drei auf seiner Playstation Monopoly gespielt.«

»Na und?«

Hannah schnaubte. »Wer spielt denn Monopoly auf der Playstation? Das ist doch keine Freizeitbeschäftigung für einen erwachsenen Mann.« Was, wie ihr im selben Moment einfiel, genau das Problem mit Marvin Drewes war. Sie räusperte sich.

»Alexander Freund«, sagte sie eilig, um ihren Patzer zu überspielen. »Er hatte Zugang zum Lieferwagen, und seine Frau ist erst gegen eins von ihrer Kleiderprobe mit Diego Valdez nach Hause gekommen. Er sagt, er war den ganzen Abend dort, aber das kann niemand bezeugen. Ebenso gut hätte er mit Bruns im Gepäck zur Wanderdüne fahren können. Das heißt, Alexander Freund hätte Mittel und Gelegenheit gehabt, Elmar Bruns zu ermorden, aber ich sehe kein Motiv.« Hannah hob die Arme. »Er hat Bruns nicht gemocht, fand jedoch, dass er ein guter Marktleiter war. Und wenn er ihn loswerden wollte, hätte er ihn einfach entlassen können.«

Voss lehnte sich in seinem Stuhl zurück. Wenn er seine Kladde nicht fand, musste er sich die offenen Fragen eben einprägen. Das war zumindest ein gutes Gedächtnistraining.

»Schließlich wäre da noch Tanja Eggerstedt«, beendete Hannah ihre Aufzählung. »Bruns hat ihr Valdez vor die Nase gesetzt und sie gemobbt, um sie zur Kündigung zu bewegen. Was für eine Frau mit einem arbeitslosen Mann und drei Kindern natürlich keine Option war. Und auch die Eggerstedt hat kein Alibi. Die Kinder sind auf einer Ferienfreizeit, und ihr Mann ist in einer Reha-Maßnahme wegen seiner Hand.«

Jonas Voss beäugte Hannahs Topfblumen, die nach der Bewässerung in bemerkenswerter Geschwindigkeit ihre schlaffen Blätter aufrichteten.

»Sie hatte ein Motiv«, stimmte er zu. »Aber ich kann mir diese schwerfällige Frau beim besten Willen nicht als Mörderin vorstellen.«

Hannah Behrends nickte. Dasselbe Problem hatte sie auch.

■ ■ ■

Vor den beiden Kassen standen lange Schlangen. Was Saskia Lübbers aber nicht davon abhielt, auf jedem einzelnen Produkt umständlich nach dem Strichcode zu suchen und die Waren in aller Ruhe über den Scanner zu ziehen. Sie warf Kari, die an der anderen Kasse versuchte, Saskias wenig produktive Arbeitshaltung durch ein höheres Tempo ihrerseits auszugleichen, einen mitleidigen Blick zu.

»Was rackerst du dich so ab, Süße?«, murmelte sie halblaut. »Der Laden wird nicht leer. Schon gar nicht an Tagen wie heute. Und eine Geschwindigkeitszulage gibt es auch nicht.«

Kari zog weiter die Waren über den Scanner, so schnell es ging. »Ich mache einfach nur meinen Job.«

»Und du glaubst, dafür sagt hier irgendjemand danke?« Saskia wandte sich mit einem verächtlichen Lachen wieder ab. »Sechs Euro zweiundfünfzig«, las sie vom Display ihrer Kasse ab und der großgewachsene Mann im hellen Designeranzug, der an der Reihe war, hielt ihr mit dem für Reiche typischen Desinteresse an Kleingeld einen Fünfzig-Euro-Schein hin. Von hinten drängte sich eine Frau an den Wartenden vorbei, auch sie unverkennbar eine Angehörige der High Society.

»Hallo, junge Frau«, sprach sie Saskia an. »Wissen Sie, ob noch welche von den Bio-Kartoffeln da sind?«

Saskia schüttelte den Kopf. »Nee.«

Das Gesicht der Frau verfinsterte sich. »Sie wissen es nicht? Oder es sind keine Kartoffeln mehr da?«

Saskia grinste die Frau frech an. »Kartoffeln sind schon noch da. Aber nicht Bio.«

Die Frau hob beleidigt das Kinn. »Danke«, fauchte sie und rauschte aus dem Laden.

Kari beugte sich zu Saskia. »Siehst du?«, flüsterte sie. »Manchmal sagt doch jemand danke.«

Saskia prustete los, und das Wechselgeld für den geschniegelten Kunden fiel auf den Boden. Kari kam eilig hinter ihrem Band hervor, um Saskia beim Aufsammeln zu helfen. Der Stau an den Kassen wurde noch länger.

▪ ▪ ▪

Der Sylt Shuttle ratterte über die Schienen, und Jonas Voss' altersschwacher Passat wurde gründlich durchgerüttelt. Voss blickte aus dem Seitenfenster auf das Watt, wo sich die Knuttstrandläufer tummelten. Hannah hatte ihre Rückenlehne zurückgestellt und döste. Der Kriminalhauptkommissar war froh darüber.

Er brauchte dringend ein paar Minuten zum Nachdenken. Seit er entdeckt hatte, dass Kari Blom wieder auf der Insel war, überschlugen sich die Ereignisse. Natürlich glaubte er nicht wirklich, dass sie etwas mit dem Mord an Elmar Bruns zu tun hatte. Aber dass sie wieder einmal im Zentrum einer Mordermittlung stand, verursachte ihm Unbehagen. Was ihn allerdings fast noch mehr störte, waren die Blicke, die der Delikatessenmarktbesitzer Alexander Freund ihr zuwarf.

Jonas Voss drehte den Rückspiegel so, dass er sich selbst betrachten konnte. Verglichen mit dem smarten Geschäftsmann hatte er nur wenige Punkte für sich zu verbuchen. Die Bartstoppeln ließen ihn etwas ungepflegt wirken, die braunen gelockten Haare hingen viel zu wirr um seinen Kopf, und der Kragen seines schlichten Baumwollhemds war zerknittert. Zumindest für Letzteres trug allerdings nicht er die Verantwortung, sondern Olivia, die neben der Betreuung der Kinder auch für die Wäsche zuständig war.

Voss brachte den Spiegel wieder in die richtige Position und schaute auf die senkrecht zur Bahnlinie verlaufenden Furchen, in denen das Wasser auflief. Auf dem schmalen Pfad neben den Schienen radelte ein Fahrradfahrer.

Dann blieb das Wattenmeer hinter ihnen zurück und wurde abgelöst von saftig grünen Wiesen, auf denen Kühe grasten. Der Bahnhof von Klanxbüll zog vorbei, und auf der rechten Seite tauchte ein Umspannwerk auf – das dritte auf der Strecke zwischen Westerland und Niebüll.

Der Zug fuhr in den Verladebahnhof ein, und Hannah schreckte hoch.

»Oh«, sagte sie. »Ich bin wohl eingeschlafen.«

Jonas Voss betrachtete ihr rosiges Gesicht. In ihren Augen lag so viel Vertrauen und Arglosigkeit, dass er sich beinahe schämte. Aber es half ja nichts. Wem nützte eine Liebe, die nicht erwidert wurde? Auch wenn Hannah wohl immer noch hoffte, dass sich an seinen Gefühlen eines Tages etwas ändern würde.

»Ich bin gespannt«, erklärte sie. »Auf die Wohnung von Elmar Bruns.«

Voss drehte den Zündschlüssel, weil sich die Wagenkolonne vor ihm in Bewegung setzte und vom Autozug rollte.

»Ich frage mich, warum er so weit von seiner Arbeitsstätte entfernt gewohnt hat«, sagte er, während er die Landstraße nach Leck ansteuerte. »Dass er sich keine Wohnung auf Sylt leisten konnte, kann man sich vorstellen. Das geht ja mittlerweile vielen so. Aber wenn er schon pendeln musste, warum hat er sich nicht eine Wohnung in der Nähe des Bahnhofs gesucht?«

Hannah machte eine weit ausholende Handbewegung. »Wer weiß?«, erwiderte sie. »Vielleicht gibt es ja etwas, das er um jeden Preis vor seinen Kollegen verbergen wollte. Und dafür hat er sich ein abgeschiedenes Plätzchen gesucht.«

Sie wollte schon anfangen, ihre Phantasien weiter auszumalen, aber dann sah sie den Blick, den Jonas Voss ihr zuwarf. So, als hätte sie seiner Meinung nach zu viele billige Kriminalromane gelesen.

▪ ▪ ▪

Knappe zwanzig Minuten später parkte Jonas Voss seinen alten Passat vor einem maroden Mietshaus in Leck. Hannah beäugte das Gebäude mit der dunkel angelaufenen Fassade.

»Hier?«, fragte sie skeptisch und verglich die Adresse mit der auf ihrem iPad. Sie stimmte.

Sie stiegen aus, und Voss zog das Schlüsselbund hervor, das sie bei dem Toten gefunden hatten. Es widerstrebte ihm schon jetzt, Bruns' Heim zu betreten.

Im Hausflur roch es muffig, nach gekochtem Kohl und ranzigem Fett. Sie stiegen in den ersten Stock, und Voss, der die ganze Zeit versucht hatte, flach zu atmen, öffnete eilig die braungestrichene Wohnungstür, an der ein Messingschild mit der Aufschrift *Bruns* befestigt war.

Zu seiner Überraschung sah es im Inneren anders aus, als er erwartet hatte. Statt in die lieblos eingerichteten Räume einer heruntergekommenen Junggesellenbude, öffnete sich der Blick vom Flur in eine moderne Einbauküche. Der Herd und die Spüle waren blank gescheuert. Nicht einmal ein leeres Glas stand herum. Selbst die Schranktüren sahen aus, als hätte Elmar Bruns sie regelmäßig feucht abgewischt.

Hannah hob die Augenbrauen und schaute in den nächsten Raum, ein winziges Bad, ebenso leer und aufgeräumt wie die Küche. Der Duschvorhang war blau und verströmte einen leichten Duft nach Meeresbrise. Auf der Ablage über dem Waschbecken standen eine Zahnbürste und ein preisgünstiges Rasierwasser.

Sie betraten das Schlafzimmer, das mit schlichten Buchenmöbeln aus dem Baumarkt eingerichtet war. In der Nachttischschublade lagen Tabletten gegen Kopfschmerzen und Bluthochdruck. Der Kleiderschrank präsentierte mehrere Anzüge von der Stange und zwei gebügelte Jeans. Die Businesshemden, ausnahmslos in Hellblau oder Hellgrau, hatte der Marktleiter offenbar sowohl im Feinkostladen als auch in seiner Freizeit getragen. Alles in allem war es das Zuhause von jemandem, der seine Besitztümer sorgfältig instand hielt, weil er sich nicht viel Neues leisten konnte.

Hannah schnaubte leise. »So ein teurer Laden«, monierte sie. »Aber der Marktleiter wird offenbar schlecht bezahlt.«

Jonas Voss wollte ihr gerade zustimmen, als sie der Blick ins Wohnzimmer eines Besseren belehrte. Hannah pfiff durch die Zähne. Der Couchtisch und das Sofa mit dem schlichten Stoffbezug passten zum Rest der Wohnung. Die blinkende Stereoanlage mit den großen Standboxen und der riesige Flachbildfernseher samt DVD- und Blue-Ray-Player standen allerdings im starken Gegensatz dazu.

Voss zog die Brauen hoch. »Bruns hat offenbar Prioritäten gesetzt«, konstatierte er.

Hannah nahm die teure Unterhaltungselektronik in Augenschein. »Das sieht alles nagelneu aus«, stellte sie fest und öffnete die breite Schublade unter dem Fernsehwagen. Im nächsten Moment verzog sie angewidert den Mund. Bruns hatte eine umfangreiche Spielfilmsammlung. Hinsichtlich des Genres war die Auswahl allerdings begrenzt: Es waren fast ausnahmslos Hardcore-Pornofilme.

»Igitt.« Hannah schob die Schublade wieder zu. »Was für ein Widerling.«

Jonas Voss grinste. »Er hatte anscheinend ausgeprägte Bedürfnisse«, witzelte er, während er gleichzeitig dachte, dass die beinahe zwanghafte Sauberkeit in der Wohnung in bemerkenswertem Widerspruch zu Bruns' heimlichem Hobby stand. »Und wenig Gelegenheit, sie zu befriedigen.«

Hannah funkelte ihn an. »Soll ich jetzt vielleicht Mitleid haben?«

»Nein.« Voss wandte sich dem sorgsam gebeizten Sekretär zu, der neben der Wohnzimmertür stand. Die Filme mochten eine Facette von Bruns' Charakter erhellen, doch ihn interessierte etwas anderes. Was immer man von Bruns' Strategien der Triebabfuhr auch halten mochte, sie waren vermutlich nicht das Motiv für den Mord. Es musste noch etwas anderes geben. Etwas Handfesteres.

Voss öffnete die Schubladen und fand mehrere schmale Ordner mit Rechnungen und Versicherungsunterlagen. Ganz oben lagen die Kaufbelege, die der Marktleiter noch nicht abgeheftet hatte, darunter die Rechnung für die Stereoanlage, den Flachbildfernseher – und einen fabrikneuen BMW Z4.

Hannah sah ihm über die Schulter. »Wo hatte der plötzlich das ganze Geld her?«

Jonas Voss blätterte durch die Kontoauszüge, die sich ebenfalls in der obersten Schublade befunden hatten, ohne eine Antwort auf ihre Frage zu finden.

»Hier sind keine ungewöhnlichen Zahlungseingänge aufgeführt. Und seine Neuanschaffungen hat er allesamt bar bezahlt.«

»Womöglich hat er im Lotto gewonnen«, schlug Hannah vor.

Voss stöberte in den Aktenordnern. Natürlich kam so etwas vor. Aber die Wahrscheinlichkeit war sehr gering.

»Wenn er das Geld gewonnen hätte, müsste es irgendwelche Unterlagen darüber geben«, überlegte er. »So, wie seine Wohnung aussieht, war Bruns ein akribischer Mensch. Fast schon zwanghaft ordentlich. Er hätte so etwas nicht einfach weggeworfen.«

»Dann hat er vielleicht jemanden erpresst«, riet Hannah weiter.

»Hm.« Jonas Voss, der kein Freund von Schnellschüssen war, strich sich eine Haarsträhne aus der Stirn. »Das wäre eine Möglichkeit. Aber wen soll er erpresst haben? Und womit?«

»Wenn es stimmt, werden wir es herausfinden«, erklärte Hannah zuversichtlich und sah aus dem Fenster in den grauen Abendhimmel. »Und ich vermute, dann haben wir auch seinen Mörder.«

■ ■ ■

Alexander Freund schob die Gitter vor den Türen seines Delikatessenmarkts zu und drehte den Schlüssel im Schloss. Er lehnte sich gegen das kalte Metall und atmete tief durch. Endlich war dieser schreckliche Tag überstanden. Noch nie waren so viele Kunden auf einmal durch den Feinkostladen flaniert. Und noch nie hatten sie so wenig Interesse an den liebevoll arrangierten Waren in den Regalen gezeigt.

Freund sah über die Geschäftsstraße, in der die Menge der vorbeispazierenden Touristen langsam kleiner wurde, hinüber zur Boutique seiner Frau. Auch Viktoria wendete soeben das Schild, das den Zustand des Geschäfts von *Geöffnet* in *Geschlossen* verwandelte. Dann kletterte sie ins Schaufenster und begann, ihre Modepuppen neu einzukleiden. Freund kniff die Augen zusammen. Wenn Viktoria mit ihren Kleidern und Stoffen hantierte, wirkte sie so entspannt, wie er sie zu Hause schon lange nicht mehr erlebt hatte.

Er wusste, dass es seine Schuld war. Viktoria hatte ihn gewählt, weil er verwegen gewesen war – ein junger Mann ohne materielle Sicherheiten, aber mit einem Kopf voller Visionen. Genau das, wonach sich die Tochter aus besserem Hause gesehnt hatte, der zwar finanziell alle Türen offenstanden, die es aber einfach nicht schaffte, sich aus den gesellschaftlichen Zwängen zu befreien. Sie hatte ihm geholfen, sich den Traum eines eigenen Feinkostgeschäfts zu erfüllen und den Rest aus dem Erbe ihrer viel zu früh verstorbenen Eltern in ihre Luxusboutique investiert.

In den ersten Jahren waren sie glücklich und verliebt gewesen. Sie hatten Wochenendtrips nach Paris oder Venedig unternommen und das Leben gelebt. Doch irgendwann hatten sie angefangen, sich in unterschiedliche Richtungen zu entwickeln. Während er selbst zur Ruhe gekommen war, je besser sich sein Delikatessenmarkt etabliert hatte, war Viktorias

Sehnsucht nach Abenteuer und Freiheit immer weiter gewachsen. Mittlerweile fragte er sich manchmal, was sie überhaupt noch verband.

Dass nun in Gestalt der neuen Kassiererin Kari Blom plötzlich eine Frau aufgetaucht war, die sein Herz auf eine Weise zum Schlagen brachte, wie er es schon lange nicht mehr verspürt hatte, machte die Sache nicht einfacher.

Seine Frau blickte plötzlich von ihren Modepuppen auf und sah zu ihm herüber. Sie lächelte und winkte ihm fröhlich zu.

Alexander Freund hob die Hand und erwiderte die Geste, aber sein Lächeln kam ihm falsch und verkrampft vor. Er fühlte sich auf einmal wie ein Schwein. Wie konnte er Kari Avancen machen, wenn ihn die Frau, die er geheiratet hatte, doch noch so offensichtlich liebte?

■ ■ ■

Saskia Lübbers riss ihren Spind auf und fischte ihre Handtasche heraus. Dann kramte sie ihre Zigaretten hervor und zündete sich eine an. Sie inhalierte tief und stieß den Rauch in einer dicken Wolke aus. »Heilige Scheiße«, fluchte sie. »Ich dachte immer, die Leute auf Sylt wären reich und kultiviert. Aber von wegen. Geier sind das. Eine verdammte Ansammlung von Aasfressern.«

Tanja Eggerstedt, die nach dem hektischen Tag schlaff auf einem Stuhl in der Ecke des Raums hockte, schnaubte. »Was dachtest du? Dass Geld aus den Leuten bessere Menschen macht?«

Kari, die am Waschbecken stand und sich den Schmutz von den Paletten von den Fingern schrubbte, lächelte still in sich hinein. Es war eine dieser Situationen, die sie liebte. Wenn sie so tief in ihre Rolle eingetaucht war, dass sie von dem Umfeld, das sie observierte, überhaupt nicht mehr als Fremdkörper wahrgenommen wurde. Wenn sie einfach mit ihrer Umgebung verschmolz und ein Teil davon wurde. Dann, und nur dann, erhielt man die Informationen, an die offiziell ermittelnde Behörden oft nur schwer, manchmal auch gar nicht herankamen.

Saskia betrachtete die glühende Spitze ihrer Zigarette. »Tu doch nicht so«, entgegnete sie spitz. »Du weißt doch, wie das ist, wenn das Geld hinten und vorne nicht reicht. Über jedes neue Kleid, jedes Möbelstück, jeden Schulausflug für die Kinder wird gestritten. Muss das wirklich sein? Können wir uns das leisten? Man zofft sich über Dinge, die nur wegen des verdammten Geldes nicht gehen. Und aus lauter Frust wird gesoffen, geschrien, geschlagen.«

Tanja Eggerstedt hob den Kopf. »Hast du das schon erlebt?«

Saskia schnaubte verächtlich. »Du nicht?«

Tanja knetete ihre dicken Finger. »Nein. Ich meine, natürlich streiten wir uns manchmal. Ob wir uns Sachen leisten können oder nicht. Aber Michel schreit nicht. Und er hat mich noch nie geschlagen.«

»Sei froh.« Saskia saugte an ihrer Zigarette.

Tanja nickte nachdenklich.

»Jedenfalls«, Saskia schaute sich vergeblich nach ihrem Aschenbecher um und schnippte ihre Zigarettenasche dann in den Topf mit dem halbvertrockneten Kaktus, der auf der Fensterbank stand, »haben Leute mit Kohle diese Probleme nicht. Also müssen sie sich auch nicht so oft streiten.«

Tanja zog ihren Kittel weiter nach unten, aber er war zu kurz, um ihre Oberschenkel zu bedecken. »Sie tun es aber trotzdem«, entgegnete sie. »Streiten, meine ich. Sie zoffen sich wahrscheinlich einfach über andere Dinge.«

»Ich würde das nicht tun«, behauptete Saskia und drückte ihre Zigarette im Kakteentopf aus. »Wenn ich einen Mann mit fetter Kohle hätte, würde ich nicht mit ihm streiten.«

Die Tür zum Pausenraum wurde schwungvoll geöffnet, und Marvin Drewes trat ein. Der Lagerist strahlte über das ganze Gesicht. »Ist das nicht aufregend?«, fragte er. »Diese vielen Leute von der Zeitung. Und vom Fernsehen!« Seine blauen Augen leuchteten. »Einer von denen hat sogar mit mir geredet!«

»Super, Marvin!«, erwiderte Saskia sarkastisch. »Bestimmt wirst du jetzt ein TV-Star. Vielleicht lädt man dich ja sogar in eine Talkshow ein.«

Marvin legte den Kopf schief. »Was muss man da machen?«

»Reden, Marvin«, sagte Saskia spitz. »Es ist eine *Talkshow.*« Sie funkelte den Lageristen an. »Das gehört doch zu deinen herausragenden Talenten, oder? Reden?«

Der Lagerist starrte Saskia verständnislos an. Dann blickte er sich suchend um. »Wo ist Diego?«, fragte er. Offenbar verlangte es ihn nach Schützenhilfe durch seinen argentinischen Freund.

»Ja. Wo ist Diego?«, versetzte Saskia. »Da, wo er ständig ist, vermutlich. Stolziert bei Madame Freund über den roten Teppich und trägt hochwertige Kleidungsstücke spazieren.«

Marvin nickte. »Das macht er toll.«

Saskia verdrehte die Augen. »Ja, Marvin«, sagte sie genervt. »Ganz toll.«

Auf dem Flur waren Schritte zu hören, und jemand summte eine flotte Melodie. Dann öffnete sich die Tür, und Diego Valdez trat ein. Er trug eine schwarze Lederhose, die so eng war, dass er kaum darin laufen konnte, dazu ein knallrotes Hemd mit weiten Ärmeln und einen goldenen Schlips, der ihm lose um den Hals baumelte. An jedem anderen hätte ein solches Outfit billig gewirkt. Aber an Diego Valdez mit seiner gebräunten Haut und den öligen schwarzen Locken sah es einfach nur sexy aus. Kari konnte sich gerade noch beherrschen, nicht anerkennend durch die Zähne zu pfeifen.

»Ist *das* die neue Kollektion?«, fragte Saskia.

Valdez entblößte seine strahlend weißen Zähne. »Nein. Das ist ein persönliches Geschenk von Frau Freund. Für meinen Auftritt beim Tango-Festival.«

Marvin schaute seinen Freund bewundernd an. »Du siehst super aus.«

Valdez verwuschelte ihm die dünnen blonden Haare. »Mit dem Outfit würdest du auch super aussehen, *compañero*«, sagte er.

»Vielleicht kann ich das ja anziehen, wenn ich zu dieser Torkscho gehe.«

Valdez runzelte die Stirn. »Wohin?«

Saskia zündete sich eine neue Zigarette an. »Er meint Talkshow.«

»Saskia sagt, sie laden mich vielleicht ein. Weil ich mit ihnen geredet hab.«

Valdez sah seine Kollegin ärgerlich an. »Hör doch auf, ihn ständig zu foppen.«

Saskia blies ihm den Rauch ins Gesicht. »Warum? Es reicht doch, wenn du ihn in Watte packst.«

Valdez seufzte. Er öffnete seinen Spind und begann, das rote Hemd aufzuknöpfen. Darunter kam ein perfekt trainierter Körper zum Vorschein. Valdez tauschte das Hemd gegen ein weißes T-Shirt, wie er es gewöhnlich zum Kochen trug. Dann wechselte er die Lederhose gegen seine weiße Kochhose. Dass ihn die drei anwesenden Frauen und der Lagerist dabei anstarrten und versuchten, ihre bewundernden oder neidischen

Gefühle unter Kontrolle zu halten, schien ihn nicht zu stören. Vielleicht war es aber auch genau das, was er wollte.

»Mit wem tanzt du denn auf diesem Festival?«, erkundigte sich Saskia. »Mit Viktoria Freund?«

Valdez schloss die Knöpfe seiner Kochhose und wandte sich der Kollegin zu. »Sicher nicht. Oder meinst du, ich will noch Öl ins Feuer gießen?«

Kari sah den Argentinier neugierig an. »Wieso?«

Saskia warf ihre langen blonden Haare zurück. »Ha. Was glaubst du denn? Zwischen dem Chef und seiner Frau gibt es ohnehin andauernd Streit. Weil sie Diego ständig in die Boutique beordert, obwohl er doch hier arbeitet. Freund würde an die Decke gehen, wenn er jetzt auch noch mit seiner Frau tanzt.«

»Wenn du lieber modelst als kochst, warum arbeitest du dann nicht Vollzeit bei Frau Freund?«, hakte Kari nach.

Valdez schenkte ihr ein schiefes Grinsen. »Die Frage stellt sich nicht. Frau Freund kann mich nicht bezahlen.«

»Weil du so teuer bist?«

Der Argentinier schüttelte den Kopf. »Sie hat sich wohl ein bisschen verspekuliert. Teure Designerstücke in Kommission genommen und nicht verkauft. Sie meint, das ist nur ein vorübergehender Engpass. Aber im Augenblick kann sie keine großen Sprünge machen.«

»Mhm.« Kari kommentierte das nicht, aber im Geiste machte sie sich eine Notiz. Der Delikatessenmarkt lief offenbar prächtig. Warum also griff Alexander Freund seiner Frau nicht unter die Arme, wenn sie mit ihrer Boutique in einer schwierigen Phase steckte?

»Selber schuld«, bemerkte Saskia. »Wenn sie zu stolz ist, sich von ihrem Mann helfen zu lassen.«

Der Argentinier kniff die Augen zusammen. »Das verstehst

du nicht. Stolz ist wichtig. Wenn man seine Würde verliert, nützt einem alles Geld der Welt nichts.«

Die Kassiererin schnaubte abfällig und versenkte die nächste Kippe im Blumentopf. Kein Wunder, dachte Kari, dass der arme Kaktus so bemitleidenswert aussah, wenn Saskia ihn öfter als Aschenbecher missbrauchte. Er litt mit Sicherheit an einer ausgeprägten Nikotinvergiftung. Vielleicht, dachte sie und kicherte innerlich, sollte Alexander Freund lieber eine Tabakpflanze auf der Fensterbank aufstellen. Oder gleich etwas Hanf anbauen, damit sich die leicht erregbaren Mitarbeiter des Marktes in den Pausen ein bisschen herunterregeln konnten.

»Aber mal angenommen, das Geld wäre kein Problem?«, fragte sie nach. »Was würdest du dann tun? Als Model arbeiten? Oder als Koch?«

Nicht nur Kari, auch Tanja Eggerstedt blickte Valdez gespannt an. Saskia Lübbers mit ihrem Raubvogelblick bemerkte es sofort.

»Das interessiert dich, was?«, giftete sie Tanja an. »Seit er«, sie deutete nachlässig mit dem Daumen auf Diego, »hier aufgekreuzt ist, hast du doch gehofft, dass er wieder verschwindet, ehe Bruns seine Drohung wahrmacht.«

Kari wandte ihrer Kollegin den Kopf zu. »Welche Drohung?«

»Na ja.« Saskia grinste verschlagen. »Dass er Tanja rausschmeißt. Und Diego Vollzeit für das Catering einstellt.«

Tanja blickte beschämt zu Boden. Und Kari fühlte sich plötzlich extrem unbehaglich. Sie hatte ja geahnt, dass Tanja das stärkste Motiv gehabt hatte, den Marktleiter aus dem Weg zu räumen. Aber sie hatte auch gehofft, dass sich ihr Verdacht als unbegründet erweisen würde.

Gerade im Moment sah es allerdings ganz und gar nicht danach aus.

16. Die *Andina* pflügte durch die Wellen in den Lister Hafen. Jonas Voss, der auf einem Poller am Hafenbecken saß, sah dem Schiff seines Vaters entgegen. An Deck des Fischkutters konnte er vier Gestalten ausmachen. Wie er wusste, waren das neben seinem Vater seine Kinder Jasper und Finja und das spanische Kindermädchen Olivia Fernandez.

Redlef Voss machte seinen Kutter an der Mole fest, und Jasper stürmte über die Planke, die sein Großvater auslegte, auf seinen Vater zu. Jonas Voss hob seinen Sohn hoch und drehte sich einmal um die eigene Achse, um den Jungen herumzuwirbeln. Dann stellte er ihn auf die Füße.

»Das war so cool«, verkündete Jasper. »Wir sind zu den Seehundbänken rausgefahren. Die *Adler IV* war auch da, mit den ganzen Touristen. Die haben gedrängelt wie verrückt, um ein paar gute Fotos von den Kegelrobben zu schießen. Wir haben uns einfach danebengelegt.« Jasper grinste. »Da waren ein paar Mädchen, die haben ganz neidisch zu uns rübergeguckt.«

Jonas Voss strich seinem Sohn über den blonden Schopf. »Und die Robben?«, erkundigte er sich.

»Die haben sich nicht stören lassen«, winkte Jasper ab. »Haben sich in der Sonne geaalt und sind über den Sand ins Wasser gerobbt.«

Nun tauchte auch Finja auf, die gemessenen Schrittes über den Laufsteg balancierte und mit der ganzen Würde ihrer zwölf Jahre auf ihren Vater zuging.

»Das sind so schöne Tiere«, bekundete sie. »Ich verstehe

nicht, wie Menschen sie töten können, nur um ihr Fell zu bekommen.«

Jonas Voss betrachtete seine Tochter, die die dunklen Haare und die braunen Augen ihrer Mutter geerbt hatte. Für ihr Alter war sie viel zu ernst. Aber das lag wohl daran, dass ihr die Mutter fehlte. Als Friederike gegangen war, hatte Finja es sich zur Aufgabe gemacht, auf ihren jüngeren Bruder aufzupassen. Sie war dabei weitaus zuverlässiger als Olivia, die jetzt lachend und mit wehendem Rock von Bord ging, dicht gefolgt von Redlef Voss, der offenbar eine launige Bemerkung gemacht hatte, denn Olivias Lachen scholl bis zu Jonas Voss herüber.

Der alte Fischer mit dem wettergegerbten Gesicht und den wirren braunen Haaren, die denen von Jonas Voss nicht unähnlich waren, trat neben seinen Sohn und legte ihm kurz die Hand auf die Schulter. Er war kein Freund großer Worte und Gesten, aber Jonas Voss spürte auch in der kurzen Berührung die unverbrüchliche Zuneigung, die zwischen ihnen bestand.

»Hast du deinen Mörder gefangen?«, erkundigte sich Jasper neugierig. Seine Schwester rollte mit den Augen.

»So schnell geht das doch nicht«, erklärte sie belehrend.

Jonas Voss zwinkerte ihr zu. »Finja hat recht. So eine Untersuchung braucht ihre Zeit. Wir wissen noch nicht einmal so recht, wo wir eigentlich suchen sollen.«

Jasper nickte, aber seine Aufmerksamkeit hatte sich bereits wieder auf ein neues Ziel gerichtet. Er deutete auf eine Bude, in der Crêpes verkauft wurden. »Krieg ich so 'nen Pfannkuchen mit Nutella?«

Jonas Voss zog seine Brieftasche hervor und drückte seinem Sohn einen Zwanzig-Euro-Schein in die Hand. »Nimm Finja und Olivia mit«, sagte er. »Ich bin sicher, die wollen auch einen.«

Olivia lächelte strahlend. Finja nickte so gewichtig, wie sie es ihrem fortgeschrittenen Alter für angemessen hielt.

Redlef Voss grinste, als die drei über den Platz vor der Tonnenhalle auf den Crêpes-Stand zuliefen. »Weiß nicht, wo der Junge das lässt«, bemerkte er. »Er hat eben erst zwei von meinen Fischbrötchen verdrückt.«

»Er wächst«, sagte Jonas Voss.

Sein Vater brummte. »Hoffentlich nicht in die Breite«, kommentierte er. Dann neigte er seinem Sohn den Kopf zu. »Was ist das für ein Mord, den du da klären sollst?«

»Elmar Bruns«, erwiderte Jonas Voss. »Der Marktleiter von Delikatessen-Freund. Man hat ihn am Fuß der Wanderdüne lebendig begraben.«

»Hm.« Redlef Voss zupfte an seinem dichten Bart. »Elmar Bruns. Soso.«

Jonas Voss blickte ihn neugierig an. »Hast du ihn gekannt?«

Redlef Voss beschirmte mit einer Hand seine Augen und spähte über das Wasser. Am Horizont schoss eine Segelyacht vorbei, die fast seitlich lag. Die Segel waren gebläht, und die Mannschaft hing auf der Luvseite über der Reling.

»Sicher«, beantwortete er die Frage seines Sohnes. »Bis vor ein paar Wochen hab ich den feinen Herrn Freund ja noch mit Fisch beliefert.« Er deutete aufs Meer hinaus. »Guck dir die an.«

Jonas Voss folgte dem Blick seines Vaters. Der Skipper der Segelyacht vollführte eine gewagte Halse. Der Baum schwenkte von Backbord nach Steuerbord, und das Boot neigte sich so weit zur Seite, dass es beinahe gekentert wäre.

»Da geht noch einer über Bord«, knurrte der alte Fischer. »Wenn die weiter so verrückte Manöver fahren.«

Jonas Voss musterte ihn. Er hatte das deutliche Gefühl, dass sein alter Herr ablenken wollte.

»Der *feine* Herr Freund?«, hakte er nach. Eigentlich passte es nicht zu seinem Vater, abfällig über andere zu sprechen. Und sei es auch nur in Untertönen.

Redlef Voss winkte ab. »Vergiss es. Nur Gerüchte. Und die haben nichts mit Bruns zu tun.« Er wandte sich seinem Sohn zu. »Der war übrigens ein echter Kotzbrocken. Hatte kein Interesse daran, sich Freunde zu machen.« Die buschigen Augenbrauen zogen sich zusammen. »Der hat doch allen Ernstes behauptet, meine Heringe seien glibschig.«

Jonas Voss lachte. Sein Vater fuhr nicht nur zur See, er betrieb auch eine der angesehensten Sylter Fischhandlungen. Und wenn es um eingelegten Fisch und Räucherwaren ging, kam man an Redlef Voss kaum vorbei. Das fand nicht nur Jasper, der den Stremellachs seines Großvaters über alles liebte.

»Du möchtest mir also sagen, dass du auch ein Motiv hattest, ihn zu töten?«, spottete er.

Redlef Voss kräuselte die Lippen und streckte die Arme nach vorn. »Willst du mich festnehmen?«

»Nein. Ich will wissen, was es mit dem *feinen* Herrn Freund auf sich hat«, insistierte sein Sohn. Nicht nur, weil er hoffte, dass es ihn vielleicht bei seinen Ermittlungen weiterbrachte, sondern auch, weil er sich Munition erhoffte im Kampf gegen den unliebsamen Konkurrenten. Doch das hätte er natürlich niemals zugegeben.

Redlef Voss stopfte die Hände in die Hosentaschen.

»Also gut«, gab er sich geschlagen. »Ich sage dir, was man über Freund und seine sogenannten Delikatessen hört.«

Er hob warnend den Zeigefinger.

»Ich weiß aber nicht, ob da wirklich etwas dran ist«, betonte er.

17. Jonas Voss schlenderte den Stapelhooger Wai in Kampen entlang und blieb vor dem Restaurant Kupferkanne stehen. Viktoria Freund hatte ihm bereitwillig Auskunft darüber erteilt, dass ihr Mann hier mit einem Geschäftsfreund zum Abendessen verabredet war. Als würde es ihr Spaß machen, die Verhandlungen ihres Mannes zu stören. Vielleicht war sie aber auch einfach nur hilfsbereit.

Voss öffnete das Tor und sah sich im Garten um, der trotz des kalten Winds, der seit dem Nachmittag über die Insel fegte, voll besetzt war. Nicht nur unter Rauchern galt es auf Sylt als schick, die Abendstunden im Freien zu verbringen – auch wenn man dafür Lammfelldecken und Heizstrahler benötigte, die in der gehobenen Gastronomie selbstverständlich zur Verfügung gestellt wurden. Die versammelte High Society sah dann auch nicht so aus, als würde sie frieren. Womöglich wärmte ja schon allein das Gefühl, dass es einem im Leben an nichts mangelte.

Jonas Voss erblickte zahllose aufgestylte Frauen und teuer gekleidete Männer. Alexander Freund war allerdings nicht darunter.

Voss betrat das Lokal und wurde sofort von einem diensteifrigen Kellner in Empfang genommen.

»Guten Abend. Haben Sie reserviert?«

Voss verneinte und sah sich im Restaurant um. Auch hier waren alle Tische besetzt.

»Ich bin auf der Suche nach einem Bekannten«, erläuterte er. »Wenn ich vielleicht schnell einen Blick nach drinnen werfen dürfte?«

Der Ober machte eine einladende Geste, auch wenn seine Miene deutlich erkennen ließ, dass er nicht glaubte, dass Voss mit seinen verwaschenen Blue Jeans und der abgewetzten Lederjacke zu den Personen gehörte, die ihre Bekannten in diesem Lokal zu finden pflegten. Voss beeilte sich einzutreten, ehe der bornierte Kellner es sich anders überlegte.

Er schlüpfte in den Gastraum und schaute in die Nischen, in denen die Gäste saßen. Als er an einer üppigen Yuccapalme vorbeispähte, zuckte er erschrocken zurück. Dort saß Alexander Freund. Allerdings nicht mit einem Geschäftsfreund, sondern mit einer attraktiven Frau, die Jonas Voss nur allzu gut kannte.

Kari Blom trug ein lachsfarbenes Kleid und ein paar schlichte silberne Armreifen, schien damit aber mehr zu strahlen als die aufgetakelten Frauen um sie herum. Alexander Freund, seinerseits mit einem hellen Dreiteiler und passender Krawatte bekleidet, hatte ganz offensichtlich nur Augen für sie.

Jonas Voss zog den Kopf zwischen die Schultern und eilte zum Ausgang, dem aufgeblasenen Ober direkt in die Arme.

»Und?«, fragte dieser scheinheilig. »Haben Sie Ihren Bekannten entdeckt?«

»Nein.« Voss rang sich ein Lächeln ab, ehe er nach draußen stürzte, begleitet vom Blick des Obers, der deutlich zeigte, dass er nichts anderes erwartet hatte.

▪ ▪ ▪

Alexander Freund legte seine Hand auf Karis.

»Sie machen mir eine große Freude«, erklärte er und hob sein Weinglas. »Ich bin sehr neugierig darauf, mehr über Sie zu erfahren.«

Kari stieß mit ihrem Arbeitgeber an und zog wie beiläufig ihre Hand zurück.

»Ich hoffe, ich enttäusche Sie nicht«, erwiderte sie und fragte sich, ob sie es schaffen würde, nicht aus der Rolle zu fallen. Alexander Freund war ein sehr attraktiver Mann. Sie durfte – musste – auf seinen Flirt eingehen, wenn sie mehr über den Kreditkartenbetrug in seinem Geschäft herausfinden wollte. Aber wenn sie ehrlich war, musste sie zugeben, dass ihr Interesse an Freund nicht nur mit ihrem Einsatz zu tun hatte.

»Sie haben gesagt, Sie schreiben.« Freund lehnte sich lächelnd auf seinem Stuhl zurück und ließ den Rotwein in seinem Glas kreisen. »Das finde ich faszinierend.«

Kari machte eine Geste, von der sie hoffte, dass sie bescheiden wirkte. »Nichts Besonderes«, erwiderte sie. »Ich schreibe keine Romane. Nur Biographien. Porträts über erfolgreiche Persönlichkeiten in der modernen Geschäftswelt.«

Freund stellte sein Glas auf den Tisch. »Sie schreiben über mich?«, fragte er.

Kari machte eine vage Handbewegung.

»Ich denke darüber nach«, erwiderte sie ausweichend und lachte aufgesetzt. »Nicht, dass Sie denken, ich hätte mich bei Ihnen eingeschlichen, um Sie auszuspionieren.« Was zufälligerweise genau den Tatsachen entsprach. »Ich habe den Job angenommen, weil ich Geld brauche.«

Sie hob die Schultern.

»Es ist schwer, heutzutage in der Verlagswelt unterzukommen. Zu viele Leute, die schreiben. Die Lektoren schaffen es gar nicht, alle Manuskripte zu lesen, die ihnen zugeschickt werden. Man braucht eine Menge Glück. Oder gute Beziehungen.« Sie lächelte verlegen. »Ich hatte bisher leider weder das eine noch das andere.«

»Sie warten darauf, einen Fuß in die Tür zu bekommen«, konstatierte Freund. »Und Sie müssen arbeiten, um Ihren Lebensunterhalt zu verdienen.«

Kari nickte. »Ich dachte, auf Sylt finde ich vielleicht Inspirationen für ein neues Buch. Eines, das mir die Türen öffnet.«

Ein Kellner trat an den Tisch und stellte jedem von ihnen einen Teller hin, auf dem sich ein winziges Stück Brot mit einer halben Cocktailtomate und einem vermutlich unter dem Mikroskop zurechtgeschnittenen Stück Ziegenkäse befand.

»Ein kleiner Gruß aus der Küche«, kommentierte er die Teller und verschwand so lautlos, wie er gekommen war.

Freund schob das Brot auf seine Gabel und steckte es in den Mund.

»Klein trifft es«, sagte er, nachdem er den Bissen hinuntergeschluckt hatte.

Kari lachte und probierte den Appetithappen ebenfalls. Das Brot war luftig leicht, die Cocktailtomate fruchtig und der Ziegenkäse ausgesprochen aromatisch.

»Aber fein«, sagte sie.

Der Inhaber des Delikatessenmarkts lächelte. »Sie müssen entschuldigen. Qualität ist für mich etwas Selbstverständliches. Wenn das Essen nicht gut wäre, würde ich nicht herkommen.« Er legte die Gabel beiseite und schaute Kari eindringlich an. »Und? Haben Sie eine gefunden? Eine Inspiration?«

Kari hatte das Gefühl, von Freunds blauen Augen wie von Röntgenstrahlen durchleuchtet zu werden.

»Sie sind ein interessanter Mann«, entgegnete sie und bemerkte zu spät, dass sie sich damit auf dünnes Eis begab. »Ihre Geradlinigkeit gefällt mir. Und Ihr Konzept. Nicht die billige Massenware, sondern ausgesuchte Köstlichkeiten. Dieser Hauch von Nostalgie, den Sie Ihrem Laden gegeben haben. Das hat einen besonderen Charme.«

Freund lachte. »Sie spielen auf meine auf alt getrimmten Plakate an, nicht wahr? Sie sind den Werbetafeln nachempfunden, die es in der Zeit der Tante-Emma-Läden gab. Ich habe diese Schilder schon als Kind geliebt.« Er beugte sich über den Tisch zu Kari. »Sie müssen wissen, dass mein Großvater Blechschmied war. Er hat in einer kleinen Fabrik gearbeitet, die damals, in den Siebzigerjahren, unter anderem noch solche Tafeln hergestellt hat, für Ausstellungen und für Museen und natürlich für Nostalgiker. Und er hat mir immer mal wieder eines dieser Schilder mitgebracht. Das Zimmer von meiner Schwester und mir war voll davon.«

Freund lehnte sich zurück.

»Jetzt sind Sie überrascht, nicht wahr?«, sagte er. »Sie dachten, ich stamme aus einer wohlhabenden Familie, die schon seit Generationen Geschäftsleute hervorbringt.«

Kari nippte peinlich berührt an ihrem Weinglas. »Ehrlich gesagt, ja.«

Freund strich sich die dunkelblonden Haare aus der Stirn. »Ich habe selbst ganz unten angefangen«, erklärte er schlicht. »Deshalb kann ich Ihre Lage gut verstehen.«

»Und wie sind Sie nach oben gekommen?«

»Ach.« Freund blickte auf, weil der Ober an den Tisch trat und die Vorspeise servierte, eine schmale Schnitte Honigmelone, auf der im rechten Winkel eine gerollte Scheibe Parmaschinken lag. »Danke.«

Er schnitt die Vorspeise in Stücke, während der Kellner davonschwebte.

»Das ist keine große Geschichte«, bekannte er und schob sich ein Stück Melone in den Mund. »Ich habe eine Ausbildung im Einzelhandel gemacht. Und dann habe ich geheiratet. Meine Frau hatte gerade ihre Eltern verloren. Sie haben ihr ein recht ansehnliches Vermögen hinterlassen. Sie hat mir die Chance gegeben, mein eigenes Geschäft zu eröffnen.«

Kari wickelte ihre Melone in den Schinken. »Eine weise

Entscheidung, offenbar. Das Geschäft scheint nicht schlecht zu laufen.«

Freund lächelte bescheiden. »Die Sylter mögen gutes Essen. Und sie legen Wert auf Qualität.«

»Ich hatte den Eindruck, dass es weniger die Sylter sind, die bei Ihnen einkaufen«, bemerkte Kari. »Sondern vielmehr die High Society, die sich hier breitmacht.«

Freund legte sein Besteck beiseite.

»Bei uns«, sagte er.

Kari runzelte die Stirn.

»Sie gehören jetzt dazu«, erläuterte Freund. Er zögerte und trank einen Schluck Wein. »Deshalb wollte ich Sie auch etwas fragen.«

In Karis Magen begann es zu rumoren. Das Gespräch nahm überhaupt nicht den Verlauf, den sie geplant hatte. Sie wollte etwas über die Kreditkartenterminals und die Sicherheitsmaßnahmen im Markt herausfinden. Stattdessen entwickelte sich zwischen Freund und ihr ein Knistern, das jeden ihrer Schritte zu einer Gratwanderung machte.

»Jetzt, nachdem Elmar Bruns tot ist ...« Freund holte tief Luft. »Wir brauchen einen neuen Marktleiter. Und ich wollte Sie fragen, ob Sie Lust hätten, diese Aufgabe zu übernehmen.«

Kari verschluckte sich fast an ihrem Schinken. Sie hustete und fand sich mit einer seltsamen Mischung aus Erleichterung und Irritation wieder.

»Ich?«, fragte sie heiser.

»Entschuldigen Sie.« Freund blickte zerknirscht. »Ich wollte Sie nicht so überfallen. Ich wollte auch nicht pietätlos wirken. Die Suche nach einem Nachfolger hat Zeit, bis der Mord an Herrn Bruns geklärt und sein Leichnam mit Anstand beigesetzt worden ist.« Er beugte sich wieder zu Kari vor. »Aber ich möchte Sie bitten, darüber nachzudenken. Sie sind zwar noch nicht lange bei uns, aber Sie haben sich in der kurzen Zeit hervorragend eingearbeitet. Und ich traue Ihnen die Übersicht zu, die man für diese Aufgabe braucht. Sie haben einen natürlichen Sinn für das Wesentliche. Ich würde mich wirklich sehr freuen, wenn Sie mein Angebot annehmen.«

Kari lächelte verkrampft. In jedem von Freunds Worten hörte sie Zwischentöne, die mehr versprachen als bloß eine berufliche Beförderung. Oder bildete sie sich das nur ein? Womöglich, weil sie es sich wünschte?

Sie schob den Vorspeisenteller von sich weg.

»Ich glaube, Sie überschätzen mich. Ich bin Schriftstellerin. Ich bin in der Lage, Waren über den Scanner zu ziehen und zu kassieren. Aber ich glaube nicht, dass ich die nötige Qualifikation besitze, um als Marktleiterin zu arbeiten.«

Freund lächelte breit. »Ich bringe Ihnen gerne alles bei, was Sie dafür können müssen. Wenn Sie wollen, bekommen Sie auch eine Ausbildungsbescheinigung. Eine abgeschlossene Schulbildung haben Sie ja vermutlich?«

Kari nickte.

»Dann ist der Rest kein Problem.« Er zwinkerte ihr zu. »Ich habe gute Beziehungen zur Industrie- und Handelskammer.«

Kari schüttelte den Kopf. »Ich möchte das nicht. Eine gemauschelte Ausbildungsbescheinigung, meine ich.«

Freund strahlte sie an. »Das ehrt sie. Aber es ist nicht gemauschelt. Das ist alles vollkommen legal. Dafür verbürge ich mich.«

Der Ober kam und räumte die Vorspeisenteller ab. Ein zweiter folgte und servierte gebratene Dorade mit Kartoffelspalten und knackigem Saisongemüse. Zu Karis Überraschung waren es Portionen von vollkommen normaler Größe, nicht die Schickimicki-Portiönchen, mit denen sie gerechnet hatte.

»Guten Appetit.« Der Kellner verneigte sich. Ein Kollege von ihm füllte die Weißweingläser.

»White wine for the fish«, bemerkte Kari und kicherte.

Freund hob nur einen Mundwinkel. Offenbar war er kein »Dinner for one«-Fan.

»Sie sind also ein Mann mit hohen moralischen Ansprüchen?«, fragte Kari, während sie sich ein Stück Dorade in den Mund schob.

Alexander Freund nickte ernst. Kari dachte, dass sie es dabei belassen sollte. Aber sie konnte nicht anders.

»Und dann sitzen Sie hier mit mir?«, stichelte sie. »Was sagt denn Ihre Frau dazu?«

Freund zerteilte eine Kartoffelspalte in zwei gleich große Stücke. Dann legte er sein Besteck beiseite.

»Sie weiß es nicht. Ich habe ihr gesagt, dass ich mich mit einem Geschäftsfreund treffe.« Er griff nach Karis Händen. »Ich weiß auch nicht, was mit mir los ist. Eigentlich habe ich klare Prinzipien. Aber seit ich Sie das erste Mal gesehen habe ...« Er ließ die Worte in der Luft hängen.

Kari schluckte. »Das Essen wird kalt«, murmelte sie heiser.

»Ja. Natürlich.«

Freund ließ ihre Hände los, und Kari widmete sich konzentriert ihrer Dorade. Der Fisch war hervorragend, doch Kari gelang es nicht, auch nur einen Bissen zu genießen. Ihr Magen revoltierte, und ihr Herz raste. Sie musste dringend zurück in die Spur finden.

»Wie funktioniert das bei Ihnen im Markt eigentlich mit der Sicherheit?«, platzte sie heraus und schalt sich im selben Moment, weil es kaum einen ungeschickteren Einstieg für das Thema hätte geben können. »Ich meine«, schob sie nach, »wenn die Kunden mit Kreditkarte bezahlen und so.«

Alexander Freund sah sie ausdruckslos an. Vermutlich

glaubte er, ihr abrupter Themenwechsel diene nur dazu, die magnetische Anziehung zwischen ihnen zu unterbrechen. Was nicht ganz falsch war.

»Wir arbeiten mit einem Sicherheitsunternehmen zusammen«, antwortete er. »Sylt Security. Unser Markt wird von einem der Mitarbeiter exklusiv betreut. Er heißt Jörn Kappelmann und verfügt über ein abgeschlossenes Informatikstudium. Er hat extra für unser Geschäft eine individuelle Sicherheitssoftware entwickelt.« In Freunds Stimme schwang Stolz mit. »Das ist eine Grundvoraussetzung. Wenn man Kundschaft aus den gehobenen Einkommensklassen hat, muss man sicherstellen, dass sich niemand unerlaubt an ihnen bereichert.« Er stach seine Gabel in ein schlankes Stück Möhre. »Ich meine, stellen Sie sich vor, in meinem Markt würden Kreditkartendaten gestohlen. Können Sie sich ausmalen, was das für das Geschäft bedeuten würde?«

»Ich vermute, es wäre ein Desaster«, sagte Kari leichthin.

»Mehr als das«, entgegnete Freund grimmig. »Ich könnte den Laden zumachen.«

»Mhm.« Kari schob sich eilig ein Stück Dorade in den Mund. Es musste ja nicht ausgerechnet sie sein, die den Besitzer des Delikatessenmarkts darüber aufklärte, dass die Katastrophe längst eingetreten war.

■ ■ ■

Alexander Freund parkte seinen schwarzen Jaguar direkt vor dem Eingang der Norddörfer Halle. Kari musterte das Gebäude verblüfft.

»Sind Sie sicher, dass wir hier richtig sind? Hier findet die Feier von Witta Claaßen statt, für die Ihr Markt das Buffet ausrichtet?«

Freund machte eine Handbewegung, die sowohl Zustimmung als auch Verneinung bedeuten konnte. »Wir sind am richtigen Ort. Aber wir machen nicht das gesamte Buffet. Damit wäre unser Cateringservice überfordert. Das hier ist eine Veranstaltung für mehr als hundert Personen.«

Kari blickte zwischen Freund und der großen Halle hin und her. Das Ganze konnte nur ein Irrtum sein. Witta Claaßen würde wohl kaum eine solch opulente Feier für ihre Häkeldamen ausrichten.

»Das ist das Jahrestreffen der SOG«, sagte Freund, der anscheinend Gedanken lesen konnte. »Der Sylter Ornithologischen Gesellschaft. Frau Claaßen ist die Vorsitzende. Sie hat das Buffet organisiert, aber bezahlen muss es der Verein.«

Kari lachte auf. »Sie kennen Frau Claaßen?«

Freund schmunzelte. »Selbstverständlich. Sie ist eine meiner Stammkundinnen. Sie findet jedes angeschlagene Gurkenglas und jeden eingerissenen Joghurtdeckel. Und sie handelt für jedes dieser Produkte einen Preisnachlass aus.«

Kari und Freund warfen sich verständnisvolle Blicke zu. Das passte zu der knauserigen Kampener Landarztwitwe.

Freund legte einen Arm auf Karis Rückenlehne und neigte ihr den Kopf zu, bis sich ihre Lippen beinahe berührten. Kari spürte, wie ihr Mund trocken wurde. Sie fühlte sich hin und her gerissen. Von Freund ging eine Anziehung aus, der sie sich kaum entziehen konnte. Kaum entziehen wollte. Doch zugleich wusste sie, dass es ein Fehler wäre. Freund war Teil ihrer Ermittlungen. Sie konnte mit ihm flirten. Aber sie durfte keinesfalls eine emotionale Beziehung zu ihm eingehen.

Wenn sie so kontrolliert war, wie Ole Lund und ihre Mutter es stets behaupteten, sollte das kein Problem sein. Doch jetzt, mit Freunds blauen Augen, die sich in ihre versenkten, umschmeichelt vom Duft seines Rasierwassers mit der leichten Grapefruitnote, schienen ihre Gefühle sie eines Besseren belehren zu wollen.

Ein Wagen fuhr auf den Parkplatz, und der Scheinwerfer streifte für einen Moment ihre Gesichter. Kari und Freund fuhren wie ertappt auseinander.

»Kommen Sie mit hinein?«, fragte Kari, nachdem sich ihr Puls wieder beruhigt hatte.

Freund schüttelte den Kopf. »Die meisten Mitglieder der Ornithologischen Gesellschaft kennen mich«, erklärte er. »Wenn man mich mit Ihnen zusammen sieht, würde man womöglich die falschen Schlüsse ziehen.«

Kari nickte. Und dachte, dass diese Schlussfolgerungen vielleicht gar nicht so verkehrt wären.

■ ■ ■

In der großen Halle herrschte ausgelassene Stimmung. Auf der einen Seite war ein reichhaltiges Buffet aufgebaut worden, auf der anderen Seite präsentierten Stellwände mit Postern die Aktivitäten der Gesellschaft im Laufe des vergangenen Jahres. Die Hobby-Ornithologen betrieben nicht nur systematische Vogelbeobachtung, sie pflegten auch verletzte Tiere und kümmerten sich um den Schutz von Brutplätzen.

Obwohl der Raum unübersichtlich und voll war, entdeckte Kari ihre Vermieterin sofort. Marijke Meenken trug einen grünen Umhang, der thematisch passend an das Gefieder eines Vogels erinnerte. Sie strahlte Kari an.

»Kari! Wie schön, dass Sie kommen konnten.«

Kari sah sich neugierig in der Halle um. »Ich wusste gar nicht, dass es auf Sylt so viele Ornithologen gibt.«

»Wir haben hier eine einzigartige und wunderbare Vogelwelt«, erklärte Marijke Meenken. »Sie müssen uns unbedingt einmal auf unseren Erkundungsgängen begleiten.«

Kari nickte. Warum auch nicht? Zumindest würde es sie von ihren aufgewühlten Emotionen in Bezug auf Alexander Freund ablenken. Und vielleicht hätte die gutvernetzte Häkelmafia ja auch noch ein paar Informationen für sie, die ihr halfen, Klarheit über den Mord an Elmar Bruns zu gewinnen. Das war zwar nicht ihr Auftrag, aber je länger sie darüber nachdachte, desto sicherer war sie sich, dass der Mord und der Kreditkartenbetrug zusammenhingen. Die Lösung des einen Falls würde zur Aufklärung des anderen führen. Und dann würde sich hoffentlich herausstellen, dass Alexander Freund tatsächlich so rechtschaffen war, wie sie das gerne glauben wollte. Was dann daraus folgen würde, darüber wollte sie lieber nicht nachdenken.

Die Bäckerwitwe Alma Grieger, eingehüllt in einen aufgeplusterten orangeroten Overall, der in etwa denselben Farbton hatte wie ihre Haare, flatterte aufgeregt auf sie zu. »Marijke! Kari!«, rief sie. »Kommt mit. Es geht gleich los!«

Sie ergriff Karis und Marijkes Hände und zog die beiden Frauen nach vorne zur Bühne. Kari wechselte einen Blick mit ihrer Vermieterin. »Was geht los?«

Marijke Meenken lachte. »Eine kleine Aufführung. ›Die unglückliche Vogeljagd‹. Sie werden staunen.«

Alma Grieger stoppte, als sie die Bühne erreichten. Dort standen Witta Claaßen und Grethe Aldag und verteidigten ihren Platz gegen die nachrückende Menge.

Kari begrüßte die Häkeldamen. Dann ging das Hallenlicht aus, und ein heller Scheinwerfer beleuchtete die Bühne.

Die Geschichte, die man darbot, war denkbar einfach, dank der phantasievollen Kostümierung aber trotzdem unterhaltsam: Ein grimmig dreinblickender Mann mit einer Schrotflinte jagte ein mannsgroßes, knallgelbes Vogelküken, das von einer verschleierten Fee gerettet wurde, die den bösen Jäger mit seinem eigenen Gewehr verscheuchte.

Lachen musste Kari, als die Darsteller ihre Masken ablegten und unter dem schwarzen Bart des bösen Jägers das hübsche Gesicht von Viktoria Freund zum Vorschein kam. Die verschleierte Fee war Saskia Lübbers. Nur das große Küken kannte Kari nicht. Es war ein junger Mann mit raspelkurzen schwarzen Haaren und einer schief stehenden Nase.

»Wer ist das?«, fragte sie und beobachtete den Mann, der scheu neben Saskia stand und sie mit hungrigen Augen ansah.

»Ach«, meinte Alma Grieger. »Das ist Jörn. Der Sohn der ehemaligen Nachbarin meiner Schwägerin Fanny Riepenhusen. Der war schon als Junge ein Einzelgänger. Hat immer nur in seinem Zimmer gehockt, sagt Fanny.«

»Jetzt traut er sich immerhin auf die Bühne.«

Grethe Aldag, die Keitumer Klempnerwitwe mit den eisgrauen Haaren, nickte weise. »Jo. Weil er total verschossen ist in die Blondine.« Sie machte eine Handbewegung in Richtung Bühne. »Das ist ja nicht zu übersehen.«

»Nützen wird es ihm aber auch nichts«, kommentierte Witta Claaßen, die sich für die Feier in ein weißes Rüschenkleid geworfen hatte, das bestens zu ihrer Marlene-Dietrich-Frisur passte. »Der hat doch keine Chance bei ihr.«

»Warum denn nicht?«, fragte Alma verstimmt. »Fanny sagt, das ist ein netter Junge.«

Witta machte eine ungeduldige Handbewegung. »Aber das ist nicht das, was diese Sorte Frau sucht«, erklärte sie. »Die wollen einen Mann, der ihnen etwas bieten kann. Und das kann *er* sicher nicht.«

»Nee.« Grethe schüttelte den Kopf. »Mit Sehkuhriti wird man nicht reich.«

»Security«, näselte Witta. »Das heißt Security, Grethe.«

Grethe funkelte die Landarztwitwe böse an. »Sach ich doch.«

Kari spürte ein Kribbeln im Nacken. »Dieser Jörn«, fragte sie so unbeteiligt, wie sie nur konnte, »hat der auch einen Nachnamen?«

Marijke Meenken und Witta Claaßen zuckten mit den Schultern. Alma Grieger hob das Kinn. »Kappelmann heißt der«, sagte sie. »Das weiß ich von Fanny. Jörn Kappelmann.«

Das Kribbeln verstärkte sich und breitete sich von Karis Haaransatz über den gesamten Hinterkopf aus.

Konnte das ein Zufall sein? In Freunds Geschäft wurden die Kreditkartenterminals manipuliert. Und der Security-Mitarbeiter, der für die Datensicherheit in diesem Markt verantwortlich war, war offenbar in Saskia Lübbers verliebt. In eine Frau also, die, wie sie selbst zugegeben hatte, von einem Leben in Reichtum und Luxus träumte.

Was, wenn Jörn Kappelmann glaubte, einen besonderen Zugang zum Herzen der Kassiererin gefunden zu haben? Einen, der zwar nicht legal war, dafür aber seine mangelnde Attraktivität mehr als wettmachte?

18.

Vor dem Delikatessenmarkt Freund parkten vier Streifenwagen der Sylter Polizei. Zwei uniformierte Beamte blockierten den Zugang zum Laden und hielten die neugierige Kundschaft, die sich schon vor der Öffnungszeit eingefunden hatte, davon ab, das Geschäft zu betreten. Als ein Fernsehreporter und sein Kameramann nach vorn drängten und versuchten, sich Zutritt zu verschaffen, entstand ein Tumult.

Jonas Voss sprang aus seinem rostroten VW Passat und eilte auf die Menge zu.

»Kriminalpolizei!«, rief er. »Bitte lassen Sie mich durch.«

Die Schaulustigen traten beiseite, und Voss erreichte den Journalisten. Er hatte lange, ungepflegte Haare und einen blasierten Gesichtsausdruck. Über seiner speckigen Jeans hing ein gewaltiger Bauch, den das verwaschene Baumwollhemd kaum halten konnte. Vermutlich gehörte er zu jener Sorte von Männern, die ihr Gefühl der Überlegenheit anderen gegenüber dadurch zum Ausdruck zu bringen versuchten, dass sie die geltenden Konventionen und Hygienegepflogenheiten missachteten.

»Die Öffentlichkeit hat ein Recht auf Information!«, bellte der Reporter, kaum dass Voss bei ihm angekommen war. Zusammen mit den Worten wehte ihm eine Knoblauchwolke entgegen. Entweder hatte der Journalist ein herzhaftes Frühstück zu sich genommen, oder er hatte am Abend zuvor reichlich in mediterraner Kost geschwelgt. Aus den Augenwinkeln sah Voss, wie der Kameramann, ein junger Bursche mit sauberen Jeans und einem apfelgrünen T-Shirt, betreten zu Boden blickte.

»Guten Morgen«, sagte Voss und streckte die Hand aus. Auch wenn ihm der Mann zuwider war, wollte er lieber keinen Eklat heraufbeschwören. Die Staatsanwaltschaft in Flensburg und die Inselpolitiker schätzten es nicht, wenn die Sylter Polizei für negative Schlagzeilen sorgte.

»Vielleicht machen wir uns erst einmal bekannt? Ich bin Kriminalhauptkommissar Jonas Voss.«

Der Journalist hob die Mundwinkel und entblößte eine Reihe gelbverfärbter Zähne.

»Georg Probst Schneider«, entgegnete er und quetschte Voss' Hand. »Freier Journalist.« Er zwinkerte Voss zu. »Meine Freunde nennen mich GPS. Weil ich immer da bin, wo was los ist.« Er grinste selbstgefällig und deutete auf den Jungen. »Das ist Fokke, mein Kameramann.«

Jonas Voss wischte sich die Hand unauffällig an der Hose ab. »Sie gehören zu keinem Sender?«

Der Reporter wedelte ungeduldig mit seinen fleischigen Fingern. »Ich sage doch, ich bin frei. Ich verkaufe an den, der am besten zahlt.« Er spähte begierig durch das große Schaufenster von Delikatessen-Freund. »Also. Was ist hier los?«

Voss schaute ebenfalls in den Laden und stellte erleichtert fest, dass außer einem Beamten, der mit einem Klemmbrett neben der Pyramide aus Marmeladengläsern stand, nichts zu erkennen war.

»Wir gehen einem anonymen Hinweis nach«, erklärte Voss. »Zum derzeitigen Zeitpunkt kann ich Ihnen nichts Genaueres sagen. Wir müssen abwarten, was die Untersuchung ergibt. Wir werden die Presse selbstverständlich informieren, sobald wir konkrete Ergebnisse haben.«

Georg Probst Schneider spuckte verächtlich auf den Boden. Kameramann Fokke grinste heimlich.

»Ach, kommen Sie schon, guter Mann«, monierte Schneider. »Sagen Sie, um was es geht. Sie haben doch einen Durchsuchungsbeschluss für diese Aktion?«

Jonas Voss lächelte unverbindlich. »Selbstverständlich«, erwiderte er und winkte den beiden Beamten, die über den Zugang zum Laden wachten. »Wenn Sie mich dann entschuldigen würden? Je schneller ich meine Arbeit tun kann, desto eher bekommen Sie die Informationen, die Sie haben wollen.« Damit drehte er sich um und ging zwischen den beiden Wachhabenden hindurch zur Ladentür. Die gläsernen Eingangstüren öffneten sich mit einem leisen Zischen.

»He!«, rief ihm Schneider hinterher. »Guter Mann! Sagen Sie mir doch wenigstens, ob die Sache hier was mit dem Mord an Elmar Bruns zu tun hat!«

Voss drehte sich noch einmal um. Die automatischen Türen glitten auf ihn zu, bis die Sensoren das Hindernis bemerkten. Sie ruckelten und fuhren wieder zurück.

»Natürlich«, sagte Jonas Voss. »Womit denn sonst?«

Was, wenn man es nicht allzu streng auslegte, nicht einmal gelogen war.

▪ ▪ ▪

»Ich möchte zu gern wissen, was da los ist.«

Saskia Lübbers spähte durch die angelehnte Tür des Pausenraums in den Laden. Von ihrer Position aus konnte sie einen uniformierten Polizisten sehen, der mit einer großen Klappkiste zwischen den Regalen entlangging. Ein Kollege griff hier und da zu und stellte einzelne Gläser und Dosen in die Kiste.

»Sieht aus, als würden sie ein Probierpaket zusammenstellen«, bemerkte Tanja Eggerstedt nervös.

Saskia sah sich suchend um. Dann griff sie nach dem Putzeimer, füllte ihn mit Wasser und stellte ihn auf den kleinen Rollwagen, damit sie ihn durch den Laden schieben konnte. Sie schnappte sich einen Feudel und trabte los.

»Pah«, schnaubte Tanja und schaute zu Kari. »Sonst fasst die freiwillig keinen Schrubber an. Aber wenn's was zu gucken gibt ...«

Kari sah der Kollegin hinterher. »Bist du nicht neugierig?«, erkundigte sie sich, wohl wissend, dass Tanja vor allem neidisch war – weil sie nicht selbst auf die Idee mit dem Feudel gekommen war.

Die korpulente Frau vollführte eine wegwerfende Handbewegung. »Ich seh doch von hier, was die machen«, entgegnete sie. »Und warum sie das tun, werden sie Saskia mit ihrem Schrubber auch nicht auf die Nase binden.«

»Hm.« Kari nickte und ließ Tanja stehen, die weiter durch den Türspalt spähte. Sie sah sich um, ob sie jemand beobachtete, und schlüpfte dann in das Büro des Marktleiters. Immerhin, beruhigte sie ihr schlechtes Gewissen, hatte Alexander Freund ihr den Job ja bereits angetragen. Was war also falsch daran, wenn sie sich ein wenig umsah?

Sie drückte den Knopf am Monitor der Überwachungsanlage, und sofort erschienen die Aufnahmen sämtlicher Kameras vor ihr. Kari zog das Bild groß, das den Gang zeigte, in dem sich gerade das Geschehen abspielte.

Der Polizist mit der Klappkiste schritt die Regalreihen entlang. Sein Kollege füllte sie mit Lebensmitteln. Alexander Freund lehnte mit versteinerter Miene an der Wand und sah ihnen zu. Auf der linken Seite bog Saskia Lübbers mit ihrem Putzeimer um die Ecke. Auf der rechten erschien Kriminalhauptkommissar Jonas Voss.

▪ ▪ ▪

Voss blieb neben dem Abteil mit den Wildfondgläsern stehen, die den Streit zwischen Elmar Bruns und Tanja Eggerstedt und, in der Folge, zwischen Bruns und Kari ausgelöst hatten. Der Beamte mit der Klappkiste bewegte sich auf ihn zu, und sein Kollege nahm ein Glas Wildfond aus dem Regal und stellte es zu den anderen Lebensmitteln, die er bereits eingesammelt hatte. Der Polizist mit dem Klemmbrett trat neben ihn und hakte die Waren auf seiner Liste ab. Dann sah er Voss an.

»Wir sind durch«, erklärte er. »Wir bringen die Sachen jetzt ins Labor.«

Jonas Voss nickte knapp. Der Anblick von Alexander Freund, der mit wachsbleicher Miene zusah, wie die Polizei seine Regale ausräumte, setzte ihm zu. Wenn sich herausstellte, dass der Tipp seines Vaters eine Seifenblase war, würde es schwer sein, den angerichteten Schaden wiedergutzumachen. Aber hatte er überhaupt eine Wahl gehabt?

Der Lagerist Marvin Drewes bog um die Ecke in die Regalreihe und schleppte eine Kiste Bier heran. Alexander Freund seufzte. »Das ist nicht nötig, Marvin«, sagte er. »Die Beamten interessieren sich nur für die Dauerwaren, nicht für die Getränke.«

Marvin lächelte sein freundlich-unschuldiges Lächeln. »Ich dachte nur … Wenn hier Handwerker sind, bringen wir ihnen doch auch ein Bier.«

Freunds düstere Miene heiterte sich ein wenig auf. »Danke, Marvin«, sagte er und klopfte dem jungen Mann auf die Schulter. »Das ist nett von dir. Aber die Polizei darf im Dienst nicht trinken.«

»Oh.« Marvin Drewes betrachtete die Bierkiste in seinen Händen, als wüsste er nicht recht, was er jetzt damit anfangen sollte. Sein Blick wanderte zu Voss. »Stimmt das?«

Jonas Voss nickte. »Wir sind Beamte. Wir haben Alkoholverbot.«

In Marvins Kopf arbeitete es sichtlich. »Dann will ich nicht zur Polizei«, entschied er und wandte sich ab, um die Kiste zurück ins Lager zu tragen. Er musste ausweichen, weil sich Saskia Lübbers mit nachlässigen Wischbewegungen mit ihrem Schrubber näherte. Freund holte tief Luft.

»Frau Lübbers. Das ist jetzt nicht der rechte Moment zum Putzen«, tadelte er. »Zumal Sie doch sonst nicht so versessen darauf sind.«

Saskia stützte sich auf den Stiel ihres Feudels. »Ich dachte, ich tue etwas Sinnvolles, solange wir den Laden nicht öffnen können«, entgegnete sie giftig. »Aber wenn es Ihnen nicht passt ...« Sie warf ihre blonden Haare zurück und stopfte den Feudel mit Schwung in den Wischeimer. Kleine Schaumwolken und Wassertropfen spritzten heraus. Saskia sah den Kommissar neugierig an.

»Was machen Sie hier überhaupt? Warum sammeln Sie diese ganzen Lebensmittel ein?«

Voss antwortete nicht, weil er keine Gerüchte in die Welt setzen wollte, aber Alexander Freund entschied sich plötzlich zur Flucht nach vorn.

»Die Polizei glaubt, dass wir gefälschte Lebensmittel verkaufen«, berichtete er. Seine Kassiererin schaute ihn verständnislos an.

»Billigprodukte, umdeklariert zu Luxusdelikatessen«, erläuterte Freund und blickte zu Jonas Voss. »Ich weiß wirklich nicht, wie Sie darauf kommen. Delikatessen-Freund bürgt seit zwanzig Jahren für Qualität. Glauben Sie wirklich, wir würden unseren guten Ruf aufs Spiel setzen, indem wir Markenfälschungen anbieten?«

Voss schaute auf die Kiste in der Hand des uniformierten Beamten. Er fühlte sich zunehmend unbehaglich.

»Sie werden verstehen, dass wir jedem Hinweis nachgehen müssen«, erklärte er förmlich und fügte, obwohl er sich der mangelnden Logik seiner Argumentation durchaus bewusst war, hinzu: »Es dürfte schließlich auch in Ihrem Interesse liegen, dass der Mord an Ihrem Mitarbeiter so schnell wie möglich geklärt wird.«

Alexander Freund, offenbar nicht in der Verfassung, über die Sinnhaftigkeit dieser Aussage zu diskutieren, hob ergeben die Hände.

»Schon gut«, lenkte er ein. »Sie tun nur Ihren Job.«

Jonas Voss selbst dagegen war sich keinesfalls sicher, dass ihn nicht weitaus weniger edle Motive zur Beantragung der Hausdurchsuchung bewogen hatten. Angesichts Freunds korrekter Haltung kam er sich noch erbärmlicher vor.

■ ■ ■

Saskia Lübbers stürmte in den Pausenraum. Den Wischeimer ließ sie achtlos neben der Tür stehen. Kari, die gleichzeitig aus dem Büro des Marktleiters schlüpfte und ihr folgte, wäre fast darüber gestolpert. Im letzten Moment wich sie aus und stieß stattdessen mit Marvin zusammen, der die Bierkiste hinter Saskia hertrug.

Tanja Eggerstedt hielt ihren Kollegen die Tür auf. Sie sah aus, als wollte sie gern eine zynische Bemerkung machen, aber offenbar fiel ihr nichts Passendes ein.

Saskia wartete, bis alle versammelt waren. Dann ließ sie die Bombe platzen.

»Die Polizei sucht nach Produktfälschungen!«

Marvin, der die Neuigkeit schon vernommen, aber nicht verarbeitet hatte, blickte Saskia genauso verständnislos an wie Tanja und Kari.

»Bist du sicher, dass du das richtig mitbekommen hast?«, erkundigte sich Kari.

Saskia deutete auf Marvin. »Er ist dumm«, versetzte sie. »Ich nicht.«

Tanja lachte auf. »Du bist ein Schandmaul, Saskia.«

Die Kassiererin musterte sie böse. »Zumindest mache ich

den Mund auf und fresse nicht alles in mich hinein«, konterte sie.

Tanja biss sich auf die Lippen. Ganz offensichtlich fehlte ihr die Schlagfertigkeit, um mit den Attacken ihrer Kollegin umzugehen. Saskia wandte sich wieder an Kari.

»Der Kommissar glaubt, dass da jemand billige Waren mit falschen Etiketten beklebt. Damit sie aussehen wie Luxusartikel.«

»Aha?« Kari setzte eine gespielt gleichgültige Miene auf, aber in ihrem Kopf rasten die Gedanken.

Hatte der Mord an Bruns womöglich nichts mit dem Kreditkartenbetrug zu tun? War Bruns einem ganz anderen Verbrechen auf die Spur gekommen und hatte deshalb sterben müssen? In diesem Fall wären nicht Tanja Eggerstedt und Saskia Lübbers die Hauptverdächtigen, sondern jemand, der von dem Warenbetrug profitierte. Zum Beispiel der Inhaber des Feinkostladens. Aber warum sollte Alexander Freund so etwas tun? Die Geschäfte liefen offensichtlich gut. Und mit dem Verkauf gefälschter Waren würde er letztlich sich selbst schaden.

»Ich kann mir das nicht vorstellen«, sagte sie.

Saskia ging zu ihrem Spind und angelte ihre Zigaretten heraus. Sie zündete sich eine an und lehnte sich an die Wand. »Vielleicht fehlt dir die Phantasie«, stichelte sie.

Die Tür zum Pausenraum schwang auf, und Diego Valdez trat ein. Er hob die Augenbrauen, als er die angespannte Stimmung bemerkte. Dann fiel sein Blick auf Marvin Drewes, der immer noch die Bierkiste in der Hand hielt. »Was ist das hier?«, fragte er. »Eine Stehparty?«

Saskia gab ein verächtliches Geräusch von sich. »Nein«, erwiderte sie. »Ein Diskussionsforum. Wir versuchen, uns darüber einig zu werden, ob Delikatessen-Freund gefälschte Lebensmittel verkauft.«

Valdez kniff die Augen zusammen. »Ist das der Grund für dieses Polizeiaufgebot?« Er deutete mit dem Daumen hinter sich in Richtung Geschäftsräume.

Saskia nickte. »Sie haben Warenproben eingesammelt. Und jetzt geht das alles ins Polizeilabor.«

»Soso.« Der Argentinier grinste. Er sah aus, als bereite ihm die Vorstellung Vergnügen.

Wieder öffnete sich die Tür, und Alexander Freund betrat den Pausenraum. Er wirkte müde und um Jahre gealtert. »Wir können jetzt öffnen«, sagte er leise. »Frau Lübbers und Frau Blom, würden Sie bitte die Kassen besetzen? Ich fürchte, wir müssen uns auf einen gewaltigen Andrang einstellen.«

Saskia drückte ihre Zigarette in dem Aschenbecher aus, den Kari unter der Spüle gefunden, ausgewischt und auf die Fensterbank gestellt hatte, um dem vergifteten Kaktus vielleicht doch noch das Leben zu retten. Dann klemmte sie sich die Geldschublade unter den Arm. »Aber sicher«, versetzte sie. »Es gibt doch nichts Besseres fürs Geschäft als einen saftigen Skandal, nicht wahr?«

Damit lief sie aus dem Raum, und Tanja, Marvin und Diego, die lieber nicht herausfinden wollten, ob Saskias Provokation ein Gewitter auslöste, folgten ihr eilig. Freund ließ die Arme hängen und sah Kari an, die als Einzige geblieben war.

»Ich habe meine Mitarbeiter immer gut behandelt«, sagte er. »Aber die Kluft bleibt. Sie warten nur darauf, dass man am Boden liegt. Damit sie endlich zutreten können.«

Kari legte ihm leicht eine Hand auf die Schulter. »Sie dürfen das nicht persönlich nehmen«, tröstete sie ihn. »Das ist nur die angespannte Situation.« Sie zog ihre Hand zurück, weil ihr Freunds Nähe plötzlich allzu deutlich bewusst wurde. Sie griff nach ihrer Geldschublade und wandte sich zur Tür. »Sie werden sehen. Es wird sich alles aufklären.«

Alexander Freund schaute ihr hinterher, wie sie mit langen Schritten durch den Gang zu den Kassen eilte. Es fühlte sich an, als würde ihm plötzlich alles entgleiten.

▪ ▪ ▪

Die junge Frau türmte die Waren aus ihrem randvollen Einkaufskorb aufs Band. Kari zählte siebzehn Becher Joghurt, zwei Tüten Popcorn und drei Dosen Cashewkerne. Dazu kamen mehrere Tafeln Schokolade, ein Beutel Weingummi und ein Karton mit Slipeinlagen. Abgesehen von Letzterem sah das Sortiment nach Kindergeburtstag aus. Wer dafür in einem Feinkostgeschäft einkaufte, musste wirklich gut betucht sein. Die Frau selbst wirkte allerdings nicht so, als gehörte sie zu den Stammkunden des Delikatessenmarkts.

Sie trug enge, verwaschene Jeans, ein blassgelbes Top, das ihren Bauchnabel freiließ, und fleckige Stoffturnschuhe, die irgendwann einmal weiß gewesen sein mochten. Keines ihrer Kleidungsstücke stammte aus einem Designerladen. Dazu kam ein unscheinbares Gesicht mit strähnigen Haaren und schmalen, blutleeren Lippen.

Kari zog die Waren über den Scanner und drückte auf die Taste, mit der die zu zahlende Summe errechnet wurde. »Das macht dreiundvierzig Euro und sechzig Cent«, sagte sie freundlich.

Der Kopf der jungen Frau ruckte nach oben. »Oh.« Sie zerrte ein verwaschenes Stoffportemonnaie aus ihrer Hosentasche und nahm eine Plastikkarte heraus. Kari steckte die Karte ins Lesegerät, und die Frau gab ihre Geheimzahl ein. Ein anklagendes Piepen ertönte.

»Tut mir leid«, erklärte Kari. »Anscheinend reicht das Guthaben auf Ihrer Karte nicht.«

»Oh«, sagte die Frau erneut und legte die beiden Tüten Popcorn beiseite. »Dann nehmen Sie das doch bitte wieder raus.«

Der Kunde hinter ihr, der lediglich ein in Papier gewickeltes Stück Käse im Korb trug, verdrehte die Augen. Kari griff nach dem Telefon und tippte auf die Kurzwahl fürs Marktleiterbüro. »Herr Freund? Ich bräuchte den Schlüssel für die Kasse. Ich muss etwas zurückbuchen.«

Sie legte den Hörer auf und lächelte die Kunden in der Schlange entschuldigend an. Inzwischen waren es sechs. »Es geht sofort weiter«, versprach sie.

Alexander Freund kam durch die Gänge herbeigeeilt und steckte den Schlüssel in die Kasse. Kari zog die Popcorntüten erneut über den Scanner und subtrahierte den Betrag. »Dann wären es sechsunddreißig Euro und achtundfünfzig Cent.«

Wieder schob die junge Frau ihre Karte in das Lesegerät und tippte ihre Geheimzahl ein, und wieder ertönte das anklagende Piepen.

»Entschuldigung«, sagte Kari. »Aber das war wohl nicht genug.«

Die junge Frau verzog den Mund und sortierte die Cashewkerne aus. Die wartende Kundschaft stöhnte. Einige blickten zur anderen Kasse hinüber, doch auch dort hatte sich mittlerweile eine Schlange gebildet. Und das Tempo, mit dem Saskia Lübbers die Waren auf ihrem Band einscannte, ließ nicht darauf hoffen, dass es bei ihr schneller gehen würde.

Der Betrag reduzierte sich auf siebenundzwanzig Euro und fünfundfünfzig Cent, aber das Ergebnis blieb dasselbe: Die Kasse piepte, weil das Kartenguthaben der jungen Frau noch immer nicht genügte. Auch unter den Wartenden wuchs langsam der Zorn.

»Wenn du es dir nicht leisten kannst, hier einzukaufen, geh

doch zu Aldi«, pöbelte ein Yuppie, der weiter hinten in der Schlange stand und seine Augen hinter einer dunklen Designersonnenbrille verbarg.

Die junge Frau lief rot an. Der Yuppie erntete beifälliges Gemurmel.

Die Frau schob ihre siebzehn Joghurts auf dem Band zurück. Kari biss die Zähne zusammen, um nicht die Contenance zu verlieren. Dann nahm sie die Joghurts aus der Kasse.

»Vierzehn Euro zwölf«, bot sie der jungen Frau an, war aber nicht einmal mehr überrascht, als das Piepen der Kasse erneut anzeigte, dass das Kartenguthaben nicht reichte.

In der Schlange hinter der jungen Frau wurden empörte Stimmen laut.

Kari griff nach den Schokoladentafeln und dem Weingummi und zog es ab. Zurück blieb der Karton mit den Slipeinlagen – aller Voraussicht nach das, was die Frau am dringendsten benötigte.

»Drei neunundneunzig«, sagte sie und sah zu, wie die Frau ein letztes Mal die Karte in das Lesegerät steckte. Auch hinter ihr wurde es ruhig. Die Wartenden reckten die Köpfe, um das Finale dieses unerquicklichen Intermezzos nicht zu verpassen.

Die Frau tippte ihre Geheimzahl ein, und das Lesegerät begann zu surren und spuckte den Kassenbeleg aus. Die Zuschauer des Dramas atmeten auf. Die Frau schnappte sich ihre Slipeinlagen und verschwand eilig aus dem Laden, ehe der Mob sie womöglich zu fassen bekam.

Alexander Freund räumte die siebzehn Becher Joghurt, das Popcorn, die Cashewkerne, die Schokolade und das Weingummi in einen leeren Metallkorb.

»Es gibt so Tage«, bemerkte er, während sich Kari beeilte, die ungeduldige Kundschaft abzukassieren. »Da ist einfach der Wurm drin.«

19.

Im Konferenzraum des Polizeireviers Sylt herrschte Gedränge. Gewöhnlich wurde der Raum für Besprechungen oder Geburtstagsfeiern genutzt. Dazu passten auch die bunten Vorhänge und die Zierpalmen, die in Tonkübeln im Zimmer verteilt waren. Jetzt allerdings standen die Pflanzen zusammengedrängt in einer Ecke, und auf den hellen Holztischen hatten die Kollegen von der Abteilung 4 für Kriminaltechnik und Erkennungsdienst am LKA Kiel ihre Gerätschaften aufgebaut: Ständer mit Reagenzgläsern und Flaschen mit bunten Substanzen, Mikroskope und Petrischalen – und eine ganze Reihe sonderbar aussehender Geräte, über deren Bestimmungszweck Jonas Voss nur begrenzt hätte Auskunft geben können.

Er hatte eine ganze Weile betteln müssen, bis sich der Leiter der KTU bereitgefunden hatte, mit seinen Leuten und seinem Equipment nach Sylt zu kommen. Der normale Weg bestand darin, dass die Beweisstücke gesammelt und nach Kiel geschickt wurden. Aber Voss hatte es eilig gehabt. Die Anschuldigungen, die er gegen Freund erhob, waren mehr als heikel. Er wollte nicht eine Sekunde länger als nötig auf die Ergebnisse warten. Damit er für den Fall, dass sein Vater sich getäuscht hatte, so schnell wie möglich den Gang nach Canossa antreten konnte.

Dass es Sylt war, hatte schließlich den Ausschlag gegeben. Der Chef der KTU hatte das Ganze kurzerhand als Abteilungsausflug deklariert. So kamen seine Mitarbeiter zumindest mal für einen Tag an die Nordsee.

Jonas Voss betrachtete die Gläser und Dosen aus dem Delikatessenmarkt Freund, die sich auf einem Tisch in der Mitte des Raums stapelten. Die Streifenpolizisten, die sie konfisziert hatten, und die Beamten von der Kriminaltechnik standen erwartungsvoll um das improvisierte Labor herum.

Eine magere junge Frau mit kurzen dunklen Haaren und einem weißen Kittel begutachtete die sichergestellten Waren. Sie hob den Blick, als Voss neben sie trat.

»Moin«, sagte sie. »Sie sind Kriminalhauptkommissar Jonas Voss?«

Voss nickte. »Ja. Moin. Sie sind die Lebensmitteltechnikerin?«

»Chemikerin«, korrigierte sie. »Mit dem Schwerpunkt Lebensmittelchemie.« Sie deutete auf die Feinkost, die im Verdacht stand, nicht so fein zu sein, wie sie vorgab. »Sie vermuten Etikettenschwindel?«

Voss griff nach einer Dose Kaviar, öffnete sie und hielt sie gegen das Licht. Die anthrazitfarbenen Kugeln im Inneren schimmerten auf.

»Wir haben einen anonymen Hinweis bekommen«, erläuterte er. »Normalerweise nicht genug, um gleich eine Durchsuchung zu beantragen. Aber der Markt, aus dem die Sachen stammen, ist Schauplatz einer Mordermittlung.«

Die Chemikerin nickte abwesend. Offenbar fand sie einen ungeklärten Todesfall nicht halb so aufregend wie möglicherweise gefälschte Lebensmittel. Sie nahm Voss das Kaviardöschen aus der Hand und schaute hinein.

»Hm. Das soll also echter russischer Kaviar sein. Vom Belugastör. Huso huso.« Sie lächelte, als sie Voss' überraschte Miene sah. »Das erkennt man an der blauen Deckelfarbe«, erläuterte sie. »Die kennzeichnet die verschiedenen Störarten. Blau ist Beluga, gelb Ossietra, rot Sevruga, und so weiter.« Sie hielt die Dose an die Nase und schnupperte daran. Dann gab sie ein paar der dunkelgrauen Kugeln in eine Petrischale. Mit flinken Fingern griff sie nach verschiedenen Flaschen und Gerätschaften und tropfte, pipettierte und rührte. Sie legte einen Objektträger mit einer Probe unter das Mikroskop und gab eine weitere in ein großes Gerät mit diversen Digitalanzeigen.

»Ein Massenspektrometer«, erklärte sie. »Das ermittelt, aus welchen Bestandteilen die Probe besteht.«

Jonas Voss verschränkte die Hände auf dem Rücken. Die Arbeit von Spurensicherung und Kriminaltechnik hatte ihn schon immer fasziniert; die Akribie, mit der die Kollegen vom K6 für Kriminaltechnik, Erkennungsdienst und IT-Beweissicherung der Bezirkskriminalinspektion Flensburg kleinste Partikel am Tatort aufspürten. Die Geduld, mit der die Mitarbeiter der Abteilung 4 für Kriminaltechnik und Erkennungsdienst im Landeskriminalamt in Kiel die gefundenen Beweismittel systematisch auswerteten und die Spur jedes Fundstücks so lange zurückverfolgten, bis sie seinen Ursprung ermittelt hatten. Und die Fähigkeit, all diese unzähligen winzigen Dinge zu ordnen und die Übersicht zu bewahren. Für Voss, der schon Schwierigkeiten hatte, weitaus größere Dinge im Blick zu behalten, ein Phänomen, das beinahe an ein Wunder grenzte. Ihm selbst fehlten alle Talente, die man für diesen Job brauchte. Umso mehr bewunderte er die Männer und Frauen, die ihn ausübten.

Die Chemikerin setzte sich an ihr Mikroskop und spähte hinein. Sie schob den Objektträger hin und her und schraubte am Okular. Dann blickte sie auf, weil das Massenspektrometer eine dünne Papierfahne ausspuckte. Sie beugte sich darüber und begutachtete die bunten Linien. Anschließend sah sie zu Voss auf.

»Volltreffer«, sagte sie grimmig. »Das hier«, sie hielt das

Döschen mit dem angeblich echt russischen Kaviar hoch, »sind Gelatinekugeln. Gefärbt und mit Geschmacksstoffen aus Fischöl versetzt.«

Jonas Voss rieb sich das Kinn. »Das heißt, das ist kein Kaviar?«

»Nein.« Die Lebensmittelchemikerin lächelte. »Kaviar sind Fischeier. Die kommen aus dem Meer, nicht aus der Chemiefabrik.«

▪ ▪ ▪

Kari nahm die weiß-blau gestreifte Schirmmütze ab und hängte den Kittel auf den Bügel in ihrem Spind. Sie griff nach ihrer Handtasche und schlüpfte durch die Hintertür in den Hof, in dem sich die leeren Paletten stapelten. Weil sie nicht noch einmal von Saskia überrascht werden wollte, ging sie durch den schmalen Durchgang neben dem Laden auf die Bomhoffstraße und bog schnell nach rechts ab, damit man sie nicht womöglich von den Kassen aus sah.

Sie lief bis zum Brandenburger Platz, wandte sich nach links und trabte mit schnellen Schritten die wenigen Meter zum Strandaufgang Brandenburger Strand hinauf. Sie zeigte den Mitarbeiterausweis von Delikatessen-Freund, der zugleich als Kurkarte galt, am Strandwärterhäuschen vor und trat auf die Promenade.

Es war ein Bilderbuchtag. Der Himmel war wolkenlos und von diesem intensiven, leuchtenden Blau, das es nur am Meer gab. Eine leichte Brise wehte und kühlte die Haut, die von der Sonne gewärmt wurde. Schon am frühen Morgen war das Thermometer auf über zwanzig Grad geklettert. Nichts von alldem war hier auf Sylt eine Garantie dafür, dass es so bleiben würde. Aber für den Moment war es einfach herrlich.

Kari warf einen Blick auf den Club Royale, der auf der Dünenkrone hinter der Surfschule Sunset Beach thronte. Hier hatte im letzten Jahr alles begonnen.

Sie wandte sich ab, weil sie nicht in alten Erinnerungen kramen wollte, und lief über die Promenade bis zur Musikmuschel. Dort setzte sie sich auf die Stufen, die hinauf zum Luzifer und zum Extrablatt führten, und zog ihr Smartphone hervor. Auf dem Display sah sie, dass Ole Lund bereits mehrfach versucht hatte, sie zu erreichen.

»Kari!«, sagte er ungeduldig, als sie seine Nummer gewählt hatte. »Wo, um alles in der Welt, steckst du?«

»Wo soll ich denn stecken?«, fragte Kari und blickte auf die blaue Nordsee, wo ein Motorboot mit großen Sprüngen über die Wellen fegte.

»Warum gehst du nicht an dein Handy?«

»Ich sitze an der Supermarktkasse, Ole«, entgegnete Kari spitz. »Da darf man sein Telefon nicht dabeihaben. Im Übrigen lässt dieser Job auch nicht viel Zeit für Ermittlungen. Oder dafür, seinen Vorgesetzten zu informieren.«

»Oh, oh.« Es knarzte, weil sich Lund auf seinem Stuhl zurücklehnte. »Höre ich da Kritik?«

»Entschuldige«, sagte Kari. »Ich bin einfach nur genervt. So ein Job als Kassiererin ist wirklich anstrengend.«

»Denk daran, wenn du in Zukunft einkaufen gehst.«

Kari betrachtete eine alte Dame, die mit zwei identisch aussehenden Hunden die Promenade entlangging. »Das werde ich, Ole«, sagte sie weich.

Lund blätterte in irgendwelchen Papieren.

»Wir haben das Ergebnis aus der Rechtsmedizin«, erklärte er. »Elmar Bruns ist tatsächlich mit den K.-o.-Tropfen betäubt worden, die man in deiner Handtasche entdeckt hat. Todesursache war Ersticken. Susanne sagt, sie hat Sandkörner in den

Atemwegen und in der Lunge gefunden.« Prof. Dr. Susanne Lorenz, die Leiterin der Kieler Rechtsmedizin, arbeitete eng mit dem LKA zusammen und gab alle Informationen, die in Karis Fällen wichtig waren, an Ole Lund weiter.

»Bruns muss bewusstlos gewesen sein, als man ihn an der Wanderdüne vergraben hat«, fuhr der Kriminalrat fort. »Er ist gestorben, ohne es zu merken.«

Kari legte den Kopf in den Nacken. War das nun ein schöner Tod? Sie selbst fürchtete sich vor allem vor den Schmerzen, die mit dem Sterben einhergingen. Aber einfach so herausgerissen zu werden, ohne Adieu sagen zu können – das war auch nicht das, was sie sich wünschte. Im Fall von Elmar Bruns stellte sich allerdings die Frage, ob es überhaupt jemanden gegeben hatte, von dem er sich hätte verabschieden wollen.

»Die Sylter Kollegen hätten guten Grund, einen Haftbefehl gegen dich zu beantragen«, bemerkte Lund. »Du hättest dir den Lieferwagen ausleihen und Bruns damit nach Listland schaffen können. Und nach eurem Streit wegen der Wildfondgläser hattest du sogar ein Motiv.«

Kari betrachtete die Fahne, die neben der Musikmuschel an einem Mast wehte. Drei Querstreifen in Gold, Rot und Blau, mit einem Hering auf dem Wappen in der Mitte und dem Wahlspruch *Rüm Hart, Klaar Kiming*. Weites Herz und klarer Horizont. Die Sylter Flagge.

»Im Gegensatz zu dir«, sagte sie, »hält Kommissar Voss mein Motiv offenbar nicht für zwingend. Außerdem verfolgt er gerade eine andere heiße Spur.«

»Ach so?«

»Er glaubt, dass bei Delikatessen-Freund Produktfälschungen verkauft werden. Billigwaren, mit neuen Etiketten zu Luxusartikeln umdeklariert.«

»Soso.« Kari konnte Lund förmlich schmunzeln sehen.

»Dein hochgeschätzter Herr Freund macht also schmutzige Geschäfte.«

»Ich glaube nicht, dass er dafür verantwortlich ist«, entgegnete Kari. »Wenn es überhaupt wahr ist.« Sie schnipste einen dunklen Fussel von ihrer hellen Baumwollhose. »Aber das werde ich herausfinden.«

»Halt dich da raus«, sagte Lund. »Das ist nicht deine Baustelle.«

»Das kann ich nicht, Ole. Wenn es stimmt, ist Bruns womöglich ermordet worden, weil er einem Lebensmittelskandal auf die Spur gekommen ist.«

Lund seufzte hörbar. »Kari. Es ist weder deine Aufgabe, den Mörder von Bruns zu finden, noch nach irgendwelchen Produktfälschern zu fahnden. Du bist dort, um herauszufinden, wer bei Delikatessen-Freund die Kreditkartenterminals manipuliert.«

Kari blickte über den Strand mit den zahllosen weiß-blau gestreiften Strandkörben. Genauso wie die Uniformen von Delikatessen-Freund, fiel ihr auf.

»Ja, Ole«, sagte sie. »Ich kümmere mich um die Kreditkarten und halte mich aus allem anderen raus. Bevor du wieder mit meiner Mutter anfängst.«

Die, nicht zuletzt aufgrund ihrer Profession als Psychotherapeutin, nicht müde wurde zu behaupten, dass Kari zu kontrolliert sei. Eine Kerbe, in die auch Ole Lund zu Karis Unmut gerne schlug. Dass die beiden vermutlich recht hatten, machte die Sache ja nicht besser.

Lund lachte leise. »Gut, dass du mich daran erinnerst«, entgegnete er. »Fast hätte ich es vergessen.«

Kari hörte, wie er eine Schublade aufzog und wieder schloss. Als er erneut sprach, war der Spott aus seiner Stimme verschwunden.

»Zumindest eines wissen wir jetzt sicher«, sagte er. »Nämlich, dass Elmar Bruns nicht der Kreditkartenbetrüger war. Bruns ist seit zwei Tagen tot. Aber es gab erst gestern neue illegale Abbuchungen von Kreditkartenkonten von Kunden bei Delikatessen-Freund.«

Kari richtete sich auf. »Der Betrug geht weiter?«, fragte sie. »Trotz des Mordes? Und ungeachtet des ganzen Polizeiaufgebots im Laden?«

»Der Täter fühlt sich anscheinend sehr sicher. Oder er ist sehr verzweifelt.«

Kari beobachtete eine Gruppe von Schulkindern, die über die Stufen zur Musikmuschel rasten. Unten angekommen, wurden sie von ihren Lehrern instruiert und sausten weiter an den Strand. Nur ein Mädchen mit einer Jacke, die für das Wetter viel zu warm war, blieb auf den Stufen sitzen und spielte mit seinem Smartphone. Eine Lehrerin beugte sich zu ihr hinunter und versuchte sie offenbar zu ermutigen, mit den anderen schwimmen zu gehen. Nach einer Weile gab sie auf und ging allein ans Wasser.

»Wenn Bruns nicht der Kreditkartenbetrüger war, muss der Täter von außen kommen«, sagte Kari. »Ich kann mir nicht vorstellen, dass einer der anderen Angestellten in der Lage ist, die Terminals zu manipulieren.«

»Außer Alexander Freund«, warf Lund ein. »Wer Delikatessen fälscht, klaut vielleicht auch Kreditkartendaten.«

»Bisher ist es nur ein Verdacht, dass bei Freund falsch deklarierte Lebensmittel verkauft werden«, erwiderte Kari gereizt. »Ich glaube es nicht. Außerdem hast du selbst gesagt, wir sollen uns nicht darum kümmern.«

Lund lachte. »Schon gut«, lenkte er ein. »Also. Du meinst, dass der Kreditkartenbetrüger nicht aus dem Markt kommt. Trotzdem müsste der Täter aber einen Komplizen dort haben, der ihm Zugang zu den Terminals verschafft. Gegen Provision natürlich.«

Das Mädchen mit dem Smartphone stand auf und trottete über die Promenade in Richtung Sylter Welle. Kari dachte, dass die Lehrerin sie vielleicht besser nicht allein gelassen hätte. Am Ende würde sie ihre Schülerin zwischen all den Touristen, die sich auf der Promenade und am Strand drängten, nicht wiederfinden.

»Also jemand, der Geld braucht«, erwiderte sie. »Saskia Lübbers. Oder Tanja Eggerstedt. Saskia möchte gern dem schnöden Kassiererinnendasein entfliehen und in einer hübschen Villa in St. Tropez wohnen. Und Tanja steckt in finanziellen Schwierigkeiten.«

»Der Ehemann mit dem Unfall bei der Schwarzarbeit. Und die drei Kinder.«

»Hm.« Kari, die Tanja nicht zutraute, dass sie zu kriminellen Mitteln griff, um ihre schwierige Situation zu verbessern, seufzte. Sie hatte ja keine Ahnung, wie es sich anfühlte, wenn einem das Wasser bis zum Hals stand. Womöglich verloren moralische Grundsätze dann einfach an Wert.

Doch vielleicht gab es ja auch noch eine andere Lösung.

»Ich habe da eine interessante neue Spur«, erklärte sie. »Die Kartenterminals bei Freund werden von einer Sicherheitsfirma betreut. Sylt Security. Der zuständige Mitarbeiter heißt Jörn Kappelmann. Er ist IT-Spezialist und hat für Freund eine eigene Sicherheitssoftware konzipiert.«

»Und dabei hat er sich womöglich ein Hintertürchen eingebaut, das ihm unbeschränkten Zugriff auf die Daten gewährt.« Lund, der wie stets sofort begriff, was Kari dachte, klang begeistert.

»Ja«, sagte Kari. »Ich hätte sogar schon ein Motiv im Angebot. Dieser Kappelmann scheint heftig in Saskia Lübbers verliebt zu sein. Vielleicht meint er, er kann bei ihr landen, wenn er ihr etwas bietet. Ansonsten ist er nicht ganz ihr Typ.« Sie schaute über den leuchtend weißen Sand aufs Meer, auf dem die Sonne glitzerte. »Aber das ist natürlich nur ein Verdacht. Mir fehlen noch die Beweise.«

Lund summte leise vor sich hin. »Dann mach dich mal auf die Suche.«

Kari kniff die Augen zusammen, weil ein fotografierender Tourist sie mit seinem Tablet blendete.

»Ja, Ole«, sagte sie und drückte das Gespräch weg. »Auf die Idee wäre ich gar nicht gekommen.«

▪ ▪ ▪

Kriminalhauptkommissar Jonas Voss trat kräftig in die Pedale. Der Schweiß lief ihm über den Rücken, aber er wurde nicht langsamer. Er war jetzt schon zu spät dran.

Er hatte versprochen, zu Hause zu sein, wenn die Kinder aus der Schule kamen. Freitags hatte Olivia ihren Deutschkurs an der Volkshochschule. Eigentlich, dachte Voss, brauchte sie ihn längst nicht mehr. Ihr Deutsch war im Laufe des Jahres, das sie mittlerweile auf Sylt war, beinahe perfekt geworden, nachdem sie schon damals bei ihrer Ankunft ein erstaunlich gutes Schuldeutsch gesprochen hatte. Doch Voss war froh, wenn Olivia überhaupt noch ein Bildungsangebot wahrnahm.

Ihre Rückkehr nach Spanien und ihren Schulabschluss hatte sie auf unbestimmte Zeit verschoben, weil sie lieber bei Jasper und Finja bleiben wollte. Jonas Voss wusste nicht, ob es richtig von ihm war, diese Entscheidung zu unterstützen. Aber er brauchte dringend Hilfe im Haushalt. Und Olivia war mittlerweile volljährig. Wenn sie beschloss, vom Au-pair-Mädchen zur Dauerhilfe zu werden, war das ihre Entscheidung. Zumindest redete er sich das ein.

Doch heute waren die Kinder allein, und Voss hatte versprochen zu kochen. Fisch natürlich. Erstens, weil Freitag war. Und zweitens, weil Jasper immer nach gebratenem oder geräuchertem Fisch verlangte, wenn man ihm die Wahl ließ.

Eigentlich hatte Voss noch im Laden seines Vaters vorbeifahren und frisches Rotbarschfilet mitnehmen wollen. Aber dafür hatte die Zeit nicht gereicht. Also mussten es eben die Fischstäbchen aus der Tiefkühltruhe tun. Wieder einmal.

Jonas Voss schob das rostige alte Fahrrad in den Unterstand neben dem Haus. Dann schloss er die Haustür auf.

Fröhliches Lachen und der Geruch von köstlich gebratenem Fisch schwappten ihm entgegen. War Olivia nicht zu ihrem Kurs gegangen und hatte stattdessen gekocht? Voss hatte plötzlich ein schlechtes Gewissen. Er bekam sein Leben einfach nicht auf die Reihe. Entweder litt sein Job, oder er vernachlässigte seine Familie. Ordnung brachte er weder in das eine noch in das andere.

Die Küchentür schwang auf, und Jasper rannte ihm entgegen. Er warf sich seinem Vater an den Hals und ließ sich drücken. Finja folgte ihm deutlich gemessenerer Schrittes, aber auch sie lehnte sich an ihn.

Jonas Voss seufzte. Sein Leben war vielleicht ein Chaos. Aber seine Kinder waren das Beste, was ihm je passiert war. Er legte jedem der beiden einen Arm um die Schultern und ging mit ihnen in die Küche. Gleich darauf blieb er erstaunt stehen.

Am Herd werkelte nicht, wie erwartet, das spanische Kindermädchen, sondern sein Vater.

Redlef Voss drehte sich zu ihm um. »Die Kinder haben mich angerufen, weil du nicht gekommen bist. Ich habe frische Scholle mitgebracht und Bratkartoffeln gemacht.«

Jonas Voss ließ die Kinder los und umarmte seinen Vater. Die beiden Männer klopften sich gegenseitig auf den Rücken.

»Danke«, sagte Jonas Voss. »Du bist meine Rettung.« Er blinzelte seinem Vater zu. »Nicht nur wegen der Kinder. Dein Tipp mit den falschen Delikatessen bei Freund war Gold wert.«

Der alte Fischer verzog das Gesicht. Es schien, als wäre ihm das Gegenteil lieber gewesen. Er wollte immer noch gern an das Gute im Menschen glauben. Aber natürlich wusste er auch, dass es nur allzu menschlich war, Verlockungen zu erliegen und den falschen Götzen zu dienen.

»So ist das«, erklärte er barsch, um seine Enttäuschung zu überspielen. »Der Fisch stinkt vom Kopf.«

Er nahm die Pfanne vom Herd und stellte sie schwungvoll auf den Tisch. »Aber mit dem hier passiert das nicht. Der wird rechtzeitig gegessen.«

20.

»Mann! Wo warst du denn?« Saskia Lübbers stemmte wütend die Hände in die Hüften. »Hier war der Teufel los.« Sie öffnete ihren Spind und zerrte die Handtasche mit den Zigaretten heraus. »Wir haben hier feste Pausenzeiten. Du kannst nicht einfach kommen und gehen, wie es dir Spaß macht.«

Kari biss sich auf die Lippen. Saskia hatte ja recht. Für eine einfache Kassiererin nahm sie sich zu viel heraus.

»Du denkst wohl, du kannst dir alles erlauben, nur weil du mit dem Chef rummachst«, ereiferte sich Saskia weiter.

»Ich mache nicht mit dem Chef rum.«

»Nee. Ist klar.«

Kari machte ein zerknirschtes Gesicht. »Tut mir leid«, sagte sie »Mir ist das nur … plötzlich alles zu viel geworden.«

Saskia lachte heiser und steckte sich eine Zigarette an. »So? Dabei siehst du gar nicht aus wie ein Mimöschen.«

Die Tür des Pausenraums, die nur angelehnt gewesen war, wurde aufgeschoben, und Alexander Freund trat ein. Er wirkte erschöpft, und seine akkurat geschnittenen Haare hingen ihm unordentlich in die Stirn.

»Das ist schon in Ordnung«, erklärte er. »Die Situation ist für uns alle nicht leicht.« Er machte eine fahrige Geste in Richtung des Geschäftsraums. »Ich habe Frau Eggerstedt an die Kasse gesetzt, und Marvin kümmert sich solange um die Frischtheke.«

Was, wie ein Blick in den Laden zeigte, nicht die beste Lösung war. Marvin sezierte ein Käserad so umständlich, als handele es sich beim Zuschneiden der Stücke um eine komplizierte chirurgische Operation. Die Wartenden vor der Theke murrten ungeduldig.

Kari zog ihren blau-weiß gestreiften Kittel über und setzte die Schirmmütze auf. »Ich gehe an die Kasse«, sagte sie. »Dann kann Frau Eggerstedt zurück zur Frischtheke.«

Freund lächelte sie dankbar an. »Frau Lübbers wird Sie unterstützen«, erklärte er.

Die Kassiererin verdrehte die Augen. »Kann ich wenigstens meine Zigarette in Ruhe zu Ende rauchen?«

Freund hob abwehrend die Hände. »Ja. Selbstverständlich. Ihnen steht natürlich auch eine Pause zu.«

Kari blickte sich suchend um. »Wo ist eigentlich Herr Valdez? Warum kümmert er sich nicht um die Kundschaft?«

Saskia schnaubte verächtlich und blies dabei eine Wolke Zigarettenrauch in Karis Richtung. »Diego ist Koch. In seinem

Vertrag steht ausdrücklich, dass er ausschließlich für das Catering zuständig ist.«

Alexander Freund nickte bestätigend, sah aber aus, als würde er diese Vertragsformulierung entschieden bedauern.

»Außerdem ist er drüben«, setzte Saskia hinzu, der es offenbar Spaß machte, ihren Chef zu malträtieren. »An den Outfits für die Modenschau sind noch ein paar Änderungen nötig.«

Freund strich sich die Haare aus der Stirn, ließ Saskias Provokation aber unkommentiert. Vermutlich, weil er wusste, dass er es sich nicht leisten konnte, noch eine Angestellte zu verlieren.

»Ich kann Ihnen leider nicht helfen«, entschuldigte er sich. »Ich muss mich um Herrn Kappelmann kümmern. Unsere Sicherheitssoftware braucht ein Update.«

Kari ballte ärgerlich die Fäuste in den Kitteltaschen. Das wäre eine wunderbare Gelegenheit, den Mitarbeiter von Sylt Security genauer unter die Lupe zu nehmen. Aber sie würde Saskia schwerlich dazu überreden können, sie noch einmal an der Kasse zu vertreten, solange der Ansturm der Kunden nicht nachließ.

▪ ▪ ▪

Kari zog die Waren im Eiltempo über den Scanner. Wenn sie es schaffte, dass der Stau bis zu Saskias Rückkehr aus der Pause abgearbeitet war, könnte sie vielleicht die Kasse schließen und Jörn Kappelmann beim Update seines Sicherheitsprogramms über die Schulter schauen.

Wenn sie vorgab, ernsthaft über den Job als Marktleiterin nachzudenken, hätte sie sogar einen Vorwand, dabei zu sein. Schließlich musste sie wissen, worauf sie sich einließ. Doch wenn sie ehrlich war, behagte es ihr nicht, Alexander Freund zu hintergehen. Gerade jetzt, wo ohnehin alles auf ihn einstürzte. Der Mord an Bruns. Der Vorwurf des Etikettenschwindels. Wie würde er reagieren, wenn er erfuhr, dass sein Markt auch noch das Zentrum eines großangelegten Kreditkartenbetrugs war?

Sie versuchte, sich vorzustellen, wie es sein mochte, sein Lebenswerk untergehen zu sehen wie ein sinkendes Schiff. Das Bild gefiel ihr. Alexander Freund als der schmucke Kapitän, der heldenhaft kämpft und an Bord bleibt, auch wenn alles verloren ist. Dann schüttelte sie den Kopf. Was war nur mit ihr los? Diese Art von romantischen Jungmädchenphantasien passte doch überhaupt nicht zu ihr. Und wer sagte ihr überhaupt, dass Freund von all den Schweinereien in seinem Markt nichts wusste? Dass er tatsächlich unschuldig war? Das war ja wohl eher Wunschdenken als das Ergebnis fundierter Ermittlungen.

Ole Lund hatte vollkommen recht: Sie musste sich endlich wieder auf ihre Arbeit konzentrieren.

Kari verschärfte das Tempo noch einmal, um eine Chance auf einen Blick in die Sicherheitszentrale zu haben. Die Einkäufe ihrer Kundschaft flogen nur so über den Scanner, aber die Kunden selbst spielten nicht mit. Sie kramten umständlich nach ihren Portemonnaies, drehten sich beim Einpacken der Waren noch einmal um und verlangten nach einer Tüte, die extra bezahlt werden musste, oder verharrten mit dem Zeigefinger über dem Kartenlesegerät, weil ihnen urplötzlich die Erinnerung an ihre Geheimzahl abhandengekommen war. Und dann fiel einem älteren Herrn mit Gehwagen auch noch sein Kleingeld herunter.

Kari hätte schreien können. Stattdessen klappte sie die Tür ihres Kassenabteils auf, ging um die Kasse herum und half dem alten Mann beim Einsammeln. Der lächelte sie dankbar an, und Kari schämte sich plötzlich.

Als sie sich wieder aufgerichtet und die Einkäufe des Rentners in der Tasche seines Rollators verstaut hatte, sah sie Alexander Freund und den blau uniformierten Mitarbeiter eines privaten Sicherheitsdienstes zwischen den Regalreihen auf die Kassen zukommen. Erst auf den zweiten Blick erkannte sie den jungen Mann wieder, der bei der Feier der Sylter Ornithologischen Gesellschaft im Entenkostüm aufgetreten war. Hinter den beiden folgte der Lagerist Marvin Drewes. Er trug eine Aluleiter, die er an der Wand gegenüber den Kassen aufstellte.

Jörn Kappelmann, der Mitarbeiter von Sylt Security, kletterte auf die Leiter und nahm die Kamera, die den Kassenbereich abdeckte, in Augenschein. Dann schraubte er sie von der Aufhängung. Freund reichte ihm ein moderner wirkendes Modell, das der Sicherheitsmann befestigte.

Kari bemerkte plötzlich, dass sie noch immer neben ihrer Kasse stand und der Operation zusah, anstatt ihre Arbeit zu verrichten. Zum Glück betrachteten die wartenden Kunden die Vorgänge ebenso interessiert und dachten gar nicht daran, auf Beschleunigung zu drängen.

Kari zählte dem alten Mann das Wechselgeld in die Geldbörse und verschloss sie sorgfältig, ehe sie ihm die Börse zurückreichte. Der Rentner lächelte sie mit seinen trüben Augen an und zuckelte dann mit seinem Gehwagen zum Ausgang. Saskia Lübbers, die offenbar endlich mit dem Rauchen fertig war, kam gemächlich durch den Gang zwischen den Konservendosen nach vorn und öffnete die zweite Kasse. Die Kunden drängelten und verteilten sich neu. Ein Ende war trotzdem nicht abzusehen.

Die automatischen Türen des Ladens öffneten sich. Der Rentner mit dem Rollator verschwand. Im Gegenzug betraten Kriminalhauptkommissar Jonas Voss und Kriminalkommissarin Hannah Behrends das Geschäft. Sie entdeckten Freund und den Sicherheitsmann auf der Leiter und gingen auf sie zu.

Wieder kam der Kassiervorgang zum Stillstand, dieses Mal an beiden Kassen. Alle Anwesenden schauten gespannt auf den Inhaber des Delikatessenmarkts und die versammelte Staatsgewalt.

Leider besaß Jonas Voss den Anstand, sich im Flüsterton mit Freund zu verständigen. Der Besitzer des Feinkostladens nickte. Er wechselte ein paar Worte mit seinem Sicherheitsmann und kam dann direkt auf Kari zu.

»Frau Blom? Die Polizei hat noch ein paar Fragen an mich«, erklärte er. »Wären Sie so freundlich, sich in der Zwischenzeit um Herrn Kappelmann zu kümmern?« Er löste einige Schlüssel von seinem Schlüsselbund und reichte sie Kari. »Herr Kappelmann weiß Bescheid. Er zeigt Ihnen alles.«

Kari nickte, war aber zu verblüfft, um etwas zu sagen. Freund wandte sich an die Kundschaft.

»Ich bitte um Verzeihung. Aber die Ermittlungen der Polizei erfordern von uns allen etwas Flexibilität.« Er machte eine auffordernde Geste zu den Wartenden an Karis Kasse. »Wir müssen hier schließen. Würden Sie sich bitte bei Frau Lübbers anstellen?«

Ein wenig Unmut machte sich breit, blieb aber, vermutlich dank der Anwesenheit der Polizeibeamten, im erträglichen Bereich. Alexander Freund bat die Kunden, die an Saskias Kasse standen, die Vertriebenen einfädeln zu lassen wie beim Reißverschlussprinzip vor einer Baustelle. Was allerdings, soweit Kari sich erinnerte, im Straßenverkehr noch nie funktioniert hatte. Die Leute waren einfach zu egoistisch. Jeder wollte der Erste sein.

Kari nahm die Geldschublade aus ihrer Kasse und schmunzelte, als sie bemerkte, dass es hier nicht anders war. Es wurde heimlich geschoben und gepufft, um die eigene Position zu verbessern.

Sie wollte ihre Erheiterung mit Saskia teilen, doch der Blick, den die Kollegin ihr zuwarf, war keinesfalls fröhlich. Im Gegenteil. Er war so tödlich wie ein vergifteter Pfeil.

▪ ▪ ▪

Der Sicherheitsmann kletterte von der Leiter.

»Jörn Kappelmann«, stellte er sich vor und reichte Kari die Hand. Er wirkte steif und verkrampft.

»Kari Blom«, erwiderte Kari und lächelte verhalten. »Ich habe überhaupt keine Ahnung. Aber ich hoffe, Sie zeigen mir alles.«

Kappelmann entspannte sich ein wenig. »Ja, natürlich. Kommen Sie.«

Er hob die ausgewechselte Kamera auf, die Alexander Freund auf dem Boden abgelegt hatte, und lief zwischen den Regalen hindurch zum Büro des Marktleiters. Kari folgte ihm. Marvin klappte die Leiter zusammen und trug sie hinter ihnen her ins Lager.

Kappelmann blieb vor einem abgeschlossenen Schrank in Bruns' ehemaligem Büro stehen.

»Da ist alles drin«, sagte er und deutete auf die Schlüssel in Karis Hand. »Den müssen Sie öffnen.«

Kari probierte die Schlüssel durch, die Freund ihr gegeben hatte. »Das heißt, ohne Herrn Freund können Sie hier gar nichts ausrichten? Ich meine, ohne seine Schlüssel?«

Kappelmann zerrte an den Aufschlägen seiner Uniformjacke. »Eigentlich hat das immer Herr Bruns gemacht«, erklärte er. »Aber ...« Er brach ab.

»Jetzt ist alles anders«, sagte Kari. Eine Plattitüde, aber

Kappelmann nickte, als hätte sie eine tiefe Wahrheit ausgesprochen.

Sie fand endlich den richtigen Schlüssel und sperrte den Schrank auf. Dann öffnete sie die Türen.

Dahinter befand sich eine kompliziert aussehende technische Anlage. Auf Kappelmanns Gesicht erschien ein Lächeln.

»Das ist sozusagen das Gehirn der Überwachungseinrichtung«, erläuterte er. »Dies«, er hielt die ausgebaute Kamera hoch, »sind die Augen. Und das«, er deutete auf die Monitore auf dem Schreibtisch, die die Bilder aus dem Laden zeigten, »ist die Information, die kommuniziert wird.«

Kari sah den Sicherheitsmann überrascht an. »Ich dachte, Sie hätten Informatik studiert.«

Kappelmann brummte zustimmend und zog einen Tablet-PC aus der Tasche, den er mit der Technikstation im Schrank verband.

»Das eben«, versuchte es Kari erneut, »klang aber mehr nach Philosophie.«

Der Security-Mann zog die Schultern nach oben. »Soziologie«, korrigierte er. »Allerdings nur ein paar Semester. Auf die Dauer ist das sehr verwirrend. Und die beruflichen Perspektiven …« Er ließ die Worte in der Luft hängen. »Aber als Kassiererin verdient man sicher auch nicht so toll.«

Kari dachte an die Assoziation, die ihr beim ersten Blick auf ihren Arbeitsvertrag durch den Kopf geschossen war. »Nicht viel mehr als ein Taschengeld.«

Kappelmann nickte abwesend, während er ein Programm auf seinem Tablet öffnete und auf der virtuellen Tastatur tippte. Er sah aus, als wälze er schwere Gedanken.

»Am Ende hängt immer alles am Geld«, erklärte er düster. »Das Lebensglück. Die Erfüllung der Träume.«

»Was ist denn Ihr Traum?«, erkundigte sich Kari.

Kappelmanns Gesicht verschloss sich. »Nichts Bestimmtes«, sagte er ausweichend und gab ein paar Befehle ein. »Das war auch nur so eine philosophische Bemerkung.«

»Ich habe gehört, dass Sie die Sicherheitssoftware für den Markt hier selbst geschrieben haben.«

Der Sicherheitsmann blinzelte zustimmend, aber Kari vermisste den Stolz, den er angesichts dieser Leistung eigentlich verspüren müsste. Die Anlage im Schrank reagierte mit roten und gelben Blinklichtern auf seine Eingaben.

»Können Sie darauf nicht ein Patent bekommen? Mit guter Software lässt sich doch Geld verdienen.«

Kappelmann nickte wieder, und Kari begann zu ahnen, dass er einen Großteil seiner Kommunikation nonverbal bestritt. Sein Faible für philosophische Gedankengänge schien jedenfalls nicht mit einer entsprechenden Eloquenz gepaart zu sein. Insofern war er in der IT-Branche wohl tatsächlich besser aufgehoben.

»Nützt mir aber nichts«, bequemte er sich schließlich doch zu einer Antwort. »Ich bin kein selbständiger Unternehmer. Die Software habe ich im Rahmen meines Jobs entwickelt. Die Rechte daran gehören Sylt Security. Und die verdienen auch das Geld damit. Ich bekomme nur mein Gehalt.«

»Finden Sie das nicht unfair?«

Kappelmann beendete seine Eingaben, und die Lichter im Schrank wechselten auf durchgehendes Grün. Kappelmann hob müde einen Mundwinkel. »Was bekommen Sie denn von den Einnahmen, die Sie in Ihre Kasse werfen?«

»Nichts.«

»Sehen Sie?« Kappelmann lächelte flüchtig und koppelte seinen Tablet-PC ab. »So ist das eben.«

Kari deutete auf die Computeranlage im Schrank. »Wenn

bei mir an der Kasse jemand eine Kreditkarte in das Lesegerät schiebt – was passiert dann hier drin? Und … könnte da jemand die Daten abgreifen und für sich selbst verwenden?«

Der Security-Mann schob sein Tablet in die Tasche und kniff die Augen zusammen. »Sie haben ja eine blühende Phantasie.«

»Geht es? Oder geht es nicht?«

Kappelmann schlug die Schranktür zu und signalisierte Kari, sie abzuschließen.

»Natürlich geht es. Die Daten laufen hier durch.« Er deutete auf den Schrank. »Aber um an sie heranzukommen, braucht man eine Menge Know-how. Und man müsste meine Sicherheitssoftware umgehen.«

Kari schenkte ihm ein verführerisches Lächeln. »Das heißt, wenn ich an die Daten heranwill, komme ich um Sie als Komplizen nicht herum?«

Der Sicherheitsmann verschränkte die Arme vor der Brust.

»Jetzt hören Sie mal zu. Ich weiß nicht, was Sie sich vorstellen. Aber Sylt Security beschäftigt nur hochqualifizierte und zuverlässige Mitarbeiter. Wir bekommen ein gutes Gehalt, und die Firma stellt uns eine Wohnung auf Sylt. Davon können andere Angestellte im Dienstleistungsbereich nur träumen.« Er richtete seinen ausgestreckten Zeigefinger auf Kari. »Wenn das ein Test sein soll: Richten Sie Herrn Freund aus, dass er nichts zu befürchten hat. Bei uns geht alles mit rechten Dingen zu.«

Kari hob abwehrend die Hände. »Entschuldigung. Ich wollte Ihnen nicht auf die Füße treten. Ich war einfach nur neugierig. Und Herr Freund hat nichts damit zu tun.«

Kappelmann zog seinen Arm zurück. »Was immer sich da in Ihrem Kopf zusammenbraut: Vergessen Sie's«, sagte er und raffte eilig sein Arbeitsgerät zusammen. Dann verließ er das Büro.

Kari sah ihm nach, wie er durch den Gang zum rückwärtigen Ausgang lief und die Tür hinter sich zuknallte. Sie hatte keine Ahnung, ob sie auf der richtigen Spur war. Aber falls ja, hatte sie den jungen Mann zumindest ordentlich ins Schwitzen gebracht.

▪ ▪ ▪

Hannah Behrends hielt den Karton einer Tiefkühlpackung hoch.

»Ihre angeblichen Hirschsteaks sind vom Känguru«, sagte sie. »Der Wildfond« – sie griff nach dem entsprechenden Glas – »ist vom Schwein. Der in der Berghöhle gereifte Ziegenkäse« – sie tauschte den Karton und das Glas gegen einen Gegenstand, der wie ein grob behauener und mit Schimmel überzogener Stein aussah – »ist in Wirklichkeit Analogkäse. Kein Käse, sondern gehärteter Rindertalg mit künstlichen Geschmacksstoffen. Der ›echt russische Kaviar‹ besteht aus Gelatinekugeln. Und so weiter.« Sie legte den steinharten Käse, der keiner war, zurück auf den Tisch. »Sie verkaufen Billigware als Luxusdelikatessen. Und Sie verdienen sich eine goldene Nase damit.«

Jonas Voss beobachtete Alexander Freund, der auf die aufgereihten Lebensmittel starrte, die ohne Zweifel aus seinem Laden stammten. Nur dass der Aufkleber mit der Aufschrift *Delikatessen-Freund* das einzig Delikate daran war. Darüber hinaus enthielten die Dosen und Gläser Inhaltsstoffe, die in einem Feinkostladen wie seinem nicht einmal als Hundefutter durchgehen würden. Billigsten Ramsch. Gefakte Lebensmittel aus dem Chemiewerk.

»Ich habe das nicht gewusst«, beteuerte Freund. »Ich beziehe meine Waren seit Jahren von einem Großhändler in

Bredstedt. Es hat noch nie Klagen von Seiten der Kundschaft gegeben.«

Was dafür sprach, dass auch die Schönen und Reichen den Unterschied zwischen echten Fischrogen und mit Fischöl getränkten Gelatinekugeln offenbar nicht herausschmecken konnten.

Freund machte eine Geste, die das gesamte betrügerische Lebensmittelensemble umfasste.

»Ich habe das alles nach bestem Wissen gekauft und an meine Kunden weitergegeben.« Ein besorgter Ausdruck legte sich auf sein Gesicht. »Wenn das herauskommt, kann ich meinen Laden zumachen.«

Voss konnte ein leichtes Triumphgefühl nicht unterdrücken.

»Es wird sich wohl kaum geheim halten lassen«, konterte er, wohl wissend, dass Freund damit bei Kari an Boden verlieren würde. Er konnte sich kaum vorstellen, dass die geradlinige Kari solche Geschäftspraktiken guthieß. Aber noch war ja nicht erwiesen, dass Freund in den Betrug involviert war. Der Fund gefälschter Delikatessen war höchstens ein Indiz für mangelnde Sorgfalt in der Geschäftsführung, die darüber hinaus vermutlich eher dem verstorbenen Marktleiter Bruns als dem Inhaber selbst anzulasten war. Um die Schuldigen zu entlarven, musste man die Spur der falschen Lebensmittel zurückverfolgen. Und das würde nicht einfach werden. Markenbetrug wurde meist im großen Stil durchgeführt. Und je komplexer ein Verbrechen war, desto schwieriger war es aufzuklären. Für die Polizei auf Sylt mit der dünnen Personaldecke ein Unterfangen, das kaum zu bewältigen war. Er würde Unterstützung aus Flensburg anfordern müssen. Oder vielleicht auch gleich ein paar Ermittler vom LKA in Kiel. Die waren schließlich für organisierte Kriminalität zuständig.

21. Die Mitglieder der Häkelmafia warteten vor dem Rathaus in Westerland, in dem sich auch das Casino und eine Gemäldegalerie befanden. Sie trugen wieder ihre bunten Windjacken, obwohl es an diesem milden Sommerabend nicht im Geringsten nach Regen aussah. Neben ihnen stand eine weitere Frau, die Kari auf Mitte vierzig schätzte. Sie hatte eine braune Cordhose, feste Schuhe und eine beigefarbene Campingweste mit zahlreichen Taschen für den Ausflug gewählt. Kari kam sich in ihren hellen Bermudas, der roten Fleeceweste und den Trekkingsandalen plötzlich merkwürdig unpassend bekleidet vor.

Die Frau streckte die Hand aus. Sie hatte ihre halblangen braunen Haare mit einem dunklen Tuch zurückgebunden. Um ihren Hals baumelte ein Fernglas. In der anderen Hand hielt sie eine digitale Spiegelreflexkamera.

»Roswitha Jensen«, stellte sie sich vor. »Ich bin Fremdenführerin.«

»Roswitha ist eine Freundin«, mischte sich Marijke Meenken ein. »Sie ist so freundlich, uns zu fahren, wenn wir auf Exkursion gehen wollen.«

Kari fragte sich, was aus dem grauen VW Käfer ihrer Vermieterin geworden war. Hatte ihn mittlerweile das Schicksal ereilt, das alle rostanfälligen Dinge früher oder später heimsuchte? Oder hatte sich Marijke Meenken entschlossen, aufgrund ihres Alters nicht mehr zu fahren oder gar ihren Führerschein freiwillig abzugeben?

»Wir warten noch auf Fanny, Gesche und Hedwich«, erklärte die Bäckerswitwe Alma Grieger und beantwortete damit unwissentlich Karis Frage. Zu siebt passten die Frauen natürlich nicht in den Käfer.

»Da sind sie ja!«, rief Marijke und deutete auf drei Frauen, die gerade die Ampel an der Maybachstraße überquerten. Sie trugen ebenso bunte Regenjacken wie die Häkeldamen, waren aber jünger als diese. Was bedeutete, dass sie sich irgendwo in der Region zwischen sechzig und siebzig bewegten.

Die Begrüßung erfolgte mit großem Hallo. Davon, dass die versammelten Frauen erst zwei Tage zuvor den Leichnam von Elmar Bruns am Fuß der Wanderdüne gefunden hatten, schienen sie sich ihre gute Laune nicht verderben zu lassen.

»Das ist Kari Blom«, stellte Marijke Meenken sie den neu Hinzugekommenen vor. »Sie ist Schriftstellerin!« Marijke senkte die Stimme, ehe sie fortfuhr: »Sie schreibt ein Buch über Delikatessen-Freund. Und damit das möglichst authentisch wird, recherchiert sie undercover an der Kasse.«

»Wie faszinierend!« Die Freundinnen der Häkeldamen flatterten aufgeregt um Kari herum. Alma Grieger stellte sie vor.

»Das ist meine Schwägerin Fanny Riepenhusen«, erklärte sie und zeigte auf eine in Würde ergraute Frau, die sich sehr gerade hielt. »Sie ist mit dem ehemaligen Geschäftsführer der Sylter Welle verheiratet. In zweiter Ehe«, fügte sie hinzu. »Mein Bruder ist schon vor vielen Jahren gestorben.«

»Ihm ist eine Betonplatte auf den Kopf gefallen«, warf Grethe Aldag ein. Kari wandte ihr den Blick zu, hätte aber nicht zu sagen vermocht, ob die Bemerkung scherzhaft gemeint war oder nicht. Die Miene der Klempnerwitwe mit den eisgrauen Haaren war so ausdruckslos wie immer.

Alma Grieger nickte und deutete zu den Westerländer Hochhäusern hinüber. »Als sie die Dinger da drüben gebaut haben.« Einen Moment lang verdüsterte sich ihr Gesicht, als sie an das Unglück zurückdachte. Dann fuhr sie sich energisch durch ihre orangegefärbten Haare, um den Schrecken zu vertreiben.

»Nun ja. Das ist jetzt fast fünfzig Jahre her. Und Fanny hat sich einen neuen Mann gesucht«, erklärte sie. »Einen, der vom Alter her besser zu ihr passt. Sie war ja noch ein Küken, als mein Bruder sie geheiratet hat.«

Fanny Riepenhusen schüttelte ungeduldig den Kopf. »Lass doch die alten Geschichten, Alma«, bat sie. »Die junge Frau ist ganz betroffen, dabei sind wir doch längst darüber hinweg.«

Kari lächelte schief. Sie fragte sich, ob sie eines Tages auch so abgeklärt über die Dramen ihres Lebens sprechen würde. Wobei ihr Leben so tragisch nicht war. Sie hatte noch keinen Menschen verloren, der ihr nahestand. Schon gar nicht auf so schreckliche Weise.

Alma setzte die Vorstellung der Damen fort. Sie deutete auf eine füllige Frau mit brünetten Haaren, deren Farbe zweifellos ebenso wenig echt war wie die von Alma Griegers orangeroter Pracht.

»Das ist Hedwich Lappöhn, eine Freundin von Fanny. Sie arbeitet als Blumenverkäuferin.« Almas ausgestreckte Hand wanderte weiter zu der dritten Frau, die nur noch einige spärliche dünne Haare auf dem Kopf hatte. »Und das ist Gesche Knutzen, eine ehemalige Nachbarin von mir.«

Kari nickte den Frauen freundlich zu. Sie erinnerte sich dunkel, dass die drei Damen aus dem erweiterten Kreis der Häkelmafia im letzten Jahr mit einigen Informationen bei der Aufklärung ihres damaligen Falles geholfen hatten. Wer was beigetragen hatte, hätte sie aber nicht mehr sagen können.

Witta Claaßen, Sylts Reinkarnation von Marlene Dietrich,

ordnete ungeduldig ihre dauergewellten weißen Haare, die von der auffrischenden Brise durcheinandergebracht wurden. »Da wir nun vollzählig sind, können wir vielleicht starten?«, fragte sie.

Roswitha Jensen vollführte eine einladende Geste. »Kommen Sie«, forderte sie die kleine Gruppe auf. »Ich habe den Bus neben der Post in der Kjeirstraße geparkt. Sie wissen ja, wie das hier im Zentrum von Westerland ist. Legale Parkplätze sind Mangelware. Und ein Ticket wegen Falschparkens kann ich mir als Fremdenführerin nicht leisten.« Sie zwinkerte Kari zu. »Was würde das schließlich für einen Eindruck machen?«

Kari lachte. Die schlichte und bodenständige Frau war ihr auf Anhieb sympathisch.

■ ■ ■

Jonas Voss trat aus der Tür des Polizeireviers Sylt auf den Kirchenweg. Der Abend war angenehm mild. Es würde Spaß machen, sich jetzt in der Friedrichstraße in eines der Cafés zu setzen und ein gemütliches Feierabendbier zu trinken. Oder oben beim Luzifer zuzusehen, wie sich die Sonne dem Horizont entgegen neigte. Zeit genug hätte er. Sein Vater hatte die Kinder nach dem Mittagessen zu einem Ausflug mitgenommen. Eine Schulklasse, die in Hörnum in der Jugendherberge wohnte und sich ansehen wollte, wie die Krabben vom Meer auf den Tisch kamen, hatte eine Tour mit der *Andina* gebucht. Für Jasper und Finja war das natürlich nichts Neues. Aber Voss war sich sicher, dass sie ihren Spaß daran gehabt hatten, den Jungen und Mädchen, die, soweit er das mitbekommen hatte, aus dem Ruhrgebiet stammten, alles ganz genau zu erklären. Und ihnen zu zeigen, wie man Granat pult.

Die Kinder würden erst spät zurückkommen, denn die Klasse hatte Redlef Voss als Dank für die tolle Kutterfahrt zum abendlichen Grillen eingeladen, und Jonas Voss hatte nichts dagegen gehabt, dass seine Kinder dabei waren. Also hatte er frei. Doch er hatte keine Lust, allein in ein Café zu gehen.

Die Tür des Reviers öffnete sich erneut, und Hannah Behrends trat heraus. Erstaunt blieb sie neben Voss stehen. »Hast du etwas vergessen?«

»Nein.« Jonas Voss grinste verlegen. »Ich denke nur nach.«

»Ach so?«

Voss betrachtete ihr offenes Gesicht mit den leuchtenden blauen Augen unter dem blonden Bob.

Vielleicht war es an der Zeit, sich Kari Blom endlich aus dem Kopf zu schlagen.

»Darüber, ob du Lust hättest, noch ein Bier mit mir trinken zu gehen«, sagte er, bevor er es sich wieder anders überlegen konnte.

Hannah musterte ihn durchdringend. Sie wusste genau, dass sie nicht seine erste Wahl war. Aber sie hatte den Kampf noch nicht aufgegeben.

»Ja«, erwiderte sie betont gleichgültig. »Warum nicht?«

▪ ▪ ▪

Der Kleinbus rollte in gemächlichem Tempo über die Hörnumer Straße nach Süden. Auf der rechten Seite sah Kari große Dünen und Strandhafer. Auf der linken blitzte hier und da das blaue Wasser des Wattenmeers hervor. Ein paar vereinzelte Häuser standen dazwischen.

Roswitha Jensen deutete auf eine Abzweigung. »Dort geht es zum Rantumer Hafen.«

Linker Hand tauchten mehrere imposante reetgedeckte Häuser auf. Zur Rechten erstreckte sich ein großes Hotel. Das Ortsschild verriet Kari, dass sie Rantum erreicht hatten. Wie überall auf Sylt wurde auch hier fleißig gebaut.

»Bis vor einigen Jahren war Rantum noch fest in der Hand der Einheimischen«, erklärte die Fremdenführerin. »Aber mittlerweile haben die Investoren auch diesen Ort entdeckt. Die Sylter können sich ihre Insel kaum noch leisten. Und mit der Infrastruktur geht es auch bergab. Schulen schließen. Und der letzte Lebensmittelmarkt am Ort kann sich auch kaum noch halten. Von Bewohnern, die ihre Häuser nur einen kleinen Teil des Jahres nutzen, sind keine zuverlässigen Umsätze zu erwarten.«

Sie deutete auf eine Großbaustelle am Ortsrand.

»Die Einheimischen verkaufen. Und ein neues luxuriöses Ferienhaus entsteht. Langsam, aber sicher, wird Sylt zur Geisterinsel. Im Sommer kann man vor lauter Touristen kaum noch einen Fuß vor den anderen setzen. Und im Winter ist es wie ausgestorben.« Sie lachte. »Aber ich will nicht klagen. Ich lebe schließlich auch von diesem Monster, das früher oder später alles verschlingt.«

Kari sah sie fragend an.

»Tourismus«, erläuterte die Fremdenführerin. »Das ist überall so. Wenn man seine Heimat verkauft, damit Leute, denen es gefällt, Geld dafür bezahlen, wird man unweigerlich das eine oder andere verlieren. Wenn keine Touristen kommen, hat man weniger Einkünfte. Und wenn sie kommen, verliert man die Heimat.«

Kari sah aus dem Fenster auf die weite Landschaft, die vorbeizog. Der Strandhafer auf den Dünen wiegte sich sacht im Wind. Alles sah so schön aus. So friedlich. Doch für die Einheimischen ging es längst ums Überleben. Ein wenig schämte sie sich, weil sie noch nie ernsthaft darüber nachgedacht hatte.

»Und Sie?«

Die Fremdenführerin lächelte. »Ich habe das Glück, dass mir meine Eltern eine kleine Eigentumswohnung in Westerland hinterlassen haben. Leider ohne Meerblick. Aber dafür sehe ich die Nordsee ja jeden Tag bei meiner Arbeit.«

Kari nickte. »Das ist ein schöner Beruf, den Sie da haben.«

»Ja.« Roswitha Jensen strahlte. »Ich habe diese Insel schon immer geliebt. Und es macht Spaß, sie Leuten zu zeigen, die sich dafür interessieren. Besonders schön ist es, wenn Kinder dabei sind. Die können sich noch an den ganz einfachen Dingen freuen.« Sie zwinkerte Kari zu. »Wenn sie nicht gerade damit beschäftigt sind, irgendwelche furchtbar wichtigen Dinge zu twittern oder bei WhatsApp oder Facebook zu posten.«

Kari strich gedankenverloren über das Smartphone in ihrer Jackentasche. Der Bezug zur Lebenswelt hatte sich in den letzten hundert Jahren dramatisch verändert. Damals hatte man die Umgebung vor allem mit Augen und Ohren wahrgenommen und seine Erinnerungen jenen erzählt, die einem nahestanden. Heute wurde jedes Erleben sofort dokumentiert und in die Welt hinausposaunt. Vielleicht war sie ja einfach nur konservativ. Doch sie fand, dass etwas verlorenging.

»Man hat den Eindruck, dass die Oberflächlichkeit zunimmt«, sagte die Fremdenführerin, die offenbar ähnliche Gedanken hatte. »Aber vielleicht täuscht man sich.«

Sie drosselte das Tempo, weil sie die Ortseinfahrt von Hörnum erreicht hatten. Vor dem Hafen bog sie ab und steuerte in Richtung des Leuchtturms mit den breiten rot-weißen Streifen. Sie fuhr daran vorbei und hielt auf einem Parkplatz.

»So«, sagte sie und klatschte in die Hände. »Jetzt zeige ich Ihnen einen der schönsten Orte auf Sylt.«

■ ■ ■

Jonas Voss hatte die Beine ausgestreckt. Die Lederjacke hatte er ausgezogen, die Hemdsärmel aufgerollt. Seine lockigen braunen Haare wurden vom Wind zerzaust. Er hatte die Augen geschlossen und genoss die Strahlen der Abendsonne, die auf sein Gesicht fielen.

Vor ihm auf dem Tisch stand ein Glas mit alkoholfreiem Weizenbier. Hannah hatte sich eine Weinschorle bestellt. Sie nippte daran und betrachtete ihren Vorgesetzten.

Sie hätte gar nicht sagen können, was an ihm sie so anzog. Er war keiner dieser coolen Surfertypen, denen sie an den Wochenenden oft stundenlang zuschaute. Er sah gut aus, kleidete sich aber so nachlässig, dass man es beinahe übersah. Und er war ein schrecklicher Chaot. Er verbreitete überall um sich herum Unordnung, nicht nur im Büro, sondern auch zu Hause. Eigentlich war er ein Mann, von dem man besser die Finger ließ. Es sei denn, man hatte Lust, ständig hinter ihm herzuräumen. Doch was Jonas Voss auszeichnete, war seine Fähigkeit, sich in andere Menschen einzufühlen. Und die unglaublich liebevolle Art, wie er mit seinen Kindern umging. Er war vielleicht nicht der perfekte Mann. Aber er war der tollste Vater, den sich Hannah vorstellen konnte. Für die Kinder, die sie eines Tages gerne haben wollte.

Voss schlug die Augen auf, und Hannah trank eilig einen großen Schluck Schorle. Sie hoffte, dass Voss ihr nicht ansah, welche Phantasien ihr durch den Kopf gingen.

Doch Jonas Voss war mit seinen Gedanken offenbar ganz woanders.

»Was glaubst du?«, fragte er. »Hat Elmar Bruns gewusst, dass in Freunds Delikatessensortiment billige Fälschungen stecken?«

Hannah stellte ihr Weinglas auf den Tisch und schaute zum Meer. Die Strandkörbe auf der Terrasse des Luzifer waren alle besetzt, größtenteils von Paaren, die sich gemeinsam in eine Wolldecke kuschelten. Voss und sie hatten sich natürlich sittsam an einen Tisch gesetzt. Weil sie eben doch nur Kollegen waren.

Hannah schob ihre Enttäuschung beiseite. »Du meinst, er könnte Freund erpresst haben? Und der hat ihn deshalb ermordet?«

Jonas Voss zuckte mit den Schultern. Und Hannah bemerkte, dass auch er sich anscheinend nicht wohl in seiner Haut fühlte. Ihm gefiel nicht, dass Alexander Freund dieser Kari Blom schöne Augen machten. Und vermutlich wusste er nicht, ob es legitime Motive waren, die ihn dazu bewogen, Freund als Mordverdächtigen in Erwägung zu ziehen. In diesem Fall mischte sich einfach zu viel Privates in die Ermittlungen.

Hannah wandte ihren Blick wieder der untergehenden Sonne zu. Als wollte das Wetter die Melancholie des Augenblicks unterstreichen, zogen am Horizont tiefschwarze Wolken auf, die nach Unwetter aussahen.

■ ■ ■

Sie liefen über eine lange Holztreppe hinunter zum Strand, der noch immer breit war, auch wenn die Odde, der südlichste Zipfel der Insel Sylt, in den letzten fünf Jahren mehr als achtzig Meter seiner Länge eingebüßt hatte, wie die Fremdenführerin Roswitha Jensen zu berichten wusste. Schuld daran war unter anderem der Orkan Xaver, der allein im Dezember 2013 zwanzig Meter der Südspitze weggespült hatte.

Die Fremdenführerin ging voran, dicht gefolgt von Kari. Dahinter kamen im Gänsemarsch die Häkeldamen. Das Schlusslicht bildete Marijke Meenken, die einen dicken Rucksack auf dem Rücken trug. Kari fragte sich, was sie da eigentlich mitschleppte.

»Es ist ein ständiger Kampf«, erklärte Roswitha und stemmte sich gegen den Wind, der plötzlich aufgefrischt hatte. »Aufgrund ihrer exponierten Lage ist die Odde besonders von der Gezeitenströmung und von Sturmfluten bedroht. Das Meer trägt die Insel ab. Die Menschen versuchen, sie zu bewahren.«

Die Häkeldamen zogen die Reißverschlüsse ihrer Regenjacken hoch und stülpten ihre Kapuzen über. Auch Kari schloss ihre Fleeceweste, aber da sie nur ein dünnes T-Shirt und die Bermudas trug, pfiff der Wind von allen Seiten durch ihre Kleidung, und sie fröstelte.

Marijke Meenken nahm den Rucksack von den Schultern.

»Ich habe mir erlaubt, ein paar von Ihren Sachen einzupacken«, erklärte sie und hielt Kari das Gepäckstück hin. Es enthielt Karis Windjacke, eine Jeans, ein Paar Socken und ihre Laufschuhe. Die Häkeldamen postierten sich als lebendiger Sichtschutz hinter einem unbenutzten Strandkorb, und Kari wechselte dankbar die Kleidung. Die Trekkingsandalen und die Bermudas wanderten in den Rucksack, den Kari sich auf den Rücken setzte.

»Sie müssen das nicht tragen«, sagte Marijke Meenken, aber Kari wehrte energisch ab.

»Das ist ja wohl das mindeste«, entgegnete sie.

Ihre Vermieterin lächelte. »Ach, Kindchen. Für Sie mache ich das doch gern.«

Kari hätte die alte Dame am liebsten geknuddelt. Sie wusste gar nicht, womit sie die Zuneigung der Häkeldamen verdient hatte. Zumindest am Anfang war ihr das Interesse an ihrer Person vor allem lästig gewesen, und sie war sich sicher, dass die alten Frauen das gespürt hatten. Aber sie hatten es ihr nicht übelgenommen. Im Gegenteil. Sie hatten alles getan, um ihr zu helfen, als sie in Not war.

Grethe Aldag mit ihrer pragmatischen Art machte der rührseligen Situation ein Ende.

»Wollen wir warten, bis sich die Vögel auf unseren Köpfen ein Nest bauen?«, fragte sie barsch. »Oder vielleicht doch lieber weitergehen und einen Blick in die Landschaft riskieren?«

Ihre Clubfreundinnen nickten zustimmend, und die kleine Gruppe setzte sich wieder in Bewegung. Mit festen Schritten marschierten sie durch den hellen Sand, rechts von sich das aufgewühlte graue Meer, links die Dünen- und Heidelandschaft der Hörnum-Odde.

»Die Odde ist rund zwei Kilometer lang und steht seit 1972 unter Naturschutz«, setzte Roswitha Jensen ihr Informationsprogramm fort. »Man versucht, sie mit Sandaufspülungen zu erhalten. Aber wir verlieren sie trotzdem.« Sie deutete in Richtung Süden. »Hier stand früher ein Unterfeuer. Man hat es abgebaut, weil es im Meer zu versinken drohte.« Sie verzog den Mund. »Man könnte meinen, die Verantwortlichen hatten hellseherische Fähigkeiten. Nur einen Monat später, im Dezember 2013, wütete der Orkan Xaver. Dabei ist das Fundament des alten Leuchtfeuers freigespült worden, und die angrenzende Aussichtsplattform wurde zerstört.«

Alma Grieger kniff die Augen zusammen. »Was genau ist eigentlich ein Unterfeuer?«

Witta Claaßen stöhnte. »Das weißt du nicht? Seit wie vielen Jahren lebst du auf Sylt?«

Die Bäckerswitwe lachte. »Schon immer«, erwiderte sie. »Aber mit Leuchttürmen habe ich mich nur in Form von Kuchen beschäftigt. Der Hörnumer Leuchtturm mit weißem und rotem Zuckerguss. Und der Kampener Leuchtturm mit heller und dunkler Schokolade.«

Witta schüttelte verächtlich den Kopf. Die eisgraue Grethe Aldag sah sie verkniffen an.

»Weißt du es denn?«, hakte sie nach. »Was ein Unterfeuer ist?«

»Sicher«, behauptete die ehemalige Landarztgattin und schnürte ihre Kapuze fester um den Kopf. »Schaut mal«, rief sie dann und deutete auf einen Vogel, der am Flutsaum nach Würmern pickte, eine Geste, die unschwer als Ablenkungsmanöver zu erkennen war. »Da haben wir unser erstes Beobachtungsexemplar.«

Grethe folgte ihrem Blick.

»Das ist ein Knutt«, stellte sie fest. »Davon haben wir auf Sylt Hunderte.«

Marijke Meenken stellte sich zwischen die Streithennen. »Ein Unterfeuer«, erklärte sie, »ist ein Teil eines Richtfeuers. Das sind zwei Lichter, die an verschiedenen Positionen an Land so aufgestellt sind, dass sie dem Seefahrer die Richtung weisen, wenn er beide Lichter genau übereinander sieht.«

»Exakt.« Witta Claaßen nickte bekräftigend, und Kari fiel wieder ein, dass der längst verstorbene Mann von Marijke Meenken als Kapitän zur See gefahren war.

Marijke schmunzelte. »Was hättest du getan«, erkundigte sie sich scheinheilig, »wenn ich behauptet hätte, dass ein Unterfeuer das untere Ende einer Insel kennzeichnet?«

Witta Claaßen sah einen Moment lang verwirrt aus.

»Das würdest du nicht tun«, verkündete sie dann und versuchte, ihrer Stimme einen überzeugten Klang zu verleihen. »Du würdest mich nicht auf den Arm nehmen.«

»Stimmt«, sagte Marijke und zwinkerte Kari zu. »Aber vielleicht sollte ich das ändern. Man muss schließlich in Bewegung bleiben.«

»Ein gutes Stichwort«, bemerkte Grethe Aldag, und die Gruppe setzte sich wieder in Marsch.

Sie gelangten an einen Strandabschnitt, an dem seltsame Gebilde aus Beton im Sand lagen. Sie hatten vier dicke Arme mit abgestumpften Enden und sahen aus, als hätte ein Riese eine Packung Heftzwecken ausgestreut. Kari betrachtete sie neugierig.

»Das sind Beton-Tetrapoden«, erklärte Roswitha Jensen. »Sie dienen dem Küstenschutz. Ursprünglich wurden sie 1968 zum Schutz der damaligen Neubauten im Südwesten von Hörnum verlegt. Im Jahr 2012 wurden sie umgelagert. Seitdem sind sie hier.«

»Und das hilft?«

»Eher wenig.« Die Fremdenführerin hob die Hände. »Aber es ist besser als nichts. Jedes Stück Land, das gerettet wird, ist Gold wert.« Die Häkeldamen nickten unisono.

»Die Tetrapoden verhindern den Abtrag«, erläuterte die Fremdenführerin. »Und zusätzlich wird durch Aufspülungen mit Schwimmbaggern regelmäßig Sand nachgelegt. Aber auch das hat seine Tücken. Der Sand wird aus der Tiefe vor der Insel geholt. Dort entstehen entsprechende Gräben. Und das beschleunigt wiederum die Ausspülung.«

Kari hörte aufmerksam zu. Sie hatte nicht gewusst, wie bedroht die Insel war.

Roswitha Jensen lachte. »Eines Tages wird es Sylt nicht mehr geben. Also lassen Sie es uns genießen, solange wir es noch haben.«

Sie ging wieder voran, auf die Südspitze zu. Als sie dort angekommen waren, streckte sie den Arm aus. »Östlich von hier befindet sich der Priel Hörnumtief, südwestlich haben wir die Prielsenke Hörnumloch und den Sand Theeknobs«, erläuterte sie und wandte sich um. »Und hinter uns finden sich die Brut- und Rastplätze einer bunten Vielfalt von Seevögeln. Aber dazu können Ihnen die Damen hier mehr sagen.«

Die Häkelfrauen kramten ihre Ferngläser heraus und begannen, die Landschaft nach besonders sehenswerten ornithologischen Exemplaren abzusuchen. Alma Grieger fasste Kari am Arm und zog sie zu ihrer Schwägerin Fanny Riepenhusen.

»Vielleicht interessieren Sie sich mehr für andere Vögel«, bemerkte sie. »Fanny hat früher neben den Kappelmanns gewohnt. Sie ist immer noch locker mit der Mutter von Jörn befreundet und besucht sie gelegentlich.« Alma machte ein trauriges Gesicht. »Sie hat Multiple Sklerose und lebt mittlerweile in Flensburg in einem Pflegeheim.«

Alma trat beiseite und ließ Kari mit ihrer Schwägerin allein. Fanny Riepenhusen musterte sie neugierig. »Sie sind also tatsächlich Schriftstellerin?«, fragte sie. »Und Sie recherchieren bei Delikatessen-Freund?«

Kari nickte.

»Und da interessieren Sie sich auch für die Sicherheitsvorkehrungen?«

Kari machte eine ausweichende Geste. »Ich sammle einfach erst einmal Informationen. Bevor man anfängt zu schreiben, weiß man nie, was man genau braucht. Aber je mehr Material man hat, desto besser wird am Ende das Buch.«

»Ja.« Fanny hob ihr Fernglas an die Augen. »Das kann ich mir vorstellen.«

Kari holte ihr Smartphone aus der Tasche und schaltete den

Voice Recorder ein. »Erzählen Sie mir doch einfach ein bisschen was über Jörn Kappelmann«, schlug sie vor. »Dann sehe ich, ob ich etwas damit anfangen kann.«

»Hm.« Die würdevoll gealterte Dame suchte mit ihrem Fernglas die Wasseroberfläche ab. »Was soll ich da sagen? Der Jörn war immer ein ungewöhnlich braves Kind. Andere in der Nachbarschaft, die haben den ganzen Tag herumgeschrien oder sich gestritten, mit ihren Platzpatronen geballert oder ihren Fußball in die Gärten geschossen. Aber Jörn, der hat wohl die meiste Zeit in seinem Zimmer verbracht und Sachen aus irgendwelchen Baukästen zusammengebaut.«

»Sie meinen, er war ein Außenseiter?«

Fanny ließ das Fernglas sinken. »Ja. In der Rückschau muss man das wohl so sagen. Aber damals habe ich mir nichts dabei gedacht. Die Hilkka, seine Mutter, hat immer gesagt, dass er eben gern allein ist. Ich bin nie auf den Gedanken gekommen, dass er unglücklich sein könnte.«

»Und später?«

Fanny Riepenhusen hob die Schultern. »Er ist wohl immer noch ein Einzelgänger«, gab sie zu. »Aber es scheint eine Frau zu geben, die sein Herz erobert hat. Hilkka meint, er gibt neuerdings ein Heidengeld für schicke Klamotten und teure Geschenke aus.«

»Und weiß sie auch, woher er das hat? Ein Mitarbeiter bei einer Security-Firma verdient doch sicher nicht so viel.«

Fanny hob das Fernglas wieder an ihre Augen. »Da bin ich überfragt«, sagte sie. »Vielleicht hat er gespart.« Sie runzelte die Stirn und fixierte einen dunklen Punkt am Himmel. Dann streckte sie aufgeregt die Hand aus. »Da! Das ist ein Sepiasturmtaucher. Die sieht man nur ganz selten.« Sie reichte das Fernglas an Kari weiter. Die anderen Häkeldamen wandten sich um und richteten ihre Gläser ebenfalls auf den Vogel. Roswitha Jensen schraubte das Teleobjektiv auf ihre Kamera und machte in rascher Folge Aufnahmen.

Kari betrachtete den hübschen Vogel, aber sie war nicht bei der Sache.

Jörn Kappelmann brauchte also wirklich Geld, weil er um eine Frau warb. Eine, die vermutlich Saskia Lübbers hieß. Und er hatte unmittelbaren Zugriff auf die Kreditkartendaten von Delikatessen-Freund.

War es so abwegig, anzunehmen, dass er die Terminals manipuliert hatte, um seine Finanzen aufzubessern? Doch dann war ihm Elmar Bruns auf die Schliche gekommen und hatte ihn erpresst. Und Jörn Kappelmann hatte keinen anderen Ausweg gesehen, als den Marktleiter zu töten. Mord zur Vertuschung einer Straftat war ein gängiges Motiv. Das Einzige, was Kari noch fehlte, war ein Beweis für ihre Theorie.

»Ach«, seufzte Marijke Meenken, als der Sepiasturmtaucher über die Dünen auf die andere Seite der Insel geflogen und damit außer Sicht war. »Der Ausflug hierher hat sich doch gelohnt, nicht wahr?«

Kari nickte. Das hatte er auf jeden Fall. Wenn auch nicht unbedingt in dem Sinne, wie ihre Vermieterin das vermutlich gemeint hatte.

22.

Fast hätte Kari der Schlag getroffen.

An der Wand neben dem Fenster des Pausenraums lehnte ein schlanker blonder Mann. Er trug einen gutsitzenden hellen Anzug, ein blaues Businesshemd und eine edle Designerkrawatte. Kriminalhauptkommissar Jonas Voss mit seinen braunen Baumwollhosen und der abgewetzten Lederjacke wirkte neben ihm beinahe schäbig.

»Das ist Kriminalrat Ole Lund vom Landeskriminalamt Kiel«, stellte Voss den Mann vor. »Er leitet die Ermittlungen in einem großangelegten Fall von Markenbetrug im Land Schleswig-Holstein.«

Lund trat auf Kari zu. »Und Sie sind?«

Kari starrte ihren Vorgesetzten ungläubig an.

»Das ist unsere neue Kassiererin«, sprang Alexander Freund für sie ein. »Sie heißt Kari Blom.«

Lund streckte die Hand aus. »Ein schöner Name«, sagte er.

»Finden Sie?«, erwiderte Kari und drückte seine Finger fester als nötig. »Ich persönlich denke, meine Eltern hätten sich mehr Mühe geben können.«

Lund entzog ihr schmunzelnd seine Hand. »Sind wir dann vollzählig?«, fragte er Freund. Der Inhaber des Delikatessenmarkts nickte.

Lund musterte die versammelte Belegschaft. Saskia Lübbers, die mit verschränkten Armen an der Wand lehnte. Tanja Eggerstedt, die auf einem Stuhl hockte und nervös ihre dicken Finger knetete. Diego Valdez, der lässig auf dem Tisch saß und die Beine baumeln ließ. Und Marvin Drewes, der den Mann vom LKA so bewundernd und erwartungsvoll anschaute, als wäre er unversehens in einen spannenden Actionfilm hineingestolpert.

»Ich danke Ihnen, dass Sie sich einen Moment Zeit für uns nehmen«, sagte Lund. »Sie haben natürlich mitbekommen, dass die Sylter Kollegen gestern eine Reihe von Waren aus Ihrem Markt sichergestellt haben. Wie sich gezeigt hat, handelt es sich dabei um Produktfälschungen.«

Saskia hob überrascht die Augenbrauen. Auch wenn der Verdacht schon am Vortag die Runde gemacht hatte, war sie überzeugt gewesen, dass die Polizei sich irren musste. Tanja rang die Hände. Marvin verdrehte seine Augen nach hinten und versuchte offenbar angestrengt, die Information zu verarbeiten. Nur Diego Valdez pendelte weiter scheinbar teilnahmslos mit den Beinen.

Alexander Freund strich sich mit beiden Händen über das aschfahle Gesicht.

»Ich weiß nicht, wie das passieren konnte«, erklärte er. »Es ist eine Katastrophe.«

Kari sah, wie auf Voss' Gesicht Mitgefühl und Schadenfreude miteinander rangen. Es war wirklich eine unangenehme Situation. Zwei Männer, die ihr viel zu nahe gekommen waren und sie aus dem Gleichgewicht gebracht hatten. Und mittendrin ihr Chef, der sich köstlich zu amüsieren schien.

»Wir werden die Spur der falsch etikettierten Waren zurückverfolgen«, erklärte er. »Wir haben die nötigen Mittel und Fachkräfte. Wenn es sein muss«, er zwinkerte Kari zu, »können wir sogar einen Undercover-Ermittler einschleusen.«

Kari biss die Zähne zusammen. Sie fand, dass Lund es mit seiner Scharade zu weit trieb. Die Situation war heikel genug. Die Suche nach dem Kreditkartenbetrüger hatte noch nicht zum Ziel geführt. Und Lund gefährdete mit seinem Schmierentheater den Erfolg ihrer Mission.

Offenbar merkte er es selbst, denn er ruderte wieder zurück.

»Aber ich denke nicht, dass das nötig sein wird.« Er lächelte die Mitarbeiter des Feinkostmarkts der Reihe nach an. »Fürs Erste möchte ich nur wissen, ob Sie irgendwelche hilfreichen Angaben machen können. Vielleicht ist Ihnen etwas aufgefallen. Lieferungen, die zu ungewöhnlichen Zeiten erfolgten oder mit Fahrzeugen, die nicht einem der Ihnen bekannten Zulieferer zuzuordnen sind.«

Saskia fixierte ihre Kollegen. »Keine Ahnung«, sagte sie. »Die Warenannahme macht Marvin. Und natürlich der Marktleiter. Aber der ist ja tot. Wir sitzen vorn an der Kasse und kriegen nichts mit.«

Lund überging Saskias Versuch, ihn aus der Reserve zu locken. Stattdessen suchte er Marvins Blick. »Herr Drewes? Sie sind hier der Lagerist. Ist Ihnen in der letzten Zeit etwas Ungewöhnliches aufgefallen?«

Marvin kniff die Augen zusammen und kaute auf seiner Unterlippe. Es war nicht zu übersehen, dass er dem Ermittler vom Landeskriminalamt gerne behilflich sein wollte. Doch sosehr er auch in seinem Gedächtnis kramte, ihm fiel nichts ein.

»Nein«, sagte er endlich betrübt. »Es war alles wie immer.«

Lund wirkte ein wenig enttäuscht. Aber er sah ein, dass hier nichts zu holen war.

»Vielen Dank«, sagte er und verteilte seine Visitenkarten. »Sie können wieder an die Arbeit gehen. Und falls Ihnen noch etwas einfällt, rufen Sie mich an.« Er schaute Kari in die Augen. »Jederzeit.«

▪ ▪ ▪

Saskia wartete, bis die Tür hinter Ole Lund und Alexander Freund ins Schloss gefallen war. Dann baute sie sich vor Kari auf.

»Wie machst du das eigentlich?«, fragte sie aggressiv. »Dass dich alle Männer angaffen, als wärst du die einzige Frau auf der Welt?«

Kari machte eine nichtssagende Handbewegung. Sie wusste es ja selbst nicht.

Natürlich war sie eine attraktive Frau. Aber das war Saskia Lübbers auch. Der Unterschied war vermutlich, dass Kari nicht so viele Haare auf den Zähnen hatte.

»Sie ist netter als du«, sagte Marvin und bestätigte damit Karis Theorie.

Saskia funkelte ihn an. »Wer hat dich denn gefragt, du Loser?«

»Saskia!« Diego Valdez glitt vom Tisch und legte Marvin einen Arm um die Schultern. »Kannst du ihn nicht einfach in Ruhe lassen?«

Saskia betrachtete ihre Kollegen, Marvin, Diego, Kari und Tanja. »Warum seid ihr eigentlich alle gegen mich?«

Tanja sprang überraschend behände von ihrem Stuhl auf. »Weil du bösartig bist«, verkündete sie. »Ständig hat Bruns sich über mich lustig gemacht und mir gesagt, dass ich zu dick bin. Und du hast die ganze Zeit ins selbe Horn getrötet.«

Saskia angelte die Zigaretten aus ihrer Kitteltasche. Sie musterte ihre Kollegin von Kopf bis Fuß. »Was soll ich denn sagen? Es stimmt doch.«

»Aber es ist nicht nett«, verkündete Marvin.

»Oh, Mann.« Saskia verdrehte die Augen. »Was seid ihr bloß für Weicheier? Nett! Nett ist die kleine Schwester von langweilig.« Sie funkelte Diego an. »Was ist denn mit dir? Du bist doch so ein stolzer argentinischer Macho. Hast du keine Eier in der Hose?«

Valdez strich seine öligen schwarzen Locken zurück. »Wir sind Kollegen, Saskia. Da sollte man zusammenhalten.«

»Und das sagst ausgerechnet du? Du ziehst dich doch ständig aus allem raus und rennst nach drüben zu Viktoria Freund, um ihre schicken Kleider anzuprobieren.«

Valdez lächelte. »Gut, dass du mich daran erinnerst«, sagte er und schnippte mit den Fingern. »Ich muss dringend los.«

Er klopfte Marvin auf die Schulter und verschwand mit seiner lässigen Eleganz aus dem Pausenraum.

Saskia zündete sich ihre Zigarette an und wollte ihm folgen, aber Tanja war noch nicht fertig mit ihr. Sie deutete anklagend mit ihrem dicken Finger auf die Kollegin. »Du musst deinen Frust nicht ständig an anderen auslassen«, tadelte sie. »Dann würdest du auch besser mit uns zurechtkommen.«

Saskia blies ihr höhnisch den Rauch ins Gesicht. »Wer sagt denn, dass ich das will?«, fragte sie. »Mich kotzt das alles hier so an.« Damit verschwand sie und ließ die Tür hinter sich zukrachen.

Marvin, Tanja und Kari sahen sich ratlos an.

»Wie geht es denn jetzt weiter?«, fragte Tanja. »Wenn das alles stimmt. Das mit dem Markenbetrug. Dann kann Herr Freund seinen Laden doch zumachen.«

Marvin starrte sie mit ängstlichen Augen an. »Aber das geht nicht. Was wird denn dann aus uns?«

Tanja ließ ihre dicken Arme hängen. »Dann«, sagte sie, »sitzen wir richtig in der Scheiße.«

■ ■ ■

Viktoria Freund stand hinter dem Schaufenster ihrer Boutique und schaute hinüber zum Delikatessenmarkt ihres Mannes. Vor der Tür parkte wieder einmal ein Streifenwagen, dahinter ein VW Passat in Rostrot. Der größte Teil der Farbe war echter Rost.

Soweit sie wusste, gehörte der Wagen dem ermittelnden Kriminalhauptkommissar. Sie fragte sich, ob man im Polizeidienst tatsächlich so schlecht verdiente, dass er sich kein neues Auto leisten konnte. Aber vielleicht hatte er ja auch andere Verpflichtungen.

Die automatischen Türen des Feinkostladens fuhren zur Seite, und der Kommissar mit den wirren braunen Haaren tauchte auf. Von der Straße stürzte ein feister Mann auf ihn zu. Er wirkte ungepflegt, und das Hemd mit dem vorgewölbten Bauch hing ihm über die Hose. Hinter ihm folgte ein Junge mit strohblonden Haaren und einer unhandlichen und irgendwie nicht mehr zeitgemäß wirkenden Kamera auf der Schulter.

Der Kommissar wehrte den Reporter und seinen Kameramann ab. Er kletterte eilig in den rostigen Wagen und fuhr davon. Viktoria hätte gerne gewusst, was da vor sich ging.

Wieder öffneten sich die automatischen Türen, und ein weiterer Mann trat heraus. Er warf dem Reporter und seinem Kameramann einen kurzen Blick zu und wirkte zufrieden, dass ihn die beiden nicht zur Kenntnis nahmen. Mit einem Lächeln strich er sich seine halblangen blonden Haare aus der Stirn und überquerte die Straße. Im nächsten Moment öffnete er die Tür und betrat die Boutique.

»Guten Tag.« Viktoria Freund musterte den Mann. Der helle Anzug war von Boss, das stahlblaue Businesshemd von Eterna. Die Krawatte stammte, wenn sie richtiglag, aus dieser kleinen, feinen Manufaktur in Lübeck. Ein Mann mit einem exzellenten Geschmack. Eher der konservative Typ. Einer, dem solide Qualität und Komfort wichtiger waren als modische Trends. Viktoria ging im Geist ihr Sortiment durch. Das neue, dezent gestreifte Hemd von Tommy Hilfiger könnte zu ihm passen. Und dazu die leichte Baumwollhose von Lacoste. Und dann vielleicht dieses Sakko, das sie gerade erst hereinbekommen hatte.

Der Mann blieb stehen und lauschte auf die Musik, die aus den Lautsprechern plätscherte.

»Hm. Othello. Das Liebesduett mit Desdemona«, stellte er fest und sah sich um. »Ein schönes Geschäft, das Sie hier haben«, erklärte er dann. »Sehr geschmackvoll.« Er lächelte bedauernd. »Schade, dass ich nicht zum Einkaufen hier bin.« Er zog einen Ausweis aus der Innentasche seines Jacketts und hielt ihn Viktoria Freund hin. »Kriminalrat Ole Lund. Ich komme vom LKA in Kiel.«

Die Vision von Lund in dem Hilfiger-Hemd und der Lacoste-Hose zerplatzte. Viktoria Freund spürte, wie sich ihr Puls beschleunigte.

»Landeskriminalamt?«, sagte sie ein wenig zu laut und dachte im selben Moment, dass sie sich aufführte wie eine dämliche Verkäuferin und nicht wie die selbstbewusste Besitzerin eines schicken Modeladens. Aber was sollte sie denn tun? Dem Beamten ein Glas Sekt anbieten? Oder ihn mit einem perlenden Lachen in ihr Büro führen? Angesichts des Mordes an einem Mitarbeiter ihres Mannes wäre das wohl kaum die passende Reaktion. Zumal der Beamte im Dienst ohnehin nichts trinken durfte.

Lund ging durch den Laden und ließ seinen Blick über die ausgestellten Jacketts schweifen. Dann nahm er eines vom Ständer. Genau das Sakko, das Viktoria für ihn vorgeschwebt hatte. Er strich über den dunkelgrauen Stoff und hielt die Jacke ins Licht.

»Darf ich?«

Viktoria Freund machte eine einladende Geste. Lund zog sein Jackett aus und reichte es ihr. »Sie wissen, weshalb ich hier bin?«, fragte er.

Viktoria Freund nickte. »Natürlich. Wegen Elmar Bruns.«

Lund nahm das graue Sakko vom Bügel. »Sie meinen den Mord? Nein. Das ist Sache der Sylter Kollegen. Damit haben wir nichts zu tun.«

Er schlüpfte in das Sakko und betrachtete sich im Spiegel. Es stand ihm genauso hervorragend, wie Viktoria es sich gedacht hatte. Vielleicht sollte sie ihm doch noch das Hilfiger-Hemd anbieten. Oder die Lacoste-Hose.

Lunds leuchtend blaue Augen blickten sie eindringlich an. Aber vielleicht war das auch nur die Reflexion des stahlblauen Businesshemds.

»Ihr Mann hat Ihnen also nichts erzählt?«, wunderte er sich.

Viktoria schob den Gedanken an Herrenmode beiseite. »Was sollte er mir denn gesagt haben?«

»Dass er gefälschte Lebensmittel verkauft.«

»Alexander?« Viktoria begann zu lachen. Sie konnte gar nicht wieder aufhören.

»Niemals«, sagte sie, als sie sich endlich wieder beruhigt hatte. »Alexander ist der anständigste und ehrlichste Mann, den ich kenne.«

Der Kriminalrat musterte sie. Da war etwas in seinem Blick, das sie nicht deuten konnte. Wollte er etwa mit ihr flirten?

Viktoria wusste, dass sie gut aussah. Der helle Rollkragenpullover schmeichelte ihr, und die enge braune Hose betonte ihre wohlgeformten Beine. Die dunklen Locken, die oft widerspenstig waren, fielen ihr heute weich über die Schultern. Sie hob ihre perfekt gezupften Brauen und lächelte den Kriminalrat verheißungsvoll an. Wer weiß, wofür es gut war.

Lunds Gesichtsausdruck wurde wieder neutral. »Sie sprechen nicht mit Ihrem Mann?«, erkundigte er sich.

Viktoria verschränkte unwillkürlich die Arme vor der Brust. Natürlich wollte dieser Mann nicht mit ihr flirten. Er war ein Jagdhund. Einer, der zwischendurch Männchen machte, um sein Gegenüber in Sicherheit zu wiegen. Aber in Wirklichkeit wartete er nur darauf, dass sie etwas sagte, das er gegen Alexander verwenden konnte.

»Natürlich rede ich mit ihm«, erklärte sie brüsk.

»Warum«, Lund legte den Kopf schief, »wissen Sie dann nichts von den gefälschten Lebensmitteln?«

»Weil es Unsinn ist.«

»Wir haben die Waren beschlagnahmt. Und unsere Kriminaltechniker haben zweifelsfrei festgestellt, dass es sich um Markenbetrug handelt.«

»Das mag ja sein.« Viktoria warf ungeduldig ihre dunklen Locken zurück. »Aber wenn das so ist, dann hat mein Mann nichts davon gewusst.«

»Trotzdem hätte er Ihnen berichten können, warum die Polizei seinen Laden durchsucht hat.«

Viktoria musterte ihn ausdruckslos. Sie fragte sich, was der Beamte eigentlich von ihr wollte. Hoffte er, dass sie ihren eigenen Mann ans Messer lieferte?

»Wir haben uns gestern Abend nicht gesehen«, erklärte sie. »Ich hatte noch eine lange Probe für unsere Modenschau am Wochenende. Als ich nach Hause kam, lag Alexander schon im Bett.«

»Und Sie waren nicht neugierig? Sie müssen doch gestern den Polizeiaufmarsch bemerkt haben.«

Viktoria hob das Kinn. »Ja. Sicher. Aber ich dachte, es ginge um die Ermittlungen wegen des Mordes.« Sie lächelte verlegen. »Ich verstehe ja nichts von diesen Dingen.«

Lunds Blick ruhte noch einen Moment forschend auf ihr. Dann nickte er.

»Ich nehme das Sakko«, sagte er.

■ ■ ■

»Ich würde mir nicht so viele Sorgen machen.« Kari legte Tanja Eggerstedt eine Hand auf die Schulter. Die schüttelte sie ungeduldig ab.

»Nein«, giftete sie. »*Du* würdest dir natürlich keine Sorgen machen. Du findest ja auch jederzeit einen neuen Job. Und wenn nicht, dann angelst du dir einfach einen reichen Mann.«

Kari seufzte. Dass die gefälschten Lebensmittel gerade jetzt entdeckt worden waren, machte ihre Ermittlungen in Sachen Kreditkartenbetrug nicht leichter. Vielleicht hatte es Ole Lund deshalb für richtig gehalten, die Dinge selbst in die Hand zu nehmen. Womöglich hatte er aber auch nur an sein Vergnügen gedacht. Auf jeden Fall musste sie schnellstens dafür sorgen, dass nicht alles auseinanderbrach. In einer Atmosphäre, die durch Angst und Misstrauen vergiftet war, biss auch die beste Undercover-Ermittlerin auf Granit.

»Das habe ich nicht gemeint, Tanja«, sagte sie. »Ich glaube nicht, dass Freund den Laden schließen muss.«

Tanja verschränkte ihre dicken Arme. »Ach ja? Und woher nimmst du deinen Optimismus?«

»Selbst wenn es stimmt, dass Freund von den gefälschten Lebensmitteln wusste«, erläuterte Kari, »wird ihm nicht viel passieren. Dafür gibt es keine Gefängnisstrafen. Höchstens eine Geldstrafe. Und die wird vor allem die Firma treffen, die das Zeug herstellt. Die müssen vermutlich eine Konventionalstrafe zahlen. Aber Freund wird mit einem blauen Auge davonkommen.«

»So?«, fragte Tanja misstrauisch. »Du kennst dich ja gut aus.«

»Ich habe ein bisschen im Internet recherchiert.«

Die dicke Kassiererin zog ihren Kittel aus, hängte ihn über einen Bügel und strich ihn glatt. »Das nützt aber nichts, wenn die Kunden wegbleiben. Die reichen Pinkel hier geben doch kein Geld aus für billiges Dosenfleisch. Die wollen Qualität.«

Kari nickte. Das Vertrauen der Kundschaft in Freunds Qualitätsversprechen wäre sicher erschüttert. Eine Zeitlang würden die Leute vermutlich anderswo einkaufen. Aber irgendwann würden sie wiederkommen. Menschen vergaßen. Und Dinge, die sie lieber gar nicht wissen wollten, verdrängten sie besonders schnell.

»Sie werden zurückkommen.«

Tanja hob die Schultern. »Selbst wenn. Das Geld, das ich hier verdiene, reicht einfach nicht. Nicht, wenn Diego weiterhin das gesamte Catering allein macht.«

Kari dachte an Tanjas Mann und die drei Kinder. »Wie geht's deiner Familie?«

Tanja zerrte versuchsweise an einem Knopf, der lose von ihrem Kittel herunterhing. Der Faden riss, und der Knopf glitt ihr aus den Fingern und kullerte über den Boden.

»Ach, verdammt.« Tanja hob ihn auf und kramte in ihrem Spind nach Nadel und Faden. Dann setzte sie sich auf einen Stuhl und nähte den Knopf wieder an.

»Mein Mann ist zur Reha«, sagte sie. »Und die Kinder sind mit der Kirche auf Ferienfreizeit auf Amrum.«

»Ach so?« Kari sah zu, wie Tanja den Knopf geschickt am Revers befestigte. »Seit wann denn?«

»Eine Woche«, entgegnete Tanja und hielt den Kittel hoch, um ihr Werk zu begutachten.

»Dann bist du ganz allein zu Hause?«

Tanja verstaute ihre Nähsachen wieder im Spind und hängte den Kittel zurück auf den Bügel. »Das ist ganz schön komisch«, sagte sie. »Abends in eine leere Wohnung zu kommen. Ich mache immer als Erstes den Fernseher und das Radio in der Küche an, damit ich Stimmen höre.«

Kari nickte, war mit ihren Gedanken aber woanders. Wenn Tanjas Mann und die Kinder nicht zu Hause waren, hatte sie für die Nacht, in der Elmar Bruns ermordet worden war, kein

Alibi. Und Bruns hatte mit seinen Versuchen, Tanja aus dem Catering zu drängen, heftige Existenzängste bei ihr ausgelöst. Doch trotzdem traute sie ihr einen Mord nicht zu.

»Dieser Jörn Kappelmann von Sylt Security«, wechselte sie das Thema. »Der ist ganz schön verknallt in Saskia, stimmt's?«

Tanja strich über ihren Kittel. »Er ist ein netter Kerl. Aber er merkt einfach nicht, dass er keine Chance bei ihr hat.«

»Warum nicht?«

Tanja hob den Kopf. »Das weißt du doch. Saskia will einen Mann, der sie auf seiner Segelyacht nach St. Tropez entführt. Und dafür ist Jörn mit Sicherheit nicht der Richtige.«

23.

Ole Lund beäugte den Schreibtisch, auf dem sich ohne jede ersichtliche Ordnung die Papiere stapelten. Seine Augenbrauen wanderten nach oben. Dann schob er wortlos einen der Haufen beiseite und setzte sich auf die Tischkante.

Jonas Voss hob hilflos die Hände. »Ich schaffe es einfach nicht«, sagte er und deutete auf das Chaos. »Es ist ständig zu viel zu tun.«

»Ich verstehe«, erwiderte Lund, doch Voss konnte ihm ansehen, dass er es nicht im Geringsten begriff. Wahrscheinlich gehörte der Kriminalrat zu den Leuten, auf deren Schreibtisch nicht mal ein Staubkorn lag.

Lund zog sein Tablet aus der Jackentasche.

»Die Firma, von der Freund angeblich seine Delikatessen geliefert bekommt, existiert nicht«, berichtete er. »Die

Anschrift, die auf den Lieferscheinen steht, ist eine Briefkastenadresse. Sie gehört zu einem kleinen Bürogebäude im Bredstedter Industriegebiet. Tatsächlich befindet sich dort angeblich«, Lund runzelte die Stirn, »ein Institut für inneren Gleichklang.«

Hannah Behrends, die von ihrem Schreibtisch aus zu den beiden Männern herübersah, gab ein Glucksen von sich. Lund blätterte weiter auf seinem Tablet.

»Man bietet dort wohl Managerkurse an. Abends. Aber der Briefkasten wird regelmäßig geleert. Das haben meine Kollegen von den Mitarbeitern der umliegenden Firmen erfahren. Der Bote wird übereinstimmend als Mann Anfang zwanzig beschrieben. Kahlgeschorener Schädel, ausgeprägte Muskeln und Tätowierungen am ganzen Körper.« Lund kräuselte die Nase. Ganz offensichtlich war er kein Freund von Körperbemalungen.

»Der Bote fährt einen weißen Lieferwagen ohne irgendwelche Aufschriften«, berichtete der Kriminalrat weiter. »An das Kennzeichen kann sich leider niemand erinnern. Aber man ist sich relativ sicher, dass der Wagen aus Nordfriesland war.«

Jonas Voss fuhr sich durch die Haare. Er hatte den Eindruck, dass sie heute besonders wirr von seinem Kopf abstanden. Ausgerechnet jetzt, wo er dem geschniegelten Kriminalrat vom LKA Kiel gegenüberstand. Zu allem Überfluss hatte er soeben auch noch Grasflecken an seiner Hose entdeckt. Ein flüchtiges Lächeln huschte über sein Gesicht, als er sich an den grandiosen Hechtsprung erinnerte, mit dem er Jaspers Torschuss gehalten hatte. Er hätte nur daran denken sollen, die Hose nach der Sporteinheit zu wechseln.

»In diesem Fall ist es natürlich wenig hilfreich, dass praktisch alle Fahrzeuge an der Westküste die Buchstaben NF im Kennzeichen führen«, fuhr Lund fort. »Der Lieferwagen könnte auf Sylt gemeldet sein oder in Bredstedt, genauso gut aber auch irgendwo sonst auf dem Festland zwischen Flensburg und Itzehoe.«

Hannah rollte mit ihrem Bürostuhl zum Fenster und schaute hinaus in den Himmel, der nach dem Sturm in der Nacht wieder wolkenlos blau war. »Das heißt, wir haben keine Chance, den tatsächlichen Standort der Firma zu finden und an die Hintermänner heranzukommen?«

Ole Lund lächelte sie an. »Ich wäre da nicht so pessimistisch«, erklärte er. »Diesen Aufwand mit den Produktfälschungen betreibt man ja nur, wenn es sich lohnt. Da steckt ein ganzer Apparat dahinter. Die minderwertigen Waren müssen hergestellt und verarbeitet werden. Die fertigen Erzeugnisse müssen verpackt und mit den irreführenden Etiketten versehen werden. Und ein möglichst unauffälliges Vertriebsnetz muss organisiert werden.«

Hannah nickte, begriff aber offenkundig nicht, was das für ihre Ermittlungen bedeutete.

»Das heißt, Delikatessen-Freund ist vermutlich nicht der einzige Markt, der mit den gefälschten Lebensmitteln beliefert wird«, erklärte Voss.

Lund machte eine zustimmende Geste. »Wir verstärken die Kontrollen an den Landstraßen und halten Ausschau nach weißen Lieferwagen ohne Firmenaufdruck. Und wir machen Stichproben am Ankunftsterminal des Sylt Shuttles.« Lunds blaue Augen leuchteten. »Wer weiß – vielleicht geht uns da ja ein dicker Fisch ins Netz.«

▪ ▪ ▪

»Soso. Du verkaufst also Mogelpackungen.«

Alexander Freund drehte sich um, als er die spöttische Stimme vernahm. Seine Frau stand mit verschränkten Armen in der Tür zum Lager und ließ den Blick über die Paletten mit den Feinkostwaren schweifen.

Freund strich über die Deckel einiger Gläser mit kanarischer Kaktusmarmelade. »Nein«, widersprach er. »Das ist Unsinn. Da will mir irgendjemand etwas anhängen.«

Viktoria Freund legte den Kopf schief. »Ich dachte, die Polizei hätte die Sachen im Labor geprüft.«

»Sagt wer?«

»Dieser Reporter mit dem untrüglichen Gespür für Sensationen. GPS.« Viktoria Freund lachte höhnisch. »Mit bürgerlichem Namen: Georg Probst Schneider.«

Alexander Freund fuhr sich durch die gutgeschnittenen blonden Haare. »Dieser Schneider ist eine Zecke. Er saugt sich alles Mögliche aus den Fingern. Und hofft, dass er irgendwann die eine große Sensation landet, die ihm seinen Ruhestand finanziert.«

Viktoria Freunds Augen verengten sich. »Dieser Lund sagt es auch.«

»Lund?«, fragte Alexander Freund, als gäbe es noch eine Chance, mit gespielter Unwissenheit der Inquisition zu entgehen.

»Der große Blonde vom LKA«, erläuterte seine Frau ungeduldig. »Ein Mann mit Geschmack. Er hat ein Sakko bei mir gekauft.«

Freund nahm eine leere Getränkekiste, drehte sie um und ließ sich darauf nieder. »Das ist ein Alptraum«, erklärte er. »Erst der Mord an Bruns. Und jetzt noch diese Geschichte.«

Seine Frau trat neben ihn und strich ihm über die Wange. »Haben wir ein Problem?«

Freund blickte auf. »Du meinst finanziell?«

»Nein.« Viktoria Freund setzte sich auf seinen Schoß

und nahm sein Gesicht in beide Hände. Dann küsste sie ihn. Freund atmete schwer, als sie ihn endlich freigab.

»Ich meine, ob dir diese kleine blonde Kassiererin mehr bedeutet als ich.« Viktorias Hände wanderten nach unten und knöpften sein Hemd auf.

»Viktoria!« Freund blickte zur Tür, die nur angelehnt, aber nicht verschlossen war. Es konnte jeden Moment jemand hereinkommen.

Seine Frau schob ihm das Hemd von den Schultern. »Ich dachte immer, du hast keinen Sinn mehr für Abenteuer«, hauchte sie und ließ ihre Finger über seine nackte Brust wandern. »Und dabei landest du hinter meinem Rücken den großen Coup.«

Freund spürte, wie ihm das Blut in die Lenden schoss. Gierig küsste er seine Frau und schloss die Augen, als sich ihre Hand langsam nach unten tastete. Und dann hörte er plötzlich Schritte auf dem Gang.

»Herr Freund?«, rief Saskia Lübbers.

Alexander Freund riss erschrocken die Augen auf. Gleich würde seine Kassiererin in der Tür stehen und sehen, wie er es hier mit seiner Frau im Lagerraum trieb. Und fünf Minuten später wüsste es die ganze Belegschaft. Ach was. Ganz Sylt.

Aber Viktoria Freund war schneller. Sie sprang auf, schlug die Tür zu und drehte den Schlüssel im Schloss. Dann kam sie wieder zu ihm zurück. Den Schlüssel ließ sie lasziv zwischen ihren Fingern baumeln.

»Dafür kommst du hinter Schloss und Riegel.« Sie glitt erneut auf seinen Schoß, griff in seine Haare und zog seinen Kopf nach hinten. Dann strich sie mit dem Schlüssel über seinen entblößten Hals. »Du böser, böser Junge.«

24. Ole Lund schlenderte am Wenningstedter Dorfteich entlang. Obwohl er Sylt schon einige Besuche abgestattet hatte, war er hier noch nie vorbeigekommen. Wenningstedt war noch immer einer der touristisch weniger erschlossenen Orte der Insel. Dabei war es wunderschön. Der Teich war umgeben von gepflegten Wohnhäusern, die ihn – mit einigem Abstand – von der großen Straße abschirmten. Ein von Bäumen beschatteter Spazierweg führte um die Wasserfläche herum.

Lund betrat den Holzsteg, der wie eine Seebrücke auf den Teich führte. An den Geländern hatten zahlreiche Paare Vorhängeschlösser befestigt, die ihre ewige Liebe besiegeln sollten. Lund fragte sich, ob wohl auch manche kamen und die Schlösser wieder entfernten, wenn die Liebe zerbrochen war.

Er lief weiter zur Friesenkapelle, die sich am Nordufer des Dorfteichs befand, eine kleine, kompakte Kirche aus rotem Backstein mit einem Glockenturm, der von einer goldenen Kugel mit einem Kreuz geziert wurde.

Neben der Kapelle befand sich ein Kinderspielplatz. Dahinter führte ein Weg zum Denghoog, dem alten Hünengrab, einer der Attraktionen für jene Touristen, die sich nicht nur dafür interessierten, in möglichst kurzer Zeit krebsrot zu werden, zu shoppen oder sich in den angesagten Lokalen zu zeigen.

Lund öffnete die Seitentür der Kapelle und betrat den hellen Innenraum. Links neben dem Altar befand sich die Orgel, rechts ein Kerzenschiff, das aussah wie ein Wikingerschiff. Die im Friesenstil blau-weiß gekachelte Altarwand verlieh der Kirche eine heimelige Atmosphäre. Man fühlte sich ein wenig wie zu Hause in der guten Stube.

Der Kriminalrat stieg die Stufen zur Empore hinauf.

In der zweiten Reihe saß eine schlanke Frau mit einem hellen Leinenmantel. Sie trug ein Kopftuch, das ihre Haare verbarg, dazu eine überdimensionale Sonnenbrille, die an die Modelle der siebziger oder achtziger Jahre des letzten Jahrhunderts erinnerte. Lund setzte sich neben sie.

»Hübsche Verkleidung«, bemerkte er.

▪ ▪ ▪

Die Autos ratterten über die metallenen Ladeflächen der Waggons des Sylt Shuttles. Uffe Plöger ließ den Motor an und drehte die Musik aus dem Radio lauter. Gutgelaunt sang er den alten Rammstein-Song mit und hämmerte im Takt mit den Fingern aufs Lenkrad.

»Eins. Hier kommt die Sonne. Zwei. Hier kommt die Sonne. Drei …«

Er erreichte den ersten Waggon und lenkte den Lieferwagen vom Zug auf die Straße.

»Eins. Hier kommt …«, grölte er und wollte gerade Gas geben, als er die Polizisten entdeckte. Sie trugen gelbe Warnwesten und winkten sämtliche Lieferwagen aus der Schlange heraus.

»Scheiße.«

Plöger sah sich hektisch um. Zurück konnte er nicht, denn hinter ihm folgte ein steter Strom von Fahrzeugen, die alle auf die Insel wollten. Rechts waren die Schienen, links Bäume und Häuser. Und vor ihm die Polizei.

Er könnte aus dem Wagen springen und davonlaufen. Aber

dann würde jeder wissen, dass etwas nicht stimmte. Und früher oder später würde man ihn finden. Von einer Insel ohne Straßenanbindung zum Festland kam man nicht so einfach weg.

Uffe Plöger stellte das Radio aus. Nach Rammstein war ihm jetzt nicht mehr zumute.

Die Schlange rückte vor, und eine junge Polizistin winkte ihn heraus.

Plöger steuerte den Wagen auf die Seite und atmete tief durch. Dann kurbelte er das Seitenfenster herunter. Ein Beamter schaute zu ihm hinein.

»Guten Abend«, sagte er. »Fahrzeugkontrolle. Wären Sie so freundlich, uns zu zeigen, was Sie geladen haben?«

Uffe Plöger setzte eine betont gleichgültige Miene auf. »Klar«, sagte er und kletterte aus dem Wagen.

▪ ▪ ▪

Kari Blom nahm die riesige Sonnenbrille ab. Sie kam sich extrem albern vor, mit dem Mantel, der viel zu warm war an einem Sommertag wie diesem, und dem Kopftuch, unter dem sie ihre blonden Haare versteckt hatte. Zum Glück war es in der Kapelle halbwegs kühl. Und außer Ole Lund und ihr hielt sich tatsächlich kein Mensch hier auf. Aber das konnte sich jeden Moment ändern.

»Das ist total bescheuert, Ole«, sagte sie gereizt. »Wenn uns irgendwer zusammen entdeckt, ist meine ganze Ermittlung im Eimer.«

Lund grinste. »Ich freue mich auch, dich zu sehen.«

Kari verdrehte die Augen. »Ole! Was soll das? Es ist einfach unprofessionell. Du sagst doch immer, dass man während eines Undercover-Einsatzes keinen Kontakt zu jemandem aus dem richtigen Leben haben darf.«

Der Kriminalrat strich sich die blonden Haare aus der Stirn. »Stimmt«, gab er zu. »Aber das hier ist ja nicht nur ein Fall. Es sind drei. Der Kreditkartenbetrug. Der Mord an Elmar Bruns. Und jetzt noch die Produktfälschungen. Und im Mittelpunkt steht jedes Mal der Delikatessenmarkt Freund. Die ganze Sache ist inzwischen so komplex, dass ich nicht weiß, ob man das alles am Telefon besprechen kann. Zumal dein Smartphone ja die meiste Zeit in deinem Spind im Feinkostgeschäft liegt.«

»Ja, Ole«, sagte Kari. »Und weißt du auch, warum? Weil du die Idee hattest, mich dort als Kassiererin einzuschleusen. Und bei Freund ist es verboten, sein Handy an der Kasse dabeizuhaben. Das hat mir Elmar Bruns gleich bei meiner Einstellung zu verstehen gegeben.«

Sie erinnerte sich nur zu gut an den Auftritt des selbstverliebten Marktleiters.

»Wir sind ein Nobelladen«, hatte er erklärt und dabei auf sie herabgesehen wie ein König auf seine Untertanin, obwohl Kari fast einen Kopf größer gewesen war als er. »Da geht es nicht an, dass die Kunden warten, weil die Kassiererin telefoniert.«

Kari hatte nur genickt und darauf verzichtet, Bruns darauf hinzuweisen, dass das vermutlich auch in jedem anderen Supermarkt so war. Sie jedenfalls hatte noch nie erlebt, dass es an einer Kasse nicht voranging, weil die Kassiererin ein privates Telefonat führte.

Lund legte einen Arm hinter Kari auf die Rückenlehne der Kirchenbank. »Ich dachte, ich könnte dir helfen, dich ein bisschen zu entspannen.«

Kari setzte eine grimmige Miene auf. »Das könntest du, wenn du mir nicht ständig auf die Nerven gehen würdest.«

Lund lachte leise. Er wusste genau, dass Kari die lockere Frotzelei zwischen ihnen liebte.

»Ich wollte ein bisschen Brainstorming mit dir machen«, sagte er. »Das geht einfach besser, wenn man sich gegenübersitzt.«

Kari lehnte sich bei Lund an. Er hatte ja recht. Sie war viel zu angespannt, und seine Nähe tat ihr gut. Aber trotzdem war es ein Risiko. Was immer jemand denken würde, der sie hier zusammen sah – er würde daraus Schlüsse ziehen, die nicht hilfreich wären. Für keine ihrer drei Ermittlungen.

■ ■ ■

Jonas Voss und Hannah Behrends überquerten vor dem Polizeirevier den Kirchenweg und liefen über ein Stück unkrautüberwuchertes Brachland neben dem Westerländer Bahnhof zur Auto-Ankunft des Sylt Shuttles.

»Da!« Hannah streckte die Hand aus und deutete auf den muskelbepackten jungen Mann mit dem kahlgeschorenen Schädel, der neben seinem weißen Lieferwagen stand. Er trug eine enge Tarnfarbenhose und ein weißes Tanktop. Seine Arme und sein Hals waren komplett mit Tattoos bedeckt. »Das muss er sein.«

Voss nickte. Gemeinsam schlenderten sie zu den uniformierten Kollegen, die den weißen Lieferwagen untersuchten.

Voss warf einen Blick in den Laderaum. Dort stapelten sich Kartons mit Luxusdelikatessen: Wildfond, Hirschfleisch, Kaviar und andere Waren derselben Marken, die auch Alexander Freund in seinem Feinkostmarkt anbot. Wobei sich die Etiketten womöglich dramatisch vom Inhalt unterschieden.

»Was soll denn das?«, beschwerte sich der tätowierte Fahrer. »Ich fahre Lebensmittel. Die müssen gekühlt werden. Ich kann hier nicht stundenlang mit offenen Türen stehen.«

Voss trat vor. »Tut uns leid. Aber wir müssen Sie bitten,

uns aufs Polizeirevier zu begleiten. Der Wagen und sein Inhalt«, er deutete auf die Delikatessen-Kartons, »gehen ins Labor.«

Der Fahrer ballte die Fäuste. »Ich weiß ja nicht, was Sie denken«, polterte er. »Aber da sind keine Drogen drin versteckt. Oder Waffen.«

Jonas Voss lächelte freundlich. »Darum geht es auch nicht. Aber wir vermuten trotzdem, dass nicht das drin ist, was draufsteht.«

»Wir reden über Markenbetrug«, erläuterte Hannah für den Fall, dass der junge Mann, der vermutlich nicht über eine fortgeschrittene schulische Bildung verfügte, eine deutlichere Erklärung brauchte.

Der Fahrer verschränkte trotzig die Arme vor der Brust.

»So 'n Quatsch«, maulte er. Aber Voss war das Flackern in seinen Augen nicht entgangen.

25.

»Sie dürfen das nicht glauben.«

Alexander Freund rückte ihr den Stuhl zurecht, und Kari setzte sich und strich den Rock ihres kurzen schwarzen Kleides glatt. Ein leichter Wind wehte vom Meer herüber, über dem ein roter Sonnenball verglühte. Der Blick von der Terrasse des Club Royale oben auf der Dünenkrone über den Brandenburger Strand war einfach traumhaft. Und die Gerichte auf der Karte ließen einem das Wasser im Mund zusammenlaufen. Jedenfalls, wenn man eingeladen war. Ansonsten mochten die Mundschleimhäute aufgrund der gesalzenen Preise auch schlagartig austrocknen.

Der neue Besitzer, der den Laden von Sigmund Jahnke übernommen hatte, war offenbar noch unverschämter als der Bauunternehmer, dessentwegen sie im vergangenen Jahr auf Sylt ermittelt hatte. Aber daran wollte sie jetzt nicht denken.

Alexander Freund nahm Kari gegenüber Platz und beugte sich zu ihr vor.

»Ich habe nichts davon gewusst. Man hat mich betrogen.« Er legte seine Hand auf Karis. »Ich würde meiner Kundschaft doch nicht wissentlich gefälschte Lebensmittel unterjubeln.«

Kari dachte, dass sie mehr Distanz wahren sollte. Doch Freunds Hand auf ihrer fühlte sich so gut an. So richtig.

Was war bloß mit ihr los, wenn sie als Schriftstellerin Kari Blom auf Sylt war? Letztes Jahr hatte sie sich Hals über Kopf in Kriminalhauptkommissar Jonas Voss verliebt. Und nun war sie auf dem besten Weg, dem Charme von Alexander Freund zu erliegen.

Das musste am Klima liegen. Oder an dem Gefühl von Freiheit, das einen auf dieser Insel mit dem leuchtenden Himmel, dem kräftigen Wind und dem salzigen Geruch des Meeres unwillkürlich ergriff. Als ob plötzlich alles möglich wäre. Dabei war das überhaupt nicht ihre Art. Sie war nicht zuletzt deshalb so erfolgreich in ihrem Job, weil sie immer kühl und kontrolliert blieb. Aber jetzt hatte Kari das Gefühl, sich selbst nicht mehr zu kennen.

»Ich glaube Ihnen«, sagte sie. Dann zog sie ihre Hand zurück. Welche Turbulenzen der Inhaber von Delikatessen-Freund auch in ihrem Herzen auslösen mochte – sie war immer noch im Dienst. Zum Glück kam in diesem Moment der Kellner und nahm ihre Bestellungen auf.

Nachdem er gegangen war, blickten sie schweigend über den Strand aufs Meer und sahen zu, wie die rote Sonne in den

Wellen versank. Die schmalen, durchscheinenden Wolken, die darüber schwebten wie die flüchtigen Pinselstriche eines ungeduldigen Malers, färbten sich rosa. Dann verblassten die Farben, und die Dunkelheit legte sich über das verwaschene Blau des Himmels.

Der Ober brachte den Wein und zündete ein Windlicht an, das leise flackerte. Von irgendwo klang Musik aus einem Lautsprecher herüber, eine Ballade von einem dieser angesagten Singer-Songwriter. Ole Lund hätte das Lied sicherlich erkannt.

Kari stieß mit Freund an. Die Gläser klirrten leise. Wortlos tranken sie und sahen sich in die Augen.

Sie fuhren beide zusammen, als der Kellner an den Tisch trat und den Hauptgang servierte. Freund nahm sein Besteck.

»Guten Appetit«, sagte er lächelnd. Und Kari spürte, wie ihr Herz seltsame Volten schlug.

▪ ▪ ▪

Hannah Behrends ließ sich auf den Beifahrersitz von Voss' rostigem Passat fallen.

»Wir haben die Handyortung«, berichtete sie. »Er ist in der Nähe vom Hörnumer Leuchtturm.«

»Aha?« Jonas Voss ließ den Motor an und bog vom Parkplatz des Polizeireviers in den Kirchenweg. Am Bahnhof und St. Nicolai vorbei fuhr er auf der Trift und der Lorens-de-Hahn-Straße nach Süden. Als sie den Ortsausgang von Westerland erreichten, gab er Gas.

Der Asphalt glänzte im Mondlicht, und der Strandhafer auf den Dünen schimmerte silbrig. Wie immer, wenn er nachts unterwegs war, kam ihm die Landschaft wie ein Gemälde vor.

»Ich möchte wissen, was er dort tut«, murmelte Hannah.

Voss grinste sie an. »Vielleicht ein konspiratives Treffen.«

Er sah, wie Hannahs Phantasie zu sprudeln begann.

»Du meinst, er macht noch mehr krumme Geschäfte?«

»Wer weiß?«

Jonas Voss pfiff leise vor sich hin und hörte dann schlagartig wieder auf, als ihm der Grund für seine gute Laune bewusst wurde. Es war nicht nur die Vorfreude darauf, einen Verdächtigen einer Straftat zu überführen. Es war vor allem die Hoffnung, einen unliebsamen Konkurrenten aus dem Feld zu schlagen. Und das war eine Empfindung, die sich mit seinen Moralvorstellungen nur schlecht vereinbaren ließ. Mit seiner Profession als Polizist noch weniger.

Sie erreichten die Ortseinfahrt von Hörnum, und Voss drosselte das Tempo. Er steuerte den Passat auf den Parkplatz am Leuchtturm, und Hannah und er sprangen aus dem Wagen.

Jonas Voss blickte sich um. Am anderen Ende der Parkfläche entdeckte er einen schwarzen Jaguar. Das musste sein Wagen sein. Aber von seinem Besitzer war nichts zu sehen.

Voss schlenderte den Weg zum Leuchtturm entlang. Dann blieb er abrupt stehen.

Neben dem Turm stand ein Paar in inniger Umarmung. Es war ein Bild wie aus einem Film: die beiden Liebenden, die nur als Silhouette zu sehen waren, dahinter die Dünen und das Meer, auf dem sich das Mondlicht spiegelte.

Jonas Voss allerdings hatte die beiden längst erkannt. Der Mann war der gesuchte Alexander Freund. Die Frau war Kari Blom.

26.

Vor dem Schaufenster von Delikatessen-Freund marschierte eine große gelbe Ente auf und ab. Kari kannte sie bereits aus der launigen Aufführung beim jährlichen Treffen der Sylter Ornithologischen Gesellschaft. Sie fragte sich, ob in der Verkleidung wieder Jörn Kappelmann steckte. Aber vermutlich hatte eher ein Mitarbeiter des Feinkostladens daran glauben müssen. Ein Verdacht, der sich bestätigte, als die Ente mit einem ihrer riesigen Flügel winkte.

»Kari! Hallo!«, drang eine dumpfe Stimme unter dem Entenkopf hervor, die Kari gleichwohl als die des Lageristen Marvin Drewes erkannte. Sie schüttelte ihm den Flügel und umrundete die Ente.

Vorne auf dem Kostüm prangte ein Schild mit der Aufschrift *Wir stehen zu unseren Fehlern!*. Hinten war eines, das *Unsere neue Echtheitsgarantie* anpries: *Wenn Sie bei uns gefälschte Lebensmittel erwerben, bekommen Sie den doppelten Einkaufspreis erstattet!*

Offenbar kam Freunds Maßnahme zur Schadensbegrenzung gut an. Der Laden war jedenfalls brechend voll. Aber vielleicht war es auch nur die Sensationslust, die die Leute hierhertrieb.

»Ich muss rein, Marvin«, sagte Kari. »Saskia schafft das nicht allein an der Kasse.«

»Einen Moment.« Ein feister Mann mit überhängendem Bauch und ungepflegten Haaren trat Kari in den Weg. Hinter ihm stand ein flachsblonder Junge mit einer viel zu großen Kamera auf der Schulter.

»Georg Probst Schneider«, stellte sich der Mann vor. »Ich

bin Journalist.« Er deutete auf den Laden. »Sie arbeiten hier?«

Kari nickte und bewegte sich unauffällig ein Stück zurück. Der Mann strömte einen unangenehmen Geruch nach Knoblauch aus.

»Freund verkauft gefälschte Lebensmittel?«, fragte der Reporter.

»Nein.« Kari lächelte unverbindlich. »Wie kommen Sie darauf?«

Schneider deutete auf die Ente. »Warum sonst sollte er in seinem Werbeslogan so explizit darauf hinweisen? Außerdem brauche ich nur eins und eins zusammenzuzählen. Das Polizeiaufgebot am Freitag. Die Kontrollen am Sylt Shuttle gestern. Und heute ein verkaufsoffener Sonntag mit exquisiten Lebensmitteln zum Schnäppchenpreis.«

Kari lächelte kühl. »Wenn Sie schon alles wissen, warum fragen Sie dann?«

Schneider beugte sich vor, und eine neue Wolke Knoblauchatem wehte Kari entgegen. »Weil ich herausfinden will, ob der Lebensmittelschmu was mit dem Mord an Bruns zu tun hat.«

»Oh!« Kari tat überrascht. »Das ist eine interessante Überlegung. Aber ich kann Ihnen da nicht helfen.«

Mit einer raschen Drehung umkurvte sie Schneider und seinen Kameramann. Der Journalist versuchte, ihr zu folgen, und schnappte nach ihrem Arm, aber sein Griff ging ins Leere.

Allerdings verlor er dank seiner unausgewogenen Körperproportionen das Gleichgewicht und stolperte gegen den Kameramann. Dem verrutschte der Rekorder auf der Schulter, und er kippte nach hinten, ohne etwas dagegen tun zu können – es sei denn, er hätte sein teures Arbeitsgerät fallen lassen. So aber umklammerte er mit beiden Händen die Kamera und nahm den Sturz in Kauf.

Zum Glück fiel er weich. Er landete nämlich auf einer überlebensgroßen Ente.

Kari nutzte den Trubel, um in den Feinkostladen zu verschwinden. Die Menschentraube vor dem Geschäft wurde noch größer. Alle wollten sehen, wie sich eine plüschige gelbe Ente gegen einen wild gewordenen Reporter zur Wehr setzte.

▪ ▪ ▪

»Der Junge lügt!«

Alexander Freund sah Jonas Voss flehentlich an. Er wirkte seltsam derangiert. Sein schickes Sakko war zerknittert, eine Ecke seines Hemdkragens abgeknickt. Dabei war er beim Betreten des Polizeireviers noch völlig korrekt gekleidet gewesen. Aber Voss hatte gesehen, wie Freund auf dem Flur nervös auf seinem Stuhl hin und her gerutscht war und sich ungeduldig die Krawatte vom Hals gezerrt und in die Jackentasche gestopft hatte. Die Bartstoppeln von einer allzu hektischen Rasur am Morgen und die Strähnen, die in Freunds gepflegter Frisur entstanden waren, weil er ein ums andere Mal mit den Fingern hindurchgefahren war, komplettierten das Bild der Verzweiflung.

Hannah Behrends blickte von ihrem iPad auf. »Warum sollte Uffe Plöger das tun? Was hätte der Lieferwagenfahrer davon, Sie anzuschwärzen?«

Freund hob hilflos die Hände. »Vielleicht will er sich rächen. Es gab ein paarmal Stress. Weil er die Kühlkisten nicht ordentlich verschlossen hatte und Waren aufgetaut waren. Weil er schlecht gestapelt hatte und eine Palette Gläser bei der Fahrt zu Bruch gegangen war. Weil sich beim Nachzählen herausgestellt hat, dass er sich anscheinend an den Waren bedient hatte.«

»Und Sie haben ihm mit Konsequenzen gedroht?«

»Nicht ich. Ich habe mit den Warenlieferungen nichts zu tun. Das war die Aufgabe von Elmar Bruns. Aber wenn ich das richtig verstanden habe, hat Bruns ihm gesagt, ich würde dafür sorgen, dass man ihn rauswirft, falls etwas Derartiges noch einmal vorkommt.«

Voss kniff die Augen zusammen. Wenn das stimmte, hatte Uffe Plöger, der tätowierte Lieferwagenfahrer, sogar ein Motiv für den Mord an Bruns gehabt.

Er ließ den Blick durch den Raum schweifen, den sie im Sylter Polizeirevier für die Vernehmungen nutzten. Ein Raum mit Bücherregalen aus hellem Holz und bunten Vorhängen, eher dazu geeignet, eine entspannte Atmosphäre herzustellen als einen Verdächtigen einzuschüchtern.

Jonas Voss glaubte nicht an Täter, die vom Himmel fielen. Aber sie mussten natürlich trotzdem Plögers Alibi prüfen.

Der Kriminalhauptkommissar blickte seinen Konkurrenten an.

»Wenn Herr Plöger nicht mit Ihnen, sondern mit Elmar Bruns aneinandergeraten ist, weshalb glauben Sie dann, dass er sich an *Ihnen* rächen will?«

Freund breitete die Arme aus, als sei die Antwort so offensichtlich, dass man nicht danach zu fragen brauchte. »Weil ich derjenige bin, der ihm gefährlich werden kann.«

Voss nickte nachdenklich. Dann bedeutete er Hannah mit einer knappen Kopfbewegung, ihm nach draußen zu folgen.

■ ■ ■

Er drückte die Tür zu und blickte durch das kleine Fenster im oberen Drittel zu Alexander Freund. Der sprang von seinem Stuhl auf und wanderte durch den Raum wie ein Tiger im Käfig. Mit den Händen fuhr er weiter durch seine Haare und erweiterte die Fingerspuren zu tiefen Gräben.

Hannah öffnete die gegenüberliegende Tür, die zur Teeküche des Polizeireviers führte. Dort saß Uffe Plöger und verarbeitete eine Packung Kekse zu winzigen Krümeln. Neben ihm stand ein uniformierter Polizeibeamter, die eine Hand am Schlagstock, die andere am Pistolenholster. Offenbar war ihm nicht wohl dabei, den muskulösen Mann zu bewachen, der nicht einmal Handschellen trug. Aber Voss war der Meinung gewesen, dass der Lieferwagenfahrer kooperativer sein würde, wenn man ihn freundlich behandelte.

»Herr Plöger.« Hannah baute sich vor dem Mann auf. »Alexander Freund sagt, Sie lügen. Weil Sie sich an ihm rächen wollen.«

Plöger brach einen Keks in der Mitte durch. »Klar sagt er das. Würde ich auch machen. Stimmt aber nicht. Es ist so, wie ich gesagt hab. Freund hat gewusst, was in den gefakten Verpackungen ist.«

»Herr Freund sagt, dass er mit den Lieferungen gar nichts zu tun hatte. Dafür war Elmar Bruns zuständig.«

»Dieser bescheuerte Marktleiter?« Plöger schnaubte verächtlich. »Nee. Der hat sich um die normalen Waren gekümmert. Aber unsere Speziallieferungen, die hat Freund persönlich angenommen.«

»Herr Bruns hat Ihnen also nicht gedroht, dass er mit Freund spricht, damit der für Ihre Entlassung sorgt? Wegen der aufgetauten Tiefkühlkost, der zerbrochenen Gläser und der geklauten Ware?«

Plöger sprang unvermittelt auf und ballte die Fäuste. Die Muskeln in seinen Armen schwollen beachtlich an. »Wer behauptet denn so 'nen Scheiß?«, brüllte er.

Voss und Hannah wichen genauso zurück wie der uniformierte Kollege. Der Griff um seinen Schlagstock verstärkte sich, doch er schien sich noch nicht sicher, ob sein Eingreifen nötig war.

So schnell, wie er sich aufgeblasen hatte, fiel Plöger wieder in sich zusammen. Er sank zurück auf seinen Stuhl und fuhr sich über seinen kahlgeschorenen Schädel. Der Streifenpolizist entspannte sich wieder.

»Klar«, sagte Plöger und legte den Kopf in den Nacken. »Einem wie mir schiebt man natürlich gern alles in die Schuhe.«

Er starrte auf einen Fleck an der Decke.

»Typen wie Freund, die können machen, was sie wollen. Am Ende stehen sie immer wieder oben.« Plöger richtete sich auf. »Aber es stimmt. Freund hat das gewusst mit den falschen Etiketten. Er hat sogar Witze darüber gemacht. Dass seine Kunden zu blöd wären, den Unterschied herauszuschmecken. Zwischen Fischeiern und Gelatinekugeln mit Fischöl.«

Der Lieferwagenfahrer rümpfte die Nase.

»Ich würde das beides nicht essen«, erklärte er.

27.

Als Kari am Nachmittag um halb drei die Geldschublade aus ihrer Kasse an Viktoria Freund übergab, war sie völlig geschafft. Einen Umsatz wie in diesen wenigen Stunden am Sonntagvormittag erzielte der Feinkostladen sonst selbst an einem kompletten Geschäftstag nur in Ausnahmefällen – das hatte ihr Diego Valdez verraten, der sie während des Andrangs mit Espresso und selbstgebackenen Brötchen am Leben erhalten hatte.

Viktoria Freund verstaute die Tageseinnahmen im Tresor. Kari hatte nicht das Gefühl, dass sie sich über den Erfolg dieser Werbeaktion freute. Aber vielleicht war sie auch nur in Sorge, weil ihr Mann zur selben Zeit bei der Polizei saß und eines Verbrechens beschuldigt wurde.

Valdez kam herein, die weißen Zähne wie immer strahlend, das schwarze Haar so glänzend wie frisch geölt. »*Corazón mío*«, sagte er zu Kari. »Du warst großartig.«

Saskia Lübbers, die sich hinter ihm in das Büro des Marktleiters drängte, zog einen Flunsch. »Ach so? Und ich?«

Valdez hob die Augenbrauen. »Du solltest dir ein Beispiel an ihr nehmen.«

»Pfff.« Saskia drehte ab und lief in den Pausenraum, vermutlich, um ihre obligatorische Zigarette zu rauchen. Tanja Eggerstedt kam durch den Gang und zerrte den weiß-blau gestreiften Kittel von den Schultern. Sie wirkte erschöpft, aber gleichzeitig strahlte sie eine neue Zuversicht aus.

»Du hattest recht«, sagte sie zu Kari. »Es geht weiter.«

Viktoria Freund musterte die dicke Frau. Dann wanderte ihr Blick zu Kari.

»Mir fehlt für die nächste Modenschau noch eine Partnerin für Diego«, sagte sie. »Das Model, das ich gebucht hatte, ist ausgefallen.« Sie legte den Kopf schief. »Hätten Sie vielleicht Lust, einzuspringen?«

Kari lachte auf. Sie, ein Model? Als Undercover-Agentin war sie natürlich daran gewöhnt, in die verschiedensten Rollen zu schlüpfen. Aber Mode auf einem Laufsteg zu präsentieren? Dazu brauchte es doch eher den femininen als den sportlichen Typ. Jedenfalls neben einem Mann wie Diego Valdez.

»Ich weiß nicht, ob ich die Richtige dafür bin«, erwiderte sie. »Warum fragen Sie nicht Saskia?«

Ihre Kollegin hatte wunderschöne lange blonde Haare, eine

tolle Figur und ein hübsches Gesicht. In Karis Augen war sie prädestiniert dafür, als Model aufzutreten.

»Diego sagt, er hat mit Ihnen getanzt«, erklärte Viktoria Freund. »*Tango Argentino*. Er meint, Sie seien ein Naturtalent. Bei unserer neuen Kollektion geht es um Tanz.«

Diego lächelte sie an. Saskia, die plötzlich wieder in der Tür des Marktleiterbüros aufgetaucht war, schnaubte.

»Du kriegst den Hals nicht voll, was?«, ätzte sie. »Du musst *jeden* Mann für dich haben.« Sie wandte sich an Viktoria Freund und wedelte ihr dabei unbeabsichtigt den Rauch ihrer Zigarette ins Gesicht. »Wissen Sie eigentlich, dass sie mit *Ihrem* Mann essen war?«

Viktoria Freund fächelte den Qualm beiseite.

»Selbstverständlich«, erklärte sie mit einem missbilligenden Blick auf Saskias Glimmstängel. »Denken Sie, wir reden nicht miteinander?« Sie wartete nicht auf eine Antwort, sondern drehte sich demonstrativ wieder zu Kari und schaute ihr in die Augen. »Also. Was ist?«

Kari wusste nicht, ob es eine kluge Entscheidung war. Aber die eifrige Verkäuferin, die sie in dieser Schmierenkomödie zu spielen hatte, musste einfach so reagieren.

»Ja«, sagte sie und schenkte Saskia ein triumphierendes Lächeln. »Ich mache es.«

■ ■ ■

Saskia Lübbers stürmte wutentbrannt durch den Laden. Was bildete diese Neue sich eigentlich ein? Mischte sich überall ein, zeigte nicht einen Funken Respekt und stellte alles auf den Kopf. So eine blöde Kuh.

Die automatischen Glastüren des Delikatessenmarkts öffneten sich. Saskia warf ihre langen blonden Haare zurück und wandte sich nach rechts, ohne ihr Tempo zu drosseln. Vor ihr tauchte plötzlich etwas großes Gelbes auf. Im nächsten Moment prallte sie gegen eine Wand aus Plüsch.

Ärgerlich schubste sie die Ente von sich weg. »Mensch, Marvin«, fauchte sie. »Pass doch auf.«

»Tschuldigung«, nuschelte die Ente und streckte ihren Flügel aus. »Komm mal mit. Ich hab was für dich.«

Saskia trat ihre aufgerauchte Zigarette aus und zündete sich eine neue an. »Nee, Marvin. Lass mich einfach in Ruhe.«

Die Ente streckte auch den zweiten Flügel aus. »Das wird dir gefallen«, ertönte die dumpfe Stimme aus dem Inneren. »Versprochen.«

Einige Passanten blieben stehen und beobachteten neugierig den Dialog zwischen der überdimensionalen Werbeente, die – dem Schild auf ihrem Bauch zufolge – zu ihren Fehlern stand, und der Kassiererin von Delikatessen-Freund, die aussah, als würde sie dem unschuldigen Tier am liebsten jede Feder – oder, besser gesagt: jede Kunstfaser – einzeln ausreißen.

Saskia verdrehte die Augen. Als am anderen Ende der Straße auch noch der dicke Schneider mit seinem Kameramann auftauchte, warf sie ihre Hände in die Luft.

»Ja, super, Marvin. Ich komme mit.«

Die Ente winkte den Passanten zu. Dann legte sie Saskia einen Flügel auf den Rücken und schob sie in Richtung Strandaufgang. Die Umstehenden applaudierten und zerstreuten sich langsam. Vermutlich hielten sie den Auftritt für einen Teil von Freunds Werbeaktion.

Saskia ging rauchend neben Marvin her. Der kam nur langsam voran, weil sich in dem Entenkostüm nicht gut laufen ließ und der umfängliche Korpus viel Platz beanspruchte, was sich bei der Begegnung mit den Menschenströmen, die auf der Strandstraße unterwegs waren, als nachteilig erwies.

Schließlich erreichten sie den Strandaufgang, und Saskia hielt dem Mann im Wärterhäuschen ihren Ausweis von Delikatessen-Freund hin, der zugleich als Kurkarte galt. Die Ente durfte so passieren. Vögel mussten schließlich keine Kurtaxe zahlen.

Obwohl das, wie Kari Blom dachte, die Saskia und der Ente in einiger Entfernung folgte, eine Maßnahme wäre, die sich lohnen würde.

Sie zeigte ebenfalls ihre Kurkarte vor und trabte hinter Saskia und ihrem Begleiter her. Besonders schwierig war die Verfolgung nicht. Eine zwei Meter große, knallgelbe Ente verlor man nicht so leicht aus den Augen.

Marvin führte Saskia über die Promenade zum Strand.

»Och, nee«, maulte die Kassiererin und sah auf ihre Pumps. »Nicht durch den Sand. Dann hab ich nachher wieder die ganzen blöden Krümel in den Schuhen.«

Die Ente deutete einen Kniefall an. »Bitte. Nur ein kleines Stück. Du wirst es nicht bereuen«, bettelte sie.

Saskia warf ihre Zigarette beiseite. Dann zog sie die Schuhe aus. »Gnade dir Gott, wenn ich mir meine Strumpfhose für nichts und wieder nichts ruiniere«, drohte sie.

Die Ente sprang auf und reckte die Flügel in die Luft. »Komm!«

Damit lief der große gelbe Vogel den Strand hinunter zu einem der vielen blau-weiß gestreiften Strandkörbe. Saskia folgte auf ihren Strümpfen und ärgerte sich. Sie hasste Sand. Und was konnte dieser Idiot schon für sie haben, für das es sich lohnte, hier herumzustaksen?

Die Ente blieb vor einem Strandkorb stehen, und nicht nur Saskia, auch Kari, die den beiden dicht auf den Fersen war, riss überrascht die Augen auf.

Vor dem Strandkorb hockte Marvin Drewes, der Lagerist

von Delikatessen-Freund, im Schneidersitz im Sand. Aber wenn Marvin dort saß – wer war dann die Ente?

»Danke fürs Aufpassen, Marvin«, sagte die Ente, und der Lagerist sprang sofort auf.

»Viel Glück«, entgegnete er und hob den Daumen. Dann trollte er sich. Offenbar hatte er klare Anweisungen bekommen.

Saskia blickte auf den Strandkorb. Dessen Inneres war mit Goldfolie ausgeschlagen worden. In der Mitte thronte ein roter Karton mit einer riesigen, ebenfalls roten Schleife.

»Was soll das?«, fragte sie ärgerlich. Da spielte doch jemand Spielchen mit ihr.

Am Ende befand sich wahrscheinlich eine Farbbombe in dem Karton, und jemand würde ein Video von ihr drehen, wie sie, über und über mit Farbe besudelt, mit dem Hintern im Sand landete, weil sie vor Schreck das Gleichgewicht verloren hatte. Wahrscheinlich Tanja Eggerstedt und diese neue Kollegin. Weil sie ihr irgendwas beweisen wollten.

»Mach es auf«, drängte die Ente. »Das ist ein Geschenk für dich.«

Saskia zögerte. Sie musste es nicht tun. Sie konnte sich einfach umdrehen und nach Hause gehen und auf diese ganzen Spinner pfeifen. Aber auf der anderen Seite ... Vielleicht war ja wirklich etwas in dem Karton, das sie haben wollte.

Sie beugte sich vor und löste die Schleife. Dann hob sie vorsichtig den Deckel herunter.

Im nächsten Moment verlor sie tatsächlich das Gleichgewicht. Allerdings nicht, weil ihr eine Farbbombe entgegensprang. Sondern weil in dem Karton die Schuhe lagen, die sie in der Friedrichstraße im Schaufenster gesehen hatte. Rote Pumps von Dolce & Gabbana. Sie hatte sich rettungslos in sie verliebt. Das Problem war nur, dass sie fast ein ganzes Monatsgehalt kosten sollten. Was bedeutete, dass sie sich diese traumhaften Schuhe nie im Leben würde leisten können.

Sie drehte sich zu der Ente um. »Ein Geschenk?«

Die Ente zerrte den Kopf des Kostüms herunter. Zum Vorschein kam das erhitzte Gesicht von Jörn Kappelmann. Seine Augen strahlten genauso wie die von Saskia. Allerdings nicht vor Gier, sondern aus Sehnsucht.

Kari sah, dass der Security-Mann Saskia in einen furchtbaren Zwiespalt brachte. Sie wollte die Pumps. Aber ihn wollte sie nicht.

Kari zog ihr Smartphone aus der Jackentasche und schoss ein Foto von der skurrilen Situation.

»Sie nimmt die Schuhe«, sagte jemand neben ihr. Grethe Aldag, die Keitumer Klempnerwitwe, Mitglied der Häkelmafia und der Sylter Ornithologischen Gesellschaft, momentan offenbar mit Letzterem beschäftigt, wenn Kari das Fernglas um ihren Hals und das Notizbuch in ihren Händen richtig deutete.

Kari zog Grethe mit sich hinter den nächsten Strandkorb. Sie wollte nicht, dass Saskia sie entdeckte. Gemeinsam blickten sie zu dem seltsamen Paar, der Ente, die ihren Kopf unter dem Arm hielt, und der Kassiererin, deren Blick zwischen dem hoffnungsvollen Gesicht von Jörn Kappelmann und den teuren Schuhen von Dolce & Gabbana hin und her glitt.

Tatsächlich dauerte es nur ein paar Sekunden. Dann traf Saskia eine Entscheidung. Natürlich die, die Grethe Aldag prognostiziert hatte.

■ ■ ■

»Herr Plöger, der Fahrer des Lieferwagens, kommt für den Mord an Elmar Bruns nicht in Frage.« Jonas Voss stellte zwei

Becher Kaffee auf den Tisch. Dann setzte er sich Alexander Freund gegenüber. »Er war zur Tatzeit in Niebüll in einer Kneipe. Dafür gibt es Zeugen.«

Voss nippte an seinem Kaffee.

»Außerdem ist Herr Plöger bereit, vor Gericht zu beeiden, dass Sie von dem Markenbetrug wussten. Er sagt, Sie hätten sogar Witze darüber gemacht. Über die schlecht ausgebildeten Geschmacksnerven Ihrer Kundschaft.«

Freund nahm seinen Kaffeebecher und betrachtete die braune Flüssigkeit darin. »So«, sagte er. Sein Gesicht war aschfahl. Er atmete tief durch und stellte den Becher zurück auf den Tisch. »Da macht es wohl keinen Sinn, länger zu leugnen.«

Der Inhaber des Feinkostladens rückte den zerknickten Hemdkragen zurecht.

»Es sind harte Zeiten im Einzelhandel«, erklärte er schließlich. »Die Konkurrenz ist groß. Die Gewinnmargen schrumpfen. Wir haben alle zu kämpfen. Und als mir dann diese Bredstedter Firma das Angebot gemacht hat, mir die gewohnten Waren zu einem Bruchteil des ursprünglichen Einkaufspreises zu liefern ... da habe ich zugegriffen.« Er lächelte schief. »Ich brauchte mich um nichts zu kümmern. Die Lieferungen kamen wie gewohnt. Und die Waren sahen aus wie immer. Wenn ich nicht gewusst hätte, dass etwas anderes in den Verpackungen war als bisher, ich hätte keinen Verdacht geschöpft.« Freund machte eine entschuldigende Geste. »Die Kunden haben es auch nicht gemerkt. Zumindest gab es keine Beschwerden.«

»Und Ihr Gewissen hat Ihnen nicht zu schaffen gemacht?«, erkundigte sich Voss.

Der Delikatessenmarktbesitzer seufzte. »Ach, wissen Sie ... Ich bin damals mit der Idee angetreten, das Besondere auf den Tisch zu bringen. Außergewöhnliche Geschmackserlebnisse.

Und herausragende Qualität. Aber so ein Feinkostgeschäft lockt natürlich eine besondere Klientel an. Leute, die es schick finden, wenn sich auf ihrem Tisch Luxusartikel stapeln, die das Exquisite aber längst nicht mehr zu schätzen wissen. Mittlerweile wären mir die ganz normalen Käufer lieber. Die Arroganz meiner Kundschaft geht mir zunehmend auf den Geist. Die meisten dieser Leute haben sich nicht besonders anstrengen müssen, um reich zu werden. Trotzdem benehmen sie sich, als wären sie bessere Menschen. Doch wenn sie nicht einmal merken, ob sie echten Käse essen oder getrockneten Rindertalg mit Geschmacksstoffen …«

»Dann haben sie es nicht besser verdient?« Voss spürte, wie er ärgerlich wurde. Es war so leicht, arglosen Kunden minderwertige Lebensmittel unterzujubeln. Die Kontrollmöglichkeiten waren begrenzt. Und die Strafen, die man für das Panschen von Wein oder das Fälschen von Esswaren zu erwarten hatte, waren lächerlich. Sogar dann, wenn man seinen Kunden vergiftete Waren verkaufte. Wer ein mit Dioxin belastetes Putenschnitzel erwarb, hatte auch Anspruch auf ein Schnitzel, das nicht mit dem krebserregenden Stoff belastet war. Mehr nicht. Nirgends wurde der Verbraucher so über den Tisch gezogen wie beim Einkauf im Supermarkt.

Freund hob ergeben die Hände. »Das ist sicher eine verwerfliche Einstellung. Aber so war es nun mal.«

Jonas Voss trank von seinem Kaffee. Er schmeckte bitter. Vielleicht, weil der Erzeuger etwas beigemischt hatte, das in sauberem Kaffee nichts verloren hatte? Voss schüttelte den Gedanken ab.

»Hatten Sie keine Angst?«, fragte er. »Vor den Folgen, wenn herauskommt, was Sie da tun?«

»Doch«, sagte Freund und fuhr mit dem Finger am Rand seines Kaffeebechers entlang. »Deshalb habe ich ja auch gezahlt, als Bruns mir auf die Schliche gekommen ist. Damit er nicht zur Polizei geht. Oder zur Presse.«

Jonas Voss verspürte ein Kribbeln. Das war sie, die Spur, nach der er gesucht hatte. Ein echtes, ernstzunehmendes Motiv für den Mord an Elmar Bruns.

»Sie sind auf seine Erpressung eingegangen«, sagte er. »Aber dann ist Ihr Marktleiter unverschämt geworden. Er hat Beträge gefordert, die Sie nicht zahlen konnten. Nicht zahlen wollten. Und dann ...«

»Nein!« Freund richtete sich auf. »Sie glauben doch nicht, dass ich Bruns ermordet habe?«

»Sie hatten ein Motiv«, entgegnete Voss. »Sie wollten sich den Erpresser vom Hals schaffen. Und Ihre eigene Straftat vertuschen.«

Der Besitzer des Delikatessenmarkts schüttelte den Kopf. »Nein. So war das nicht. Ich hatte mich mit Bruns geeinigt. Ich habe ihm ein Schweigegeld gezahlt. Und ich habe mit ihm eine Beteiligung an den Einnahmen aus dem Etikettenschwindel vereinbart. Er war damit zufrieden, und mir hat es nicht weh getan.« Er fuhr sich beidhändig durch die Haare, die dadurch endgültig ihre Form verloren.

»Ich dachte, damit wäre die Sache ausgestanden.« Er ließ die Hände wieder sinken. »Aber das ist sie wohl noch nicht.«

Freund sah Voss ernst an.

»Ich werde ein vollumfängliches Geständnis ablegen und alles tun, um den Markenbetrug aufzuklären. Ich werde die gefälschten Waren aus meinem Laden entfernen und in Zukunft nur noch saubere Lebensmittel verkaufen. Ich werde mich bei meinen Kunden entschuldigen. Aber ich werde keinen Mord gestehen, den ich nicht begangen habe.«

Jonas Voss betrachtete den Geschäftsmann. Er wirkte angespannt, aber nicht nervös. Keine zuckenden Wangenmuskeln, kein hüpfender Adamsapfel, keine fahrigen Hände. Nichts, was darauf hindeutete, dass er log.

Entweder war Alexander Freund ein exzellenter Schauspieler. Oder er war tatsächlich nicht der Mörder von Elmar Bruns.

28.

Das Wasser schwappte leise auf den breiten Sandstrand. Die Wellen kräuselten sich fast spielerisch. Der Himmel war wolkenlos, von einem durchscheinenden, beinahe unwirklichen Blau.

Kari Blom lief barfuß am Flutsaum entlang. Sie genoss die Sonnenstrahlen auf der Haut und den warmen Sand unter ihren Fußsohlen. Das war ohne Zweifel ein Vorteil ihrer Ermittlungen auf Sylt. Es gab wunderbare Strecken zum Joggen, um den Stress, den jeder Auftrag mit sich brachte, abzubauen.

Sie legte einen Endspurt ein und stoppte, als sie ihre Sachen erreichte. Zufrieden ließ sie sich auf ihr Badehandtuch sinken und griff nach ihrer Wasserflasche.

Von weit draußen näherte sich ein Schwimmer dem Strand. Er kraulte mit kräftigen Zügen und tauchte in gerader Linie durch die Wellen. Als er das flache Wasser erreichte, begann er zu rennen.

Kari betrachtete den Mann, der genau auf sie zukam. Er war schlank und durchtrainiert, ohne besonders muskulös zu sein. Obwohl er nicht mehr trug als eine engsitzende schwarze Badehose, sah er gut angezogen aus. Er griff nach dem Handtuch, das neben Karis Sachen lag, und rubbelte sich die blonden Haare trocken. Dann ließ er sich auf sein Badehandtuch fallen.

»Ich beneide dich um diesen Auftrag, Kari«, erklärte er. »Sylt im Sommer ist einfach ein Traum.«

»Ja, Ole.« Kari betrachtete ihren Vorgesetzten missbilligend. »Vor allem, wenn man den ganzen Tag an der Supermarktkasse sitzt.«

Ole Lund machte eine wegwerfende Handbewegung. »Die Tage sind lang. Du kannst jeden Abend an den Strand gehen. Und das Wasser ist herrlich.«

Kari streckte ihre langen Beine aus. »Ich laufe lieber.«

»Ja, ja.« Lund winkte ab. »Ich weiß schon. Keine Dinge, die etwas mit Hingabe zu tun haben.«

Kari drohte ihm mit dem Zeigefinger. »Fang nicht wieder mit meiner Mutter an. Sonst werfe ich dich ins Wasser.«

Lund grinste. »Da war ich gerade drin. Und ich würde jederzeit wieder hineinspringen.«

Er schaute den kilometerlangen Sandstrand entlang. Hier, am letzten Zipfel von Sylt, an der Spitze des Ellenbogens, war es auch in der Hochsaison vergleichsweise leer. Die meisten Touristen scheuten die Maut, die für die Fahrt ins Naturschutzgebiet zu zahlen war, weil sich der Sylter Ellenbogen in Privatbesitz befand. So waren es eher die Wanderer und Fahrradfahrer, die hierher kamen. Das Risiko, dass man ihn und Kari hier entdeckte, war relativ gering. Und selbst wenn, hätte vermutlich niemand in dem Mann in Badehose den Kriminalrat erkannt, der die Untersuchungen zum Markenbetrug bei Delikatessen-Freund leitete.

»Alexander Freund hat zugegeben, dass er von den gefälschten Lebensmitteln wusste.«

Kari nickte. Sie blickte über das Meer. Zwischen den Fahrwassertonnen schob sich die Fähre aus Rømø auf den Lister Hafen zu.

Sie hatte gehofft, dass Freund unschuldig war. Weil es nicht zu ihm passte. Ein feiner, gebildeter Mann wie Alexander Freund betrieb keinen Etikettenschwindel. Dass er es doch tat, kratzte an dem glänzenden Bild, das sich Kari von ihm gemacht hatte. Sie fühlte sich enttäuscht. Sie hatte sich auf ihn eingelassen. Und er hatte sie hinters Licht geführt.

»Ich fahre morgen zurück aufs Festland«, sagte Lund in ihre Gedanken hinein. »Von Plöger, dem Lieferwagenfahrer, wissen wir, wo sich diese Bredstedter Firma tatsächlich befindet. Ein Witz, nebenbei bemerkt. Die Halle ist nur zwei Querstraßen von der Briefkastenadresse entfernt. Ein verdammt kluger Schachzug. Wer den Briefkasten findet, glaubt, dass die Firma gar nicht existiert. Und die Lebensmittelpanscher können in aller Ruhe ihren Geschäften nachgehen. Aber damit ist jetzt Schluss. Wir stellen dort alles auf den Kopf. Und dann können wir die Spur der falschen Lebensmittel hoffentlich bis zu ihrem Ursprung zurückverfolgen. Und die Verantwortlichen finden und zur Rechenschaft ziehen.«

Lund setzte seine Sonnenbrille auf, eine edle Konstruktion von Boss. Dann streckte er sich auf seinem Handtuch aus und verschränkte die Arme hinter dem Kopf. »Leider sind wir im Mordfall Bruns keinen Schritt weitergekommen. Kollege Voss glaubt nicht, dass es Alexander Freund war. Obwohl er ein Motiv hatte. Bruns hat ihn erpresst.«

Was erklärte, weshalb sich Bruns plötzlich ein teures Auto und eine schicke Uhr hatte leisten können.

»Ich glaube auch nicht, dass es Freund war.«

Lund nahm die Sonnenbrille wieder ab. »Ich fürchte, du bist nicht objektiv«, versetzte er. »Aber zum Glück ist es ja nicht deine Aufgabe, den Mord an Elmar Bruns aufzuklären.«

»Ja, Ole.« Kari kniff die Augen zusammen. »Mach dir keine Sorgen. Ich kümmere mich ausschließlich um den Kreditkartenbetrug. Das ist es doch, was du sagen wolltest?«

Lund drehte sich auf die Seite und stützte sich auf seinen Unterarm. »Du kennst mich einfach zu gut«, grinste er. Dann wurde er ernst. »Was denkst du? Ist dieser Jörn Kappelmann der Täter?«

Ein lautes Röhren war zu hören. Auf dem Wasser schoss ein stark motorisiertes Boot vorbei. Vor dem Bug spritzte Wasser auf. Hinter sich her zog es eine Schleppe aus aufgewirbelten Tropfen.

»Genau wie Bruns hat Kappelmann mehr Geld, als er haben sollte«, sagte Kari. »Er kauft seiner Angebeteten Schuhe von Dolce & Gabbana.«

»Oh.« Lund hob die Augenbrauen. »Ein Kavalier.«

»Hm.« Kari setzte sich gerade hin und reckte den Hals. »Sie dagegen nutzt ihn nur aus. Sie nimmt die Schuhe und lässt ihn am ausgestreckten Arm verhungern.«

Lund seufzte theatralisch. »Frauen!«

Kari stieß ihn gespielt empört vor die Brust. Lund fiel auf den Rücken. Er lachte und schob sich seine Sonnenbrille in die Haare.

»Kappelmann hat Zugang zum Markt«, trug Kari die Indizien vor, die gegen den Security-Mann sprachen. »Und er selbst hat die Sicherheitssoftware geschrieben. Das heißt, für ihn ist es ein Leichtes, sie zu umgehen und sich die Kreditkartendaten zu besorgen.« Sie strich sich die schweißfeuchten Haare zurück. »Ich habe nur ein Problem.«

Lund richtete sich wieder auf und legte fragend den Kopf schief.

»Kappelmann ist einfach nicht der Typ dafür«, erklärte Kari. »Er ist ein schüchterner und unsicherer junger Mann. Ich kann mir nicht vorstellen, dass er die kriminelle Energie besitzt, sich an Freunds Kunden zu bereichern, um Saskia teure Geschenke zu machen.«

»Und woher kommt das Geld dann?«

»Keine Ahnung.« Kari stand auf und beobachtete ein paar Möwen, die sich am Flutsaum um ein aufgeweichtes Brötchen stritten, das eine von ihnen aus dem Wasser gefischt hatte. Lund stellte sich neben sie und folgte ihrem Blick.

»Behalt diesen Kappelmann im Auge«, sagte er. »Und denk daran: Du hast in diesem Fall nicht unbedingt das beste Gespür, wenn es um die charakterlichen Qualitäten der beteiligten Männer geht.«

Kari schnaufte wütend. Ole Lund duckte sich unter ihrem angedeuteten Schlag weg und lief mit großen Schritten ins Meer.

Kari folgte ihm. Unter ihren Füßen spritzte das Salzwasser auf. Es wurde schnell knietief. Lund verlor an Tempo, und Kari holte auf. Als sie ihn erreicht hatte, schubste sie ihn ins Wasser, und er zog sie mit sich.

Sie glitt hinein, und die Wellen schlugen über ihrem Kopf zusammen. Dann tauchte sie prustend wieder auf.

Ole Lund hatte recht. Es war wirklich herrlich.

▪ ▪ ▪

Hannah Behrends sah sich neugierig im Garten um. Es war das erste Mal, dass Jonas Voss sie zu sich nach Hause eingeladen hatte. Damit sie, wie er ausdrücklich betont hatte, weiter über den Fall diskutieren konnten. Aber trotzdem. Es war ein herrlich lauer Sommerabend. Am Himmel zogen kreischend die Möwen vorbei. Die Sonne, die den ganzen Tag heiß gebrannt hatte, schwebte jetzt nur noch knapp über den Baumwipfeln und tauchte den buntblühenden Garten in ein weiches, gelbliches Licht. Und Jonas Voss stand mit aufgerollten Hemdsärmeln am Grill und wendete die Steaks.

Der neunjährige Jasper sah seinem Vater aufmerksam zu. Er hatte darauf bestanden, dass für ihn Fisch gegrillt wurde, und behielt sein Lieblingsessen wachsam im Auge. Die zwölfjährige Finja und Olivia, das spanische Au-pair-Mädchen, deckten währenddessen den Tisch im Garten.

Hannah beugte sich vor und schnupperte an einem Busch mit gelben Blüten. Sie hatte keine Ahnung von Botanik, aber diese Blumen gefielen ihr. Sie dachte an ihre winzige Wohnung, die nicht einmal einen Balkon besaß. Vom Wohnzimmer aus sah man die Straße. Vom Schlafzimmer hatte man einen guten Ausblick auf die Verladestation des Sylt Shuttles. Es gab weiß Gott attraktivere Adressen. Aber die konnte sie sich nicht leisten. Sie war schon froh, dass sie überhaupt eine Wohnung auf Sylt gefunden hatte und nicht aufs Festland ziehen musste.

Für einen Moment stellte sie sich vor, wie es wäre, hier zu wohnen. In diesem hübschen kleinen Häuschen mit den blau gestrichenen Fensterläden im alten Teil von Keitum. Gemeinsam mit Jonas Voss.

Zweistimmiges Geschrei riss sie aus ihren Gedanken. Jasper und Finja rasten an ihr vorbei auf das Gartentor zu. Dort stand ein knorriger Mann mit wettergegerbtem Gesicht und schwenkte eine weiße Plastiktüte. Mit seinen halblangen, wirren braunen Haaren und seinem dichten Bart gab er ein gutes Bild davon, wie Jonas Voss in zwanzig, dreißig Jahren aussehen würde. Und der Anblick war durchaus nicht zu verachten.

»Opa Redlef!«, brüllte Jasper. »Hast du Fisch mitgebracht?«

Statt einer Antwort hielt der Mann die Tüte hoch. Dann schloss er seine Enkel in die Arme.

»Hallo«, sagte er zu Hannah, nachdem Jasper und Finja mit ihrer Beute zu ihrem Vater gestürmt waren. »Ich hoffe, Sie erinnern sich noch an mich. Redlef Voss.«

Hannah lächelte ihn an. Voss' Vater hatte dieselben hübschen braunen Augen wie sein Sohn.

»Natürlich«, sagte sie und dachte an den Fall im letzten Jahr, bei dem sie ihm das erste Mal begegnet war. »Wie könnte ich die aufregende Verfolgungsjagd mit Ihrem Kutter vergessen?«

Voss zwinkerte ihr zu. »Das hatte ich gehofft. Aber ich muss gestehen, dass ich Ihren Namen vergessen habe.«

»Hannah Behrends«, sagte sie und deutete in den Garten. »Ihr Sohn hat mich eingeladen, damit wir nach dem Essen besprechen können, wie wir mit unseren Ermittlungen weitermachen.«

»Ach so?« Voss senior wirkte ein wenig enttäuscht. »Na ja«, murmelte er. »Was nicht ist, kann ja noch werden.«

»Wie bitte?«, fragte Hannah, die sich nicht sicher war, ob sie ihn richtig verstanden hatte.

Redlef Voss schmunzelte. »Nehmen Sie es mir nicht krumm. Aber ich rede so, wie mir der Schnabel gewachsen ist. Und ich finde«, er deutete auf Jasper und Finja, die mit der leeren Fischtüte durch den Garten tobten, »hier im Haus fehlt eine Frau.«

Hannah lachte, als hätte Redlef Voss einen guten Witz gemacht. Aber sie konnte nicht verhindern, dass ihre Wangen knallrot wurden.

29.

Kari Blom zog die Hosenträger des Blaumanns strammer, doch die Beine schlabberten immer noch. Das gute Stück war eindeutig zu groß, aber es war die kleinste Größe, die sie in dem einzigen Geschäft für Berufsbekleidung in Wenningstedt bekommen hatte. Offenbar waren alle Handwerker kräftig gebaute, breitschultrige Männer.

Sie strich das Abzeichen mit dem Aufdruck *Die Rohrteufel* glatt, das sie vorn auf den Overall geklebt hatte, und nahm den Werkzeugkoffer in die linke Hand. Dann drückte sie auf den Klingelknopf der Wohnung. Der Aufschrift auf dem Türschild zufolge lebte hier Regina Carstens.

Es war eine von acht Türen, die von dem grauen Flur in dem heruntergekommen wirkenden Mietshaus abgingen. Während für die Feriengäste auf Sylt renoviert wurde, bis alles im schönsten Glanz erschien, lebten viele Einheimische in maroden Behausungen. Fast so, als würden die Eigentümer nur darauf warten, dass die Bewohner auszogen, damit ein weiterer Wohnblock zur Ferienanlage umgestaltet werden konnte.

Kari hörte leichte, tippelnde Schritte. Dann öffnete sich die Tür einen Spaltbreit, bis der Widerstand der Kette einrastete. Das halbe Gesicht einer Frau im fortgeschrittenen Alter lugte hinaus. Sie hatte eine spitze Nase und eine beängstigend hoch aufgetürmte Dauerwelle.

»Ja, bitte?«

»Rohrteufel«, sagte Kari. »Herr Kappelmann hat uns angerufen. Sein Abfluss in der Küche ist verstopft.«

Regina Carstens beäugte das Abzeichen auf Karis Blaumann. Anscheinend missfiel ihr der Firmenname. Vielleicht, dachte Kari, sollte Ole Lund seine spöttische Ader lieber im Privatleben austoben.

»Warum läuten Sie dann nicht bei Herrn Kappelmann?«, fragte die alte Dame.

»Das habe ich. Aber Herr Kappelmann ist nicht zu Hause.«

Regina Carstens machte eine bedauernde Miene. »Dann müssen Sie wohl ein andermal wiederkommen.«

Kari sah die Frau mitleidheischend an. »Das wird mein

Chef aber gar nicht gerne sehen«, erklärte sie. »Wissen Sie ... als Frau in so einem Beruf. Das ist nicht leicht. Man muss immer besser sein als die männlichen Kollegen. Und für alles, was schiefläuft, geben sie einem die Schuld.«

Regina Carstens schnupperte, als könne sie den Geruch von Kappelmanns verstopftem Abfluss schon wahrnehmen. »Das tut mir leid«, bekundete sie. »Aber ich kann Ihnen nicht helfen.«

Kari wechselte den Werkzeugkoffer in die andere Hand. Immerhin, vermerkte sie, hatte Regina Carstens nicht erwidert, dass Abflussreinigung ja auch kein Beruf für ein hübsches Mädchen wie sie sei.

»Ich dachte ...« Kari bemühte sich, verlegen dreinzuschauen. »Ich hatte gehofft, Sie hätten vielleicht einen Zweitschlüssel.«

Die Stirn von Regina Carstens legte sich in Falten.

»Sie wollen, dass ich Sie in die Wohnung lasse?«, fragte sie abweisend, was zumindest die Frage nach dem Vorhandensein des Schlüssels positiv beantwortete, wenn auch nicht in einer Weise, die sonderlich ermutigend war. »Ich kenne Sie doch gar nicht.«

Regina Carstens grübelte offenbar angestrengt. Dann hellte sich ihr Gesicht auf.

»Warum fragen Sie nicht den Hausmeister?«

Tatsächlich hatte Kari auch über diese Möglichkeit nachgedacht, sich aber schließlich dagegen entschieden. Der Hausmeister würde wohl kaum auf ihre lächerliche Maskerade hereinfallen. Oder sie spätestens bei Begutachtung der angeblich verstopften Rohrleitung der Lüge überführen.

»Der ist auch nicht da«, behauptete Kari.

Regina Carstens presste die Lippen zusammen. »Natürlich. Der ist nie da, wenn man ihn braucht.« Sie beugte sich näher zu Kari, soweit die Kette in der Tür das zuließ. »Das ist ein Türke!«

Ach so! Kari verspürte ein heißes Ziehen in der Brust. *Ein Ausländer*. Da musste man selbstverständlich vorsichtig sein.

Nach außen hin verbarg sie ihren Ärger über die Bemerkung der alten Dame und nickte stattdessen. »Ich weiß, was Sie meinen. Ich habe auch so einen Kollegen. Unzuverlässig und faul.«

Die Mundwinkel der Frau hoben sich ein wenig. Offenbar hatte Kari den richtigen Tonfall gefunden.

Noch einmal wurde sie von Kopf bis Fuß gemustert. Dann befand Frau Carstens anscheinend, dass eine hübsche blonde Deutsche allemal vertrauenswürdiger war als ein Mann südländischer Herkunft. Auch wenn sie den Hausmeister vermutlich schon seit Jahren kannte.

»Ich mache Ihnen auf«, verkündete sie.

Die Wohnungstür fiel zu, und Kari hörte, wie die Kette entfernt wurde. Dann öffnete sich die Tür wieder, und Regina Carstens trat heraus. Erst jetzt bemerkte Kari, dass die Frau ein schwarzes Häkelkleid trug. Sie war doch nicht etwa ein Mitglied von Marijke Meenkens Häkelmafia?

»Haben Sie das selbst gemacht?«, erkundigte sie sich.

»Gott bewahre!« Regina Carstens winkte ab. »Häkeln! Das ist doch was für alte Frauen.« Sie lief mit kleinen Schritten zur Nachbarwohnung und stocherte mit dem Schlüssel im Schloss herum. Dann öffnete sie die Tür. »Bitte.«

Kari betrat die Wohnung von Jörn Kappelmann und sah sich um. Ein schmaler, dunkler Flur. Rechts eine Tür, an der ein Schild klebte, das auf See vor Sog- und Wellenschlag warnte. Vermutlich das Bad. Links eine offenstehende Tür, die den Blick auf eine düstere Einbauküche gewährte. Auf der Spüle stapelten sich schmutzige Teller, Tassen und Gläser. Wenigstens, dachte Kari mit einem Anflug von Galgenhumor, ließ Jörn Kappelmann ihre Maskerade nicht schon dadurch auffliegen, dass er einen Berg frisch gespültes, glänzendes Geschirr aufgetürmt hatte.

Geradeaus gab es zwei weitere Türen, die zu den Wohnräumen führten. Kari wollte eine davon öffnen, aber Regina Carstens hielt sie zurück. »Die Küche ist gleich hier links«, schnarrte sie. »Haben Sie das nicht gesehen?«

»Oh.« Kari drehte sich zu der Frau um, die ihr auf den Fersen gefolgt war. »Danke.« Sie versuchte sich an einem besonders zuvorkommenden Lächeln. »Ich glaube, ich komme jetzt allein zurecht. Ich bringe Ihnen den Schlüssel dann später zurück.«

Regina Carstens wedelte mit dem Zeigefinger. »Nein. Herr Kappelmann hat mir ausdrücklich untersagt, jemanden in die Wohnung zu lassen. Ich habe die Schlüssel nur, damit ich die Blumen gießen kann, wenn er seinen Vater besucht. Der ist vor ein paar Jahren nach Süddeutschland gezogen.« Sie rümpfte die Nase. »Mit seiner Freundin. Und seine Frau hat er sitzenlassen, weil sie krank geworden ist.« Sie schüttelte den Kopf. »Die Arme hat MS.« Regina Carstens seufzte schwer. »Aber der Herr Kappelmann, das ist ein guter Sohn. Der kümmert sich um beide. Er hat ja auch recht. Familie kann man sich eben nicht aussuchen.«

»Hm.« Kari nickte. Sie überlegte, wie sie die alte Frau loswerden konnte, um sich ungestört in Kappelmanns Wohnung umzusehen. Aber die Nachbarin hatte sich festgesaugt. Fürs Erste schien Kari nichts anderes übrigzubleiben, als sich um den Abfluss zu kümmern.

Sie öffnete den Unterschrank unter der Spüle. Er enthielt nur eine Flasche Putzmittel, einen hellblauen Plastikeimer und ein paar alte Lappen.

Kari stellte den Eimer unter den Abfluss und schraubte die Plastikrohre auseinander. Dann betrachtete sie das Kniestück. Im Inneren befand sich ein dicker Pfropf. Kari nahm einen Schraubenzieher aus ihrem Werkzeugkoffer und schob das Hindernis aus dem Rohr. Es klatschte mit einem unangenehm dumpfen Laut in den Eimer.

Kari trug ihn ins Bad, kippte den unappetitlichen Inhalt in die Toilette und spülte ihn herunter. Anschließend wischte sie den Eimer mit einem der Lappen trocken.

Regina Carstens wirkte zufrieden. Und Jörn Kappelmann würde es vermutlich auch sein, wenn sein Wasser wieder vernünftig abfloss. Er hätte in der Tat einen Installateur rufen sollen. Oder sich selbst um sein Rohr kümmern. So schwer war das schließlich nicht.

Kari schraubte die Plastikteile wieder zusammen und dachte fieberhaft nach. Nachdem das Rohr frei war, gab es keinen Grund mehr, in Kappelmanns Wohnung zu bleiben. Sie konnte höchstens noch darum bitten, die Toilette benutzen zu dürfen. Aber vermutlich würde ihr Regina Carstens selbst dorthin folgen.

»So.« Kari stand auf und klopfte sich die Hände an der Hose ab. »Das war's.«

Sie drehte den Wasserhahn über dem Spülbecken auf. Regina Carstens trat neben sie. Gemeinsam sahen sie zu, wie das Wasser in die Spüle floss und munter durch den Ausguss nach unten strudelte.

»Schön«, sagte die alte Dame. »Dann können wir ja wieder gehen.«

Kari nickte ergeben und folgte ihr zur Tür. Kurz davor blieb sie stehen. Wenn sie jetzt aufgab, würde sie nie wieder einen Fuß in die Wohnung von Jörn Kappelmann setzen können. Noch einmal würde der Trick nicht funktionieren.

»Ach, nein!«, rief sie. »Mir fällt gerade ein: Ich sollte ja auch noch nach dem Abfluss in der Dusche sehen.«

Regina Carstens drehte sich um. »So?«, fragte sie verkniffen. »Nun gut. Sehen wir uns eben auch noch die Dusche an.«

Gemeinsam betraten sie das winzige Badezimmer, und Kari kniete sich in den schmalen Raum zwischen Toilette und Dusche. Draußen vor der Wohnung waren Schritte zu hören.

Kari schloss die Augen. Verdammt! Wenn jetzt Jörn Kappelmann nach Hause kam, der natürlich wusste, dass er keinen *Rohrteufel* bestellt hatte ...

»Frau Carstens?« Die markige Stimme auf dem Flur war Kari unbekannt.

Im nächsten Moment stand ein kräftiger Mann mit einem lustigen runden Gesicht in der Tür. Er trug eine weiße Hose und eine dünne weiße Baumwolljacke.

»Martin Rösler vom Pflegedienst Schiller«, stellte er sich vor und streckte Kari eine Hand entgegen, die so riesig war, dass er sicher mühelos einen Tennisball darin verschwinden lassen konnte. »Ich muss Ihnen Frau Carstens leider entführen. Sie braucht einen neuen Wundverband.«

Die alte Frau wehrte sich energisch. »Das geht jetzt nicht. Ich muss hier aufpassen. Und ich brauche den Schlüssel zurück.«

Der Pfleger legte ihr eine Hand auf den Rücken und führte sie sanft, aber nachdrücklich aus Kappelmanns Wohnung. »Ich bin sicher, die junge Dame kommt allein zurecht«, sagte er und zwinkerte Kari zu. »Sie bringt Ihnen den Schlüssel später rüber.«

Kari lächelte breit. »Ja. Selbstverständlich.«

Der Pfleger nickte. »Sehen Sie, Frau Carstens?«, sagte er und schob die protestierende Frau durch den Flur. »Dann können wir jetzt alle unsere Arbeit tun.«

Kappelmanns Wohnungstür fiel ins Schloss, und Kari atmete erleichtert auf. Wenn der Pfleger wüsste, wie recht er hatte.

Sie erhob sich mühsam aus dem Spalt zwischen Toilette und Dusche und klappte den Werkzeugkoffer zu. Neugierig ging sie ins Wohnzimmer.

■ ■ ■

»Das war ein schöner Abend gestern«, sagte Hannah Behrends und stellte ihrem Chef einen Becher Kaffee auf den Schreibtisch.

Sie hatten dann doch nicht über den Fall geredet. Stattdessen hatte Redlef Voss Geschichten aus seinem Leben als Fischer erzählt. Und Hannah hatte erfahren, dass Jonas Voss einer Familie entstammte, die einmal zu den Sylter Walfängern gehört hatte. Einer seiner Vorfahren hatte sich gar vom Schiffsjungen zum Kapitän eines Walfangschiffs hochgedient. Redlef Voss lebte noch heute in dem reetgedeckten Kapitänshaus in Keitum, dessen Eingang von den Unterkieferbögen eines Wals geschmückt wurde. Diese Stücke zu behalten, hatte sie gelernt, war das Vorrecht des Kapitäns gewesen.

Redlef Voss war der Familiengeschichte insofern treu geblieben, als er den letzten Fischkutter der Familie übernommen hatte. Zum Fischen fuhr er damit allerdings nur noch selten. Die meisten Fahrten waren Ausflugstouren mit Touristen, die zu den Seehundbänken wollten oder eine Feier auf See veranstalteten. Voss' Haupterwerb war allerdings sein Fischgeschäft. Wie Gosch belieferte er die Schönen und Reichen auf der Insel. Und davon gab es ja weiß Gott genug.

So waren sie dann auch auf den Feinkostladen von Alexander Freund gekommen. Redlef Voss hatte seinem Sohn ja den Tipp gegeben, dass dort möglicherweise gemauschelt wurde.

Trotzdem zeigte sich der Fischer betroffen. Er kämpfte seit Jahren dafür, dass seine Kunden nur den besten Fisch auf den Tisch bekamen. Dass jemand seine Prinzipien verleugnete, nur um größeren Reibach zu machen, konnte er nicht begreifen. Hannah hatte den knorrigen Fischer an diesem Abend genauso ins Herz geschlossen wie seinen Sohn.

»Ja«, sagte Jonas Voss und blickte von dem Wust von Papieren auf seinem Schreibtisch hoch. »Das war ein schöner Abend. Aber heute müssen wir wieder arbeiten.« Er deutete mit einer verzweifelten Geste auf seine Unterlagen. »Wir müssen endlich den roten Faden in diesem Fall finden.«

■ ■ ■

Ein Taifun hätte kein verheerenderes Szenario anrichten können.

Die Jalousien waren nur einen Spaltbreit geöffnet, doch auch das spärliche Licht konnte nicht verbergen, dass in Jörn Kappelmanns Wohnzimmer die blanke Unordnung herrschte. Neben dem riesigen Schreibtisch, der den halben Raum einnahm, türmten sich kaputte Tastaturen und Computermäuse. Die andere Hälfte des Zimmers war mit einem High-Tech-Sessel, einem Flachbildfernseher mit einer Bildschirmdiagonalen von mindestens fünfundsiebzig Zoll und zahllosen Spielekonsolen belegt.

Auf dem Schreibtisch standen zwei Flatscreen-Monitore, unter dem Tisch befand sich ein Computer von den Ausmaßen einer Campingwaschmaschine. Der Lüfter surrte, und das blaue Lämpchen am Ein-/Aus-Schalter leuchtete.

Kari setzte sich auf den Schreibtischstuhl, der in alle Richtungen gefedert war. Egal, wohin sie sich lehnte, der Sessel fing sie auf und stützte sie. Kari beugte sich vor, um nach dem

Namen des Herstellers zu suchen. Sobald sie wieder an ihrem Arbeitsplatz im LKA in Kiel war, würde sie einen derartigen Stuhl für ihr Büro beantragen.

Als sie den Namen gefunden hatte, öffnete sie die oberste Schreibtischschublade und stöhnte frustriert. In der Schublade lag ein Sammelsurium von USB-Sticks und Speicherkarten in SD und Mini-SD. Wie, um alles in der Welt, sollte man hier etwas finden? Kappelmann war entweder ein totaler Chaot. Oder ein Genie, das das Durcheinander beherrschte.

Kari schob die Lade wieder zu und öffnete die nächste. Sie enthielt Kabel und Netzteile, allesamt zu einem unentwirrbaren Knäuel miteinander verwoben. In der untersten Schublade schließlich lagen fabrikneue Tastaturen und Mäuse, unausgepackt, in Plastik verschweißt. Ob nun Chaot oder Genie – Kappelmann musste ein Hardcore-Hacker sein.

Kari bewegte die Maus auf dem Schreibtisch, und der rechte der beiden Monitore erwachte zum Leben. Kappelmann hatte den Rechner am Morgen nicht heruntergefahren, und Kari sah auch sofort, warum: Irgendein Programm hatte vor dem Abmelden noch ein Update ausführen wollen, den Prozess aber nicht beendet, weil es auf eine Eingabe wartete.

Kari öffnete den Explorer und begann, sich durch Kappelmanns Ordner zu klicken. Anders als in seinem Wohnzimmer herrschte auf seinem Computer eine geradezu penible Systematik. Und weil er offenbar nicht damit rechnete, dass sich ein Fremder Zutritt verschaffen könnte, hatte er sich nicht einmal die Mühe gemacht, seine Schätze zu verstecken.

Kari zog ihren eigenen USB-Stick aus der Hosentasche und schob ihn in den Rechner.

Manchmal musste man eben auch Glück haben.

■ ■ ■

Marvin Drewes hockte im Hof hinter dem Delikatessenmarkt Freund neben den Mülltonnen. Das war sein Versteck, wenn er es drinnen nicht mehr aushielt. So wie heute, als Kari Blom am Morgen angerufen und erklärt hatte, dass sie später zur Arbeit kommen würde, weil sie einen dringenden Arzttermin hatte.

Alexander Freund, sichtlich derangiert von der Erfahrung, in die Mühlen der Justiz geraten zu sein, hatte in aller Eile ein Notprogramm auf die Beine gestellt. Nach dem verkaufsoffenen Sonntag und der Aktion mit der Ente hatte sich der Zustrom an Kundschaft nochmals verstärkt. Es schien, als hofften die Leute geradezu darauf, eine Lebensmittelfälschung zu ergattern, für die sie dann – wie in Freunds offensiver Werbekampagne angekündigt – den doppelten Kaufpreis zurückfordern konnten.

Saskia Lübbers und Tanja Eggerstedt hatten die Kassen besetzt. Er, Marvin, war an die Frischtheke beordert worden. Und Alexander Freund hatte höchstpersönlich das Einräumen der Regale übernommen. Nur Diego Valdez hatte sich aus allem rausgehalten. Er hatte auf seinen Vertrag gepocht, der ihn ausschließlich für das Catering vorsah, und sich auch von Freunds Bitten und Betteln nicht erweichen lassen. Nicht einmal, wie Marvin konsterniert festgestellt hatte, als Freund ihm zusätzliches Geld bot. Manchmal verstand er seinen Kumpel Diego nicht.

Die Frischtheke war die Hölle für Marvin. Die Leute redeten zu viel. Zu schnell. Zu laut. Sie waren ungeduldig. Und er hatte kein Gespür dafür, wie viel Käse er abschneiden musste, wenn jemand ein Zweihundert-Gramm-Stück verlangte, oder wie viele Scheiben Wurst hundert Gramm ergaben. Die Dinge gingen ihm schwer von der Hand. Und Freunds verwöhnte Kundschaft hatte wenig Muße, ihm bei seinen unbeholfenen Versuchen zuzusehen.

Als Freund mit dem Einräumen der Regale fertig war, hatte er sich selbst an die Kasse gesetzt und Tanja zurück an die Frischtheke geschickt.

»Mach Pause«, hatte sie zu Marvin gesagt und ihm das große Käsemesser aus der Hand genommen. »Ich mache hier weiter.«

Die wartende Kundschaft hatte es mit einem erleichterten Seufzen zur Kenntnis genommen. Und Tanja hatte gestrahlt. Es kam selten vor, dass die Kunden ihrer Arbeit den nötigen Respekt zollten.

Marvin dagegen hatte sich gefühlt, als hätte jemand einen Eimer Eiswasser über ihm ausgegossen. Er hatte sich in sein Versteck hinter den Mülltonnen verkrochen, und dicke Tränen waren ihm über das Gesicht gelaufen.

Er konnte doch nichts dafür, dass er so langsam war. Er gab sich doch Mühe.

»Aber Mühe allein reicht nicht«, murmelte er vor sich hin. Das hatte Elmar Bruns immer gesagt. Es war einer der netteren Sprüche gewesen, die er für Marvin auf Lager gehabt hatte.

Er war froh, dass Bruns nicht mehr da war.

Marvin horchte in sich hinein. Das war etwas, das man eigentlich nicht denken durfte. Aber er verspürte kein schlechtes Gewissen. Bruns war böse gewesen. Es war gut, dass er tot war.

Die Hintertür des Delikatessenmarkts öffnete sich, und zwei Männer traten in den Hof. Marvin duckte sich noch tiefer hinter die Mülltonnen.

»Die Leute sind doch bekloppt«, sagte eine heisere Stimme. »Wissen, dass in den Dosen und Gläsern hier nur Scheiße ist. Aber sie kaufen wie verrückt.«

Marvin presste sich die Hände an die Schläfen. Die Stimme gehörte Jörn Kappelmann, dem Mitarbeiter von Sylt Security, der für den Delikatessenmarkt zuständig war. Er hatte noch nie mehr als einen verächtlichen Blick für Marvin übriggehabt. Dabei war er selbst nur ein armes Würstchen.

»Die Frauen, für die er sich interessiert, gucken ihn mit dem Hintern nicht an«, hatte Diego einmal zu Marvin gesagt. »Weil er ein Einsiedlerkrebs ist. Weißt du, was das ist? Ein Krebs, der ein leeres Schneckenhaus mit sich herumträgt, das er nie loslässt. Weil er Angst hat, dass jemand seinen empfindlichen Unterleib angreifen könnte. Genau so einer ist Kappelmann.«

Marvin hatte gelacht und sich ein bisschen besser gefühlt.

Auch jetzt hörte er wieder Diegos Stimme.

»Kann doch nicht schaden«, sagte der Argentinier zu Kappelmann. »Je mehr Umsatz, desto mehr können wir abgreifen.«

Marvin runzelte die Stirn. Er begriff nicht, was Diego damit meinte.

»Wo ist eigentlich dein Kumpel?«, fragte Kappelmann. »Hat Freund den Idioten endlich rausgeworfen?«

Marvin ballte die Fäuste. Er hasste es, wenn man ihn Idiot nannte. Aber Diego würde ihn verteidigen. Diego war sein Freund.

Doch Diego Valdez tat nichts dergleichen.

»Freund hat ihn an die Frischtheke gestellt«, berichtete er ohne erkennbare Gemütsregung. »Und Marvin ist rettungslos untergegangen.«

Kappelmann kicherte. »Das kann ich mir vorstellen.«

Er stolzierte in die Mitte des Hofs, so dass Marvin ihn durch eine Lücke zwischen den Mülltonnen hindurch sehen konnte, und demonstrierte sein neuentdecktes schauspielerisches Talent: Er führte vor, wie Marvin mit schwerfälligen Schritten durch den Laden schwankte und mit großen, ungelenken Bewegungen Wurst und Käse schnitt.

Marvin wünschte sich, sein Freund Diego würde dieser Demütigung ein Ende machen.

Aber Valdez protestierte nicht. Stattdessen lachte er schallend.

30. »Ole?«

Kari ging hinter einem roten Seat Ibiza in die Hocke und tat so, als müsse sie ihre Schuhbänder neu schnüren. Zugleich spähte sie zwischen den parkenden Wagen hindurch zu einem grauen Mietshaus, das jenem, in dem Jörn Kappelmann wohnte, nicht unähnlich war. Ihr Smartphone hatte sie zwischen Ohr und Schulter geklemmt.

Am anderen Ende waren das Pfeifen von Wind und das Klappern von Rädern, die über Schienen ratterten, zu hören. Anscheinend befand sich Lund gerade auf dem Sylt Shuttle.

»Ich habe den Beweis«, berichtete sie. »Ich habe in Kappelmanns Wohnung die Software gefunden, mit der er Freunds Kreditkartenterminals manipuliert hat.«

»Ha!« Der Kriminalrat lachte auf. »Du hattest recht. Kappelmann ist der Kreditkartenbetrüger. So hat er sich das Geld besorgt, das er brauchte, um die schöne Saskia zu umwerben.«

In die Fahrtgeräusche mischte sich leise Musik. Kari meinte, Andrea Bocellis *Caruso* zu erkennen, eines von Lunds Lieblingsstücken.

»Gute Arbeit, Kari«, erklärte Lund. »Schade, dass ich schon unterwegs bin. Sonst hättest du mitfahren können.«

Kari widmete sich dem zweiten Schuhband. »Ich bin hier noch nicht fertig, Ole.«

»Ach so?«

»Kappelmann hat die Terminals manipuliert. Aber ich glaube nicht, dass er aus eigenem Antrieb gehandelt hat. Er ist nicht der Typ dafür.«

»Wenn man verliebt ist, tut man schon mal Dinge, die nicht zu einem passen«, konterte Lund.

»Ja.« Kari stand ungeduldig auf. Im Haus gegenüber tat sich nichts, und sie konnte nicht den halben Tag in geduckter Haltung über ihren Schuhen zubringen. Sie sah sich nach einem besseren Versteck um. »Aber ich glaube nicht, dass Kappelmann von selbst auf die Idee gekommen wäre. Und mit den Daten an sich kann er nicht allzu viel anfangen. Er muss sie auch irgendwie zu Geld machen. Und ich glaube nicht, dass er es schafft, das allein zu bewerkstelligen.«

»Du vermutest einen Hintermann. Oder eine Hinterfrau.«

»Ja.«

»Vielleicht hat ihn die schöne Saskia auf den Gedanken gebracht. Die träumt doch von einem sorgenfreien Leben in der Sonne. Und sie sieht, wie viel Geld jeden Tag in Freunds Geschäft unterwegs ist.«

Kari entdeckte einen kleinen Laden, der gebrauchte Videospiele anbot. Nichts, das sie irgendwie interessierte. Aber durch das Schaufenster hatte man einen guten Blick auf das Mietshaus.

»Ich würde es ihr zutrauen.« Kari öffnete die Tür. Sie trat in den muffigen, dunklen Laden und wandte sich dem Regal hinter dem Schaufenster zu. In den Fächern stapelten sich Egoshooter. Kari nahm eine Hülle heraus und betrachtete die abstoßenden Phantasiemonster auf dem Cover. Wer beschäftigte sich freiwillig mit solchen Widerwärtigkeiten? »Aber ich habe einen anderen Verdacht.«

»Und der wäre?«

Caruso erreichte seinen Höhepunkt, und Bocellis Gesang schwoll an. Lund pfiff leise mit.

»Ich habe in Kappelmanns Wohnung ein Foto entdeckt«, erzählte Kari. »Da steht Kappelmann mit einem zweiten Mann in Siegerpose an Bord einer schicken Segelyacht. Die beiden sehen aus, als wären sie die besten Freunde.«

»Aha?«

»Kann ich Ihnen helfen?« Ein nicht mehr ganz junger Verkäufer mit einem schmuddeligen Sweatshirt war neben Kari getreten und blinzelte sie durch seine dicken Brillengläser an. Vermutlich hatte er schon zu viele Stunden mit der Beseitigung Außerirdischer vor flimmernden Bildschirmen verbracht.

»Nein, danke. Ich will mich nur ein bisschen umschauen.«

»Klar.« Der Verkäufer musterte sie von Kopf bis Fuß. Dann deutete er ins Innere des Ladens. »Die Fitnessgames sind dahinten.«

»Ach so.« Kari stellte den Egoshooter zurück und machte ein paar Schritte in die bezeichnete Richtung. »Danke.«

Der Brillenträger verzog sich wieder in die Tiefen des Geschäfts. Kari rochierte unauffällig zurück zum Schaufenster.

»Wo bist du denn?«, fragte Lund irritiert.

»In einem Computerladen. Gegenüber der Wohnung meines neuen Hauptverdächtigen.«

»Der Mann auf der Segelyacht, der anscheinend so ein guter Kumpel von Kappelmann ist?«

»Genau der.« Kari betrachtete den Eingang des Wohnhauses. »Du kennst ihn. Er arbeitet auch bei Delikatessen-Freund. Und er modelt. Bei Viktoria Freund.«

»Diego Valdez?«

»Mhm.« Kari nahm gedankenverloren einen neuen Egoshooter zur Hand. Eine hässliche, blutverschmierte Fratze blickte ihr entgegen.

»Ich stelle mir das folgendermaßen vor«, erklärte sie. »Valdez träumt von einer eigenen Tanzschule. Aber dafür braucht er Geld. Da kommt es ihm ganz gelegen, dass sein biederer Freund Kappelmann in Saskia Lübbers verknallt ist. Er bietet an, ihm dabei zu helfen, sie zu erobern – wenn Kappelmann im Gegenzug etwas an Valdez' finanzieller Situation ändert.«

Lund stellte die Musik aus. »Der schöne Argentinier ist also nicht nur Koch und Model, sondern auch ein Puppenspieler.«

»Hm.« Kari legte das Spiel zurück auf den Stapel. »Diese Ausländer. Man darf ihnen einfach nicht trauen.«

»Wie bitte?«

»Ach, nichts. Ich erinnere mich nur gerade an Kappelmanns Nachbarin. Eine ältere Dame mit sehr dezidierten Ansichten.«

Lund, der wusste, dass Kari nichts mehr hasste als Leute, die in Schubladen dachten, statt hinter die Fassade zu sehen, lachte. »Du kennst das ja: Den meisten Menschen macht das Fremde Angst. Weil es ihre eigene Welt in Frage stellt. Hat dir deine Mutter das nicht erklärt?«

»Doch.« Aber Kari hielt es in diesem Fall mehr mit ihrem Vater. Für Menschen, die sich auf Vorurteile stützten, um nicht nachdenken oder womöglich gar an sich selbst arbeiten zu müssen, fehlte ihr die Geduld.

Sie hörte, wie Lund mit irgendwelchen Papieren raschelte.

»Vielleicht hilft dir das weiter«, sagte er. »Die Kollegen haben eine Spur, wie die gestohlenen Kreditkartendaten zu Geld gemacht werden. Sie haben eine Reihe von Einkäufen im Internet nachverfolgen können, die mit den Daten getätigt wurden. Wenn du denjenigen findest, der die Pakete in Empfang nimmt, hast du auch den Kartendieb.«

Im Wohnblock gegenüber öffnete sich die Tür, und Diego Valdez trat auf die Straße.

»Perfektes Timing«, sagte Kari. »Er kommt gerade aus dem Haus.«

Sie wartete, bis Valdez das Schaufenster passiert hatte, und verließ dann das Geschäft.

»Hey! Wollen Sie nichts kaufen?«, schrie ihr der Brillenmann hinterher.

»Ein andermal!«, rief Kari und schloss eilig die Ladentür. Das fehlte noch, dass Valdez auf sie aufmerksam wurde, weil ein weltfremder Spieleverkäufer hinter ihr her brüllte.

»Ach ja, Ole«, sagte sie, während sie sich in einen Hauseingang drückte. »Du musst bei Delikatessen-Freund anrufen und mich krankmelden. Die springen sicher im Karree, weil ich immer noch nicht da bin. Kein Mensch wird glauben, dass ich vier Stunden lang beim Arzt gewartet habe.«

»*Ich*?«, fragte Lund. »Warum soll ich dich krankmelden?«

»Du bist mein Bruder«, entgegnete Kari. »Schon vergessen?«

»Richtig.« Kari hörte ein Klatschen, als hätte sich der Kriminalrat mit der flachen Hand vor die Stirn geschlagen. Er hasste es, wenn er nicht jedes Detail seiner ausgefeilten Pläne im Blick hatte.

»Apropos Freund«, sagte er. »Da gibt es auch Neuigkeiten. Die gefälschten Lebensmittel kommen aus einer Fabrik in Polen. In Bredstedt werden sie nur umetikettiert. Aber der Drahtzieher scheint dort zu sitzen. Wir müssen nur noch herausfinden, wer das ist.«

Kari sprang hinter eine Hecke, weil Valdez sich plötzlich umdrehte und die Straße hinunterspähte.

»Mach das, Ole«, sagte sie und drückte das Gespräch weg. »Ich habe hier gerade etwas anderes zu tun.«

■ ■ ■

Hannah Behrends schob die große Weißwandtafel vor das Fenster und sperrte damit den strahlend blauen Himmel und den Sonnenschein aus. Sie kniff die Augen zusammen und studierte zum wiederholten Mal die Tabelle, in die sie seit Beginn der Ermittlungen alle relevanten Informationen eingetragen hatten. Die Namen der Verdächtigen. Die möglichen Motive. Und die vorhandenen Alibis.

Jonas Voss raufte sich die Haare. Das half zwar nicht, doch mittlerweile standen sie so wirr um seinen Kopf herum, dass er die Situation auch nicht mehr verschlechtern konnte. Es war aber auch wirklich zum Verrücktwerden.

Außer Diego Valdez hatte keiner der Mitarbeiter des Delikatessenmarkts ein Alibi. Weder Saskia Lübbers, die von Bruns sexuell belästigt worden war, noch Tanja Eggerstedt, die der Marktleiter gemobbt hatte. Auch das andere Mobbingopfer, der Lagerist Marvin Drewes, stand ohne Alibi da. Genauso wie Kari Blom, die mit Bruns Streit gehabt hatte, und der Inhaber Alexander Freund selbst. Er war derjenige, der das stärkste Motiv hatte. Durch den Mord an Bruns war er den lästigen Erpresser losgeworden, der seinem Markenbetrug auf die Spur gekommen war.

Aber auch, wenn es Voss immer noch wurmte, dass Freund – und nicht er – Kari Blom geküsst hatte, glaubte er nicht an ihn als Täter.

Hannah war anderer Ansicht.

»Wer soll es denn sonst gewesen sein?«, fragte sie mit anklagendem Blick auf ihre säuberlich angelegte Tabelle.

»Freund hatte sich mit Bruns arrangiert«, widersprach Voss. »Er hat den Profit aus dem Etikettenschwindel mit ihm geteilt. Das heißt, er musste keine Angst haben, dass sein Marktleiter ihn ans Messer liefert. Bruns hätte sich ja ins eigene Fleisch geschnitten. Und nach allem, was man den Geschäftsbüchern entnehmen kann, läuft Freunds Delikatessenmarkt besser denn je. Er war sicher nicht so dringend auf das Geld angewiesen, das Elmar Bruns kassiert hat, dass er dafür einen Mord riskiert hätte.«

Hannah spitzte die Lippen. »Also gut«, sagte sie. »Angenommen, es war nicht Freund. Wer dann? Kari Blom?«

Jonas Voss schüttelte den Kopf. Nicht nur, weil er sich einfach nicht vorstellen konnte, dass die Frau, bei der er immer wieder Herzklopfen bekam, zu so einer Tat in der Lage war, sondern auch, weil sie kaum die Gelegenheit gehabt hatte, sich nach der Auseinandersetzung mit Bruns die K.-o.-Tropfen zu besorgen, mit denen der Marktleiter betäubt worden war.

Hannah drehte den dicken Filzstift zwischen ihren Fingern. »Das würde bedeuten, dass es jemand gewesen sein muss, der schon vor dem Tattag wusste, dass er Bruns töten will«, folgerte sie. »Tanja Eggerstedt?«

Die Kassiererin hatte vermutlich das existentiellste Motiv. Bruns hatte sie systematisch aus dem Catering gedrängt und den lukrativen Nebenerwerb Diego Valdez zugeschanzt. Für Tanja, die einen arbeitslosen Mann und drei Kinder zu versorgen hatte, eine Katastrophe. Aber sie war einfach nicht der Typ für eine solche Tat.

Überhaupt war dieser Mord keiner, den er einer Frau zutraute. Frauen mordeten heimlich, vorzugsweise mit Gift. Sie betäubten nicht einen ausgewachsenen Mann und schleppten ihn ins Naturschutzgebiet, um ihn lebendig zu begraben.

»Wenn es ein Mann war«, sagte Hannah, »dann bleibt nur einer: Marvin Drewes.«

Voss warf entnervt seinen Kugelschreiber auf den Tisch. Er rollte über die Kante, fiel herunter und zersprang auf dem Boden in mehrere Einzelteile.

»Ach, verdammt.« Voss kroch unter den Schreibtisch und sammelte die Plastiksplitter auf.

Marvin war ein netter, geistig etwas zurückgebliebener junger Mann. Freundlich. Gutmütig. Aber er war auch kräftig. Und auch wenn er keinen Führerschein besaß, war er möglicherweise in der Lage, ein Fahrzeug zu führen. Er hätte die Tat begehen können. Und wer wusste schon, was in seinem Kopf passierte, wenn man ihn nur lange genug reizte?

»Wir befragen ihn noch einmal«, entschied Voss und warf die Reste des Kugelschreibers in den Papierkorb. »Vielleicht bringt uns das ja weiter.«

Hannah Behrends murmelte etwas Zustimmendes und bemühte sich um eine zuversichtliche Miene. Besonders gut gelang es ihr nicht.

■ ■ ■

Diego Valdez überquerte die Norderstraße und lief durch die Theodor-Storm-Straße zum Strandübergang Seenot. Er schlenderte den Holzbohlenweg entlang und flanierte über die Kurpromenade bis zur Musikmuschel. Kurz blieb er stehen, blickte über das blauglitzernde Meer und strich sich die öligen schwarzen Locken zurück. Dann ging er am Strandwärterhäuschen vorbei in die Fußgängerzone.

Der Wind blähte sein rotes Hemd mit den weiten Ärmeln. Valdez bewegte sich mit der Eleganz eines Tänzers, mit einem sachten Schwingen des Beckens, das seine schmalen Hüften in der enggeschnittenen schwarzen Hose betonte. Den Kopf wandte er abwechselnd den Schaufenstern der Modegeschäfte und den attraktiven Frauen zu, die durch die Friedrichstraße bummelten.

Vermutlich schenkte er ihnen ein breites Lächeln mit seinen

strahlend weißen Zähnen. Zumindest leuchteten die meisten der Frauengesichter auf, wenn er sie ansah. Einige wenige wandten allerdings auch ruckartig den Kopf ab. Vielleicht waren sie verklemmt. Oder sie hielten sich für etwas Besseres. Was hier auf Sylt ein häufig anzutreffendes Phänomen war.

Kari folgte Valdez in großzügigem Abstand. Sein rotes Hemd hob ihn aus der Menge heraus wie eine Signalflagge, die ihr den Weg wies. Es war keine sonderlich geeignete Bekleidung, wenn man beabsichtigte, etwas Illegales zu tun. Hatte sie sich womöglich getäuscht? Aber vielleicht war Valdez auch einfach nur sorglos. Noch ein Phänomen. Eines, das nach Karis Erfahrung besonders bei selbstbewussten Männern häufig anzutreffen war.

Valdez blieb vor der großen gelben Paketbox stehen, die an der Kreuzung zur Maybachstraße platziert war. Kari schlüpfte eilig hinter einen Zeitungsständer, der beinahe unmittelbar daneben stand. Im selben Moment begann das Telefon in ihrer Hosentasche zu vibrieren.

Kari beglückwünschte sich im Stillen, dass sie so vorausschauend gewesen war, das Smartphone auf lautlos zu stellen. Es gab kaum etwas Dümmeres, als sich durch Telefongeklingel bemerkbar zu machen, wenn man jemanden beschattete.

»Ja?«, sagte sie gedämpft und hielt eine Hand vor den Mund, um ihre Worte abzuschirmen. Ihr Blick fiel auf die aktuelle Ausgabe der *Sylter Nachrichten*.

Skandal: Etikettenschwindel bei Delikatessen-Freund stand in fetten Lettern auf der Titelseite. Kari zog die Zeitung aus dem Ständer und schüttelte sie mit der freien Hand auf, um sich den Artikel anzusehen.

»Kari?«, sagte Ole Lund. »Ich habe neue Informationen. Die Waren, die mit den gestohlenen Kreditkartendaten gekauft wurden, werden an eine Paketbox in Westerland zugestellt. Die Kollegen arbeiten noch daran, herauszufinden, was sich in den Paketen befindet. Aber wir wissen zumindest, um welche Abholstation es sich handelt. Sie befindet sich in der Fußgängerzone, an der Kreuzung Friedrich- und Maybachstraße.«

»Hm«, machte Kari und lugte über den Rand ihrer Zeitung hinweg. »Du wirst lachen, Ole. Ich kann die Paketbox sehen. Ich stehe nämlich genau davor.«

»Ach so?«

Diego Valdez zog seine Brieftasche aus der Hose und nahm einen Zettel heraus. Vermutlich die Nummern, die er brauchte, um die Pakete abzuholen. Er begann, sie in die Tastatur der Box einzugeben.

Ein dunkler Schatten fiel plötzlich auf Kari. Ein großer Mann mit Vollbart und verkniffenem Gesicht versperrte ihr den Blick.

»Junge Frau«, sagte er. »Das hier ist keine Lesehalle. Wenn Sie die Nachrichten studieren wollen, müssen Sie die Zeitung kaufen.«

Kari klemmte ihr Smartphone zwischen Schulter und Kinn und angelte mit der freien Hand ihr Portemonnaie aus der Handtasche.

»Das hatte ich auch vor«, sagte sie lächelnd. »Ich war nur so fasziniert von den Neuigkeiten. Das musste ich gleich meinem Verlobten erzählen. Der hält sich nämlich für einen Feinschmecker. Aber dass der Kaviar von Freund gar keiner ist, hat er nicht gemerkt.«

Der Kioskbesitzer schaute grimmig. »Eine Sauerei ist das. Und dieser Freund ist ein verdammter Heuchler«, verkündete er. »Schwingt bei den Branchentreffen große Reden über Qualität und Kundenvertrauen. Und dann das.« Er deutete auf den Artikel. Im nächsten Moment hellte sich sein Gesicht auf. »Aber ich sag ja immer: Irgendwann fliegt das alles auf.«

Kari reichte dem Mann ein Zwei-Euro-Stück. »Stimmt so«, sagte sie. »Der Rest ist dafür, dass bei Ihnen drin ist, was draufsteht.«

Der Mann tippte sich mit zwei Fingern an die Stirn. »Vielen Dank auch, junge Frau«, sagte er und verschwand in seinem Laden.

Kari, die endlich wieder freie Sicht auf die Paketbox hatte, atmete auf. Diego Valdez stand noch immer vor dem Automaten und tippte Nummern ein. Neben ihm auf der Straße stapelten sich bereits vier Kartons unterschiedlicher Größe.

Kari hielt ihr Smartphone ans Ohr. »Ole?«

»Ich bin noch da«, kam es steif vom anderen Ende.

Kari sah zu, wie Valdez ein weiteres Paket aus der Box nahm. Er stellte die Kartons übereinander und lud sie sich auf die Arme. Dann ging er leichtfüßig in Richtung Strandstraße. Besonders schwer schien der Inhalt der Pappkisten nicht zu sein.

Kari faltete einhändig ihre Zeitung zusammen und folgte Valdez.

»Hast du was?«, fragte sie ihren Vorgesetzten.

»Ich fühle mich ja geehrt, dass ich neuerdings dein Verlobter bin«, grollte Lund. »Aber dass du meine sensiblen Geschmacksnerven beleidigst …«

Kari lachte leise. »Ich dachte, du bist vor allem ein Feinschmecker in Sachen Sprache.«

»Der Linguine nicht von Linguistik unterscheiden kann?«

»*Mea culpa*. Ich werde bei nächster Gelegenheit ein paar Proben aus Freunds Feinkostladen mitbringen. Dann können wir ja schauen, ob deine Nase genauso fein ist wie die Messgeräte unserer Lebensmittelchemikerin.«

Lund knurrte. »Untersteh dich. Dieses gepanschte Zeug esse ich nicht. Nicht mal zu experimentellen Zwecken.«

Kari hörte das Signal, das ankündigte, dass ein weiterer Anruf auf Lunds Smartphone einging.

»Entschuldige, da muss ich rangehen«, sagte er. »Ich melde mich, wenn es etwas Neues gibt. Und, Kari«, Lund machte eine winzige Pause, »verlier Valdez nicht aus den Augen.«

Die Verbindung brach ab, und Kari schnaubte. Warum konnte Lund kein Telefongespräch beenden, ohne ihr zum Schluss noch eine spitze Bemerkung mit auf den Weg zu geben? Sie stopfte das Smartphone ärgerlich in die Hosentasche und blickte wieder nach vorn. Dann blieb sie abrupt stehen.

Diego Valdez war verschwunden.

▪ ▪ ▪

Kari rannte die Maybachstraße entlang und fluchte leise vor sich hin. Ausgerechnet in dem Moment, als sie die Lösung des Falls quasi schon in den Händen gehalten hatte, glitt sie ihr durch die Finger. Und wie oft in solchen Situationen schien sich plötzlich alles gegen sie verschworen zu haben. Aus dem Eingang des Hotels »Stadt Hamburg« quoll eine Rentnergruppe, gerade als Kari schwungvoll um die Ecke biegen wollte, und für etliche Sekunden steckte sie fest, als wäre sie in Treibsand geraten. Auf der Strandstraße blockierte der dazugehörige Reisebus die Sicht, und als sie daran vorbeilaufen wollte, rasten zwei unangeleinte Scotchterrier auf sie zu und sprangen an ihren Beinen hoch.

»Entschuldigung!« Eine über und über mit Schmuck behängte Frau mittleren Alters hechelte hinter den Hunden her. Sie kramte eilig die Leinen aus ihrer Designerhandtasche und legte sie den Hunden an. Kari zählte acht Ringe mit dicken

Klunkern an ihren Fingern. Ein Wunder, dachte sie, dass die Frau überhaupt noch in der Lage war, ihre Hände zu gebrauchen.

Die Frau richtete sich auf und rückte ihre hochtoupierte Frisur zurecht. »Ich weiß gar nicht, was sie haben«, sagte sie mit Blick auf die Terrier, die an ihren Leinen zerrten und unbedingt zurück zu Karis Hosenbeinen wollten. »Normalerweise sind sie nicht so verrückt.«

Kari rang sich ein Lächeln ab. »Ich arbeite in einem Feinkostladen«, erklärte sie. »Gestern Abend habe ich an der Fleischtheke ausgeholfen. Da hatte ich auch diese Hose an.«

Die Mundwinkel der Frau fielen herab. »Ach so«, sagte sie und hob das Kinn. »Ja, dann.« Sie drehte sich um und zerrte die kläffenden Hunde hinter sich her. Offenbar war es unter ihrer Würde, mit jemandem aus der Klasse der Werktätigen zu kommunizieren.

Kari strich energisch ihre Hose glatt und blickte sich suchend um. Doch das rote Hemd von Diego Valdez war nirgends zu entdecken.

31.

Das Teppichmesser glitt durch das Klebeband wie durch Butter. Viktoria Freund klappte den Karton auf und betrachtete das glänzend rote Paillettenkleid, das darin lag. Sie hob es vorsichtig aus dem Seidenpapier und hielt es hoch.

»Wundervoll«, sagte sie. »Genau so habe ich es mir vorgestellt.«

Diego Valdez, der im Türrahmen lehnte und sie beobachtete, lächelte. »Ich wusste, dass es dir gefällt.«

Die Inhaberin der Boutique Liberté faltete das Kleid sorgfältig wieder zusammen.

»Diese Kari Blom wird phantastisch darin aussehen«, erklärte sie und schlug das Designerkleid in das Seidenpapier ein. Dann legte sie es mit einer zärtlichen Geste zurück in den Karton. So, als wäre das Kleid ein Baby, das man behutsam behandeln musste. Aber vielleicht war es das für sie ja auch.

Valdez löste sich vom Türrahmen und stellte sich dicht hinter sie. Sanft begann er, ihren Nacken zu massieren. Seine schmalen Finger beschrieben kleine Kreise um ihren Haaransatz. Dann wanderten sie über den Rücken nach unten.

Viktoria Freund gab ein wohliges Seufzen von sich.

Valdez fasste sie an den Hüften und drehte sie zu sich herum. Er legte seine Hände an ihre Wangen. Und dann küsste er sie.

■ ■ ■

Kari Blom, die durch das kleine Fenster vom Hof der Boutique aus in den Probenraum spähte, gab einen verblüfften Laut von sich. Sie zog ihr Smartphone aus der Hosentasche und drückte eine Kurzwahltaste.

Ole Lund nahm sofort ab. Er war offenbar noch unterwegs, denn seine Stimme klang weit entfernt. Vermutlich wurden seine Worte vom Fahrtwind verwirbelt, ehe sie die Freisprechanlage erreichten. Lund fuhr fast immer mit offenem Fenster.

»Kari. Gut, dass du dich meldest«, sagte er. »Wir haben neue Erkenntnisse. In den Paketen, die mit den gestohlenen Kreditkartendaten bezahlt worden sind, befindet sich Kleidung. Designerkleidung.«

»Hm«, machte Kari. »Zum Beispiel ein todschickes rotes Paillettenkleid. Viktoria Freund hatte es gerade in der Hand.

Im Moment allerdings hat sie anderes zu tun. Sie turtelt mit Diego Valdez.«

Lund brauchte einen Moment, um die Information zu verarbeiten. Dann schnaubte er leise. »So. Der schöne Argentinier verbringt also nicht nur deshalb so viel Zeit bei ihr, weil er für sie modelt. Er ist auch ihr Lover.«

Kari hob die Augenbrauen. Wer, in Gottes Namen, benutzte heutzutage noch dieses Wort?

»Na ja. Diese Südländer sollen ja feurige Liebhaber sein«, fuhr Lund fort. »Vielleicht hättest du dich an ihn halten sollen statt an Alexander Freund.«

Kari ignorierte seine Stichelei. Sie hatte jetzt keinen Nerv dafür.

»Ich wollte dir nur Bescheid sagen«, erklärte sie und drückte das Gespräch weg. Dann schob sie das Smartphone zurück in die Hosentasche und öffnete schwungvoll die Hintertür der Boutique.

■ ■ ■

Hatte er wirklich ernsthaft geglaubt, dass Marvin Drewes ein Mörder sein könnte? Als Kriminalhauptkommissar Jonas Voss ihm jetzt im Marktleiterbüro von Delikatessen-Freund gegenübersaß, wurde ihm klar, wie absurd dieser Gedanke war. Drewes schaute Hannah und ihn an wie ein Tier in der Falle. Immer wieder rieb er sich mit beiden Händen über die Hosenbeine und schüttelte den Kopf.

»Nein«, beteuerte er. »Ich war das nicht. Ich hab Bruns nicht totgemacht.«

»Aber er hat dir doch weh getan«, insistierte Hannah, die ihren letzten Verdächtigen offenbar nicht so schnell aufgeben wollte.

Marvin nickte.

»Du hast ihn gehasst.«

Marvin drehte die Augen nach oben, bis nur noch das Weiße in ihnen zu sehen war. Die Antwort auf die Frage, die eigentlich gar keine war, erforderte bei ihm offenbar einiges Nachdenken.

»Ja«, sagte er schließlich und schaute wieder zu Voss, von dem er sich anscheinend mehr Hilfe erwartete als von dessen Kollegin.

»Wenn du gekonnt hättest?«, bohrte Hannah weiter. »Hättest du ihn dann umgebracht?«

Marvins Blick flackerte zwischen der Kriminalkommissarin und ihrem Chef hin und her. »Nein! Nein.« Marvin presste sich die Hände an den Kopf. »Er war doch auch ein Lebewesen. Und jedes Lebewesen hat ein Recht auf Leben.«

Fast hätte Jonas Voss über diese zoologische Einordnung geschmunzelt, die den Marktleiter, der sich selbst als so überlegen empfunden hatte, auf eine Stufe mit einem Fisch oder Regenwurm stellte, doch dann ließ er es sein. Marvin hätte die Geste vermutlich missverstanden.

Er tauschte einen kurzen Blick mit Hannah und stand auf.

»Ist gut, Marvin«, sagte er. »Ich glaube dir. Du kannst wieder an die Arbeit gehen.«

Der Lagerist nickte vor sich hin wie eine Aufziehpuppe. Als er schon die Hand an der Türklinke hatte, öffnete er den Mund. »Herr ... Voss?«

»Ja?«

»Ich ... ich muss Ihnen noch was sagen.«

Jonas Voss setzte sich wieder auf den Stuhl, dem Lageristen gegenüber. »Was musst du mir sagen?«

»In der Nacht, als Herr Bruns ... als er ...«

»Als er ermordet wurde.«

»Ja. Da war ich nicht zu Hause und hab Monopoly auf der Playstation gespielt.«

Voss stockte der Atem. Wollte Marvin jetzt etwa doch ein Geständnis ablegen?

»Ich war unterwegs. Ich wollte zu Diego.«

»Aha.« Jonas Voss stieß die Luft aus, die er angehalten hatte, und lehnte sich wieder auf seinem Stuhl zurück. Was immer Marvin bewogen haben mochte, seine Aussage zu ändern, schien für die Ermittlungen nicht relevant zu sein.

»Aber Diego war nicht zu Hause«, fuhr Marvin fort.

Jonas Voss nickte. Das wussten sie bereits. Das Teilzeitmodel war zur Anprobe für die nächste Modenschau in der Boutique von Viktoria Freund gewesen, nachdem er zuvor eine Lieferung mit ihr ausgefahren hatte.

»Ich hab ihn gesucht«, erläuterte der Lagerist. »Ich dachte, er ist drüben. In der Butike. Aber da war er nicht.«

Voss richtete sich wieder auf. »Er war nicht …?«

»Da war alles dunkel«, erklärte Marvin geduldig. »Da war keiner.«

Jonas Voss beugte sich zu ihm vor. »Wann?«, fragte er. »Wann warst du dort und hast nach ihm gesucht?«

Marvin zuckte mit den Schultern. Ein Blick auf sein Handgelenk zeigte Voss, dass er keine Uhr trug. Eine bleischwere Müdigkeit erfasste ihn plötzlich. In diesem Fall folgten auf jeden Schritt nach vorn zwei Schritte zurück.

»Ist gut, Marvin«, sagte er.

Der Lagerist kaute auf seiner Unterlippe. Dann erhellte sich sein Gesicht.

»Ich hab den Glockenschlag von St. Nicolai gehört«, erklärte er. »Elfmal.«

Hannah Behrends lachte auf. Jonas Voss ließ sich gegen die Stuhllehne fallen.

Viktoria Freund hatte also für Diego Valdez gelogen. Für den einzigen Mitarbeiter des Delikatessenmarkts, den sie als Täter nicht in Betracht gezogen hatten, weil er ein Alibi hatte. Doch jetzt hatte er keines mehr.

Voss sprang mit neuer Energie von seinem Stuhl auf.

»Komm«, sagte er zu Hannah. »Diesen Valdez knöpfen wir uns vor.«

Er wollte schon aus dem Büro stürmen, doch dann fiel ihm noch etwas ein. Er drehte sich wieder um und legte Drewes eine Hand auf die Schulter.

»Danke, Marvin«, sagte er. »Das war toll. Du hast uns sehr geholfen.«

Die Mundwinkel des Lageristen hoben sich nur in Zeitlupe. Aber als er mit der Bewegung fertig war, strahlte er über das ganze Gesicht.

■ ■ ■

Viktoria Freund und Diego Valdez fuhren erschrocken auseinander, als Kari den Probenraum betrat. Sie grinsten verlegen wie Kinder, die mit der Hand im Bonbonglas erwischt worden waren. Kari tat so, als würde sie es nicht bemerken.

»Hallo«, sagte sie. »Ich hoffe, ich komme nicht ungelegen. Ich wollte mir nur das Modell ansehen, das ich vorführen soll.«

»Ja. Natürlich. Gerne.« Viktoria Freund riss den Karton wieder auf, den sie gerade erst sorgsam verschlossen hatte. »Die neue Ware ist eben angekommen. Herr Valdez war so freundlich, sie mir vorbeizubringen.«

Kari lächelte Valdez an. Der hatte seine Fassung wiedergefunden und erwiderte das Lächeln strahlend.

»Komm«, forderte er sie auf. »Zieh es gleich an.«

Kari zierte sich. »Hier?«

Valdez deutete auf eine Stellwand. »Wir haben einen Paravent. Mehr Privatsphäre gibt es bei einer Modenschau nicht.«

Kari wandte sich ab, weil ihr sein durchdringender Blick unangenehm war. Sie nahm das rote Paillettenkleid entgegen, das Viktoria Freund ihr reichte, und verzog sich damit hinter die Stellwand. Schnell schlüpfte sie aus Hose und T-Shirt und zog das Kleid über. Sie hörte, wie sich Valdez und Viktoria Freund leise zischelnd unterhielten, konnte aber kein Wort verstehen.

Entschlossen zog sie den Reißverschluss nach oben und trat hinter dem Paravent hervor. Sie schaute in den großen Spiegel, der an der Wand stand. Die Frau, die ihr daraus entgegenblickte, sah einfach umwerfend aus.

»Wow!«, sagte Diego Valdez. Viktoria Freund seufzte.

»Wunderschön«, erklärte sie. »Sie sehen wunderschön aus.« Sie schaute sich suchend um. »Warten Sie einen Moment«, bat sie. »Ich hole meine Kamera.«

Sie verschwand in den Nebenraum, und Kari trat näher zu Valdez. »Zufälligerweise ist mir bekannt, auf welche Weise du diese Designerklamotten beschafft hast«, verkündete sie. »Wir sollten uns bei Gelegenheit ausführlicher darüber unterhalten.«

Valdez kniff die Augen zusammen. »So?«, fragte er spöttisch. »Was weißt du denn?«

Kari machte eine belanglose Handbewegung. »Jörn Kappelmann. Die Kreditkartensoftware. Deine Einkäufe im Internet. Und die Paketbox in der Friedrichstraße.«

Valdez presste die Kiefer zusammen. Er packte Kari hart am Arm und zog sie hinter den Paravent. »Nicht hier«, zischte er. »Wir treffen uns heute Nacht.« Er dachte kurz nach. »Kennst du die Hörnum-Odde?«

Kari, seit ihrem ornithologischen Ausflug mit der Häkelmafia mit der Südspitze Sylts vertraut, nickte.

»Ich warte bei den Beton-Tetrapoden auf dich«, sagte Valdez und ließ ihren Arm los. »Punkt Mitternacht.«

Mit ein paar großen Schritten war er an der Hintertür und stürmte hinaus. Die Tür fiel mit einem Krachen hinter ihm ins Schloss.

»Was hat er denn?« Viktoria kam aus ihrem Büro zurück, in der Hand eine professionell aussehende digitale Spiegelreflexkamera.

Kari setzte eine neutrale Miene auf. »Ihm ist eingefallen, dass er noch etwas erledigen muss. Irgendwas mit verderblichen Waren und einer Feier heute Abend.«

Viktoria Freund kniff die Lippen zusammen. »Nun gut«, murmelte sie und winkte Kari zum roten Teppich. »Für die Fotos brauchen wir ihn nicht.«

Sie hob die Kamera, und Kari begann, über den improvisierten Laufsteg zu wandern.

Das Blitzlicht flammte in rascher Folge mehrmals hintereinander auf, und Kari streckte sich unwillkürlich und vollführte eine elegante Drehung.

Für einen Moment kam sie sich tatsächlich vor wie ein begehrtes Model im Rampenlicht. Und das war kein schlechtes Gefühl.

32. Kari Blom schüttete den Inhalt ihrer Handtasche aufs Bett, aber das Ergebnis blieb dasselbe: Ihre lichtstarke schwarze Stabtaschenlampe war verschwunden. Zwischen ihrem Smartphone, dem schmalen Portemonnaie, dem Feuchtigkeitslippenstift, der Packung Taschentücher und dem kleinen Etui mit Tampons für den Notfall, die den restlichen Inhalt der Tasche ausmachten, hätte sich die achtzehn Zentimeter lange Lampe auch nur schwer verstecken können.

Kari stopfte die restlichen Utensilien zurück und warf einen Blick aus dem Fenster. Der Himmel hatte sich zugezogen, und der Mond war nur eine schmale Sichel. Noch erhellte der letzte Rest der Dämmerung die Bäume und die Hecke hinter dem Gartenhaus. Sogar das kleine Stück Meer, das man von hier aus sehen konnte, schimmerte noch türkisfarben. Zumindest bildete Kari sich das ein.

Aber um Mitternacht an der Odde würde es stockfinster sein.

Kari sah auf die Uhr. Es war kurz nach halb elf. Ob sie um diese Zeit noch bei ihrer Vermieterin klopfen und nach einer Taschenlampe fragen konnte?

Besonders höflich war das nicht. Doch wenn man es genau betrachtete, blieb ihr gar keine andere Wahl.

■ ■ ■

Fünf Minuten später stellte Kari fest, dass sie sich keine Sorgen hätte machen müssen. Bei Marijke Meenken brannte noch Licht.

Kari klingelte an der Tür. Sie wartete, aber nichts geschah. Vielleicht war die alte Dame vor dem Fernseher eingeschlafen?

Sie klingelte erneut.

Einen Moment später wurde die Tür aufgerissen, und Kari fand sich der Bäckerwitwe Alma Grieger mit den orangegefärbten Haaren gegenüber.

»Hallo, Frau Blom!«, rief sie aufgekratzt. »Haben Sie schon öfter geläutet? Wir haben nichts gehört.«

Kari betrachtete irritiert das erhitzte Gesicht der alten Dame. Die Wohnzimmertür flog auf, und laute Musik scholl heraus.

»Alma! Wo bleibst du denn? Wir wollen weitermachen«, rief Witta Claaßen. Auch sie wirkte weniger distinguiert als gewöhnlich, und Kari meinte gar, einen rosigen Glanz auf ihren Wangen zu bemerken. In jedem Fall saß die Marlene-Dietrich-Frisur schief.

Erst jetzt bemerkte sie Kari, die immer noch ratlos in der Haustür stand.

»Frau Blom!«, rief sie aufgeräumt. »Kommen Sie doch herein!«

Alma Grieger griff nach Karis Arm und zog sie in den Flur, wo sie von Witta Claaßen übernommen und ins Wohnzimmer bugsiert wurde. Die Haustür fiel mit einem satten Knall ins Schloss.

Marijke Meenkens Wohnstube war nicht wiederzuerkennen. Dort, wo gewöhnlich die Häkelmafia zur Verrichtung ihrer handarbeitlichen Tätigkeiten saß, war ein leerer Raum entstanden. Das Sofa und die beiden Sessel waren an die Wand geschoben worden. Auf dem Couchtisch, der ebenfalls beiseitegerückt worden war, präsentierten sich ein appetitliches kaltes Buffet und eine Ministereoanlage, die trotz ihrer geringen Größe einen überraschend satten Sound hatte.

Marijke Meenken tanzte allein durch den Raum, die Arme erhoben, um einen unsichtbaren Tanzpartner zu halten. Auch ihr Gesicht war gerötet, ihre Miene entrückt. Nur Grethe Aldag, die Keitumer Klempnerwitwe mit den eisgrauen Haaren, wirkte so kühl wie immer. Sie stand neben dem Tisch und kaute ein Lachsbrötchen.

Marijke Meenken entdeckte Kari und unterbrach ihren Tanz.

»Frau Blom! Das ist ja eine Freude!« Sie eilte zu ihrem Buffet und kam mit zwei Gläsern Sekt zurück.

»Bitte! Stoßen Sie mit mir an«, forderte sie Kari auf.

Die Gläser klirrten, und Kari nippte an ihrem Sekt. Eigentlich mochte sie keinen Alkohol, schon gar nicht, wenn er mit Kohlensäure versetzt war. Aber ihrer Vermieterin konnte sie einfach nichts abschlagen.

»Was tun Sie hier?«, erkundigte sie sich.

»Wir feiern Geburtstag!«, rief Marijke. »Mit allem, was dazugehört. Musik, Tanz und gutem Essen. Und natürlich einem winzigen Schluck Alkohol.«

Kari betrachtete die Häkeldamen erheitert. Bisher hatte sie von Geburtstagspartys von über Achtzigjährigen eine andere Vorstellung gehabt. Es war schön, zu sehen, dass sie sich offenbar getäuscht hatte. Wenn man mit so viel Vergnügen alt werden konnte, gab es keinen Grund, sich davor zu fürchten.

»Tun Sie uns den Gefallen«, bat Marijke. »Feiern Sie mit uns.«

Kari gab ihr das Sektglas zurück. »Tut mir leid«, sagte sie. »Das würde ich wirklich gern. Aber ich kann nicht. Ich habe noch eine Verabredung.«

Witta Claaßen schaute auf die Uhr, die über dem Sofa hing. »Um diese Zeit?«, fragte sie missbilligend.

Grethe Aldag drehte die Stereoanlage leiser.

»Grethe! Was soll denn das?«, beschwerte sich Alma.

Grethe deutete auf Marijke und Kari. »Müssen se nich so brüll'n, wenn se sich unterhalten.«

Alma legte einen Finger an die Nase, als müsse sie darüber nachdenken. Dann ließ sie sich auf das Sofa fallen und streckte die Beine aus.

»Ich treffe einen Informanten«, berichtete Kari. »An der Hörnum-Odde.«

»Oh!« Alma Grieger sprang sofort wieder auf. »Ein konspiratives Treffen mitten in der Nacht. Wie spannend.« Sie flatterte zu Kari und Marijke. »Worum geht es denn da?«

»Das ist eine komplizierte Geschichte«, erwiderte Kari. »Die muss ich Ihnen später in Ruhe erzählen.«

Alma, Marijke und Witta machten enttäuschte Gesichter. Nur Grethe Aldag behielt wie immer den Überblick.

»Wie können wir Ihnen denn helfen?«, fragte sie.

»Ich finde meine Taschenlampe nicht«, sagte Kari und schaute auf die Uhr. »Und ich brauche ein Taxi.«

Marijke Meenken strahlte. »Wenn's weiter nichts ist.«

▪ ▪ ▪

Sie hatte die Häkeldamen nur mit Mühe davon abhalten können, sie selbst zur Hörnum-Odde zu fahren. Sie hätten damit ohne Zweifel ihre Fahrerlaubnis aufs Spiel gesetzt. Und in ihrem Alter konnte man nicht sicher sein, ob man sie jemals wiederbekam. Nicht, wenn man die Promillegrenze so massiv überschritt, wie es die alten Damen mit ihrem Sektkonsum ohne Zweifel getan hatten.

Zumindest mit der Taschenlampe hatten sie ihr helfen können. Das Exemplar, das Marijke Meenken aus dem Keller geholt hatte, wog gefühlte fünf Kilo. Dafür machte es aber auch ein hervorragendes Licht.

Kari sah aus dem Fenster des Taxis auf die im fahlen Mondschein vorbeiziehenden Dünen. Unwillkürlich musste sie an ihre letzte Fahrt auf dieser Strecke denken, als sie neben Alexander Freund im Wagen gesessen hatte.

Seit dem Kuss am Hörnumer Leuchtturm und der Aufdeckung des Lebensmittelskandals hatte sie ihn nicht mehr gesehen. Sie wusste auch nicht, wie sie ihm gegenübertreten sollte. Trotz allem, was passiert war, fühlte sie sich noch immer zu ihm hingezogen. Aber für seine Geschäftspraktiken hatte sie nur Verachtung übrig.

Das Taxi hielt auf dem Parkplatz am Leuchtturm, und Kari reichte dem Fahrer das Geld. Dann stieg sie aus und lief auf das Leuchtfeuer zu.

■ ■ ■

Der Wind fegte über die Insel, und die dünne Sichel des Mondes verschwand immer wieder hinter schwarzen Wolken. Kari zog den Reißverschluss ihrer Jacke bis nach oben und richtete den Strahl der Taschenlampe auf die Stufen der Holztreppe, die zum Strand hinunterführte.

Was hatte Valdez bewogen, sich ausgerechnet hier mit ihr zu verabreden? Die Odde war sicher nicht das einzige einsame Fleckchen auf Sylt. Und es dürfte eine Reihe anderer Plätze geben, die weniger schwer zugänglich waren.

Aber vielleicht hatte Valdez ja auch gar nicht vor, mit ihr zu reden. Womöglich plante er, sich eines weiteren Mitwissers seiner Kreditkartenbetrügereien zu entledigen.

Elmar Bruns war ein scharfer Hund gewesen. Er hatte alles im Blick gehabt. Kari war sich mittlerweile sicher, dass er Valdez und Kappelmann auf die Spur gekommen war. Doch statt die beiden bei der Polizei anzuzeigen, hatte er sich lieber seinen Anteil am Kuchen gesichert. Was auch erklärte, wie er sich plötzlich die teure Uhr und das noch teurere Auto hatte leisten können. Allerdings hatten Valdez und Kappelmann offenbar keine Lust gehabt, zu teilen. Stattdessen hatten sie den lästigen Mitwisser aus dem Weg geräumt.

Aber wenn Valdez vorhatte, sie umzubringen, würde er sein blaues Wunder erleben. Sie war schließlich keine hilflose kleine Kassiererin. Sie war eine der besten Undercover-Ermittlerinnen des LKA Kiel. Und ihre Kampfsportgriffe waren legendär. Davon konnte nicht nur ein Kollege, der ihr vor ein paar Jahren bei einer Betriebsfeier in betrunkenem Zustand zu nahe gekommen war, ein Lied singen.

Trotzdem hätte sie vielleicht Ole Lund einweihen sollen. Er hätte ein paar Leute abstellen können, die sich heimlich an der Odde postierten und die Situation im Auge behielten. Doch dafür war es jetzt zu spät. Ganz abgesehen davon, dass es schwer gewesen wäre, sich hier in der Heide- und Dünenlandschaft unsichtbar zu machen. Und Kari wollte nicht, dass Valdez gewarnt wurde. Er sollte weiterhin glauben, dass sie nur eine schlichte Kassiererin war, die ihre Chance aufs große Geld witterte. So würde sie die meisten Informationen aus ihm herausbekommen.

Kari ließ das Licht ihrer Taschenlampe über den Strand und die Dünen wandern. Von Valdez war nichts zu sehen. Aber bis zu den Beton-Tetrapoden war es auch noch ein Stück zu gehen.

Kari löschte die Taschenlampe, um die Batterien zu schonen, und fröstelte plötzlich. Um sich aufzuwärmen und ihr

Unbehagen abzuschütteln, begann sie zu laufen. Als sie ihr Ziel erreicht hatte, blieb sie abrupt stehen.

Vor ihr ragten die Beton-Tetrapoden auf wie Gestalten aus einer fremden Welt. Oder wie das gigantische Kunstwerk eines modernen Bildhauers.

Kari schaltete die Taschenlampe wieder ein und ließ den Lichtstrahl über die vierarmigen Gebilde schweifen. Wellen schwappten über die grauen Arme und liefen daran herunter. Eines der Objekte hatte sogar einen fünften. Er war dünner und sah sehr viel menschlicher aus als die künstlichen Gebilde. Als das Wasser zurücklief, entdeckte Kari auch die zugehörige Hand.

Sie machte einen Schritt auf den Wellenbrecher zu.

Auf dem Beton-Tetrapoden lag ein Mann. Rücklings, die Arme zu beiden Seiten ausgebreitet, den Kopf nach hinten überstreckt.

Die Wellen, die vom Meer heranrollten, überspülten sein Gesicht. Als sie wieder zurückliefen, zogen sie seine Haare mit, die sich wie Algen kräuselten. Wie schwarzer, öliger Seetang.

33. Ein wenig kam es Jonas Voss vor, als sei er in die Dreharbeiten zu einem Horrorfilm geraten.

Die dunklen Wolken über dem Meer. Der Strandhafer, der sich unter dem aufkommenden Sturm duckte. Und die weißgekleideten Gestalten, die im grellen Scheinwerferlicht um die Leiche herumtanzten.

Natürlich tanzten sie nicht. Sie machten nur ihre Arbeit.

Voss sah den Kollegen von der Kriminaltechnik geduldig zu.

Viele Hoffnungen machte er sich allerdings nicht. Wie sollte man Spuren an einer Leiche finden, die im Sekundentakt von Meerwasser überspült wurde? Aber vielleicht würde Prof. Dr. Susanne Lorenz von der Rechtsmedizin in Kiel ja ein Wunder vollbringen. Sie war jedenfalls schon auf dem Weg.

Voss blickte zu Kari Blom, die auf einer der großen Metallkisten der Kriminaltechniker hockte. Sie hatte die Arme eng um ihren Oberkörper geschlungen. Selbst aus der Entfernung meinte Voss zu sehen, dass sie zitterte.

Hannah Behrends wies in den dunklen Himmel.

»Wir müssen uns mit dem Zelt beeilen«, sagte sie. »Nicht mehr lange, und es fängt an zu schütten.«

Jonas Voss nickte und suchte nach seinem Handy, um sich mit den Kollegen der Spurensicherung zu verständigen. Den abgesperrten Bereich durften sie erst betreten, wenn die Suche abgeschlossen war.

»Ja, ja«, sagte der Kollege am Telefon gemütlich. »Der Pavillon kommt. Obwohl, wenn Sie mich fragen: Wir können uns den Aufwand auch sparen. Der Regen wird nichts wegspülen, was das Meer nicht schon längst davongetragen hat.«

Voss gab dem Kollegen heimlich recht.

»Machen Sie es trotzdem«, erwiderte er. »Man weiß ja nie.«

Er drückte das Gespräch weg und sah Hannah an.

»Komm«, sagte er und wies auf Kari. »Ich möchte wirklich gern wissen, warum sie immer mittendrin ist, wenn hier auf Sylt ein Mord geschieht.«

▪ ▪ ▪

In Karis Kopf wirbelten die Gedanken. Sie sah, wie Kriminalhauptkommissar Jonas Voss und seine Kollegin Hannah Behrends auf sie zukamen.

Was sollte sie den beiden sagen? Dass sie hier an der Odde mit Valdez verabredet gewesen war? Oder dass sie gekommen war, um einen einsamen Spaziergang im Mondschein zu machen?

Kari schnaubte leise. Kein Mensch würde ihr das glauben. Wer fuhr schon nachts mit dem Taxi von Braderup nach Hörnum, um mit der Taschenlampe einen Strandspaziergang zu den Beton-Tetrapoden zu unternehmen? Vielleicht eine Biologin oder Geologin, die sich für die Ausspülung des Küstensaums interessierte. Aber doch keine Schriftstellerin, die undercover an der Supermarktkasse arbeitete. Und die dann – welch ein Zufall – auch noch einen toten Kollegen dort fand.

Vielleicht war es das Beste, überhaupt nichts zu sagen. Sollten die beiden sich doch ihre eigenen Gedanken machen. Natürlich würden sie das annehmen, was naheliegend war. Und Voss' Bild von ihr würde noch weiter beschädigt werden. Aber es gab ja ohnehin keine Perspektive für sie beide. Nicht, nachdem sie vor einem Jahr einfach gegangen war. Und schon gar nicht jetzt, wo er wusste, dass ihr auch Alexander Freund den Kopf verdreht hatte. Egal, was sie tat, sie machte alles nur noch schlimmer.

Das war eben das Schicksal einer Undercover-Ermittlerin.

Sie war nur froh, dass Ole Lund nicht hier war. Seine spitzzüngigen Kommentare hätte sie jetzt nicht ertragen.

■ ■ ■

Jonas Voss war enttäuscht.

Was für eine Frau war diese Kari Blom eigentlich? Dass sie sich auf den attraktiven Delikatessenmarktbesitzer Freund eingelassen hatte, konnte man ja vielleicht noch verstehen.

Aber dass sie sich offenbar mit diesem schmierigen argentinischen Macho zu einem nächtlichen Stelldichein am Strand verabredet hatte ... Sie wollte es zwar nicht zugeben, doch ihr Schweigen war ebenso beredt. Und das schlechte Gewissen stand ihr ins Gesicht geschrieben.

Selbst Hannah, die bei ihrem letzten Fall gelegentlich der Versuchung erlegen war, Kari in einem schlechten Licht dastehen zu lassen, weil sie selbst gehofft hatte, bei Voss landen zu können, wirkte ernüchtert. Sie tippte nur auf ihrem iPad, das hell in der Dunkelheit leuchtete, und sparte sich jeden Kommentar.

Einer der Männer von der Spurensicherung kam auf sie zu, mit seinem Tyvek-Anzug, in dem er aussah wie ein aufgepumptes weißes Hefeteigmännchen. Als er Voss und Hannah erreicht hatte, hob er eine Plastiktüte hoch. Darin befand sich eine schmale schwarze Stabtaschenlampe.

»Vermutlich die Tatwaffe«, erklärte der Spurensicherer. »Der Tote hat eine Kopfverletzung. An der Lampe befindet sich Blut. Und mit etwas Glück finden wir vielleicht sogar Fingerabdrücke.«

Jonas Voss kniff die Augen zusammen. Irgendwo, dachte er, hatte er diese Lampe schon einmal gesehen. Zusammen mit anderen Gegenständen in einer Handtasche aus dunkelblau gefärbtem Leder. Im Pausenraum des Delikatessenmarkts Freund.

Er spürte, wie sein Herz sank, als er zu Kari blickte.

Sie schaute ihn nicht an, sondern starrte nur auf die Tüte mit der Taschenlampe.

»Das ist meine«, sagte sie rau.

34. Jonas Voss schaute dem Streifenwagen hinterher, der Kari Blom zum Polizeirevier nach Westerland brachte.

»Das sieht alles sehr eindeutig aus, nicht wahr?«, sagte er müde.

Hannah Behrends tippte weiter auf ihrem iPad.

»Ja«, erwiderte sie gedehnt und speicherte ihre Eingabe. »Auf den ersten Blick …«

Voss wandte ihr überrascht den Kopf zu. Schließlich wusste er, dass Hannah im Gegensatz zu ihm kein Fan von Kari war.

Hannah schaute nachdenklich auf das dunkle Meer hinaus, das sich kaum vom finsteren, wolkenverhangenen Himmel darüber abhob. Der auffrischende Wind fuhr ihr unter die Kapuze und zerrte an den blonden Strähnen, die daraus hervorlugten.

»Aber ich habe ein Problem«, erklärte sie endlich. »Ich meine: Wenn es stimmt, dass Frau Blom eine Verabredung mit Valdez hatte, weil sie … du weißt schon …«

Jonas Voss schluckte. Er wollte sich das lieber nicht vorstellen.

»Warum hat sie ihn dann getötet?«, fuhr Hannah fort. »Immerhin sieht es so aus, als wären beide freiwillig hierhergekommen.« Sie blätterte mit dem Daumen durch eine Textdatei auf ihrem Bildschirm. »Und wenn es eine Falle war … wenn sie ihn hergelockt hat, um ihn zu ermorden … was war dann das Motiv?«

Voss spürte, wie das Gewicht, das auf seinen Schultern zu

lasten schien, leichter wurde. Vielleicht gab es ja tatsächlich noch eine andere Erklärung. Er strich sich die braunen Locken aus der Stirn, doch sie fielen ihm fast im selben Moment wieder über die Augen. Gegen den Wind war nicht viel auszurichten.

»Du glaubst, jemand könnte eine falsche Spur gelegt haben?«, fragte er. Vermutlich zu euphorisch, denn Hannahs Mundwinkel sanken unwillkürlich nach unten.

Als wollte auch das Wetter seinen Patzer kommentieren, prasselten plötzlich kalte Regentropfen auf sie herab. Hannah schaltete eilig ihr iPad aus und steckte es in die Jackentasche. Dann zurrte sie die Kapuze um ihren Kopf fester.

Jonas Voss deutete zum Leuchtturm. »Komm«, schlug er, um Wiedergutmachung bemüht, vor. »Wir setzen uns ins Auto. Hier können wir ohnehin nichts tun.«

Sie liefen geduckt über den Sand zur Holztreppe. Voss schloss die Türen auf, und sie rutschten hastig auf die Sitze.

Von hier aus waren nur die Scheinwerfer der Spurensicherung zu sehen. Sie erinnerten an ein fernes Fußballstadion, in dem die Flutlichter eingeschaltet worden waren.

»Ja«, beantwortete Hannah mit einiger Verspätung Voss' Frage, und er bewunderte sie unwillkürlich dafür, dass sie sich so professionell verhielt. »Ich könnte mir vorstellen, dass jemand Frau Blom den Mord anhängen will. Beide Morde«, verbesserte sie sich. »Wenn wir davon ausgehen, dass es derselbe Täter war.«

Jonas Voss richtete sich auf. Hannahs Hypothese erschien ihm plausibel. Schließlich war Sylt keine besonders mörderische Insel. Es war unwahrscheinlich, dass sie es mit zwei Tätern zu tun hatten.

»Er hat die K.-o.-Tropfen, mit denen er Elmar Bruns betäubt hat, in ihrer Handtasche versteckt«, überlegte er und spürte, wie seine Energie zurückkehrte. »Und für den Mord an Valdez hat er ihre Taschenlampe benutzt.«

Hannah zog die Kapuze vom Kopf. Mit beiden Händen strich sie ihre feuchten blonden Haare zurück.

»Das würde allerdings bedeuten, dass er seine Taten von langer Hand geplant hat«, dämpfte sie seine Begeisterung. »Und dass er von Anfang an vorhatte, Frau Blom zu belasten.«

Voss ließ sich in seinem Sitz zurücksinken. Die Hoffnung, die er gerade noch empfunden hatte, schien sich wieder in Luft aufzulösen.

Es gab einfach zu viele offene Fragen.

Wer hatte ein Motiv sowohl für den Mord an Elmar Bruns als auch für den an Diego Valdez?

Wie hatte der Täter die K.-o.-Tropfen in Karis Handtasche platziert, und wie war er in den Besitz ihrer Taschenlampe gelangt?

Und: Welches Interesse sollte diese Person daran haben, ihre Taten ausgerechnet Kari Blom in die Schuhe zu schieben?

■ ■ ■

»Ole?«

»Kari?« Die Stimme von Ole Lund klang ein wenig ungehalten. Im Hintergrund hörte Kari schmissige Opernmusik. »Es ist fast zwei Uhr nachts.«

»Stell dir vor, Ole«, entgegnete Kari bissig. »Ich bin schon groß. Ich kann die Uhr lesen.« Sie drückte auf die Toilettenspülung.

Lund gab einen unwilligen Laut von sich. Kari wusste, dass er Nebengeräusche hasste. Er reagierte empfindlich und gereizt darauf.

»Wo, um alles in der Welt, bist du? Und was soll dieser Lärm?«

»Ich will nicht, dass der Polizist vor der Tür mitbekommt, dass ich telefoniere. Ich habe behauptet, ich hätte Durchfall.«

»Ist alles in Ordnung bei Ihnen?«, brüllte im selben Moment jemand vom Flur vor der Toilette aus. Kari deckte vorsorglich ihr Smartphone mit der Hand ab.

»Ja«, rief sie zurück. »Aber es dauert noch ein bisschen.«

»Lassen Sie sich Zeit«, erwiderte der Polizist. »Herr Voss und Frau Behrends sind ohnehin noch nicht zurück.«

»Du bist auf dem Polizeirevier?«, fragte Lund, der offenbar trotz der abgeschirmten Sprechmuschel genug gehört hatte. Kari ließ die Hand sinken.

»Wir haben ein kleines Problem«, erklärte sie. »Diego Valdez ist tot.«

Die Opernmusik verstummte, und gleich darauf hörte Kari ein Poltern. Wahrscheinlich war Lund die unachtsam abgelegte Fernbedienung vom Tisch gefallen, nachdem er die Stereoanlage ausgeschaltet hatte.

»So«, sagte er. »Und woher weißt du das?«

»Ich habe seine Leiche gefunden.« Kari holte tief Luft. »Ich war mit ihm verabredet.«

»Verdammt, Kari.« Wieder schepperte es, aber diesmal klang es so, als hätte Lund irgendetwas absichtlich auf den Boden geworfen. Einen Stift oder einen Löffel vielleicht. Sicherlich nichts, das kaputtgehen konnte. Dafür war Lund viel zu beherrscht, selbst wenn er die Contenance verlor. »Man könnte denken, du hast eine schlechte Aura. Jeder, den du verdächtigst, ist kurz darauf tot.«

»Hm«, machte Kari und dachte, dass sie froh wäre, wenn nur ihre Ausstrahlung zur Diskussion stünde. »Aber es ist noch schlimmer. Kriminalhauptkommissar Voss glaubt, dass ich ihn ermordet habe.«

»Warum denn?« Ole Lunds Stimme klang ungewohnt schnippisch. »Hat man Valdez auch mit den K.-o.-Tropfen aus deiner Handtasche betäubt?«

»Nein. Man hat ihn erschlagen. Mit meiner Taschenlampe.«

Kari hörte ein dumpfes Geräusch. Anscheinend hatte Lund sich in seinen teuren Stressless-Sessel fallen lassen. Sie konnte nur hoffen, dass das Möbelstück so beruhigend wirkte, wie es der Name versprach.

»Und was jetzt?«

»Jetzt muss ich ihn überzeugen, dass ich nichts damit zu tun habe.« Kari verließ die Toilettenkabine und drehte den Wasserhahn über dem Waschbecken auf. »Und wenn er mich laufenlässt, muss ich schleunigst den wahren Täter finden.«

Sie hatte erwartet, dass ihr Vorgesetzter sie daran erinnern würde, dass die Aufklärung der Morde nicht ihre Aufgabe war, sondern die der Sylter Kriminalpolizei. Doch Lund überraschte sie. Er begriff offenbar, dass ihr die Situation keine Zeit ließ, auf fremde Hilfe zu warten.

»Ruf mich an, wenn du irgendetwas brauchst«, sagte er. »Auch wenn es mitten in der Nacht ist.«

Kari drehte das Wasser ab und lachte leise. Selbst in den schwierigsten Momenten verlor Lund seinen Humor nicht.

»Danke, Ole«, erwiderte sie und fühlte sich seltsam erleichtert. »Das mache ich.«

■ ■ ■

Hannah Behrends zog ihr iPad hervor. Sie hatte die Tabelle, die sie an der Weißwandtafel im Polizeirevier erstellt hatte, sorgfältig in eine Datei übertragen. Jonas Voss fragte sich, was er ohne sie tun würde. Er selbst notierte sich alle wichtigen Informationen auf irgendwelchen Zetteln, weil er sein Notizbuch gewöhnlich nicht fand. Und die Zettel verschwanden ständig. Vielleicht wurden sie auch von einem Papierschaf gefressen.

Hannah brachte Ordnung in sein Leben. Zumindest in den beruflichen Teil. Weil er ihr im Privaten keine Chance gab. Was möglicherweise ein Fehler war.

Voss verscheuchte die krausen Gedanken, die ihm beim Blick auf die Flutlichtbeleuchtung der ansonsten nachtschwarzen Hörnum-Odde durch den Kopf schossen, und beugte sich zu seiner Kollegin hinüber.

Er sah, dass Hannah in ihrer Tabelle neben der Spalte, in der sie die möglichen Motive für den Mord an Elmar Bruns notiert hatte, eine weitere anlegte. Für die Gründe, aus denen jemand Diego Valdez getötet haben könnte.

»Tanja Eggerstedt hatte für beide Morde ein Motiv«, überlegte sie laut, während sie eine entsprechende Notiz hinzufügte. »Bruns wollte sie aus dem Catering drängen. Und Valdez war derjenige, der ihren Job bekommen sollte.«

»Stimmt.« Jonas Voss strich gedankenverloren mit dem Finger über das Lenkrad. »Aber dieses brutale Vorgehen passt nicht zu ihr. Und würde sie das tun? Den Verdacht auf Frau Blom lenken, wenn sie es war? Immerhin hat sich Kari bei Bruns für sie eingesetzt.«

»Ich würde es tun«, erklärte Hannah. »Gerade, weil niemand damit rechnet.«

Voss blickte seine Kollegin überrascht an. »Du? Du bist der anständigste Mensch, den ich kenne.«

Hannah lächelte versonnen. »Selbstverständlich nur, wenn ich einen Mord begangen hätte«, ergänzte sie.

»Natürlich.«

Eine Sturmbö rüttelte Voss' alten Passat durch, und ein Regenschauer hämmerte wie Trommelfeuer auf die Motorhaube. Hannah spähte zu den Scheinwerfern der Spurensicherung.

»Hoffentlich haben sie das Zelt rechtzeitig aufgebaut«, bemerkte sie.

»Mhm«, machte Voss. »Und hoffentlich finden sie nichts.«

Hannah sah ihn mit zusammengekniffenen Augen an. »Wie bitte?«

Jonas Voss deutete aus dem Wagenfenster. »Würdest du da jetzt rausgehen wollen, weil jemand winkt, dass sie was entdeckt haben?«

Hannah zog fröstelnd die Schultern hoch. »Ehrlich gesagt: Nein.« Sie schob die Tabelle auf ihrem iPad ein Stück nach oben und setzte ihre Überlegungen fort. »Marvin Drewes. Er hätte einen Grund gehabt, Elmar Bruns zu töten. Bruns hat ihn gemobbt. Und vielleicht ist Marvin nicht so einfältig, wie er tut. Vielleicht hat er uns etwas vorgespielt.«

»Aber Valdez war sein Freund.«

»Irgendetwas muss da vorgefallen sein«, mutmaßte Hannah. »Immerhin hat er Valdez' Alibi platzen lassen.«

Voss nickte nachdenklich. »Wir sprechen noch einmal mit ihm.« Voss dachte an den Lageristen, dessen Treuherzigkeit ihn ein wenig an seinen Sohn Jasper erinnerte. »Aber ich hoffe, er war es nicht.«

Hannah lachte trocken. »Schön. Täter-Wunschkonzert. Wen hättest du denn gern? Alexander Freund? Oder Saskia Lübbers?«

Jonas Voss raufte sich die Haare. Tatsächlich hätte er nichts dagegen, dem Delikatessenmarktbesitzer etwas nachzuweisen, das ihn in Karis Augen weniger attraktiv machen würde. Doch das war wohl kaum der richtige Ansatz für eine Todesermittlung.

»Freund hatte vielleicht ein Motiv für den Mord an Bruns«, entgegnete er. »Aber die Straftat, die er verdecken wollte – der Betrug mit den gefälschten Lebensmitteln –, ist mittlerweile ans Licht gekommen. Weshalb also hätte er Valdez ermorden sollen?«

»Vielleicht hat er noch mehr Dreck am Stecken.«

Voss dachte darüber nach. Er war nicht objektiv, wenn es um Freund ging. Seit er ihn mit Kari hier am Hörnumer Leuchtturm gesehen hatte, knirschte er unwillkürlich mit den Zähnen, wenn er ihm begegnete.

»Was denn zum Beispiel?«

Hannah machte eine vage Handbewegung. »Eifersucht. Valdez war doch ständig bei Freunds Frau zum Modeln.«

Jonas Voss runzelte die Stirn. »Freund hat ihn ermordet, weil er seine Arbeit nicht ordentlich gemacht hat, sondern lieber bei seiner Frau über den roten Teppich stolziert ist?«

Hannah verdrehte die Augen. »Nein. Aber es könnte doch sein … Ich meine: Vielleicht ist er auf ihrem Teppich nicht nur *herumstolziert.*«

»Du glaubst … Valdez und Viktoria Freund?«

»Warum nicht?«

»Weil …« Jonas Voss fuhr zusammen, als plötzlich jemand an das Seitenfenster klopfte. Er drehte den Kopf und entdeckte eine Gestalt, die aussah wie ein zerfließendes Gespenst. Es war die Kieler Rechtsmedizinerin Prof. Dr. Lorenz. Ihr Tyvek-Anzug war so nass, dass er schwer an ihr herunterhing.

Voss drehte die Scheibe ein Stück nach unten.

»Steigen Sie um Gottes willen ein«, sagte er.

»Ich mache Ihnen die Sitze nass«, wehrte die Rechtsmedizinerin ab.

Jonas Voss lachte. »Das macht nichts. Was glauben Sie, wie oft diese Rückbank schon unter Wasser stand?«

Zum Beispiel, als er mit Jasper und Finja an einer der Wattführungen teilgenommen hatte, die das »Erlebniszentrum Naturgewalten« in List regelmäßig anbot. Seine Kinder hatten begeistert das Leben im Watt erkundet. Besonders die Spuren der Wattwürmer, die wie braunes Spaghettieis aussahen, hatten es ihnen angetan. Sie hatten Steine und Muscheln gesammelt. Und irgendwie hatte Jasper es geschafft, das wenige Wasser, das in den leergelaufenen Prielen stand, in seine Gummistiefel zu befördern. Was kein Problem gewesen wäre, wenn er nicht erst im Auto beschlossen hätte, die Schuhe auszuziehen. Und sie dazu auf die Rückbank gelegt hätte, damit seine Schwester ihm helfen konnte.

Susanne Lorenz ließ sich nicht lange bitten. Sie öffnete die hintere Wagentür und schlüpfte hinein. Dann nahm sie die Kapuze ab, und ihr blonder Lockenkopf kam zum Vorschein.

»Moin«, sagte sie.

Die Rechtsmedizinerin verlor nie mehr Worte als nötig, und Voss war froh darüber. Auch ein fremder Tod musste verkraftet werden. Und dazu brauchte man Ruhe.

»Moin«, erwiderte Hannah. »Haben Sie sich den Toten schon angeschaut?«

Susanne Lorenz zupfte an ihrem nassen Tyvek-Anzug. »Meinen Sie, ich bin so aus dem Hubschrauber gestiegen?« Sie zwinkerte Hannah zu, wurde aber sofort wieder ernst. »Ich nehme an, Sie haben die Wunde am Hinterkopf gesehen. Schweres Schädeltrauma durch stumpfe Gewalteinwirkung. Das dürfte auch die Todesursache sein. Die zugehörige Tatwaffe haben Sie ja, wie mir die Kollegen von der Spurensicherung sagten, bereits sichergestellt.«

Jonas Voss nickte. »Eine Taschenlampe. Sie gehört Kari Blom.«

Für einen Moment glaubte er, ein Erschrecken auf dem Gesicht der Rechtsmedizinerin zu sehen. Aber dann entschied er, dass er sich getäuscht haben musste. Woher sollte die Leiterin der Kieler Rechtsmedizin eine erfolglose Schriftstellerin kennen, die bei Delikatessen-Freund auf Sylt an der Kasse arbeitete?

»Gibt es Hinweise, dass man ihn betäubt hat?«

Susanne Lorenz schüttelte den Kopf. »Soweit ich das sehen kann, nicht.« Sie lächelte schwach. »Aber besonders viel sieht man auch nicht. Nach der Obduktion kann ich mehr sagen.«

Voss und Hannah nickten. Susanne Lorenz klopfte kurz auf Hannahs Rückenlehne und öffnete dann die Wagentür.

»Sie hören von mir«, versprach sie und huschte eilig durch den dichten Regen. Ein Geist, der davonschwebte und sich nach wenigen Metern in Luft auflöste.

Jonas Voss starrte auf die herabrauschenden Wassermassen, die in einer dicken Schicht über das Wagenfenster rannen. Das Licht der Spurensicherung war nur noch als fahl leuchtende Wolke zu sehen.

»Valdez und Viktoria Freund?«, nahm er den Faden des Gesprächs wieder auf, das durch die Rechtsmedizinerin unterbrochen worden war. »Das kann ich mir nicht vorstellen.«

»Warum nicht?«, verteidigte Hannah ihre Theorie. »Möglicherweise bemüht sich Alexander Freund deshalb so um Kari Blom. Weil seine Frau längst einen anderen hat.«

»Das würde aber bedeuten, dass er sich damit abgefunden hat«, bemängelte Voss die Logik ihrer Argumentation. »Dann hätte er keinen Grund, seinen Nebenbuhler zu töten.«

Hannah verdrehte die Augen. »Vielleicht hat er nur versucht, sich mit einer anderen zu trösten. Doch dann hat er gemerkt, dass es nicht funktioniert. Dass er seine Frau immer noch liebt. Er wollte sie zurück.«

»Und deshalb hat er Valdez ermordet?«

Hannah schob mit einem Finger die Tabelle auf ihrem iPad auf und ab. »Okay«, lenkte sie ein. »Wahrscheinlich ist das keine gute Idee.« Sie deutete auf die letzte Spalte. »Und was ist mit Saskia Lübbers?«

Jonas Voss dachte an die hübsche Kassiererin mit den langen blonden Haaren. Elmar Bruns hatte sie sexuell belästigt, aber Saskia Lübbers war eine Frau, die sich zu wehren wusste. Er konnte sich nicht vorstellen, dass sie wegen Bruns' Übergriffigkeit so verzweifelt gewesen sein sollte, dass sie keine andere Lösung gesehen hatte, als ihn zu töten. Und ihre Beziehung zu Diego Valdez?

»Besonders grün waren sich die beiden nicht«, erinnerte er sich.

Hannah nickte. »Valdez war ein Macho«, sagte sie. »Und die Lübbers hat Haare auf den Zähnen. Die lagen ständig im Clinch.« Sie schaute müde auf ihr iPad. »Aber deshalb bringt man doch niemanden um.«

Jonas Voss kniff die Augen zusammen und fixierte das leuchtende Display, als würde es sein Geheimnis preisgeben, wenn man nur lange genug darauf starrte.

Warum, um alles in der Welt, blieb am Ende immer Kari Blom als Hauptverdächtige übrig?

35.

»Ich habe eine SMS bekommen.«

Nachdem sich die Spurensuche an der Hörnum-Odde in die Länge gezogen hatte, war Karis Befragung auf den nächsten Tag verschoben worden. Schließlich wollte man sich später nicht vorwerfen lassen, dass ihre Aussage aufgrund psychischer

Manipulation vor Gericht nicht verwertbar war. Selbst dringend Tatverdächtige hatten ein Recht auf Schlaf. Und Kari war noch nicht einmal offiziell beschuldigt worden.

Kari hatte die Nacht genutzt, um sich eine plausible Geschichte zurechtzulegen. Und Lund hatte die Beweise dafür getürkt. Irgendwie war es den Spezialisten vom LKA gelungen, eine Nachricht auf Karis Smartphone zu senden, von der das Gerät behauptete, Kari habe sie bereits am Abend vor dem Mord an Valdez erhalten. Eine Nachricht von einer unbekannten und nicht zurückverfolgbaren Nummer.

Kari hatte keine Ahnung, wie die Jungs von der Technik das gemacht hatten. Aber das war auch egal.

»Alexander Freund hat mir geschrieben, dass er sich mit mir an der Hörnum-Odde treffen will«, erklärte sie und reichte Hannah Behrends das Smartphone, auf dem sie die betreffende SMS geöffnet hatte. »Jedenfalls habe ich geglaubt, dass die Botschaft von Herrn Freund kam.«

Die Kriminalkommissarin beäugte erst das Gerät und dann die Nachricht misstrauisch. Vermutlich wünschte sie sich, jemand hätte in der Nacht Karis Handtasche und das Telefon konfisziert. Doch solange man sie nur als Zeugin befragte und nicht als Verdächtige vernahm, war das nicht möglich.

Schließlich hielt die Kommissarin Voss das Smartphone hin. Der warf nur einen kurzen Blick darauf.

»Warum wollte sich Herr Freund Ihrer Meinung nach mit Ihnen treffen?«, fragte er.

Kari wand sich ein wenig. Voss' Blick, in dem sich so unverhohlen Schmerz, Enttäuschung und Eifersucht spiegelten, setzte ihr zu. Auch wenn er froh darüber wirkte, dass sie sich zumindest nicht auch noch mit Diego Valdez zu einem erotischen Abenteuer verabredet hatte, traf es ihn offensichtlich hart, dass sich zwischen Freund und ihr etwas Ernstes zu entwickeln schien. Aber sie konnte jetzt keine Rücksicht auf seine Gefühle nehmen. Sie musste bei ihrer Geschichte bleiben.

»Wir sind uns nähergekommen in den letzten Tagen«, erklärte sie und sah, wie sich Voss' Miene verhärtete. »Ich dachte, er will ... so etwas wie ein außergewöhnliches nächtliches Rendezvous.«

»Hätte er Sie dann nicht einfach zu Hause abgeholt?«

Kari setzte ein mädchenhaftes Lächeln auf. »Herr Freund ist verheiratet. Ich nahm an, er wollte nicht, dass seine Frau etwas mitbekommt.«

»Also sind Sie mit dem Taxi zur Odde gefahren«, rekapitulierte Hannah. »Zu einem romantischen Stelldichein.« Sie blickte auf Karis Smartphone. »Triff mich um Mitternacht bei den Tetrapoden an der Odde«, las sie vor. »Du wirst es nicht bereuen. Alexander.«

Kari schlug in gespielter Scham die Augen nieder.

»Ich bin über die Treppe zum Strand gegangen«, erläuterte sie. »Ich habe nach Herrn Freund gerufen. Doch da war niemand.« Sie hob hilflos die Hände. Ihre Geschichte war ebenso plump wie unglaubwürdig. Aber sie hatte einfach keine bessere.

»Ich habe meine Taschenlampe eingeschaltet und bin zu den Tetrapoden gelaufen. Und da habe ich Diego entdeckt. Ich habe sofort den Notruf gewählt.«

Auch dieser Anruf war auf ihrem Smartphone registriert. Er war um sechs Minuten nach Mitternacht bei der Zentrale eingegangen.

»Diego Valdez wurde erschlagen«, konstatierte Hannah. »Mit Ihrer Taschenlampe.«

Kari nickte. »Irgendjemand muss sie mir gestohlen haben. Jedenfalls war sie weg. Deshalb habe ich mir ja dieses Monstrum von Frau Meenken ausgeliehen.« Kari nahm Marijke

Meenkens schwere Taschenlampe aus ihrer Handtasche und hielt sie hoch.

»Vielleicht brauchten Sie ja zwei«, schlug Hannah Behrends vor. »Eine zum Zuschlagen. Und eine, damit Sie Ihr Opfer auch sehen.«

Kari legte das Ungetüm der Häkeldame auf den Tisch. »Glauben Sie nicht, dass ich dann lieber mit dieser hier zugeschlagen hätte?«, fragte sie.

Hannah hob die Augenbrauen. Tatsächlich wäre Marijke Meenkens Lampe als Mordwaffe weitaus besser zu gebrauchen als Karis schmale Stabtaschenlampe. Dass der Täter dennoch nicht viel Gewalt hatte anwenden müssen, lag nur daran, dass Valdez mit dem Kopf auf den massiven Betontetrapoden gestürzt war. Was der Täter allerdings kaum hatte voraussehen können. Bedeutete das, dass er bereit gewesen war, mit höchster Brutalität vorzugehen? Hatte er sich im Vorfeld einfach keine Gedanken darüber gemacht? Oder war der Mord gar nicht geplant gewesen, und der Täter hatte einfach benutzt, was gerade zur Hand war? Hannah konnte es nicht sagen.

»Dann erzählen Sie uns doch, was letzte Nacht Ihrer Meinung nach geschehen ist«, forderte sie Kari auf. Sie versuchte, ihre Stimme nüchtern und emotionslos klingen zu lassen, doch Kari entging nicht, dass die Kommissarin sie belauerte.

Sie deutete auf ihr Smartphone, das Hannah immer noch in der Hand hielt. »Ich habe erst heute Morgen entdeckt, dass die SMS nicht von Herrn Freunds Handy aus geschickt worden ist. Die Nummer da kenne ich nicht. Ich habe versucht, dort anzurufen, aber man bekommt nur einen Ansagetext. Angeblich ist die Nummer nicht vergeben.«

Hannah fixierte sie. »Und was schließen Sie daraus?«

Kari schluckte. Sie hasste es, zu lügen. Insbesondere, wenn sie damit die Arbeit ihrer Kollegen behinderte. Doch gerade im Moment blieb ihr gar keine andere Wahl. So gern sie sich ihren Kollegen anvertraut hätte, wäre das nur die allerletzte Möglichkeit, wenn alle anderen Mittel versagt hätten. Bei Undercover-Ermittlungen gehörte es zu den Grundregeln, dass nur ein sehr enger Personenkreis eingeweiht werden durfte, denn jeder weitere Mitwisser stellte ein Risiko für die Aktion und den Ermittler dar. Selbst, wenn es sich dabei um Kollegen handelte – sei es, weil jenen das schauspielerische Talent fehlte, um glaubhaft zu agieren, sei es, weil sich ein Maulwurf darunter befand. Die Aktion würde in einem solchen Fall sofort abgebrochen werden, weil der Ermittler *verbrannt* war. Und das wollte Kari auf keinen Fall riskieren.

»Ich würde aus dem Umstand, dass ich eine falsche SMS erhalten habe, schließen, dass sich irgendjemand sehr viel Mühe gemacht hat, um mich zur Odde zu locken«, erklärte sie düster. »Jemand, der versucht, mir die beiden Morde anzuhängen.«

Was abgesehen davon, dass sie den wahren Grund ihrer Anwesenheit bei den Tetrapoden nicht nennen konnte, um den Erfolg ihrer Undercover-Mission nicht zu gefährden, den Tatsachen entsprach. Irgendjemand hatte tatsächlich die K.-o.-Tropfen in ihrem Spind deponiert und Valdez mit ihrer Taschenlampe erschlagen, um den Verdacht auf sie zu lenken.

Die Frage war nur: Wer?

▪ ▪ ▪

Die Tür des Vernehmungsraums hatte sich gerade erst hinter Kari geschlossen, als sie auch schon wieder aufgestoßen wurde.

Voss blickte hoch und sah in das Gesicht seines Vaters. Allerdings wirkte es nicht so gleichmütig und zufrieden wie gewöhnlich, sondern war von Zornesfalten durchfurcht.

»Warum gehst du nicht an dein Handy?«, polterte sein Vater.

Jonas Voss griff überrascht in die Taschen seiner Lederjacke, die über der Lehne seines Stuhls hing. Er hatte sein Handy am Morgen eingesteckt, da war er sich sicher. Schließlich hatte er zuvor das gesamte Wohnzimmer und die Küche durchsucht, ehe er es schließlich in der Schublade mit den Geschirrtüchern entdeckt hatte. Was auch immer es da verloren hatte.

Er zog das Telefon hervor und drückte auf den Einschaltknopf. Das Display blieb schwarz.

»Ach, verdammt«, stöhnte er. »Der Akku ist leer.«

Redlef Voss schien sich mittlerweile wieder gefangen zu haben. »Ich habe gehört, man muss diese Dinger gelegentlich an eine Steckdose anschließen«, bemerkte er.

Jonas Voss lief in sein Büro und begann, in seiner Schreibtischschublade zu wühlen. Er meinte sich zu erinnern, dass er dort ein Ersatzkabel deponiert hatte. Es war ja nicht das erste Mal, dass er vergessen hatte, den Akku zu laden. Hannah hätte ihr Ladekabel selbstverständlich sofort zur Hand gehabt. Aber das Kabel ihres Apple-Geräts passte natürlich nicht zu seinem Allerweltshandy. Erst als er eine Weile vergeblich gesucht hatte, fiel ihm ein, dass sein Vater sicher nicht ohne Grund gekommen war. Er setzte sich auf seinen Bürostuhl und sah den Fischer an, der ihm zusammen mit Hannah gefolgt war.

»Was ist denn überhaupt passiert?«

Redlef Voss strich sich durch seinen dichten Bart. »Reg dich bitte nicht auf«, sagte er. »Jasper hatte einen kleinen Unfall.«

»Was?« Jonas Voss sprang auf.

»Nichts Dramatisches«, beruhigte ihn sein Vater. »Nur ein verstauchter Knöchel. Und möglicherweise eine leichte Gehirnerschütterung.« Er machte eine vage Geste. »Er ist in der Pause vom Klettergerüst gefallen. Wollte wohl irgendwelche akrobatischen Verrenkungen aufführen, um einem Mädchen zu imponieren.«

Der Kriminalkommissar hob die Augenbrauen. »Einem Mädchen? Jasper ist neun.«

Sein Vater griente. »Eben«, sagte er. »Die sind heutzutage früher dran. Apropos: Die Frau, die mir da eben auf dem Flur entgegenkam, war das nicht diese ...«, er schnippte mit den Fingern, »... diese Schriftstellerin, die letzten Sommer hier war?«

»Kari Blom«, sagte Jonas Voss.

»Sie ist in unseren aktuellen Mordfall verwickelt«, fügte Hannah hinzu, was ihr einen ärgerlichen Blick ihres Vorgesetzten eintrug.

Redlef Voss sah zwischen den beiden hin und her. Er wusste, dass sein Sohn sich im letzten Jahr bis über beide Ohren in diese Kari Blom verliebt hatte. Und natürlich war ihm auch nicht entgangen, dass sich Jonas' Kollegin Hoffnungen machte, bei ihm zu landen. Vielleicht, dachte er, war der Spatz in der Hand besser als die Taube auf dem Dach. Doch das ging ihn nichts an. Diese Entscheidung musste Jonas selbst treffen.

»Jasper liegt in der Nordseeklinik«, sagte er deshalb nur. »Er würde sich freuen, wenn du ihn besuchst.«

Jonas Voss eilte in den Vernehmungsraum und kam gleich darauf mit seiner Lederjacke in der Hand zurück.

»Ich bin in einer Stunde wieder da«, erklärte er, an Hannah gewandt. »Vielleicht kannst du in der Zwischenzeit die Adresse von Diego Valdez herausfinden. Wir müssen uns schnellstens bei ihm umsehen.«

Hannah nickte, und Redlef Voss klopfte ihr auf die Schulter. »Halt die Ohren steif, min Deern«, sagte er.

Vater und Sohn verschwanden durch die Tür, und Hannah ließ sich seufzend auf ihrem Stuhl nieder.

Wie schön wäre es, zu dieser Familie zu gehören. Jonas Voss war ein großartiger Mann, und auch sein Vater und seine Kinder waren einfach toll.

Hannah verzog den Mund und legte energisch ihr iPad vor sich auf den Tisch.

Dies war kaum der richtige Moment, um romantischen Phantasien nachzuhängen. Jetzt kam es darauf an, die Ermittlungen in den Mordfällen Bruns und Valdez voranzutreiben. Um ihre Träume konnte sie sich später kümmern.

▪ ▪ ▪

Im Pausenraum von Delikatessen-Freund herrschte drückende Stille. Tanja saß auf einem Stuhl und starrte auf ihre verschränkten Hände. Marvin stand mit offenem Mund neben der Tür und schüttelte unablässig den Kopf. Alexander Freund, wieder einmal mit seinem anthrazitfarbenen Anzug bekleidet, fuhr sich ein ums andere Mal durch die gutgeschnittenen blonden Haare, die mittlerweile aussahen, als wäre er in einen heftigen Sturm geraten.

Kari, eben noch froh, der polizeilichen Vernehmung entkommen zu sein, stellte plötzlich fest, dass es noch weitaus unangenehmer war, hier die Überbringerin der schlechten Nachricht zu spielen, als Jonas Voss und Hannah Behrends gegenüberzusitzen.

Die Tür schwang auf, und Saskia stürmte herein. »Entschuldigung«, rief sie aufgeräumt. »Ich bin zu spät.«

Sie blickte ihre Kollegen an, die ihr mit wächsernen Mienen entgegensahen. »Was ist denn hier los?«, spottete sie. »Ist jemand gestorben?«

Marvin nickte wie ein Wackeldackel. »Diego.«

»Was ist mit Diego?«

»Diego ist …«

»Was ist er, du Doofkopf? Spuck's aus! Oder brauchst du eine Kopfnuss?«

»Diego ist tot«, sagte Kari leise.

Saskia drehte sich langsam zu ihr herum. Ihre Augen blitzten. »Verarsch mich nicht.«

Freund trat einen Schritt vor. »Es tut mir wirklich leid, Frau Lübbers«, sagte er.

Saskia schluckte. Für einen Moment schien es, als würde sie in Tränen ausbrechen. Aber dann zog sie nur die Nase hoch.

»Was ist denn passiert?«, fragte sie bissig. »Ist er vom Laufsteg gefallen?«

Kari musterte ihre Kollegin eindringlich. Sie glaubte nicht, dass Saskia so tough war, wie sie tat.

»Man hat ihn erschlagen«, erläuterte sie. »Und seinen Leichnam auf einem der Beton-Tetrapoden für den Küstenschutz abgelegt. An der Hörnum-Odde.«

Saskia atmete hektisch und flach. »Und woher weißt du das?«, fragte sie.

»Ich habe ihn gefunden.«

Etwas Verschlagenes schlich sich in den Blick der Kassiererin. »So. Und was hattest du dort zu suchen? Mit Diego an der Odde?« Sie schob den Kopf nach vorn wie ein Stier, der sich für den Angriff bereit macht. »Hast du ihn ermordet?«

Kari strich über ihren blau-weiß gestreiften Kittel. »Natürlich nicht. Ich war dort, weil mich jemand mit einer falschen SMS dorthin bestellt hat.« Sie warf Alexander Freund einen kurzen Blick zu. Vor den Kollegen würde sie ihre Behauptung, dass sie mit ihm verabredet gewesen war, nicht wiederholen. »Angeblich ein alter Bekannter, der hier auf Sylt wohnt. Aber da war niemand. Nur Diego.«

Sie schlug die Hände vors Gesicht und hätte nicht sagen

können, ob sie es tat, weil sie tatsächlich so erschüttert war oder weil sie dachte, dass das eine angemessene Reaktion war für jemanden, der eine Leiche gefunden hatte. Vermutlich war es beides.

»Das war so ein schrecklicher Anblick«, klagte sie. »Wie er dort lag. So kalt und tot. Und mit diesem furchtbaren Loch im Schädel.«

Alexander Freund legte ihr eine Hand auf den Rücken. »Nehmen Sie sich heute frei«, schlug er vor. »Und ruhen Sie sich aus.«

Saskia machte ein erbostes Gesicht. Sie hatte offensichtlich eine andere Art, mit ihrer Trauer umzugehen. Eine, die den Schmerz in Wut verwandelte.

»Und wie sollen wir die ganze Arbeit hier schaffen?«, fragte sie.

»Sie übernehmen die Kasse. Frau Eggerstedt macht die Frischtheke. Und Marvin füllt die Regale auf.«

Saskia schnaubte. »Damit werden wir den Ansturm kaum bewältigen. Seit die Polizei bei uns ein und aus geht, ist der Laden doch ständig knackevoll.«

Freund warf entnervt die Hände in die Luft.

»Ich kann es nicht ändern«, fauchte er. »Dann müssen die Leute eben warten.«

▪ ▪ ▪

Als Jonas Voss das Zimmer auf der Unfallstation der Nordseeklinik betrat, saßen Finja und Olivia Fernandez bereits neben Jaspers Bett. Sein Sohn strahlte, als sein Vater hereinkam, und streckte sein rechtes Bein aus, das vom Knie abwärts in einem dicken Verband steckte, der mit zwei Schienen an den Seiten verstärkt war.

»Guck mal!«, rief er. »Die haben mir einen richtigen Panzer gebaut. Damit kann ich gleich wieder laufen.«

»Erst mal bleibst du noch eine Nacht hier«, verbesserte seine Schwester. »Damit die Ärzte sehen, ob mit deinem Kopf alles in Ordnung ist.«

Jonas Voss strich seiner zwölfjährigen Tochter im Vorbeigehen über die Haare und lächelte seinem Au-pair-Mädchen zu. Dann setzte er sich zu Jasper auf die Bettkante.

»Mensch, Großer«, sagte er. »Was machst du denn für Sachen?«

Jasper winkte ab. »Ich wollte Nele bloß zeigen, dass ich auf dem Klettergerüst balancieren kann.«

»Nele?«

»Die ist neu«, berichtete Finja. »Sie geht in meine Klasse.«

Was bedeutete, dass sie drei Jahre älter war als Jasper. Da musste sein Sohn sich natürlich anstrengen, wenn er das Mädchen beeindrucken wollte.

»Kann ich aber gar nicht«, ergänzte Jasper. »Auf dem Gerüst balancieren, meine ich. Ich bin runtergefallen.«

Er hatte sicherlich Schmerzen, aber er ertrug sie tapfer. Jonas Voss war stolz auf seine Kinder. Auch ohne ihre Mutter waren sie gut geraten. Obwohl er selbst ein Chaot war und Olivia eher ein drittes Kind als eine echte Hilfe im Haushalt und bei der Kindererziehung. Aber dafür waren sie glücklich. Und das war vermutlich wichtiger als jedes pädagogische Korrektiv.

Redlef Voss betrat das Krankenzimmer, in jeder Hand zwei Eishörnchen. Jasper, Finja und Olivia griffen begeistert danach. Jonas Voss lehnte ab. Sein Vater grinste und behielt das Eis für sich.

»Ich habe eine Entdeckung gemacht«, berichtete er. Er sah sich im Zimmer um, als gäbe es vielleicht einen heimlichen Lauscher, der zuerst unschädlich gemacht werden musste.

Dann beugte er sich zu den Kindern herunter. »Kari Blom ist wieder auf Sylt.«

Finja setzte eine desinteressierte Miene auf. Jasper strahlte.

»Echt?«, fragte er. »Dann muss sie kommen und mich besuchen.« Er sah seinen Vater hoffnungsvoll an. »Die ist nett.«

Jonas Voss seufzte. Genau wie er selbst hatte sich Jasper im letzten Sommer in Kari verguckt. Doch er wollte nicht, dass sich der Junge falsche Hoffnungen machte.

»Ich sag's ihr«, erwiderte er. »Aber ich kann dir nicht versprechen, dass sie kommt.«

Jasper lachte übers ganze Gesicht.

»Die kommt«, sagte er. »Bestimmt.«

▪ ▪ ▪

Die Tür fiel mit einem lauten Knall hinter Saskia Lübbers ins Schloss. Sie hatte Freund finster angestarrt, während Tanja und Marvin die ihnen zugewiesenen Aufgaben in Angriff nahmen, und schließlich Kari einen letzten wütenden Blick zugeworfen, ehe sie ihren Abgang inszeniert hatte. Alexander Freund sah Kari traurig an.

»Darf ich dich nach Hause fahren?«, erkundigte er sich.

Kari wehrte ab. »Nein. Lieber nicht.«

Freund nickte. Seine schmalen Hände hingen an seinem Körper herab, als hätte er vergessen, wozu man sie benutzte.

»Du bist enttäuscht, nicht wahr?«, fragte er. Obwohl es ein abrupter Themenwechsel war, wusste Kari sofort, was er meinte. Sie öffnete ihren Spind.

»Ich verstehe es einfach nicht«, sagte sie. »Warum hast du dich auf das Geschäft mit den gefälschten Delikatessen eingelassen? Ich dachte, du hättest hohe Wertmaßstäbe. Verbindlichkeit. Qualität. Zuverlässigkeit.«

Freund ließ sich auf einen Stuhl sinken. Kari sah, dass es in seinem Gesicht arbeitete. Offenbar hatte er nachgedacht und sich entschlossen, reinen Tisch zu machen.

»Ich weiß nicht, ob du das verstehst«, sagte er leise. »Es hat damit zu tun, dass ich nicht immer da war, wo ich heute bin.«

Kari, die sich an das letzte Gespräch mit Freund im Club Royale erinnerte, nahm die Schirmmütze ab. Es war der Abend gewesen, an dem er mit ihr zur Odde gefahren war. An dem er sie unter dem Hörnumer Leuchtturm geküsst hatte. Sie waren sich unglaublich nah gewesen, und beinahe hätte sich Kari ihren Empfindungen hingegeben. Aber in letzter Sekunde hatte sie doch noch die Kontrolle bewahrt. Sie waren ein Stück spazieren gegangen, und danach hatte Freund sie zurück zu Marijke Meenkens Gartenhaus gefahren. Zum Abschied hatte er sie noch einmal geküsst, aber keinen Versuch unternommen, mit hineinzukommen. Vermutlich hatte er gedacht, dass sie noch Zeit genug hatten. Doch dann hatten sich die Ereignisse überschlagen.

»Ja«, erwiderte sie jetzt. »Das hast du mir erzählt. Dass du aus einfachen Verhältnissen stammst. Und dass deine Frau das Geld hatte.«

Freund nickte. »Sie hat es mir ermöglicht, meinen Traum vom Delikatessenmarkt zu verwirklichen. Meine Vision lebendig werden zu lassen. Ich habe alles erreicht, was ich wollte. Aber dieses Gefühl, das verschwindet nicht.«

»Welches Gefühl?«

»Dass das Sicherheitsnetz nicht ausreicht. Dass alles plötzlich vorbei sein könnte.«

Kari legte die Mütze in den Spind. »Du meinst, es ist so etwas wie ein Zwang? Du musst immer mehr Geld anhäufen und hast trotzdem nie das Gefühl, dass es genug ist?«

Freund sah sie überrascht an, als hätte er ihr nicht zugetraut, so schnell die Essenz aus seinem Geständnis zu extrahieren. »Ja. Das ist es.«

Kari überlegte, ob sie ihm sagen sollte, dass ihre Mutter Psychotherapeutin war. Und dass die Symptomatik, die er beschrieb, zu einem klassischen Störungsbild passte. Zu einem, das man behandeln konnte.

Aber für Freund war sie Kari Blom. Und die hatte keine Eltern. Jedenfalls keine, die mehr waren als erfundene Namen auf einer gefälschten Geburtsurkunde.

Freund lächelte verlegen.

»Aber das war nicht alles«, bekannte er. »Irgendwie hat es mir auch Spaß gemacht. Diese verwöhnten Sylter. Das sind die Leute, die früher auf mich heruntergeschaut haben. Die dachten, sie seien etwas Besseres. Dabei haben sie einfach nur Geld. Doch den Unterschied zwischen Kaviar und billigen Gelatinekugeln bemerken sie nicht.« Er machte ein zerknirschtes Gesicht. »Es hat mir gefallen, sie an der Nase herumzuführen.«

Kari zog den Kittel aus. Sie hätte gelogen, wenn sie hätte behaupten wollen, dass sie Freund nicht ein Stück weit verstand. Doch das würde sie ihm auf keinen Fall zeigen.

»Aber dann ist dir Elmar Bruns auf die Schliche gekommen«, sagte sie stattdessen. »Er hat dich erpresst.«

Freund seufzte. »Bruns hatte ein paar kostspielige Hobbys. Autos. Uhren. Frauen.« Er lachte bitter. »Nicht unbedingt in dieser Reihenfolge.«

»Und diese Steckenpferde hat er sich von dir finanzieren lassen.«

Der Besitzer des Feinkostladens erhob sich von seinem Stuhl.

»Ich hätte mich nicht darauf einlassen dürfen«, bekannte er. »Wenn man einmal die Grenze zwischen Recht und Unrecht überschreitet, versinkt man immer tiefer im Morast.«

Kari hängte ihren Kittel in den Schrank. Freunds Ehrlichkeit berührte sie, und sie hatte das Gefühl, ihm etwas zurückgeben zu müssen. Auch wenn dafür etwas anderes zerstört wurde. Der schöne Schein. Oder vielleicht auch noch mehr, wenn der Etikettenschwindel nicht die einzige Untiefe war, an der Alexander Freund Schiffbruch erlitten hatte.

»Ich habe Diego bei deiner Frau gesehen«, sagte sie leise.

Freund schaute sie verständnislos an. »Ja, und? Er modelt für sie. Das weißt du doch.«

»Ich habe gesehen, wie er sie geküsst hat«, präzisierte Kari.

Das Gesicht von Alexander Freund wurde grau. Sie konnte sehen, wie es hinter seiner Stirn arbeitete. Die leuchtend blauen Augen irrten im Raum umher. Dann blieben sie an Kari hängen.

»Du denkst, dass ich es war«, realisierte Freund. »Du glaubst, dass ich Bruns ermordet habe, weil er mich erpresst hat. Und Valdez, weil meine Frau mich mit ihm betrogen hat.«

Kari drückte die Tür ihres Spinds zu. Sie hatte das Gefühl, dass sie es zum letzten Mal tat.

»Ich weiß es nicht«, sagte sie und schob sich an Freund vorbei. »Ich habe keine Ahnung, was ich glauben soll.«

Freund sah zu, wie sie aus dem Raum schlüpfte und die Tür hinter sich zuzog. Eine Weile lang starrte er das Türblatt an, von dem an einer Stelle die Farbe abblätterte. Dann nahm er Saskias randvollen Aschenbecher von der Fensterbank und warf ihn gegen die Tür.

Zigarettenstummel und Ascheteilchen regneten zu Boden. Der gläserne Ascher zersprang auf den weißen Fliesen. Darüber hing eine graue Wolke wie die Prophezeiung drohenden Unheils.

▪ ▪ ▪

Das Messer steckte zur Hälfte in einem Käselaib, aber Tanja Eggerstedt schaffte es einfach nicht, ihn durchzuschneiden. Ihre Hände zitterten zu sehr.

Kari griff sich eilig eine weiße Schürze vom Haken neben der Tür und band sie um. Dann trat sie neben ihre Kollegin und nahm ihr das Messer aus der Hand.

»Wie viel darf's denn sein?«, fragte sie den Kunden, einen älteren Herrn, der mit verkniffener Miene auf das Käsesortiment schaute und ungeduldig mit dem Fuß tippte.

»Das wird aber auch Zeit«, beklagte er sich. »Ihre Kollegin ist ja heute zu nichts zu gebrauchen.« Er deutete auf die Käsekrümel, die über die gesamte Frischtheke verteilt waren. »Ein kleines Stück Höhlenkäse wollte ich haben. Und sie schneidet fünfmal den falschen Käse an. Und als sie dann endlich den richtigen hat, kriegt sie das Messer nicht durch.«

»Hm.« Kari bemühte sich um ein gleichbleibend freundliches Lächeln. Sie setzte das Messer neu an und schnitt ein Stück Höhlenkäse ab.

»Na! So klein soll es nun auch wieder nicht sein«, murrte der Mann.

Kari wickelte das verschmähte Exemplar in Frischhaltefolie und legte es in die Theke. Anschließend setzte sie das Messer auf den angeschlagenen Laib und schaute den Kunden fragend an. »Besser?«

»Mehr.«

Kari verschob das Messer. »So?«

»Noch ein bisschen mehr.«

Kari atmete tief durch. Sie rückte mit dem Messer ein deutliches Stück weiter.

»Nein!«, rief der Kunde. »Das ist zu viel.«

Kari versetzte das Messer wieder in die andere Richtung.

»Ja«, sagte der Kunde.

Kari schnitt das Stück ab und legte es auf die Waage. Es wog fünfhundertsechzig Gramm. Nicht gerade das, was der gewöhnliche Kunde als klein bezeichnete. Aber dieser Kunde war ja auch nicht gewöhnlich.

Mit einem ungeduldigen Nicken nahm er die Tüte entgegen und wandte sich ab.

»Ach«, murmelte Kari. »Ein schlichtes Danke hätte es auch getan.«

Tanja Eggerstedt neben ihr prustete. Dann schluchzte sie auf. Kari band die Schürze ab und wischte sich die Hände daran ab.

»Was ist denn los, Tanja?«

Die Kollegin starrte unglücklich auf ihre Finger. »Die Polizei hat mich angerufen. Sie haben gesagt, sie wollen mit mir reden.«

»Ja, und?«

»Sie denken bestimmt, dass ich es war!«, klagte Tanja. »Dass ich Bruns und Diego ermordet habe. Weil sie mir den Job im Catering wegnehmen wollten.«

»Und? Hast du?«, fragte Kari. Was natürlich nicht besonders einfühlsam war. Aber allmählich war ihre Geduld mit den Kollegen erschöpft. Davon abgesehen entsprach ihre Direktheit dem gängigen Kommunikationsschema im Supermarkt.

Tanja schniefte, und dicke Tränen rannen über ihr Gesicht. »Wie kannst du so etwas fragen? Glaubst du wirklich, ich könnte einem Menschen Gewalt antun?«

Kari stopfte die Schürze in die Kiste für die benutzte Kleidung.

»Wer weiß?«, erwiderte sie. »Wenn es darauf ankommt, kann das doch jeder.«

Sie blickte durch den Laden und sah das fellüberzogene

Mikrofon des selbsternannten Mediengurus Georg Probst Schneider auf sich zukommen. Dahinter schwenkte Kameramann Fokke sein Arbeitsgerät.

»Ich weiß nur eines«, fügte sie hinzu und bewegte sich eilig in Richtung Hinterausgang. »Nämlich, dass ich langsam die Nase voll habe von diesem Job.«

36.

Jonas Voss blieb vor dem grauen Mietshaus im Norden von Westerland stehen. Er kramte nach dem Schlüsselbund, das Diego Valdez bei sich getragen hatte, und fand es schließlich in der Innentasche seiner Lederjacke. Hannah Behrends studierte währenddessen die Auslage eines Geschäfts mit Computerspielen. Voss, der wusste, dass sie für diese Art der Freizeitbeschäftigung nichts übrighatte, nahm an, dass sie – ebenso wie er selbst – ihr Gehirn nach einer Idee durchforstete, die ihnen bei der Aufklärung dieses verworrenen Falls helfen würde. Sie konnten nur hoffen, dass sie bei Valdez neue Hinweise entdeckten, damit sie nicht auf Tanja Eggerstedt als letzten Notnagel ihrer dürftigen Verdächtigenliste zurückgreifen mussten. Und auf Kari Blom.

Die Wohnung von Diego Valdez atmete seine Leidenschaft für den *Tango Argentino* aus jeder Pore. An den Wänden hingen zahllose Tanzplakate, dazwischen flache, breitkrempige Hüte und ein scharlachroter Umhang, wie ihn ein spanischer Torero tragen mochte. Das Wohnzimmer bestand aus blankem Parkettboden, mit einer schmalen Bar samt zwei Hockern auf der einen und einer komplett verspiegelten Wand auf der anderen Seite. Ein turmartiger CD-Ständer enthielt eine umfangreiche Sammlung mit Tanzmusik. Die Anlage stammte von Denon, die imposanten Standboxen waren von Bose.

Hannah pfiff durch die Zähne. Sie schaltete den CD-Player ein, und eine traurig-schöne Melodie schwebte plötzlich im Raum. Hannah hob die Arme und bewegte sich mit durchgestrecktem Rücken und langen, raumgreifenden Schritten über das Parkett.

»Du tanzt Tango?«, fragte Voss überrascht.

Hannah blieb stehen. »Nur ein Wochenendworkshop. Aber ohne festen Partner ...«

Sie ließ den Satz in der Luft hängen. Ein schwermütiges Akkordeon setzte ein, verwirbelte ihre Worte und trug sie davon.

Voss schaltete den CD-Player aus. Die Anlage war möglicherweise der Grundstock, mit dem Valdez seinen Traum von der eigenen Tanzschule verwirklichen wollte. Aber wie hatte er das teure Equipment finanziert? Im Catering bei Alexander und als Model bei Viktoria Freund verdiente er gerade genug, um sich eine Wohnung auf Sylt leisten zu können. Für große Sprünge reichte es nicht. Und für einen weiteren Nebenjob hätte ihm schlichtweg die Zeit gefehlt. Woher also kam das Geld? Genau wie der Marktleiter Elmar Bruns hatte er offenbar mehr davon besessen, als er auf legalem Weg erworben haben konnte. Was vielleicht auch der Grund dafür war, dass beide Männer jetzt tot waren.

Elmar Bruns hatte Alexander Freund mit seinem Wissen über dessen gefälschte Luxusdelikatessen unter Druck gesetzt. Vielleicht hatte auch Valdez davon gewusst. Womöglich hatte er Freund ebenfalls erpresst. Oder er hatte Waren aus dem Markt unterschlagen und auf eigene Rechnung verkauft. Das würde zumindest erklären, warum er sich so um die Freundschaft des Lageristen Marvin Drewes bemüht hatte.

Jonas Voss schob die Ärmel seiner Lederjacke nach oben und fuhr sich mit beiden Händen durch die Haare. Sie hatten nichts. Nichts als eine Reihe unausgegorener Theorien, für die es nicht den Hauch eines Beweises gab.

Er folgte Hannah ins Schlafzimmer, das leer war bis auf ein breites Futon mit roter Seidenbettwäsche, einen Kleiderschrank mit stylischer Kleidung und eine Kommode mit Slips von Calvin Klein und Socken von Boss.

Hannah pfiff anerkennend. »Ich möchte wissen, wie er sich das alles leisten konnte«, sprach sie Voss' Gedanken aus.

Jonas Voss nahm eines der Designerhemden aus dem Schrank und befühlte es gedankenverloren. Kein Vergleich zu den No-Name-Hemden, die er selbst trug. Vielleicht sollte er auch mehr Wert auf Qualität legen. Wenn Valdez' selbstbewusste Ausstrahlung ein Indikator war, spielte jedes Detail der Kleidung eine Rolle.

»Womöglich hat er jemanden erpresst. Genau wie Bruns«, sagte er. »Oder er hat Waren aus dem Delikatessenmarkt unterschlagen.«

Hannah ließ ihren Blick durch die aufgeräumte Wohnung schweifen. »Dass er keine Bücher besitzt, okay«, bemerkte sie. »Aber er muss doch irgendwelche Papiere haben. Ausweise. Geburtsurkunde. Kontoauszüge.«

Voss schaute in den offenen Flur.

»Küche«, sagte er und ging voran. Er öffnete sämtliche Schranktüren, hinter denen sich genau das verbarg, was man in einer Einbauküche erwartete: Gläser und Tassen, Teller und Töpfe, Besteck und Konservendosen. Jonas Voss schlug die Türen frustriert wieder zu. Seine Hoffnung auf eine neue Spur löste sich in Luft auf.

Hannah wandte sich ab und warf einen Blick ins Bad. Voss zog der Vollständigkeit halber auch noch die Schublade unter dem Ofen auf, die zur Aufbewahrung der Bleche diente. Im nächsten Moment lachte er auf. Backbleche besaß Diego Valdez offenbar nicht. Stattdessen verwahrte er in der Schublade zwei dicke Aktenordner.

Im ersten befanden sich die persönlichen Dokumente des Argentiniers. Der zweite enthielt Kopien aus Geschäftsbüchern und Handelsregisterauszügen.

Voss und Hannah brauchten eine Weile, bis sich ihnen die Bedeutung dieser Unterlagen erschloss. Als sie es schließlich begriffen, blieb ihnen beiden vor Staunen der Mund offen stehen.

Alexander Freund war von der Lebensmittelfirma in Bredstedt nicht nur mit Billiglebensmitteln beliefert worden, die man aus Polen importiert und in Bredstedt zu Luxusdelikatessen umetikettiert hatte. Er selbst war der Eigentümer dieser Firma.

▪ ▪ ▪

Der Regen hatte aufgehört, doch am Himmel zogen noch immer tiefschwarze Wolken vorbei. Aus dem Sturm war eine steife Brise geworden, die nicht mehr bedrohlich war, aber eiskalte Luft vom Meer mitbrachte. Innerhalb weniger Stunden waren die Temperaturen von sommerlicher Hitze zu herbstlicher Kälte gefallen. Ein Phänomen, das es nicht nur auf Sylt gab. Aber hier fielen diese Wechsel häufig besonders stark aus.

Kari schaute auf das graue Meer, auf dem sich die Wellen überschlugen und weiße Schaumkronen jagten. Sie war vom Delikatessenmarkt aus über die Strandpromenade gejoggt, vorbei an der Musikmuschel und dem Lokal Badezeit bis zur Treppe, die nach oben zum Beach House führte. Auch wenn das Restaurant sie an ein eher unerfreuliches Treffen im letzten Jahr erinnerte, war es einer der schönsten Orte in Westerland.

Als sie oben ankam, war sie ein wenig außer Atem. Sie setzte sich an einen der Tische direkt hinter der Plexiglasscheibe und zog ihr Smartphone hervor.

Ole Lund meldete sich sofort.

»Gibt es Probleme?«, fragte er, als er ihr schnelles Luftholen hörte. Er wusste, dass sie stets lief, wenn sie versuchte, Ordnung in ihre Gedanken zu bekommen.

Kari lehnte sich zurück. »Wie man es nimmt«, sagte sie. »Voss hat die Geschichte mit der SMS geschluckt. Aber solange die Sylter Kollegen keinen anderen Tatverdächtigen haben, bin ich nicht aus dem Schneider.«

»Und den gibt es nicht?«

Kari seufzte. »Ich sehe keinen«, erklärte sie. »Niemanden, der wirklich in Frage kommt.«

»So«, versetzte Lund spöttisch. »Dann musst du vielleicht genauer hinschauen.«

Kari fuhr sich mit der Hand durch die feuchten Haare.

»Wer soll es denn deiner Meinung nach gewesen sein?«, fragte sie spitz. »Saskia Lübbers? Sie hatte Stress mit Bruns, weil er sie sexuell belästigt hat. Und mit Valdez lag sie ständig im Clinch. Aber begeht man deshalb zwei Morde?« Auch wenn Saskia ihr nicht besonders sympathisch war, konnte Kari sich das nicht vorstellen.

»Marvin Drewes?«, fuhr sie fort. »Er hat Elmar Bruns gehasst, weil der Marktleiter ihn gemobbt hat, aber Diego Valdez war Marvins Freund.« Sie hatte mit eigenen Augen gesehen, wie der Lagerist den Argentinier anhimmelte. Ganz abgesehen davon war Drewes der Letzte, dem sie zutraute, anderen Gewalt anzutun.

»Und Tanja Eggerstedt?«, überlegte sie laut, während sie

an die korpulente Kollegin dachte, die sie von Beginn an ins Herz geschlossen hatte. »Valdez hat mit ihr um den Job im Catering konkurriert, und Bruns war dabei, sie aus dem Geschäft zu drängen. Aber dass sie die beiden deshalb tötet? Sie hätte gar nicht die Nerven dafür.«

»Bleibt also nur einer«, bemerkte Lund. »Der Besitzer des Delikatessenmarkts selbst.«

Kari schüttelte den Kopf. Sie konnte und wollte sich nicht vorstellen, dass Alexander Freund die Kaltblütigkeit besaß, die für die beiden Morde nötig gewesen war.

»Bruns hat ihn erpresst«, erinnerte Lund sie. »Und wenn er herausgefunden hat, dass seine Frau ihn mit Valdez betrügt ...«

»Was darf's denn sein?« Eine junge Servicekraft war unbemerkt an Karis Tisch getreten.

»Ein stilles Wasser, bitte.«

Die Frau nickte und verschwand.

»Es passt nicht zu ihm«, beharrte Kari.

»Dann sag mir, wer sonst als Täter in Frage kommt.«

Kari starrte auf das aufgewühlte Meer. Ole Lund hatte ja recht. Es gab einfach keinen anderen plausiblen Verdächtigen. Es sei denn ...

»Jörn Kappelmann.« Kari richtete sich auf. »Der Mann von Sylt Security. Er hat zusammen mit Valdez den Kreditkartenbetrug eingefädelt. Und Elmar Bruns hat das womöglich herausgefunden, genauso, wie er Alexander Freund mit seinem Etikettenschwindel auf die Schliche gekommen ist. Kappelmann könnte Bruns ermordet haben, um den unliebsamen Mitwisser loszuwerden. Und danach hat er Muffensausen bekommen. Er hat befürchtet, dass Valdez ihn auffliegen lässt. Und lieber seinen Kumpel aus dem Weg geräumt, anstatt darauf zu warten, dass der ihn hinhängt.«

Lund produzierte ein paar tadelnde Laute. »Du traust diesem schüchternen jungen Mann ja eine Menge krimineller Energie zu. Aber du täuschst dich.«

Die Bedienung brachte das stille Wasser und schenkte ein. Kari bedankte sich mit einem knappen Nicken. »Ach so?«, sagte sie entnervt ins Telefon.

»Wir haben ihn auf dem Schirm, seit wir wissen, dass er die Kartenterminals bei Delikatessen-Freund manipuliert«, erläuterte Lund. »Kappelmann ist raus. Die Kollegen von der Sylter Schutzpolizei haben ihn gestern Abend aus dem Verkehr gezogen. Im wahrsten Sinne des Wortes. Er war mit knapp zwei Promille unterwegs. Auf dem Beifahrersitz lag übrigens ein gigantischer Rosenstrauß. Wenn die Kollegen sein Gelalle richtig verstanden haben, hat er sich Mut angetrunken, um Saskia Lübbers seine Aufwartung zu machen.« Lund lachte leise. »Man könnte also sagen, er hatte Glück. Die Demütigung wäre vermutlich schwerer zu verkraften gewesen als die Nacht in der Ausnüchterungszelle. Vom Mordverdacht einmal ganz abgesehen.«

Kari lehnte sich wieder zurück. Kappelmann schied also als Täter aus. Und Alexander Freund rückte auf der Liste der Verdächtigen wieder ganz nach vorn. War sie überhaupt noch objektiv, was den Besitzer des Feinkostgeschäfts anging? Trotz ihrer Enttäuschung über seinen Etikettenschwindel empfand sie nach wie vor eine starke Anziehung. Vermutlich war sie überhaupt nicht geeignet, diesen Fall weiter zu bearbeiten.

Am anderen Ende vernahm sie im Hintergrund ein leises Piepen.

»Warte kurz«, sagte Ole Lund. »Da kommt gerade ein Gespräch auf der zweiten Leitung rein.«

Es knackte. Dann hörte Kari die Stimme von Kriminalhauptkommissar Jonas Voss. Offenbar hatte Lund sein Telefon in den Konferenzmodus geschaltet. Ob nun absichtlich oder irrtümlich, wollte sie mal dahingestellt lassen. Wobei

Lund, wenn man es genau bedachte, niemals etwas aus Versehen tat.

»Es gibt eine unerwartete Wendung«, erläuterte Voss den Grund seines Anrufs beim Landeskriminalamt. »Wir haben in der Wohnung von Diego Valdez ein paar interessante Dokumente gefunden. Sie beweisen, dass Alexander Freund von dieser Lebensmittelklitsche in Bredstedt nicht bloß beliefert wird, sondern in Wirklichkeit der Eigentümer der Firma ist.«

»So.« Lund pfiff leise durch die Zähne. »Der angesehene Sylter Geschäftsmann ist also nicht etwa das Opfer eines Betrugs. Er ist selbst der Betrüger.« Kari hörte, wie ihr Vorgesetzter mit irgendwelchen Papieren raschelte. »Leider sind die Kollegen vor Ort zu spät gekommen. Die Lieferungen aus Polen waren weg. An den Waren, die in Bredstedt lagern, ist nichts auszusetzen.«

Kari schnaubte. Dann hielt sie eilig ihre Hand über die Sprechmuschel. Voss sollte nicht merken, dass noch jemand anderes als Lund das Gespräch verfolgte.

»Er hat die Beweise verschwinden lassen?«, fragte der Sylter Kriminalhauptkommissar ärgerlich.

Ole Lund klopfte mit seinem Stift auf der Tischplatte. Das tat er also nicht nur, wenn er mit Kari telefonierte. Es war eine Marotte von ihm.

»Hm«, machte er. »Aber ich bin mir sicher, dass er sie nicht einfach in die Nordsee gekippt hat. Schließlich hat er in diese angeblichen Luxusdelikatessen einiges investiert. Ich wette, er plant nach wie vor, sie an den Mann zu bringen, sobald sich der Trubel um seinen Laden ein wenig gelegt hat.«

Was bedeutete, dass sich die Lebensmittelfälschungen vermutlich auf Sylt befanden. Sie mussten nur noch herausfinden, wo.

»Wir lassen Freund beschatten«, erklärte Voss, der offensichtlich denselben Gedanken gehabt hatte. »Sobald wir etwas Neues haben, melde ich mich.«

Die beiden Polizeibeamten verabschiedeten sich, und Voss legte auf.

»Ein guter Mann, dein Sylter Hauptkommissar«, sagte Lund.

»Er ist nicht *mein* Kommissar«, entgegnete Kari gereizt.

»Wie du meinst«, konterte Lund gelassen. »Aber ich finde, er passt zu dir. Ihr wärt ein schönes Paar.«

»Ole!« Kari stieß entnervt die Luft aus. »Denkst du wirklich, wir haben momentan nichts anderes zu tun?«

»Ich wollte nur, dass du dich ein bisschen entspannst.« Lund raschelte mit seinen Papieren. »Das fördert die Kreativität.«

Kari verdrehte die Augen. Lund war ein ausgesprochen kluger und strategisch denkender Mann. Aber manchmal benahm er sich einfach kindisch.

»Ich fasse das mal zusammen«, sagte der Kriminalrat. »Valdez und Kappelmann haben diesen Kreditkartenbetrug durchgezogen. Valdez tätigt mit den gestohlenen Daten Einkäufe im Internet. Designerkleidung, die er an Viktoria Freund liefert, die zufälligerweise seine Geliebte ist.« Er pochte wieder mit dem Stift auf den Tisch. »Hat sie davon gewusst? Oder hat er sie auch betrogen?«

»Ich habe keine Ahnung«, sagte Kari. »Sie ist diejenige bei den Freunds, die das Geld in die Familie gebracht hat. Auf mich wirkt sie wie eine anständige und geradlinige Frau. Auf der anderen Seite ist da natürlich die Affäre mit Valdez. Und es wird gemunkelt, dass die Boutique nicht besonders gut dasteht. Obwohl nach allem, was man von außen sieht, der Verkauf gut läuft.«

»Sie hat dir doch vorgeschlagen, für sie zu modeln«, bemerkte Lund. »Vielleicht kannst du dich bei der Gelegenheit ein wenig bei ihr umsehen.« Er blätterte in irgendwelchen Papieren.

»Aber wir dürfen auch nicht vergessen, dass Valdez nicht nur ein Kreditkartenbetrüger war«, setzte er hinzu. »Wie uns unser Sylter Kollege gerade berichtet hat, ist er auch Freunds krummen Geschäften mit den gefälschten Luxusdelikatessen auf die Schliche gekommen.« Lund summte leise vor sich hin. »Würde mich nicht wundern, wenn er Alexander Freund damit ebenfalls unter Druck gesetzt hätte.«

Er sprach nicht weiter, aber Kari wusste auch so, was er sagen wollte: Wenn ihn sowohl Elmar Bruns als auch Diego Valdez mit seinem Markenbetrug erpresst hatten, hatte Alexander Freund für beide Morde ein glasklares Motiv gehabt.

Sie spürte, wie etwas an ihrem Herzen zerrte. Logik war der eine Teil ihres Berufs. Intuition der andere. Und sie konnte nicht glauben, dass sie sich so in Alexander Freund getäuscht hatte.

»Ich kann ihn mir trotzdem nicht als Täter vorstellen«, beharrte sie.

»Das brauchst du auch nicht«, erwiderte Lund, und seine Stimme klang plötzlich scharf. »Du sollst lediglich feststellen, ob Viktoria Freund an dem Kreditkartenbetrug beteiligt war. Damit ist dein Auftrag erledigt. Alles andere«, er entspannte sich wieder und pfiff erneut ein paar Takte vor sich hin, »ist Sache der Sylter Kriminalpolizei.«

Damit legte er auf. Kari, die an eine spöttische Bemerkung zum Abschied gewöhnt war, schaute verwundert auf ihr Smartphone. Die Melodie, die Lund angestimmt hatte, ging ihr durch den Kopf. Und dann fiel ihr auch der Text ein, den

Konstantin Wecker dazu sang: *Genug ist nicht genug … Genug … kann nie genügen …*

■ ■ ■

»Da!«

Hannah Behrends streckte die Hand aus und deutete auf den Lieferwagen von Delikatessen-Freund, der gerade aus der Bomhoff- in die Johann-Möller-Straße bog. Sie drehte den Schlüssel im Zündschloss und startete den Motor. Dann trat sie das Gaspedal durch.

»Langsam«, mahnte Jonas Voss und steckte sein Handy in die Freisprecheinrichtung zurück. Zum Glück hatte Hannah das Ladekabel gefunden und den Akku neu geladen, während er Jasper im Krankenhaus besucht hatte. »Er muss ja nicht gleich merken, dass wir ihm folgen.«

Hannah wandte ihm den Kopf zu. Ihre blauen Augen unter dem blonden Bob leuchteten, ihre Wangen waren gerötet.

»Deshalb haben wir ja ein unauffälliges Auto aus dem Fuhrpark genommen und nicht deinen alten Passat.«

Sie folgten Freund über die Straße nach Wenningstedt bis zum Kreisel. Von dort fuhr er weiter nach Braderup. Hannah hielt angemessenen Abstand.

Hinter Braderup zweigte auf der linken Seite ein Feldweg ab. Er führte zu einer verfallenen Lagerhalle. Wenn Voss sich richtig erinnerte, hatte hier vor Jahren ein Münchener Unternehmer ein Quad-Gelände anlegen wollen und die Halle gebaut, noch ehe die Gemeinde ihre Zustimmung dazu gegeben hatte. Eine Fehlinvestition, denn die Sylter hatten beschlossen, dass ein solches Projekt mit dem Naturschutz nicht zu vereinbaren war. Weder die Bewohner noch die Vögel wollten sich durch heulende Quad-Motoren in ihrer Ruhe stören lassen.

Die Halle hätte längst wieder abgerissen werden sollen, aber irgendwelche Streitigkeiten um das Eigentumsrecht an dem Grundstück, auf dem sie stand, hatten das verhindert.

Nun, offenbar war die Eigentümerfrage mittlerweile geklärt. So, wie es aussah, gehörte das Land Alexander Freund.

Der Feinkostladenbesitzer parkte den Lieferwagen direkt vor dem großen Rolltor. Jonas Voss und Hannah konnten sehen, wie er am Bedienfeld des Türöffners hantierte. Dann fuhr das Tor langsam nach oben.

Hannah setzte ein Stück zurück und stellte den Dienstwagen hinter einem Gebüsch ab, so dass er von der Halle aus nicht zu sehen war. Dann stiegen sie aus und huschten auf das Gebäude zu. Ein rostiger Container, mehrere Schutthaufen und ein paar Büsche dienten ihnen als Deckung.

Gerade als sie den Eingang erreichten, kam Freund wieder heraus.

Jonas Voss und Hannah drückten sich an die Hallenwand. Wenn Freund den Kopf wandte, musste er sie unweigerlich entdecken. Aber der hatte keine Augen für seine Umgebung. Er stieg in seinen Lieferwagen, stützte die Arme auf das Lenkrad und vergrub das Gesicht in den Händen.

Voss und Hannah nutzten die Gelegenheit und schlüpften in die Halle.

Sie bestand aus einem einzigen hohen Raum. Auf dem Boden lag Staub. Von den grob verputzten Wänden blätterte die Farbe. In der Mitte der Halle stapelten sich Kartons unterschiedlicher Größe. Bei einer ganzen Reihe davon war der Deckel ungeduldig aufgerissen worden.

Jonas Voss und Hannah tauschten einen kurzen Blick.

War Freund seinerseits betrogen worden, und irgendjemand hatte die falsch etikettierten Lebensmittel, die er hier eingelagert hatte, gestohlen?

Sie gingen auf den Kistenberg zu und spähten in die Kartons.

Sie waren keinesfalls leer. Sie enthielten allerdings auch keine Dosen und Gläser mit gefälschten Luxusdelikatessen. Stattdessen erblickten Voss und Hannah ein ganzes Sortiment von Abendkleidern.

Sie hatten sich offenbar getäuscht. Die Halle gehörte nicht Alexander. Sie gehörte Viktoria Freund. Und mit den Waren, die sie in ihrer Boutique verkaufte, stimmte anscheinend ebenfalls etwas nicht.

37.

Die Ärmel waren eindeutig zu eng. An der Taille schlug das Kleid Falten. Außerdem schnürte es ihr die Luft ab. Der Ausschnitt dagegen war viel zu groß und entblößte ihre halbe Brust.

Kari schüttelte den Kopf. Das mochte ja ein teures Designermodell sein. Aber an ihr sah es unmöglich aus.

Viktoria Freund spähte um den Paravent herum.

»Phantastisch!«, rief sie mit gespielter Munterkeit. Der Tod von Valdez hatte ihr ganz offensichtlich zugesetzt, wie Kari an ihrem blassen Gesicht und den dunklen Ringen unter den Augen ablesen konnte. Doch Viktoria Freund schien nicht gewillt, sich unterkriegen zu lassen. »Da sieht man doch, dass sich Qualität auszahlt«, verkündete sie. »Das Kleid steht Ihnen hervorragend.«

Kari blickte zwischen ihrem Spiegelbild und der Ladeninhaberin hin und her. Eine von ihnen beiden brauchte definitiv eine Brille.

Viktoria Freund zupfte die Ärmel des Kleides zurecht und angelte nach dem Tuch, das sie über den Paravent gelegt hatte. Sie drapierte es um Karis Hals und trat einen Schritt zurück.

»Das ist perfekt«, befand sie. »Nur an den Armen fehlt noch ein wenig Schmuck.« Sie begann, in den Kästchen neben dem Schminkspiegel zu kramen.

»Ach, verflixt.« Sie richtete sich wieder auf und stemmte die Hände in die Hüften. »Der Armreif, den ich vor Augen habe, liegt bei mir zu Hause.« Sie legte den Kopf schief. »Würden Sie einen Moment auf den Laden aufpassen? Dann fahre ich schnell rüber und hole ihn.«

Kari nickte. Hauptsache, sie konnte so schnell wie möglich dieses Kleid wieder ausziehen. Sie griff nach dem Reißverschluss und zerrte daran, doch Viktoria Freund hielt ihre Hand fest.

»Lassen Sie es an!«, bat sie. »Ich bin in zwanzig Minuten zurück. Es schadet nicht, wenn ein paar unserer Kunden das Kleid schon sehen. Das ist eine wunderbare Werbung für die Modenschau.«

Ergeben ließ Kari die Hand wieder sinken.

Viktoria Freund griff nach ihrer Handtasche und eilte aus dem Laden.

Kari wartete, bis sie um die nächste Ecke verschwunden war. Dann drehte sie das Schild an der Tür auf *Geschlossen* und verriegelte den Eingang. Eine bessere Chance, sich ungestört im Büro von Viktoria Freund umzusehen, würde sie so schnell nicht bekommen.

■ ■ ■

Viktoria Freund blieb vor dem Edeka-Markt an der Ecke stehen. Lächelnd öffnete sie ihre Handtasche und schaute auf den goldenen Armreif, der darin steckte. Es war vielleicht nicht ganz fair. Aber sie musste wissen, ob sie dieser Kari Blom trauen konnte.

Sie schloss die Tasche wieder und ging ein Stück durch die Elisabethstraße. Von dort bog sie in die Friedrichstraße und gelangte über die schmale Verbindung zur Bomhoffstraße in den Hof hinter der Boutique. Neugierig spähte sie durch das Fenster des Probenraums.

Von Kari Blom war nichts zu sehen. Die Kartons mit den Designerkleidern standen unangetastet in der Ecke.

Viktoria Freund hob die Augenbrauen. Vielleicht war diese kleine Kassiererin doch vertrauenswürdiger, als sie gedacht hatte. Oder Alexanders Charme hatte sich mittlerweile abgenutzt, und er hatte bei ihr nicht landen können. In dem Fall gab es natürlich auch keinen Grund, warum sie für ihn spionieren sollte.

Viktoria Freund ging denselben Weg zurück, den sie gekommen war. Zielstrebig lief sie auf die Boutique zu. Dann bemerkte sie das *Geschlossen*-Schild.

Also doch! Alexanders Flittchen nutzte die Gelegenheit, um herumzuschnüffeln. Und wenn sie nicht die Kartons mit den Designerkleidern auseinandernahm, gab es nur einen Ort, an dem sie sich aufhalten konnte. Ihr Büro!

Im selben Moment fiel Viktoria Freund der Umschlag wieder ein, den sie auf den Schreibtisch gelegt hatte.

Sie spürte, wie ihr der Schweiß ausbrach.

Sie musste um jeden Preis verhindern, dass Kari Blom den Inhalt zu Gesicht bekam.

■ ■ ■

Kari betrachtete die Regale mit den Aktenordnern. Viktoria Freund war eine Frau, die Ordnung hielt.

In einem Ablagekorb auf dem Schreibtisch fand sie die Rechnungen für die Lieferungen, die Valdez aus der Paketbox abgeholt hatte. Sie trugen die Adresse einer italienischen Modemanufaktur. Kari war sich sicher, dass sie falsch waren. Auf den Kartons hatte sie den Versandaufkleber eines großen Internethändlers gesehen. Natürlich konnten die Italiener ihre Ware mit diesem Händler verschicken. Aber vermutlich würde Ole Lund bei seinen Recherchen herausfinden, dass die italienische Firma eine Erfindung von Viktoria Freund war. Schließlich durfte bei einer etwaigen Steuerprüfung ja nicht herauskommen, dass nicht sie die Kleider bezahlt hatte, sondern die betrogene Kundschaft von Delikatessen-Freund.

Kari zog ihr Smartphone hervor und fotografierte die gefälschten Rechnungen. Dann sah sie sich weiter um.

Sie fand die Geschäftsbücher und entdeckte, dass die Boutique tatsächlich kurz vor der Pleite stand. Und das, obwohl Viktoria Freund jede Menge Umsatz machte. Die Kleider, die sie in ihrer Boutique anbot, waren wirklich hübsch. Und die Kundschaft auf Sylt war kauffreudig.

Doch die Ladeninhaberin hatte sich auf einen Vertrag mit einem neuen Designer eingelassen, der jeden Monat einen horrenden Betrag kassierte. Die Modelle, die er laut Vertrag zu liefern hatte, hatte Kari im Geschäft allerdings noch nicht entdeckt.

Sie betrat das kleine Lager hinter dem Büro und sah sich um. Dort stapelten sich aufgerissene und nachlässig wieder verschlossene Pappkartons. Ein Blick auf den Absender verriet Kari, dass sie von ebenjenem Designer stammten, den Viktoria Freund so teuer bezahlte.

Kari öffnete den obersten Karton.

Darin lag ein blaues Seidenkleid, hauchzart und von einer filigranen Schönheit. Kari nahm es heraus und entfaltete es. Sie hielt es sich vor den Körper und stellte sich vor den Spiegel. Das Kleid war ein Traum.

Aber warum hing es dann nicht im Laden, sondern verweilte hier im Lager?

Kari legte das Kleid zurück. Erst als sie den Karton schloss, bemerkte sie die blauen Flecken an ihren Fingern. Anscheinend hatte der Designer eine Farbe verwendet, die nicht hielt.

Das erklärte Viktoria Freunds finanzielle Misere. Sie hatte eine riskante Investition getätigt und alles verloren. In der entsprechenden Qualität hätte sie mit den Kleidern des Designers, den sie exklusiv für ihre Boutique eingekauft hatte, ein Vermögen machen können. So blieb sie auf einem Haufen nutzloser Stoffe und einem Berg Schulden sitzen.

Vermutlich hatte sie sich deshalb auf Valdez und seine betrügerischen Aktivitäten eingelassen, obwohl sie gewusst haben musste, dass die Sache nicht lange gutgehen würde. Sobald man einen Faden in diesem Fall zu fassen bekam, löste sich das ganze Gebilde wie von selbst auf. Es würde nicht schwer sein, den Zusammenhang zwischen dem Kreditkartenbetrug und den falsch deklarierten Kleidern nachzuweisen. Aber wahrscheinlich war das illegale Geschäftsmodell ja auch nicht als dauerhafte Lösung gedacht gewesen. Kari nahm an, dass Viktoria Freund und ihr argentinischer Liebhaber geplant hatten, sich eher früher als später mit dem Gewinn aus dem Kreditkartenbetrug aus dem Staub zu machen.

Kari öffnete die Kartons erneut und machte ein paar Fotos der schlecht gefärbten Kleider. Anschließend rückte sie alles wieder in die Position, in der sie es vorgefunden hatte. Sie wollte das Büro gerade verlassen, als ihr die Ecke eines Umschlags auffiel, der unter der Schreibunterlage hervorlugte. Sie zog das Kuvert hervor und schmunzelte. Sie hatte mit ihrer Theorie von der romantischen Flucht offenbar richtiggelegen. Der Umschlag stammte von einem Reisebüro. Kari öffnete ihn und fand zwei Flugtickets nach Buenos Aires. One-Way-Tickets.

Das war er, der Beweis, dass sich Viktoria Freund und Diego Valdez mit ihrer Beute aus dem Kreditkartenbetrug nach Argentinien hatten absetzen wollen.

Kari blätterte die Reiseunterlagen durch und hielt verblüfft inne. Das eine Ticket war auf Diego Valdez ausgestellt. Der Name auf dem anderen lautete Saskia Lübbers.

»Glauben Sie mir«, sagte eine Stimme hinter Kari. »Ich war genauso überrascht wie Sie.«

Kari fuhr herum und fand sich Viktoria Freund gegenüber, die ein Gerät in der Hand hielt, das Kari sofort als Elektroschocker erkannte.

»Mir hat er die große Liebe vorgespielt«, fauchte die Geschäftsfrau. »Aber in Wirklichkeit hat er das alles nur getan, um sich mit seinem kleinen Flittchen eine neue Existenz aufzubauen. Kappelmann und ich – wir waren nur Schachfiguren.«

In Karis Kopf wirbelten die Gedanken und fügten sich wie von selbst zusammen.

»Kappelmann hat die Kreditkartenterminals manipuliert«, sagte sie. »Valdez hat mit den gestohlenen Daten Einkäufe im Internet getätigt und Ihnen die Ware geliefert. Sie haben sie in Ihrer Boutique verkauft. Und Valdez das Geld gegeben, damit er die Vorbereitungen für Ihr gemeinsames neues Leben in Argentinien trifft. Nur, dass er das nicht getan hat. Stattdessen hat Valdez das Geld benutzt, um sich in Buenos Aires seinen Traum von der eigenen Tanzschule zu erfüllen und seiner Freundin Saskia ein Luxusleben zu bieten.«

Viktoria Freund kniff die Augen zusammen. »Für eine Kassiererin sind Sie ganz schön clever.«

Kari hob die Schultern. »Eigentlich«, gab sie zu, »bin ich keine Kassiererin. Ich bin Schriftstellerin. Ich recherchiere für ein neues Buch.«

Viktoria Freund blinzelte. »Sie meinen, Sie wollten den Lebensmittelbetrug in Alexanders Laden aufdecken?«

Kari betastete den Schal um ihren Hals. Er war nicht viel mehr als ein dünnes Fädchen, aber wenn sie ihn zwischen den Händen stramm zog, könnte sie ihn vielleicht benutzen, um Viktoria Freund zu überwältigen.

»Nein«, erwiderte sie, während sie an einem Ende des Tuchs zog. »Davon habe ich nichts geahnt. Ich wollte ein Buch darüber schreiben, wie es ist, auf der anderen Seite zu stehen. Wenn man nicht zu denen gehört, die sich die Delikatessen leisten können, sondern zu jenen, die jeden Tag kämpfen müssen.«

Viktoria Freund lächelte spöttisch. »Sie sind eine Idealistin. Und dann haben Sie nicht nur eine große Geschichte entdeckt, sondern Ihnen sind gleich zwei fette Storys in den Schoß gefallen.«

Kari zerrte sich den Schal mit einem Ruck vom Hals und schlang die Enden um ihre Handflächen. »Manchmal hat man einfach Glück.«

Viktoria Freund richtete den Elektroschocker auf Kari. »Ich weiß nicht, ob Glück das richtige Wort ist.«

Damit drückte sie ab, und Kari sah die Elektrodenpfeile wie in einer stark verlangsamten Aufnahme auf sich zufliegen.

In Wirklichkeit war es nur der Bruchteil einer Sekunde. Zu wenig Zeit, um zu reagieren.

38. »Da ist sie!«

Alma Grieger streckte aufgeregt die Hand aus und deutete auf die beiden Frauen, die gerade die Boutique Liberté verließen. Die eine war Viktoria Freund, die mit versteinerter Miene die Tür zum Laden verschloss. Die andere war Kari Blom. Sie wirkte angeschlagen und stützte sich schwer auf die Geschäftsfrau.

»Was hat sie denn?«, fragte Marijke Meenken besorgt.

»Sedativa«, konstatierte Witta Claaßen. »Sie hat irgendwelche Tranquilizer eingenommen.«

Grethe Aldag sah ihre Freundin missgestimmt an. »Wir wissen, dass dein Mann Arzt war«, bemerkte sie. »Du musst es uns nicht ständig unter die Nase reiben.«

Die weißhaarige Frau mit der Marlene-Dietrich-Frisur hob affektiert die Hände. »Entschuldige, Grethe. Wenn du mit der Fachterminologie nichts anfangen kannst, kann ich auch Beruhigungsmittel sagen.«

Die eisgraue Grethe funkelte sie an. »Ich weiß, was Sedativa sind, Witta.«

Die ehemalige Landarztgattin wedelte mit der Hand. »Worüber regst du dich dann auf?«

»Kinder, bitte!«, mischte sich Marijke Meenken ein. »Das ist jetzt wirklich nicht der richtige Zeitpunkt für eure Kabbeleien. Oder glaubt ihr vielleicht, Frau Blom hat diese *Substanz* freiwillig eingenommen?«

Ihre drei Häkelschwestern machten betroffene Gesichter.

»Du meinst ... Frau Freund will sie entführen?«

Marijke zuckte mit den Schultern. »Zumindest meine ich, dass sie nichts Gutes im Schilde führt.«

Alma Grieger stieß die Spitze ihres Regenschirms, der denselben rotorangenen Farbton hatte wie ihre Haarpracht, in Richtung der Boutique. »Also los, Mädels. Worauf warten wir noch?«

Grethe Aldag hielt sie am Ärmel. »Nicht so schnell«, sagte sie. »Wir wollen doch nicht, dass Frau Freund uns bemerkt. Womöglich hat sie eine Waffe und tut Frau Blom etwas an.«

Die Augen der Bäckerswitwe weiteten sich. »Oh. Du meinst ... wir sollten sie besser heimlich verfolgen?«

Grethe schaute ihre Häkelgenossinnen der Reihe nach an.

»Nu ja«, knurrte sie. »Ich weiß ja nicht, ob wir das schaffen. Aber wir könnten es wenigstens versuchen.«

■ ■ ■

Alexander Freund ließ die Hände sinken. Er starrte auf die Lagerhalle, die er schon so oft von der Straße aus gesehen hatte, wenn er zu einem seiner einsamen Spaziergänge in die Braderuper Heide gefahren war. Ein hässliches Gebilde, das die Landschaft verschandelte. Eine Bausünde, die seiner geliebten Insel nicht gut zu Gesicht stand. Ein Mahnmal für alle, die das Engagement der Sylter für ihre Insel unterschätzten. Aber nie hätte er gedacht, dass ausgerechnet diese Halle einmal der Nagel zu seinem Sarg werden würde.

Er ahnte schon lange, dass Viktoria ihn betrog. Sie war eine lebenshungrige Frau. Und er war ihr im Laufe der Jahre zu satt und zu zufrieden geworden. Er träumte von Sicherheit, sie vom Abenteuer. Dass sie ausgerechnet den schmierigen Argentinier Valdez gewählt hatte, überraschte ihn. Er hätte Viktoria einen besseren Geschmack zugetraut. Aber vermutlich brauchte es für ihre wilden Phantasien genau so einen selbstverliebten Macho. Rein körperlich war an ihm sicher nichts auszusetzen.

Doch dass Viktoria ihn nicht nur im Bett betrog, sondern anscheinend auch mit Diebesgut handelte, erschütterte ihn.

Natürlich hatte auch er selbst sich nicht gerade mit Ruhm bekleckert, mit seiner kleinlichen Rache an den verwöhnten Zungen der selbsternannten Sylter Gourmets. Aber was er getan hatte, wurde schlimmstenfalls mit einer Geldstrafe geahndet, die ihn nicht ruinieren würde. Was seine Frau offenbar tat, konnte sie für Jahre ins Gefängnis bringen. Und das wollte er nicht.

Er hatte versucht, sich einzureden, dass auch ihm seine Ehe nichts mehr bedeutete. Dass er mit einer Frau wie Kari Blom noch einmal neu anfangen könnte. Aber als er die Papiere seiner Frau durchsucht und herausgefunden hatte, dass ihr diese Halle gehörte, hatte er es gespürt. Und als er hierher gefahren war und die Abendkleider gesehen hatte, bei denen es sich um Hehlerware handeln musste – denn weshalb sonst sollte Viktoria sie verstecken? –, war sein Gefühl Gewissheit geworden.

Er liebte seine Frau. Er wollte sie nicht verlieren.

Freund steckte den Schlüssel ins Zündschloss und startete den Motor. Dann trat er das Gaspedal durch und wendete.

Staub wirbelte auf und hüllte den Lieferwagen von Delikatessen-Freund in eine dichte Wolke.

Deshalb sah er auch nicht, wie Kriminalhauptkommissar Jonas Voss und seine Kollegin Hannah Behrends aus der Halle stürzten und zu ihrem Wagen rannten, der hinter einem Gebüsch am Wegesrand stand.

39.

Viktoria Freund bugsierte Kari, die wie eine leblose Puppe wirkte, auf den Beifahrersitz ihres zitronengelben Porsche Carrera. Marijke Meenken und die anderen Häkeldamen eilten zu Marijkes altem VW Käfer, der auf demselben Parkplatz stand.

»Das ist gut«, bemerkte Grethe und deutete auf den Porsche. »Den verliert man nicht so leicht aus dem Blick.«

Witta Claaßen, die sich auf den Beifahrersitz gedrängt hatte, ehe Alma oder Grethe auf die Idee kommen konnten, ihr diesen prominenten Platz streitig zu machen, hob das Kinn.

»Hast du Probleme mit deinen Augen?«, fragte sie scheinheilig.

»Nee«, knurrte Grethe. »Aber bei einer Verfolgungsjagd ist es gut, wenn man Abstand halten kann. Damit man nicht sofort bemerkt wird.«

»Ich hoffe nur, sie hält sich an die Geschwindigkeitsbegrenzung«, sagte Marijke. »Wenn sie richtig Gas gibt, haben wir keine Chance.«

Witta sah sich in Marijkes Käfer um. »Warum kaufst du dir nicht endlich einen neuen Wagen?«, fragte sie. »Ein *richtiges* Auto?«

»Warum machst *du* nicht endlich deinen Führerschein und schaffst dir selbst eines an?«, knurrte Grethe von hinten.

Witta presste die Lippen aufeinander und schwieg verstimmt.

Marijke lächelte. »Den Wagen hat Rickmer damals gekauft,

als er Kapitän auf der MS Deutschland geworden ist. Solange ich ihn fahre, ist er immer noch ein bisschen bei mir.«

Witta sah Marijke überrascht an. Sentimentale Anwandlungen war sie von ihrer lebensbejahenden Freundin nicht gewohnt. »Entschuldige«, sagte sie reumütig. »Ich wollte dich nicht brüskieren.«

Marijke warf ihr einen Seitenblick zu. »Mach dir keine Sorgen. Wenn ich so empfindlich wäre, wären wir nicht seit fünfundsiebzig Jahren befreundet.«

Sie war mit Witta bereits in die Grundschule gegangen. Natürlich hatte Witta seinerzeit weder weiße Haare noch eine Marlene-Dietrich-Frisur gehabt. Aber die hochnäsige Attitüde war ihr schon damals eigen gewesen. Trotzdem waren sie Freundinnen geworden, weil die Liebe zum Ballett sie verband und sie jeden Nachmittag gemeinsam trainierten. Und obwohl sie eigentlich grundverschieden waren, hatte ihre Freundschaft gehalten.

Viktoria Freund lenkte ihren Porsche auf die Straße nach Wenningstedt. Marijke ließ zwei weitere Autos vorbeifahren. Dann fädelte sie sich selbst in den Verkehr ein. Das Zitronengelb des Porsches leuchtete ihnen den Weg.

Sie folgten der Straße, die in Wenningstedt nach rechts abknickte und an den Häusern vorbeiführte, hinter denen der Dorfteich, die Friesenkapelle und das alte Hünengrab, der Denghoog, lagen. Es war einer der Orte auf Sylt, die Marijke besonders gern aufsuchte.

Sie erreichten den Kreisel, an dem sich die Wege teilten. Rechts ging es nach Westerland, geradeaus nach Braderup, links nach Kampen.

Der gelbe Porsche durchquerte den Kreisel zu drei Vierteln und bog auf die Straße nach Kampen. Die beiden Wagen hinter Viktoria Freund fuhren weiter nach Braderup. Marijke durchkurvte einmal den gesamten Kreisel und ließ einen hellblauen Dacia vor, um nicht direkt hinter Viktoria Freund zu kleben. Leider zuckelte der Dacia-Fahrer mit Tempo vierzig die Straße entlang. Der gelbe Porsche entfernte sich zusehends.

»Mensch, gib Gas, Opa!«, schimpfte Grethe von hinten. Witta hob die Augenbrauen, sagte aber nichts. Grethes Wortwahl missfiel ihr zutiefst. Inhaltlich dagegen konnte sie ihrer Häkelfreundin nur zustimmen.

Marijke fuhr dicht an den hellblauen Wagen heran. Der Dacia drosselte sein Tempo noch weiter und hielt sich ganz rechts. Marijke blinkte und setzte zum Überholen an.

Der VW-Motor begann zu klopfen und zu stottern. Dann blieb er stehen.

Der hellblaue Dacia zuckelte weiter in Richtung Kampen. Der graue Käfer rollte langsam aus. Marijke steuerte ihn an den Straßenrand.

»Was ist denn jetzt los?«, schimpfte Witta. »Sag nicht, du hast schon wieder die Inspektion vergessen.«

Grethe beugte sich zwischen den Sitzen nach vorn.

»Nee«, sagte sie mit einem Blick auf die Anzeigen am Armaturenbrett. »Die Inspektion nicht. Aber das Tanken.«

▪ ▪ ▪

Marijke schlug frustriert auf das Lenkrad. Dann sah sie Witta an. »Schnell. Gib mir dein Handy.«

Die Landarztwitwe hob das Kinn. »Warum ausgerechnet meins? Du hast doch selbst eins.«

»Das liegt zu Hause auf dem Küchentisch.«

»Ach so. Du lässt es liegen. Und ich darf deine Telefongebühren übernehmen.«

Marijke verdrehte die Augen. »Dafür bezahle ich das Benzin.«

Witta deutete anklagend auf das Armaturenbrett. »Du zahlst es eben nicht.«

»Kinder.« Die eisgraue Grethe beugte sich nach vorn. »Ich unterbreche euch nur ungern. Aber wenn ihr noch lange diskutiert, ist der Porsche weg. Und dann findet ihn auch Hauptkommissar Voss vielleicht nicht mehr rechtzeitig wieder, zitronengelb hin oder her.«

Witta biss sich auf die Lippen. Sie zog ihr Seniorenhandy mit den großen Tasten aus der Handtasche. Mit verkniffener Miene reichte sie es Marijke.

»Bitte.«

»Danke.«

Marijke wählte die 110 und bat den Beamten, der abnahm, um die Mobilfunknummer von Kommissar Voss. Natürlich durfte der Mann sie nicht herausgeben und verband sie stattdessen mit dem Polizeirevier Sylt. Dort nahm zum Glück ein Beamter den Anruf entgegen, der ein Neffe einer ihrer jüngeren Häkelfreundinnen war. Marijke zupfte ungeduldig am Häkelüberzug ihres Sitzes, während sie darauf wartete, dass der Mann im internen Telefonverzeichnis den Eintrag von Jonas Voss fand. Als er sich endlich wieder meldete, diktierte sie Alma, die stets ein rosafarbenes Notizbuch und einen Kugelschreiber gleicher Farbe mit sich führte, die Nummer.

Sie bedankte sich knapp und unterbrach die Verbindung. Dann tippte sie eilig die Zahlen ein, die Alma ihr vorlas.

▪ ▪ ▪

Der Lieferwagen von Delikatessen-Freund raste die Landstraße von Kampen nach Westerland entlang. Jonas Voss und Hannah folgten mit ihrem dunkelblauen Dienst-Audi in einigem Abstand. Auf der Gegenseite kam ihnen ein zitronengelber Porsche mit hoher Geschwindigkeit entgegen.

Die Bremslichter des Lieferwagens leuchteten rot. Hannah trat ebenfalls auf die Bremse. Sie kam nur wenige Meter hinter Alexander Freund zum Stehen und dankte Voss im Stillen, dass er immer wieder darauf gedrängt hatte, genügend Abstand zu halten. Wenn auch aus einem ganz anderen Grund.

Aber Freund beachtete sie gar nicht. Er wendete mitten auf der Landstraße und raste hinter dem Porsche her. Am Straßenrand spritzte der Kies unter den Rädern des Lieferwagens auf.

Im selben Moment läutete Voss' Handy.

Er riss es aus der Halterung und nahm das Gespräch an.

»Ja?«, rief er hektisch, während Hannah den blauen Audi ebenfalls mit der Schnauze in die andere Richtung bugsierte.

»Frau Meenken«, sagte er. »Das ist jetzt kein besonders guter Zeitpunkt.« Er wollte sie schon abwürgen, aber dann realisierte er, was die alte Dame ihm sagte.

»Danke«, keuchte er und drückte das Gespräch weg.

Hannah beschleunigte und nahm die Verfolgung des Lieferwagens wieder auf. Dann bemerkte sie, dass Jonas Voss aschfahl geworden war.

»Was ist los?«, fragte sie.

»Der gelbe Porsche da vorn«, presste Voss hervor. »Das ist Viktoria Freund. Sie hat Kari Blom entführt.«

Hannah wollte etwas erwidern, aber ihr fiel nichts ein. Also konzentrierte sie sich stattdessen auf die Fahrzeuge vor ihr.

40.

Wie durch einen Nebelschleier sah sie die schicken Kampener Reetdachhäuser. Da waren der Rauchfang und das Gogärtchen und die Pony Bar, die ihr Alexander Freund gezeigt hatte, nach ihrem romantischen Abend in der Kupferkanne. Es schien eine Ewigkeit her zu sein.

Der Wagen, in dem sie saß, schwenkte nach links. Vor ihr eröffnete sich die typische Sylter Dünenlandschaft.

Wo war sie überhaupt?

Kari versuchte, ihren Blick zu fokussieren, aber es gelang ihr nicht. Es war, als schwappe eine zähe, schleimige Suppe in ihrem Kopf herum und legte sich auf alle Gedanken, verklebte sie und lähmte jede Entschlusskraft. Nur mit Mühe gelang es ihr, den Hals zu wenden.

Neben ihr am Steuer saß Viktoria Freund. Den Charakterkopf mit den langen dunklen Haaren und der riesigen Sonnenbrille erkannte Kari auch, wenn ein milchiger Schleier über ihren Augen lag.

Sie schluckte, weil sich ihr Mund trocken und ihre Zunge dick und unbeweglich anfühlten. Ein wenig so wie nach einer Betäubung beim Zahnarzt. Dunkel erinnerte sie sich, dass Viktoria Freund ihr etwas eingeflößt hatte, kaum dass sie sich vom Schlag des Elektroschockers erholt hatte. Eine bitter schmeckende Substanz, die ihr Brechreiz und Übelkeit verursacht hatte. Und die vermutlich schuld daran war, dass die Gedanken und Sinneseindrücke in ihrem Kopf herumwirbelten wie in einem bunten Kaleidoskop.

Es rumpelte, als der Wagen die Straße verließ und auf einen

Sandweg bog. Einen Weg, den Kari irgendwann schon einmal gegangen war. Sie versuchte, sich zu erinnern. Ganz langsam kristallisierte sich ein Bild heraus. Das passende reale Gegenstück tauchte im selben Moment vor ihr auf. Ein mit Gras und Flechten bewachsener Hügel, zu dem eine lange Treppe hinaufführte. Die Uwe-Düne.

Viktoria Freund fuhr daran vorbei bis zum Ende des schmalen Pfads. Hier begann ein Holzbohlenweg.

Die Geschäftsfrau stellte den Motor ab und sprang aus dem Wagen. Sie riss die Beifahrertür auf und zerrte Kari heraus. Dann führte sie Kari über den Weg durch die Dünen.

Kari wollte protestieren, aber es gelang ihr nicht, ihre Zunge so weit zu kontrollieren, dass sie verständliche Worte hervorbringen konnte. Selbst in ihren eigenen Ohren klang alles, was sie von sich gab, wie ein betrunkenes Lallen.

Sie wollte sich wehren, aber sie hatte keine Kraft in den Armen, und ihre Beine waren wie Pudding. Wenn Viktoria Freund sie nicht gehalten hätte, wäre sie gestürzt. Wie eine willenlose Marionette stolperte sie neben ihr her.

Der Holzbohlenweg führte ein gutes Stück bergauf, bis sich oben auf der Düne der Blick über das Meer öffnete. Atemberaubend. Vor allem, weil nur ein paar Schritte weiter eine steile Abbruchkante begann.

Das Rote Kliff.

■ ■ ■

Alexander Freund sah ungläubig zu, wie seine Frau Kari Blom aus ihrem Wagen zerrte. Er hatte den Lieferwagen ordnungsgemäß auf dem Parkplatz vor dem Weg zur Uwe-Düne abgestellt und Viktoria damit einen gehörigen Vorsprung verschafft. Doch jetzt war es zu spät, um noch einmal umzukehren.

Er hatte keine Ahnung, was seine Frau vorhatte. Aber er ahnte, dass es nichts Gutes war.

Er begann zu rennen.

▪ ▪ ▪

Jonas Voss und Hannah Behrends liefen hinter Alexander Freund her. Der war gut in Form, aber das waren sie auch. Fast gleichzeitig kamen sie oben auf dem Dünenkamm an. Und erblickten Viktoria Freund, die Kari Blom gefährlich nah an den Abgrund schob.

Jonas Voss beschleunigte seine Schritte. »Frau Freund!«

Die Geschäftsfrau wandte sich wie in Zeitlupe zu ihm um. »Bleiben Sie stehen!«

Jonas Voss hielt an. Hannah und Alexander Freund stoppten dicht hinter ihm.

»Geben Sie auf, Frau Freund«, sagte Voss. »Das hat doch keinen Sinn.«

Viktoria Freund lächelte. »Ich weiß nicht, was Sie meinen. Diese junge Frau hier« – sie deutete auf Kari, die an der Abbruchkante des Roten Kliffs stand und bedenklich schwankte – »hat mich gebeten, sie hierher zu fahren. Aber anscheinend hat sie irgendwelche Pillen eingeworfen, und jetzt will sie da runterspringen. Ich versuche nur, sie davon abzuhalten.«

Sie griff nach Karis Arm. Von Voss' Position aus war nicht zu erkennen, ob sie Kari festhielt oder weiter in Richtung Abgrund drängte.

Er ging auf die beiden Frauen zu.

»Sie sollen stehen bleiben!«, fuhr ihn Viktoria Freund an. »Ihretwegen macht sie doch diesen Unsinn.«

Jonas Voss blieb tatsächlich stehen.

»Meinetwegen?«, fragte er verblüfft.

»Sie hat Elmar Bruns und Diego Valdez umgebracht«, rief Viktoria Freund. »Begreifen Sie das denn nicht?«

■ ■ ■

Die ganze Landschaft um sie herum schien zu leuchten. Das Meer so blau wie mit Tinte gefärbt, der Strand so weiß, dass es sie fast blendete, das Dünengras in einem so zarten Grün, dass sie Lust verspürte, mit beiden Händen darüber zu streichen, das Kliff so rot, dass sie jedes Eisenpartikel im Sand zu erkennen glaubte. Und sie selbst fühlte sich so leicht. Sie musste nur die Arme ausbreiten. Dann konnte sie fliegen.

Die Frau neben ihr hielt sie nicht fest. Sie strich nur behutsam über den dünnen Stoff dieses seltsamen Kleides, das sie trug. Viel zu eng. Und überhaupt nicht ihr Stil. Aber der Rock würde sich im Flug schön auffalten.

Die Frau stritt mit jemandem. Einem Mann mit einer Lederjacke und wirren braunen Haaren, der ihr seltsam vertraut vorkam. Er schaute zu ihr herüber, aber das Bild war zu verschwommen, um den Ausdruck auf seinem Gesicht zu erkennen. War es Ehrfurcht? Oder war es Angst?

Kari schwankte leicht nach vorn und wieder zurück. Die Hand auf ihrem Arm schien sie zu drängen.

»Spring!«, flüsterte die Frau neben ihr.

Kari machte sich bereit. Sie breitete die Arme aus.

»Nein!«, brüllte der Mann in der Lederjacke. Aus dem Augenwinkel sah sie, wie er auf sie zustürzte.

Und dann fiel plötzlich alles wieder an seinen Platz.

Ihr Kopf wurde klar. Sie sah den Abgrund, der sich unter ihr auftat. Und die Hand der Frau, die nur ein Ziel hatte: sie hinunterzustoßen.

Kari ließ sich zur Seite fallen und riss die Frau mit. Sie stürzten in den Sand, in dem das Dünengras tapfer dem Wind trotzte. Es war tatsächlich so weich, wie es Kari in ihrer Vision erschienen war.

Jonas Voss und Hannah Behrends waren mit ein paar Schritten bei ihr. Sie halfen ihr auf die Beine und legten Viktoria Freund Handschellen an. Hannah brachte sie zum Polizeiwagen. Voss führte Kari von der Abbruchkante weg. Nur Alexander Freund blieb auf dem Dünenkamm stehen und starrte auf das Rote Kliff.

Die Sonne schien ihm warm ins Gesicht, doch er spürte es nicht. Ihm war, als würde seine ganze Welt im Meer versinken.

41.

»Kari, Kari.« Ole Lund schnalzte mit der Zunge, und Kari konnte förmlich vor sich sehen, wie er missbilligend den Kopf schüttelte. »Muss es denn am Ende immer ein solches Drama sein?«

Kari streckte ihre langen Beine aus und blickte auf das Meer, das sich langsam vom Braderuper Strand zurückzog. Über ihr kreisten die Knutts, die darauf warteten, dass die Ebbe das Watt freilegte und sie auf die Jagd nach Würmern und Krebsgetier gehen konnten.

»Wenn ich mich recht entsinne, war es deine Idee, dass ich mich in der Boutique von Viktoria Freund umsehe«, erinnerte sie ihren Vorgesetzten. »Du wolltest Beweise, dass sie in den Kreditkartenbetrug verwickelt ist.«

»Die haben wir jetzt«, stimmte Lund zu. »Und nicht nur das.«

Kari nickte. Viktoria Freund hatte ein umfassendes Geständnis abgelegt. Sie hatte nicht nur Diego Valdez erschlagen, nachdem sie entdeckt hatte, dass er sie mit Saskia Lübbers betrog, sie hatte auch Elmar Bruns ermordet. Weil der Marktleiter sie erpresst hatte. Nicht mit dem Kreditkartenbetrug, den er tatsächlich nicht bemerkt hatte. Sondern weil er auf ihre Affäre mit Valdez aufmerksam geworden war.

»Ich begreife nicht, weshalb sie ihn getötet hat«, bemerkte Lund. »Sie hatte doch ohnehin vor, ihren Mann zu verlassen. Was wäre so schlimm daran gewesen, wenn er von ihrer neuen Liebe erfahren hätte?«

»Sie brauchte mehr Zeit«, erklärte Kari. »Valdez hatte mit den gestohlenen Kreditkartendaten die teuren Designerkleider erworben. Damit daraus wieder Geld werden konnte, musste Viktoria Freund die Waren verkaufen. Aber die Boutique existiert schon seit einer Weile nur noch deshalb, weil Alexander Freund ihr regelmäßig Finanzspritzen verpasst. Wenn er sich von seiner Frau getrennt hätte, hätte sie den Laden schließen müssen. Sie hätte mit leeren Händen dagestanden. Keine verkauften Kleider. Kein Geld. Kein neues Leben mit dem schönen Diego Valdez in Argentinien.«

Lund pfiff leise. »Was für eine Volte«, sagte er. »Sie hat einmal das Geld mitgebracht. Aber ihr Mann war derjenige, der es geschafft hat, sich eine solide Existenz aufzubauen. Na ja«, schränkte er ein, vermutlich, weil er in diesem Moment genau wie Kari an den Etikettenschwindel mit den Luxusdelikatessen dachte, »mehr oder weniger solide.«

»Hm«, machte Kari, die sich lieber nicht mit ihren ambivalenten Gefühlen für den Delikatessenmarktbesitzer auseinandersetzen wollte. Sie zog es vor, sich mit den Motiven seiner Ehefrau zu beschäftigen. »Viktoria Freund dagegen hat alles verspielt. Sie stand vor der Pleite. Der Kreditkarten-Coup und der Neubeginn mit Valdez waren ihre große Chance.«

»Aber dann hat sie herausgefunden, dass Valdez gar nicht mit *ihr* nach Argentinien wollte. Sondern mit Saskia Lübbers.«

»Ja«, sagte Kari. »Das war allerdings eine Überraschung. Ich hätte Stein und Bein geschworen, dass sich die beiden nicht leiden können. Saskia und Valdez. Wie die sich immer angegiftet haben … Das war eine oscarreife Vorstellung. Und in Wirklichkeit hatten sie die ganze Zeit ein gemeinsames Leben in Buenos Aires geplant.« Sie versuchte, sich auszumalen, wie enttäuscht und wütend Viktoria Freund über diesen Verrat gewesen sein musste. »Sie hat mitbekommen, dass ich mich mit Valdez an der Hörnum-Odde verabredet habe«, erläuterte sie. »Und die Gelegenheit beim Schopf ergriffen. Sie hat die Taschenlampe aus meiner Handtasche gestohlen und Valdez in der Nacht damit erschlagen.«

»Diese Frau ist eiskalt«, konstatierte Lund. »Aber warum wollte sie ausgerechnet *dir* die Morde anhängen?«

Kari fuhr mit den Fingern durch den Sand neben ihren Beinen. »Bei Bruns war es Zufall«, erwiderte sie. »Sie hat die Flasche mit den K.-o.-Tropfen einfach in irgendeine Handtasche gestopft. Sie wusste ja, wie Bruns war. Sie dachte wohl, dass jeder im Delikatessenmarkt ein Motiv hat.«

»Hm.« Lund schnaubte leise. »Dieser Marktleiter hatte eine Menge schlechter Eigenschaften. Aber was ihm zum Verhängnis geworden ist, war seine Gier. Es hat ihm nicht gereicht, bei Alexander Freund mit seinem Wissen über die gefälschten Luxusdelikatessen abzukassieren. Er musste auch noch Viktoria Freund wegen ihrer Affäre mit Valdez erpressen.«

»Ich nehme an, es hat ihm Spaß gemacht«, bemerkte Kari. Auch wenn Elmar Bruns heimtückisch ermordet worden war, änderte das nichts an dem Widerwillen, mit dem sie an den Mann dachte.

»Und weshalb wollte Viktoria Freund dir den Mord an Valdez anhängen?«, bohrte Lund weiter. »Weil deine Taschenlampe gerade zur Hand war? Sie hätte ihn doch auch einfach niederschlagen und ins Meer werfen können, damit es wie ein Unfall aussieht.«

Kari rappelte sich auf und klopfte sich den Sand von der Hose. Die Sonne stand schon recht tief, und auch der Wind hatte aufgefrischt. Selbst im Sommer wurde es auf Sylt am späten Nachmittag schnell kühl.

Kari freute sich plötzlich darauf, nach Kiel zurückzufahren.

»Ich nehme an, sie hat mitbekommen, dass ihr Mann mir schöne Augen gemacht hat. Und das hat ihr nicht gefallen.«

Lund trommelte mit den Fingern auf seinem Schreibtisch. »Weshalb hat sie das gestört? Sie wollte ihn doch ohnehin verlassen.«

Kari lachte auf. »Also ehrlich, Ole. Hat meine Mutter dir das nie erklärt? Frauen sind immer eifersüchtig. Egal, ob sie den Mann, um den es geht, überhaupt wollen oder nicht.«

Lund brummte etwas Unverständliches. Sie hörte ein Quietschen und Klappern, dann das Aufbranden von Verkehrslärm. Offenbar war Lund aufgestanden und hatte das Fenster geöffnet, das auf den Olof-Palme-Damm hinausging.

»Wann kommst du zurück?«, fragte er.

Kari blickte auf das Watt, auf dem sich die Vögel tummelten. Auch wenn es in Kiel schön war, Sylt würde ihr fehlen.

»Morgen früh«, sagte sie. »Ich nehme den ersten Zug.«

Lund knallte das Fenster zu, und der Verkehrslärm verstummte.

»Ich freu mich auf dich«, sagte er.

42. Das Gartenhaus lag bereits im Schatten, aber der Himmel, der sich darüber wölbte, war immer noch strahlend blau. Vom Meer wehte eine frische, salzige Brise herüber. Ein paar Möwen drehten ihre Kreise und verzogen sich dann kreischend in Richtung Wattenmeer. Es war einer dieser Abende, die auch auf Sylt kostbar waren. Und die nirgendwo so herrlich waren wie hier.

Kari hängte sich ihre Reisetasche über die Schulter und reichte den Häkeldamen nacheinander die Hand, erst Alma Grieger, dann Grethe Aldag und Witta Claaßen, und zum Schluss Marijke Meenken.

»Danke«, sagte sie. »Für alles.«

Grethe winkte ab. »Das war doch nichts.«

»Sie haben mir das Leben gerettet«, widersprach Kari. »Wieder einmal.«

Marijke Meenken schmunzelte. »Sie wissen doch: Wir sind froh, wenn wir mal etwas anderes tun können als Häkeldeckchen zu produzieren oder Vögel anzuschauen.«

»Ja. Besonders du. Wenn du mal wieder Miss Marple spielen kannst«, versetzte Witta. »Ich persönlich brauche diese Aufregung nicht.«

»Dann bleib doch beim nächsten Mal einfach zu Hause«, schlug Grethe vor.

»Kinder!« Marijke Meenken klatschte in die Hände. »Jetzt lasst doch die Zicken. Wir wollten Frau Blom einen netten Abschied bereiten.«

Alma Grieger hielt Kari eine Plastikdose hin. »Friesentorte«, erklärte sie verschwörerisch. »Nach meinem alten Geheimrezept. Die habe ich extra für Sie gebacken.«

»Danke«, sagte Kari, die sich nichts aus Kuchen machte. Aber es ging ja auch nicht um die Backwaren, sondern um die Zuneigung, die die alte Dame damit zum Ausdruck bringen wollte. Und die rührte sie immer wieder.

»Werden Sie wiederkommen?«, erkundigte sich Marijke.

Kari schüttelte ihr herzlich die Hand. »Ganz bestimmt«, versprach sie.

Ein Taxi fuhr vor dem Grundstück vor. Der Fahrer beförderte Karis Tasche in den Kofferraum und hielt ihr die Beifahrertür auf.

Kari stieg ein und winkte. Der Wagen setzte sich in Bewegung.

»Das ist aber nicht der Weg zum Bahnhof«, bemerkte Witta Claaßen.

Marijke schmunzelte. »Vielleicht hat sie noch etwas vor, ehe sie zurück nach Hause fährt.«

»Wir könnten eine kleine Spritztour machen«, schlug Alma Grieger vor und deutete in die Richtung, in die sich das Taxi entfernte.

»Ja«, pflichtete ihr Witta bei. »Falls Marijke mittlerweile getankt hat.«

»Das habe ich«, erklärte Marijke Meenken fröhlich. »Aber das mit der Verfolgung werden wir schön bleiben lassen. Frau Blom hat schließlich auch ein Recht auf ein Privatleben.«

Die anderen Häkeldamen beeilten sich, ihr zuzustimmen. Doch in Wirklichkeit hätten sie zu gern gewusst, wo Kari hinfuhr.

43. Die *Andina* dümpelte über die Wellen in den Sonnenuntergang.

Kari stand am Bug des alten Fischkutters und schaute über das Meer. Sie fand, dass es kaum etwas Romantischeres gab.

Jonas Voss trat neben sie an die Reling. Er lehnte seine Arme darauf und sah zum Horizont.

Kari spürte, wie sich ihr Herzschlag beschleunigte. Es könnte so einfach sein. Voss könnte seinen Arm ausstrecken und ihr eine Hand an die Wange legen. Er könnte sie zu sich heranziehen und sie küssen. Und sie könnte sich in seinen Armen fallen lassen. Endlich.

Aber sie wusste, dass er das nicht tun würde. Es lag an ihr, den ersten Schritt zu machen.

»Es ist wunderschön«, sagte sie.

Jonas Voss lächelte. »Ich hatte einen Hintergedanken«, verriet er. »Wenn Sie mit mir auf dem Schiff sind, können Sie nicht weglaufen.«

»Ich könnte ins Wasser springen.«

Jonas Voss nickte nachdenklich. »Ich könnte versuchen, Sie zu retten.«

Kari blickte ihn an und fragte sich, ob der Doppelsinn seiner Worte beabsichtigt war.

»Ja«, sagte sie weich. »Wenn das irgendjemand kann, dann Sie.«

DANKSAGUNG

Ich danke meiner Frau, die sich immer wieder mit mir auf die Reise macht, um neue Welten zu entdecken, meinen Freunden, die immer da sind, wenn ich sie brauche, meinem Agenten, der mir – undercover – Schreib-Räume eröffnet, sowie Reinhard Rohn und Constanze Bichlmaier vom Aufbau Verlag, die Kari so liebevoll durch das Delikatessen-Labyrinth begleitet haben.